# AS ANÔNIMAS

PARA TODAS AS GAROTAS DO MUNDO

PARA FAZER PARTE DO GRUPO DAS ANÔNIMAS, ACESSE A PLAYLIST EXCLUSIVA DO LIVRO PELO LINK ENCURTADOR.COM.BR/SGHJN E ENTRE NO CLIMA COM GRACE, ROSINA E ERIN.

# AS ANÔNIMAS

PARA TODAS AS GAROTAS DO MUNDO

# AMY REED

Tradução
Amanda Moura

**Diretora**
Rosely Boschini

**Gerente Editorial**
Carolina Rocha

**Assistente Editorial**
Franciane Batagin Ribeiro

**Controle de Produção**
Fábio Esteves

**Projeto gráfico, diagramação e adaptação de capa**
Luyse Costa

**Preparação**
Thais Rimkus

**Revisão**
Olívia Tavares

**Impressão**
Gráfica Assahi

Única é um selo da Editora Gente.

Copyright © 2017 by Amy Reed
Título original: *The nowhere gilrs*
Todos os direitos desta edição são reservados à Editora Gente.
Rua Wisard, 305 — sala 53
São Paulo, SP — CEP 05434-080
Telefone: (11) 3670-2500
Site: www.editoragente.com.br
E-mail: gente@editoragente.com.br

Dados Internacionais de Catalogação na Publicação (CIP)
Angélica Ilacqua CRB-8/7057

---

Reed, Amy
  As anônimas: para todas as garotas do mundo
  / Amy Reed; tradução de Amanda Moura. - São Paulo:
Editora Gente, 2019.
  352 p.

ISBN 978-85-9490-048-7
Título original: The Nowhere Girls

1. Ficção norte-americana I. Título II. Moura, Amanda

19-1113                                                           CDD 813.6

---

Índice para catálogo sistemático:

1. Ficção norte-americana

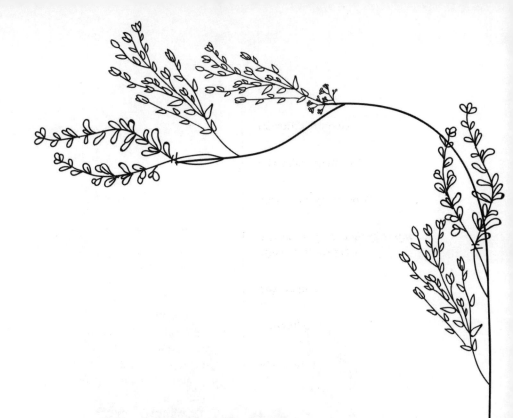

A todas nós.

"Ou você se salva, ou vive com medo."
Alice Sebold, Sorte (Ediouro, 2003)

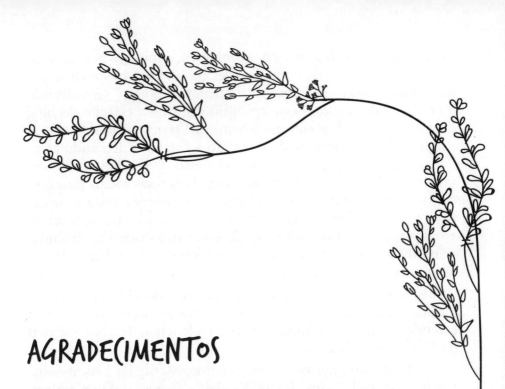

# AGRADECIMENTOS

Primeiramente, como sempre, agradeço à minha incansável líder de torcida e agente, Amy Tipton.

À minha editora da Simon Pulse, Liesa Abrams. Você é a alma gêmea deste livro. Que sorte a minha. Seu carinho e dedicação com este projeto são infindáveis. Obrigada por acreditar em Grace, Rosina e Erin. E em mim.

A todos da Simon Pulse e da Simons & Schuster que trabalharam muito além de suas funções para defender e cuidar deste livro. Sei que pude contar com um exército inteiro que deu o sangue pelas Anônimas, e, mesmo não sabendo o nome de todos, sou grata a cada um de vocês.

À minha agente literária de direitos autorais estrangeiros, Taryn Fagerness, por fazer as minhas garotas atravessarem oceanos.

Ao programa de residência do Weymouth Center for the Arts & Humanities, por me ceder um espaço tão bonito para terminar o primeiro rascunho do livro.

A Trudy Hale do retiro de escritores The Porches, em Virgínia, por ser a minha casa "estrangeira" e pelo silêncio.

À minha comunidade em Asheville, Carolina do Norte, pelas inspirações de resistência presentes neste livro. Talvez os leitores tenham lido sobre o que aconteceu em setembro de 2015, quando foi descoberto que os proprietários da Waking

Life, uma das cafeterias da vizinhança, estavam por trás de uma série de podcasts e publicações na internet misóginos, que incluia uma lista vexatória com "troféus sexuais", envolvendo moradoras da região – esse episódio inspirou a criação do blog *Os pegadores de Prescott* nesta história. Os moradores da cidade reagiram imediatamente, boicotando a cafeteria deixando clara a mensagem de que o sexismo e o abuso de mulheres em nossa comunidade não seriam tolerados. Empresas locais pararam de fornecer produtos a eles. Homens e mulheres uniram forças para protestar. Em poucas semanas, os proprietários deixaram a cidade, execrados. Asheville deixou nítido que vai defender as mulheres, que lutará contra a misoginia e o sexismo. Tenho muito orgulho da minha cidade montanhosa.

À Angélica Wind, diretora-executiva do Our VOICE, por ter lido meu rascunho inicial e pelo trabalho incansável que vem fazendo ao ajudar sobreviventes de violência e de abuso sexual na Carolina do Norte.

Gratidão imensa aos meus leitores "cobaias" e sensíveis: Emily Cashwell, Jennie Eagle, Kimberly Egget, Stefanie Kalem, Alison Knowles, Constance Lombardo, Natalie Ortega, Meagan Rivera, Michelle Santamaria, Kaylee Spencer, Nana Twumasi e Victoria Vertner. Um agradecimento especial a Stephanie Kuehnert, pela ajuda com o enredo. Todos vocês lançaram chamas que ajudaram a acender o fogo desta história.

À Lyn Miller-Lachmann, por seu maravilhoso livro, *Rogue*, e por me mostrar a direção certa. Por me ajudar a mergulhar no mundo do autismo e a escrever sobre como vivem os autistas, agradeço a: wrongplanet.net; a L. C. Mawson (lcmawson.com); ao blog de Tania Marshall's (taniaannmarshall.wordpress.com); aos blogs de Samantha Craft (everydayaspergers.com e everydayaspie.wordpress.com); e ao disabilityinkidlit.com, especialmente às postagens de Corinne Duyvis e Elizabeth Bartmess.

Minha mais profunda gratidão à Jen Wilde e Meredith McGhan, pela imensa generosidade com que me atenderam, por compartilharem suas experiências e pelo feedback honesto (e, às vezes, difícil de ouvir). Graças a vocês, pude me tornar uma escritora e uma pessoa melhor. Todos os acertos em relação à Erin se devem à ajuda dessas mulheres brilhantes e fortes; todos os erros é culpa tão somente minha.

Obrigada, Brian, por ser o meu lar. E obrigada, Elouise, por ser a minha esperança. Você é a minha luz na escuridão.

Sempre, mais do que tudo, agradeço aos meus leitores e leitoras espalhados por todos os lugares do mundo, que continuam a me inspirar com sua coragem e compaixão. Continuem resistindo. Continuem fiéis à verdade em que acreditam. O mundo precisa das vozes de vocês. Agora, mais do que nunca.

# ESTADOS UNIDOS

Prescott, Oregon.

População: 17.549 habitantes. Altitude: 176 metros.

Trinta e dois quilômetros a leste de Eugene e da Universidade de Oregon. Duzentos e nove quilômetros a sudeste de Portland. Metade agrícola e metade suburbana. Local de origem do time Spartans (*Go, Spartans!*).

Lar de tantas garotas. Lar de tantas jovens a um passo de se tornarem mulheres, aguardando, em busca de um lugar próprio.

A porta do caminhão se abre pela primeira vez desde que o veículo saiu de Adeline, Kentucky, deixando para trás o ar fétido da cidadezinha do sul, lar de Grace Salter enquanto sua mãe ainda era pastora da Igreja Batista – aliás, tecnicamente, ela não era considerada pastora de fato, porque, como mulher pertencente à Igreja Batista do Sul, não podia reivindicar o título oficial, tampouco o salário (muito maior) de um pastor, mesmo tendo doutorado em ministério e exercendo a função havia mais de uma década. Tudo na vida de Grace mudou quando sua mãe sofreu um choque e vivenciou uma experiência espiritual que, de acordo com relatos da própria mãe, libertou sua mente e a ajudou a escutar a verdadeira voz do Senhor; já na versão de Grace o evento só serviu para tirá-las de Adeline e arruinar a vida delas.

Sofás, camas e armários foram amontoados na casa nova. A mãe de Grace começa a desembalar os utensílios de cozinha. O pai procura o telefone de alguma pizzaria. Grace sobe os degraus íngremes e rangentes e segue para o quarto – até então desconhecido –, um cômodo que os pais só viram pelas fotos que o corretor de imóveis havia enviado e que Grace só sabe que pertence a ela por causa da parede pintada de amarelo e com adesivo de uma flor roxa.

A garota se senta no colchão de cama de solteiro manchado, no qual dorme desde os três anos, e tudo o que quer é se apinhar ali e cair no sono; no entanto, não faz ideia de onde estão os lençóis. Depois de viajar por cinco dias de carro, comendo *fast-food* e dividindo quartos em hotéis de beira de estrada com os pais, sua vontade é fechar a porta daquele cômodo e não sair de lá tão cedo – ou seja, é óbvio que sentar-se em uma caixa de papelão enquanto engole um pedaço de pizza enrolado em uma folha de papel toalha não é o que ela mais quer agora.

Grace se deita na cama e encara o teto. Analisa um cantinho já prejudicado pela umidade. É começo de setembro, tecnicamente ainda é verão, mas estamos falando de Oregon, um lugar famoso pelo clima úmido em todos os meses do ano – informação que ela obteve depois de infinitas e frustrantes pesquisas que fez na internet sobre a cidade. Será melhor procurar logo um balde para dar conta da goteira que vai começar a qualquer momento? "Sempre alerta", não é esse o lema dos escoteiros? Vai saber. Grace nunca foi *escoteiro*, e sim *escoteira*. A tropa dela aprendeu a fazer outro tipo de coisa: tricô e marzipã.

Grace mira a janela, mas seu olhar fixa a tinta branca descascada do batente. Palavras entalhadas, como se tivessem sido escritas por um prisioneiro, através de camadas de tintas amarela, azul, branca; letras frescas cravadas em décadas de pintura:

*Pode me matar agora.*
*Já morri mesmo.*

Com um nó na garganta, Grace observa as palavras e lê a dor de um estranho que deve ter vivido, respirado e dormido naquele quarto. Será que a cama dele ou dela ficava ali, naquele mesmo canto? E será que a marca do corpo dessa pessoa ficou no mesmo lugar em que Grace está deitada?

Quão íntimas soam essas palavrinhas. E quão solitária a pessoa deve se sentir para chorar por alguém que nem mesmo podia ver.

Do outro lado da cidade, Erin DeLillo assiste ao décimo primeiro episódio da quinta temporada de *Jornada nas estrelas: a nova geração*, cujo título é *Hero Worship*. Na história, um menino órfão e traumatizado se apega ao tenente-comandante Data, que é um androide. O menino admira a inteligência e a velocidade de Data, mas talvez admire ainda mais a dificuldade que o comandante tem de sentir emoções humanas. Se fosse um androide, ele não se sentiria tão triste e sozinho. Se fosse um androide, não se sentiria responsável pelo naufrágio da nave e pela consequente morte de seus pais.

Data é um androide que deseja ser humano – ele observa os humanos. Assim como Data, Erin também se sente intrigada pelo comportamento humano.

Ao contrário de Data, porém, Erin é totalmente capaz de sentir. Ela sente demais. Vive com os nervos à flor da pele, e o mundo está sempre lhe provocando.

Sua mãe diz algo como "que dia lindo! Você deveria sair e aproveitar!", com toda a empolgação do mundo, mas Erin tem a pele muito clara, quase tanto quanto a de Data, e acaba se queimando de sol com muita facilidade. Ela não gosta de sentir calor e de suar, tampouco gosta de qualquer outro desconforto que a faça se lembrar de que mora ali, em um corpo imperfeito, e é por isso que toma pelo menos dois banhos de imersão por dia (chuveiro jamais, a ducha machuca a sua pele). A mãe de Erin sabe de tudo isso, mas segue dizendo coisas que mães normais, de filhos normais, deveriam dizer, como se Erin pudesse agir como uma criança "normal", como se normal fosse algo que ela almejasse ser. O que Erin quer, contudo, é ser como Data.

Se morassem perto do mar, talvez Erin não relutasse tanto em sair de casa. Até faria o sacrifício de sujeitar a própria pele à viscosidade do protetor solar, caso isso assegurasse que ela passaria o dia revirando pedras e catalogando descobertas, principalmente sobre invertebrados, como moluscos, cnidários e poliquetas, que, na sua opinião, são criaturas extremamente subestimadas. Na casa em que morava, perto de Alki Beach, em West Seattle, ela podia sair pela porta da frente e passar o dia inteiro procurando diferentes formas de vida. Isso, porém, ficou no passado, quando sua família ainda morava em Seattle, antes dos acontecimentos que levaram Erin a decidir que tentar ser "normal" geraria mais problemas que soluções – decisão que a mãe dela ainda se recusa a aceitar.

O problema dos humanos é que eles são apaixonados por si mesmos e pelos mamíferos em geral. Como se um cérebro grande e a gestação fossem necessariamente indícios de superioridade, como se o mundo sob pelos e dependente de ar fosse o único que importasse. Existe todo um universo subaquático a ser explorado. Há engenheiros desenvolvendo embarcações capazes de viajar quilômetros submersas. Um dia, Erin planeja projetar e comandar uma dessas, com uma tripulação de doutores em biologia marinha e engenharia. Quer encontrar criaturas nunca antes vistas, catalogá-las e nomeá-las, ajudar a contar a origem de cada ser e onde ele se encaixa na cadeia perfeitamente orquestrada da vida.

Erin é, sem exagero, uma nerd da ciência. E esse é um dos estereótipos de portadores da síndrome de Asperger, junto a tantas outras características, como a dificuldade de expressar emoção, o constrangimento social e o comportamento às vezes considerado inadequado. Ainda assim, o que se espera de Erin? Tudo isso faz parte de quem ela é. O problema é rotular as pessoas.

E, se tem uma coisa de que Erin tem certeza, é de que não importa o que você faça, as pessoas sempre vão encontrar um modo de enquadrar os outros. Somos programados para isso. Nosso algoritmo comum é a preguiça. Rotulamos as coisas porque, assim, elas se tornam mais fáceis de entender.

É isso que torna a ciência tão prática: no fundo, é uma área complicada e sisuda, mas extremamente organizada e meticulosa. O que Erin mais ama na ciência é a ordem, a lógica, o modo como cada informação se encaixa em um sistema, mesmo que não possamos vê-lo. Ela crê nesse sistema tal como alguns creem em Deus. Evolução e taxonomia são reconfortantes. São estáveis e exatas.

Há, no entanto, aquela conhecida pedra no sapato, o problema do acaso, que sempre incomoda Erin e que ela definiu como objetivo de vida. Os humanos só existem por um único motivo, só existem porque há algo além do organismo unicelular: a mutação; é justamente por causa do imprevisível, do surpreendente e do não planejado que os humanos existem – e esse é o tipo de coisa que Erin detesta. É graças a isso que químicos, físicos e matemáticos desprezam os biólogos e os tratam como cientistas inferiores, confiando demais em forças fora do controle, em leis da razão, da lógica e da previsibilidade. É isso que torna a biologia uma ciência de histórias, não de equações.

O que intriga Erin em relação à evolução e que ela precisa investigar a fundo é como, às vezes, o bendito inesperado é o mais necessário. É graças aos acidentes na história que a evolução existe, que o peixe começou a respirar e que suas nadadeiras se "transformaram" em pés de pato para os mergulhadores. Então, muitas vezes a chave para a sobrevivência é a mutação, a mudança e, na maior parte do tempo, essa mudança nada mais é que um acaso.

Às vezes, as forças da natureza acabam vencendo.

Na pequena, mas sempre crescente, parcela mexicana da cidade, há uma família com cinco adultos, dois adolescentes, sete crianças que têm menos de catorze anos e uma matriarca bastante idosa que sofre de demência em estado avançado e registro duvidoso de cidadania. Sem falar nos primos (incluindo os de segundo grau) e naqueles espalhados por Prescott e cidades vizinhas. Rosina Suarez é filha única de uma mulher viúva que perdeu o marido apenas cinco meses após o casamento, seis meses antes do nascimento da garota. Em vez de pai, Rosina tem uma família grande de tias, tios, primos e primas que entram e saem da casa dela como se fossem a deles. As duas cunhadas de sua mãe, que moram em apartamentos idênticos aos de Rosina, bem ao lado (uma à esquerda e outra à direita), foram abençoadas com maridos vivos e famílias numerosas. Seus filhos não reclamam nem respondem aos pais, não usam roupas escuras ou maquiagem extravagante, tampouco raspam a lateral da cabeça ou escutam música alta dos anos 1990, as quais consistem, sobretudo, em garotas berrando.

A família de Rosina é das montanhas de Oaxaca e tem raízes zapotecas e profundas: baixa estatura, corpo robusto, pele bem morena, rosto arredondado e nariz achatado. O pai de Rosina era um mestiço da cidade do México, mais europeu que índio, e Rosina é alta e magra como ele, de estatura bem maior que a do resto da família – ela se sente uma alienígena entre eles, em vários aspectos.

Como filha única, a mãe de Rosina herdou o dever de abrigar e cuidar da própria mãe, que tem o hábito de vagar quando não há ninguém por perto. E como Rosina é a mais velha entre os primos, também faz parte de seus deveres cuidar dos mais novos, além de dividir o tempo com o trabalho regular no La Cocina, que é o restaurante do tio José, o melhor estabelecimento mexicano de Prescott (alguns diriam o melhor da área metropolitana de Eugene) e a principal fonte de renda de toda a família. Rosina passa as duas horas e meia entre o fim da aula e o início de seu turno no restaurante na casa de outro tio, cuidando dos sete priminhos enquanto a Abuelita (sabe-se lá como) tira um cochilo em uma cadeira, num canto, apesar do bando de crianças gritando, e enquanto o seu primo mais velho, Erwin, que cursa o último ano do ensino médio na Prescott High e que, na opinião de Rosina, veio ao mundo só para desperdiçar o ar de Oregon, joga video game e espreme espinha, com visitas periódicas ao banheiro, as quais ela suspeita que sejam para se masturbar. A segunda prima mais velha de Rosina é uma chata de quase treze anos que não se interessa por nada e seria perfeitamente qualificada para ocupar o lugar de babá da família. No entanto, Rosina é, e sempre será, a mais velha, e a responsabilidade de ser assistente da mãe e de cuidar da família é e continuará sendo dela.

Como Rosina formaria uma banda, se passa as tarde ocupada trocando fraldas e vigiando os bebês para não enfiarem facas nas tomadas? Ela preferia cantar, berrar em num microfone em um palco, em vez de entoar canções de ninar para seus priminhos de merda e de mal com a vida, que só sabem sujar de ranho o jeans predileto dela, que, por sua vez, precisa pendurá-lo no varal para secar porque a secadora está quebrada de novo, e é claro que a calça vai ficar desbotada e com aquele cheiro de fritura, porque o vizinho está fazendo tortilla.

A porta da frente se abre. Um dos bebês grita de alegria ao ver a mãe, que acaba de voltar de seu turno no restaurante.

— Estou aqui, tia! — avisa Rosina, levantando-se do sofá e caminhando até a porta antes mesmo de a tia terminar de fechá-la. Rosina pula os cacarecos de brinquedos espalhados pelo chão, monta no selim de sua bicicleta de segunda mão e evapora dali sem nem perceber o cuspe na perna e a mancha marrom em sua camisa, que deve ser de banana ou de cocô de neném.


A pouco mais de um quilômetro e meio fica um bairro que não tem nome oficial, mas que a maioria dos moradores conhece como Canto do Trailer. Isso porque as ruas são tomadas por trailers e por casas pequenas, caindo aos pedaços, e pelo mato, que cresceu tanto que chega a parecer arbusto. Em um desses trailers, um garoto popular beija uma menina cujo pescoço salgadinho está acostumado a ser beijado. Ela não é a namorada dele. Aliás, ela não costuma namorar sério.

O minúsculo ventilador elétrico do trailer trabalha a todo vapor, mas o calor dos dois corpos naquele miniestabelecimento de metal deixa a menina com sono e náusea. Ela se pergunta se tinha algo a fazer hoje. Se o garoto perceberia caso ela tirasse uma soneca. Enquanto não chega a conclusão alguma, fecha os olhos e o espera terminar. Com nenhum desses caras a coisa leva muito tempo.

Houve uma época em que ela, como tantas outras garotas, tinha verdadeira obsessão por uma vida de princesa, acreditava no poder da beleza, da graça e da doçura. E em príncipes. Acreditava que poderia ser salva.

Agora, ela não sabe mais em que acreditar.


Em um bairro muito diferente, uma garota igualmente diferente fecha os olhos e deixa rolar, sente a cabeça do cara entre suas pernas, a língua enchendo o corpo dela de prazer, exatamente como ela lhe ensinou. Ela sorri, quase chega a gargalhar tamanho o prazer que sente, se surpreende, sente calor e uma sensação de leveza percorrer seu corpo todo.

Ela nunca questionou seu direito a isso. Nunca questionou o poder do próprio corpo. Nunca questionou seu direito ao prazer.


Há um punhado de colinas em Prescott, e a representante estudantil da Prescott High School, aluna nota A+, forte candidata (cruzem os dedos!) à graduação em medicina na Universidade de Stanford, mora no topo mais alto. Neste exato momento, ela está ao volante do mais novo lançamento da Ford (o pai é dono de uma concessionária Ford na cidade, "onde você encontra a maioria dos Ford vendidos no código de área 541!"), na garagem da família, onde cabem três carros. Ela acaba de sair do asilo em que faz trabalho voluntário (embora, é claro, jamais dissesse "asilo" em voz alta). "Casa de repouso" é menos ofensivo, o que é muito importante, pois ela não gosta de ofender ninguém. A garota jamais confessaria quanto, na verdade, pessoas idosas a incomodam, como segura o vômito a maior parte do tempo e como chora, aliviada, quando entra no chuveiro quente e se livra do cheiro daquele ambiente – uma mistura de naftalina e sopa. Ela escolheu esse trabalho voluntário porque sabia que seria o mais desafiador de todos e porque essa é a chave para o sucesso: encarar desafios.

Por dentro, no entanto, conta horas, minutos e segundos para terminar o trabalho e tentar ocupar a mente com seus números favoritos: sua média das notas (4,2), a quantidade de aulas do Advanced Placement (dez até agora, mas ainda haverá mais) e a contagem regressiva dos dias letivos até a formatura (cento e oitenta! Grrr!). Há muito tempo, ela jurou que não seria como a mãe, que nasceu em Prescott e quase conseguiu vencer na vida, mas deixou a faculdade para se casar com o namorado do ensino médio. É claro, que, no fim das contas, a mãe ficou rica. No entanto, desperdiçou a chance de conseguir algo a mais na vida. Ela poderia ter sido algo além da esposa de um vendedor de carros e chefe da comunidade do bairro. Ela desistiu de ser alguém quando estava prestes a pôr a mão no que queria, um segundo antes de tocar o troféu e sair correndo sem olhar para trás.

Pouco mais de três quilômetros a oeste, uma garota pesquisa na internet dicas de como perder dez quilos.

Meio quilômetro a leste, alguém verifica pela terceira vez se a porta do banheiro está trancada. Ele se olha no espelho, tenta não mexer os lábios e, com cuidado, passa o batom que roubou da bolsa da mãe, enfia o papel higiênico no sutiã que furtou no Walmart e olha para a ponta do nariz; o colorido transforma esse alguém em outra pessoa.

— Sou uma menina — sussurra. — Meu nome não é Adam.

Do outro lado da estrada, uma garota faz sexo com o namorado pela segunda vez. Dessa vez não dói. Dessa vez ela mexe os quadris. Dessa vez ela começa a entender o barato da coisa.

Numa cidade próxima dali, dois melhores amigos se beijam. Um deles diz:

— Promete que não vai contar para ninguém.

O outro pensa: *Quero contar para o mundo inteiro!*

Uma garota assiste à televisão. Outra joga video game. Outras trabalham meio período ou se entretêm com os livros que reservaram para ler no verão. Algumas vagam sem rumo por um shopping em Eugene, na esperança de serem notadas.


Uma garota olha para o céu e se imagina caminhando nas nuvens para algum lugar novo, desconhecido. Outra garota cava o chão, imaginando que há ali embaixo um túnel com uma estrada.


Em outro estado, Lucy Moynihan, uma garota invisível, tenta esquecer uma história que vai marcá-la pelo resto de sua vida. Uma história em que ninguém quer acreditar.

# GRACE

O problema é que, mesmo quando ela arruína sua vida, é difícil odiar uma mãe perfeita. E não, não é ironia, não imagine o "perfeita" com aquele tom debochado de adolescente. Por "perfeita", entenda praticamente uma santa – sério, quase no sentido literal da palavra, a não ser que, para se tornar santo, seja preciso ser católico, o que a família de Grace não é. Qual é a religião deles, então? Com certeza, não são mais batistas. Congregacionalistas, talvez? E isso é considerado religião?

  O pai de Grace disse que Prescott, em Oregon, seria um lugar perfeito, alinhado aos valores da família, diferentemente de Adeline, no Kentucky. Ele tem o dom de dourar a pílula – não é de estranhar, afinal, trabalha com marketing. E foi assim que ele considerou uma benesse se afastar da única casa que Grace conheceu como lar, o que aconteceu porque sua (antiga) igreja praticamente os expulsou da cidade. "É uma oportunidade para mostrar bravura e resiliência", nas palavras de seu pai. Também foi uma grande motivação para aperfeiçoar as habilidades de pechinchar, reduzir o uso de papel higiênico e encontrar novas marcas de arroz e feijão, enquanto a mãe procura um emprego novo e Grace tenta encarar mais um dia de escola sem chorar em público. Enquanto seus pais tentam pôr em prática sua bravura e resiliência, Grace tenta fingir que não ficou chateada quando a maioria dos amigos que ela conhece desde a pré-escola, sem exceção, a dispensaram porque a mãe dela, nas palavras deles, "bateu a cabeça" e, então, foi obrigada a reconstruir a vida e teve um novo encontro com Deus, dessa vez como um cara mais liberal do que todos na igreja pregavam que Ele fosse.

  No entanto, o primeiro erro de sua mãe na igreja foi ser mulher. Muitos dos homens velhos e brancos (em uma Congregação em que a maioria dos membros era branca) cruzavam os braços e franziam a testa durante os sermões que a mãe dela ministrava como convidada enquanto esperavam que o pastor oficial assumisse a pregação. Mesmo antes de "bater a cabeça", na opinião deles, a mãe de Grace já era frágil e emotiva demais para assumir o cargo. Então, já estavam preparados e armados até os dentes quando a mulher aceitou fazer o casamento entre homens gays, donos de um pet shop. Em seu último sermão antes de levar um pé na bunda, além de lembrar à Congregação o (incômodo) fato de que Jesus amava e aceitava todo mundo sem julgamento, a mãe de Grace comparou o filho de Deus a um socialista moreno. Pela cidade, correu o boato de que alguém a teria escutado dizer "foda-se o Levítico!" enquanto podava rosas no quintal.

Então, foi assim que, depois de anos de serviço, expulsaram a mãe de Grace do cargo de diretora de causas feministas e oradora convidada do templo da Primeira Igreja Batista do Cristo Redentor e que ela foi automaticamente insultada e odiada por quase sete mil congregacionalistas de Adeline e de três condados vizinhos. O pai de Grace acabara de começar seu negócio de marketing on-line e ainda não tinha levantado renda. No entanto, pior que ficar pobre de uma hora para a outra, é de repente ficar sem nenhum amigo em uma cidade pequena, onde todos se conhecem. Ninguém se sentava ao lado de Grace na igreja. O armário dela na escola começou a aparecer pichado, e o mais estranho de tudo, com palavras como "puta" e "vadia", sendo que ela era, e ainda é, virgem. E não é com esses termos que uma garota é xingada quando querem envergonhá-la? Assim, Grace passou o resto do ano letivo almoçando sozinha no banheiro da academia, sem falar com ninguém durante o dia, exceto com um ou outro professor, e sem que seus pais fizessem ideia do que ela vinha suportando; a mãe estava ocupada demais procurando emprego, e o pai, ocupado demais tentando captar clientes. Grace sabia que o sofrimento dela não era prioridade.

Ela não consegue definir muito bem como está agora, mas tem certeza de que a tristeza não é por ir embora. Ficou claro que Adeline não tinha nada mais a oferecer a ela e a sua família, fosse pelas amizades, fosse pela sensação de se sentir bem-vindo. E, mesmo antes de isso tudo acontecer, quando ainda se sentia alocada numa casa simples, mas num bairro legal, rodeada de amigos e conhecidos, com regras de comportamento e de fala muito bem-estabelecidas – mesmo assim, com toda essa ordem –, Grace suspeitava que houvesse algo de errado. Ela conhecia de cor e salteado seu papel e o executava com maestria, mas não passava disto: um papel. Parte dela sempre sentiu como se vivesse uma mentira.

Talvez, bem no fundo, ela sempre tenha odiado as músicas cristãs e os filmes cristãos, com produções terríveis, aos quais o grupo de jovens sempre assistia às noites de sexta. Talvez no fundo ela detestasse sua vida social em torno do grupo de jovens. E detestasse sentar-se à mesma mesa no horário do almoço, todos os dias, com as mesmas garotas insossas que ela nunca escolheu como companhia e com quem nunca se identificou, tímidas e ao mesmo tempo insuportavelmente hostis com qualquer um que não pertencesse ao círculo delas, que acobertavam fofocas por trás da "justiça cristã". Talvez lá no fundo ela quisesse um namorado. E tivesse a curiosidade de conhecer todos os tipos de coisa que não devia querer conhecer.

Grace sempre ansiou por outra coisa. Uma cidade diferente, uma escola diferente, pessoas diferentes. E, agora que finalmente surgiu a oportunidade de conquistar o que queria, ela se vê apavorada. Percebe que não tem ideia do que realmente quer.

E o que pode ser pior? Mentir sobre quem se é ou não saber quem se é?

Agora mesmo, diante da incerteza de começar o ano em uma escola nova, em uma cidade nova, Grace daria tudo pela simplicidade de sua vida antiga, que não era um mar de rosas, é verdade, mas pelo menos era segura. Previsível. Sua casa. E tudo isso soa perfeitamente bem agora.

Ainda assim, cá está ela, neste lugar estranho que não se sabe se é uma cidade pequena ou um subúrbio, presa em um purgatório entre um passado insatisfatório e um futuro desconhecido. As aulas começam amanhã, domingo é o primeiro sermão de sua mãe na nova igreja e tudo parece longe de ficar bem. Nada aqui soa ou traz a sensação de lar.

Será que Grace deveria rezar ou algo assim? Pedir orientação divina? Abrir espaço para Deus? Sejam quais forem as respostas, neste momento ela tem outras coisas com que se preocupar – por exemplo, sobreviver ao penúltimo ano do ensino médio.

Grace se dá conta de que sente saudade de casa. Mas como alguém pode sentir saudade de um lugar que não existe mais?

E como alguém pode começar uma nova vida se nem mesmo sabe quem é?

# ROSINA

Maldito primo Erwin e sua existência inútil, fodam-se todos os tios do mundo, fodam-se Mami, tia Blanca e tia Mariela por acharem que Rosina é uma escrava, fodam-se os velhos modos e a obrigação de concordar com eles, fodam-se essa bicicleta e essa roda torta ridícula, foda-se esta cidade cheia de buracos e de calçadas irregulares, foda-se Oregon, fodam-se a chuva, os jecas, os jogadores de futebol e as pessoas que comem no La Cocina, não oferecem gorjeta e ainda por cima jogam o guardanapo sujo e gorduroso no chão para Rosina pegar.

Fodam-se tudo e todos, menos a Abuelita. Rosina admira a avó, que ocupa um lugar muito especial em seu coração. Ainda que a Abuelita pense que Rosina é sua filha morta, Alicia, que nunca saiu de sua aldeia, no México. Mesmo que a Abuelita tenha saído vagando no meio da noite na terça-feira, quando não tinha ninguém olhando, e caminhado até um bairro um pouco mais legal e com moradores mais brancos a quase um quilômetro de distância, e que aquela linda líder de torcida, Melissa, de quem Rosina está a fim desde o sexto ano, tenha a levado de volta. Depois de chorar por uma hora, de andar de bicicleta pela vizinhança procurando a Abuelita, Rosina escuta baterem à porta e vai abrir, com a cara manchada, o cabelo bagunçado, o nariz sujo de lágrimas e ranho; eis que depara com uma demonstração de beleza e gentileza: Melissa, a líder de torcida, segurava a mão de Abuelita com um sorriso terno e o olhar tão radiante quanto a luz do sol.

— Olha só quem encontrei — diz a líder de torcida.

Abuelita beija Melissa na bochecha e afirma:

— *Eres un ángel*.

Em seguida, Abuelita entra na casa, e Rosina se sente tão envergonhada que fecha a porta no lindo rosto de Melissa um segundo depois de mal conseguir dizer "obrigada".

Só de pensar na cena, Rosina retrai o corpo. Nunca uma garota a fez se sentir assim, tão fora de si mesma. Nunca se sentiu tão sem jeito. Ela se lembra daquela expressão "de pernas bambas" e do quanto sempre achou bobagem de paixonite, mas aí percebe que teve provas científicas de que, sim, é uma condição física real, e isso a deixa enraivecida por ser tão clichê, por estar a fim de alguém e por esse alguém ser *mulher*.

Ela pedala a toda velocidade na esperança de que a queimação nos músculos das pernas acabe com a sensação inquietante de querer alguma coisa, de desejar alguém, alguém que ela sabe que não pode ter. Mesmo montada na bicicleta, pedalando o mais rápido que consegue, Rosina se sente enjaulada, presa. Não pode ir para Eugene e com certeza não vai a Portland, óbvio que não. O que ela pode fazer é passear pelas ruas dessa cidade velha e desgastada, procurando algo novo. Às vezes, depois que passa a chuva, as calçadas ficam cheias de minhocas afogadas. Quem sabe umas correspondências perdidas. Ou garrafas vazias e papel de bala, chiclete, recibos, listas de compra amassadas. Bicho morto. A única novidade que há por essa cidade é lixo.

Rosina percorre as ruas de Prescott, como uma eterna solitária, a única garota parda da cidade que não anda com as outras garotas pardas (como se fosse por escolha própria), o cabelo preto espetado serpenteando o ar, pelos fones no ouvido escuta mulheres selvagens que faziam música em bairros e cidades bem perto dali, mas há praticamente uma geração, aquelas garotas corajosas de botas e guitarras, cantando com a voz rasgada, cheia de rebeldia e coragem. Relíquias, artefatos. Tudo o que realmente valeu a pena aconteceu há muito tempo, quando "novo" de fato significava "novo".

Por que ela sempre acaba entrando nesta rua? Não tem nada ali além de casas da década de 1950, simples, todas iguais – só mudam a cor; e tem uma ou outra árvore e alguns jardins com a grama muito malcuidada. Esta rua não faz parte da rota de Rosina. Não leva a lugar algum.

Aí está. A casa. A casa de Lucy Moynihan. Tinta branca desbotada e descascando, como em qualquer outra casa. Do lado de fora, nada de especial. Ali morava uma garota que Rosina mal conhecia. A casa passou o verão inteiro vazia. E o que Rosina tem a ver com isso? Nada. Então, por que ela continua voltando lá? É como se a casa a chamasse. Como se, mesmo sem estar mais ali, Lucy continuasse no local.

A casa não está vazia. Não mais.

Se não estivesse prestando atenção, Rosina provavelmente nunca teria percebido a garota branca e rechonchuda lendo na varanda da frente. Mas não é a garota que chama a atenção de Rosina. Afinal, é uma pessoa branca que não contrasta com paredes brancas. A menina tem o rosto liso e sem traços definidos, do tipo que é difícil memorizar. Mas é nova, e isso é um dado importante. Mais que importante.

— Ei! — chama Rosina, freando a bicicleta de uma vez.

A garota leva um susto. Rosina tem a impressão de ouvir o guincho de um rato.

— Quem é você? — pergunta Rosina ao puxar o pezinho da bicicleta com o próprio pé. — É nova por aqui? — complementa enquanto caminha pela calçada irregular. — Está morando nesta casa?

— Hummm. Oi?! — responde a garota, colocando de lado o livro, algum romance medíocre de fantasia, e afastando a franja loura e desgrenhada dos olhos. Mas os fios não obedecem e voltam para a mesma posição.

— Oi, sou Rosina — apresenta-se, oferecendo a mão para cumprimentar a menina.

— Grace.

A mão leve e ligeiramente úmida de Grace contrasta com o aperto afirme de Rosina.

— Em que ano você está? Parece do segundo.

— Terceiro.

— Eu também.

— Vou estudar na Prescott High.

— É... acho que essa é a única opção que temos por aqui — comenta Rosina, sem a menor preocupação em esconder que está avaliando a garota da cabeça aos pés. — Sua voz é engraçada, o sotaque, sei lá... Parece de personagem de desenho.

Grace abre a boca para responder, mas não emite som.

— Desculpa. Pegou mal, né? — pergunta Rosina.

— Hum... Um pouco.

— Mas na verdade eu quis fazer um elogio. Sério, você é diferente. E eu gosto do que é diferente. De onde você é?

— De uma cidade bem pequena em Kentucky, Adeline.

— Entendi… Tem bastante gente do interior por aqui, então você vai se sentir em casa. Sabe quem morou nessa casa antes de você, né? — indaga Rosina, mas sem dar tempo de a garota responder. — Sabe o que significa "pária"? Era aqui que a pária da cidade morava. Já leu aquele livro *A letra escarlate*? A menina do livro era tipo isso. Só que não.

— Nunca li. Foi proibido na biblioteca da minha escola.

— Eita. Pelo menos por aqui a gente não está tão atrasado.

Rosina fica quieta. E chuta um matinho que nascera em uma rachadura da calçada.

— Acho que ela está no segundo ano. Onde quer que esteja.

— Quem? — pergunta Grace. — O que ela fez?

Rosina dá de ombros.

— *Ela* não fez nada. E o que aconteceu pouco importa. O que importa mesmo é que ela tenha falado sobre o assunto — comenta, mirando ao redor, mas sem fixar o olhar em um ponto específico. Está à procura de algo em que possa se apoiar. É do tipo que gosta de se escorar.

— E o que as pessoas dizem que aconteceu? — questiona Grace.

Rosina dá de ombros de novo. Tenta agir com naturalidade, como se não houvesse emoções interferindo em seu comportamento, mas é difícil fazer isso quando não se tem nada em que se escorar, quando já está chateada mesmo antes de a conversa inesperada começar, quando o sol da tarde reflete em seus olhos e você se vê à sombra da casa daquela pobre garota que merecia um destino melhor e você sabe que deveria ter feito algo por ela quando teve a chance, mas não fez.

— Acontece que as pessoas não querem ouvir coisas que gerem problemas para a vida delas, mesmo que sejam verdade. As pessoas detestam ter de mudar o modo como enxergam as coisas. Então, em vez de admitir que o mundo é feio, preferem cagar em cima da cabeça de quem diz isso, entende?

Rosina lança uma cusparada na calçada ao sentir a onda de calor que começa a subir pelo esôfago, queima feito fogo e provoca náuseas. O que diabos tem nessa garota da varanda, que mal abriu a boca e está fazendo Rosina falar sem parar? Será por que ela fez perguntas? Ou por que realmente parece se importar?

— E quem se importa com o estupro de uma garota? — indaga Rosina num tom sarcástico e amargo. — Ela não era importante para o mundo. Nenhuma de nós é. Ela foi embora. Todos devemos esquecê-la. — Rosina olha para Grace como se tivesse acabado de se dar conta de que a garota estava lá. — Você não é de falar muito, não é mesmo?

— Você meio que está falando por nós duas.

Rosina sorri.

— Er... Bom, e aí novata, tem algo interessante a dizer?

— Ah — diz Grace. — Hummm...

— Acabou seu tempo — interrompe Rosina. — Preciso ir. Vejo você na escola. Acho.

— Está bem, prazer em conhecê-la — diz Grace, hesitante.

Rosina dá um tapinha num chapéu imaginário, depois vira e ergue a perna para montar na bicicleta.

— Espera! — pede Grace, que parece tão surpresa quanto Rosina ao ouvir o volume súbito da própria voz. — Como ela se chamava?

Rosina suspira.

— Que importância tem?

— Hummm... Toda? — responde Grace, com gentileza. Depois, de um jeito mais agressivo, acrescenta: — Pois é, importa. E muito.

Rosina se recusa a acreditar em Grace, pois significaria se preocupar com algo a respeito do que ela não pôde fazer nada. Rosina não quer dizer o nome da menina em voz alta porque isso a tornaria real... E por que diabos ficar ali discutindo isso?

— Lucy — responde Rosina no momento em que pula no selim. — Lucy Moynihan.

E com isso ela sai pedalando com toda a força que suas longas pernas permitem.

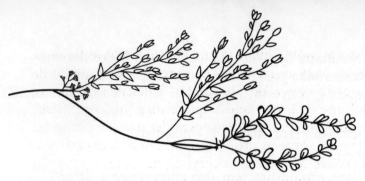

# ERIN

— Já me organizei para amanhã de manhã — conta Erin à mãe. — Vou levar mais ou menos uma hora e quinze, contando do momento em que acordo até chegar à escola. A margem de erro é de mais ou menos três minutos, considerando que vou deixar o uniforme pronto na noite anterior.

— Que bom, querida — responde a mãe. — Mas talvez nem precise se preocupar em arrumar a roupa, já que você usa a mesma todo dia. — A mãe de Erin sempre tenta convencê-la a fazer as coisas de um jeito diferente. Sempre haveria um jeito melhor que o de Erin.

— Mas de qualquer forma vou precisar de dois minutos para tirar a roupa da gaveta.

O guarda-roupa de Erin consiste em três camisas longas flaneladas, quatro camisetas brancas simples, duas camisetas cinza, três jeans largos, duas calças cargo, um par de All-Star preto e outro azul, tudo com etiquetas cortadas.

— Por que não veste aquelas camisetas novas que te dei? — pergunta a mãe.

— São desconfortáveis.

— Vou lavá-las mais algumas vezes para ficarem mais macias.

— Gosto das minhas camisetas velhas.

— Estão furadas. E manchadas.

— E...?

— Você pode não ligar, mas as outras pessoas reparam — diz sua mãe. — E vão comentar.

— Problema delas.

Erin sabe que sua mãe acha que está ajudando, que esta é a chave para a felicidade: a sensação de pertencimento. Mas Erin já tentou fazer isso. Passou a infância inteira estudando as pessoas, tentando descobrir como ser uma "garota normal". Tornou-se uma imitadora, uma atriz capaz de interpretar inúmeros papéis: já deixou o cabelo crescer, usou roupas que a mãe julgava "fofas" e até passou maquiagem, por um curto período, quando estava no oitavo ano. Sentava-se sobre as próprias mãos para não as esfregar quando ficava nervosa. Mordia as bochechas até sangrar para não fazer feio em público. Erin foi um camaleão, mudava de tempos em tempos para se adequar aos grupos, sempre recorrendo ao banco de dados de sua memória para saber a roupa apropriada para vestir, o que não usar, o que dizer e o que não dizer, o que sentir e o que não sentir. No entanto, por mais que se esforçasse e tentasse, ela nunca se adequava. As palavras sempre saíam de sua boca cedo demais ou tarde demais, a voz, sempre alta demais ou baixa demais. Quanto mais ela tentava se encaixar, pior se sentia.

As pessoas sabem como agem meninos com Asperger – pelo menos, acham que sabem. A síndrome faz com que se sintam irritados, nervosos, que gritem. Eles lutam para se encaixar. E culpam o mundo pelo desconforto.

Por outro lado, para as garotas portadoras dessa síndrome, as coisas são diferentes. Elas são invisíveis. Não diagnosticadas. Porque, diferentemente do que ocorre com eles, as meninas se voltam para dentro. Escondem-se. Elas se adaptam, ainda que doa muito. E, como não gritam, as pessoas julgam que elas não sofrem. Uma garota que toda noite chora para dormir e não causa problemas.

Até que ela resolve falar. Até que a dor, tão grande, transborda. Até que não resta outra escolha senão romper com as duas semanas de silêncio para contar a verdade sobre o que fez com Casper Pennington, sobre sua última e mais drástica tentativa de fazer o que achava que as outras garotas faziam. O acontecimento que os trouxe até aqui.

Logo depois do ocorrido, Erin raspou a cabeça. E prometeu nunca mais se importar com o que pensariam dela. E jurou que pararia de se importar. Ponto-final.

A mãe suspira.

— Só queria facilitar as coisas para você.

— Minhas camisetas velhas tornam a vida mais fácil para mim — rebate Erin, categoricamente. Afinal, se não usar a mesma roupa todos os dias, sempre pela manhã teria que ficar escolhendo o que vestir. Como as pessoas conseguem fazer isso? E como conseguem sair de casa?

— Tudo bem. Você venceu — afirma a mãe, como se fosse uma batalha, como se estivessem em algum tipo de tribunal Erin *versus* Mãe.

Sua mãe serve um prato de salada de abacate com toranja, manteiga de amêndoa e aipo. O prato parece mais arte que comida propriamente; uma refeição perfeita para um esquilo vegetariano. No ano passado, ela introduziu a Erin uma dieta crudívora, porque leu em algum lugar que ajudaria a estabilizar o humor de portadores de Asperger. E por mais que Erin deteste admitir, a dieta de fato parece funcionar. O problema é que, por mais que ela coma, depois de uma hora, tem fome de novo.

A mãe está sentada naquele banquinho de sempre, na cozinha, escondida atrás do laptop. É desse canto que ela se conecta ao mundo dos pais que têm filhos com Asperger: envia e-mails para os grupos de apoio que ela lidera, cuida da moderação do grupo no Facebook, compartilha dicas e artigos sobre o assunto no Twitter, bem como receitas veganas e livres de glúten em sua página do Pinterest. Por tudo isso, é considerada especialista no assunto pelo número crescente de amigos virtuais que tem – ao mesmo tempo, continua sem compreender a filha.

O cachorro de Erin, Spot, está deitado na posição de sempre, ao lado da dona, embaixo da mesa. O nome dele foi dado em homenagem ao gato de estimação de Data, Spot, que aparece em vários episódios de *Jornada nas estrelas: a nova geração*. Como é alérgica, Erin não pode ter gato. E esse é o segundo Spot que ela tem. O primeiro era um porquinho-da-índia. Apesar de Spot significar "pinta" em inglês, o Spot número dois não tem pintas. É um golden retriever. Vale dizer que o Spot de Data também não tem pintas, então Erin não está nem um pouco preocupada com essas inconsistências.

— Está animada para começar o trabalho na secretaria da escola? — pergunta a mãe, que vem tentando treinar a filha para conversa fiada. As duas praticam na hora das refeições.

— Não é um trabalho, mãe. Não vão me pagar, é escravidão. De certo modo, na verdade, você e o papai estão pagando para eles, já que as escolas públicas são financiadas por impostos e eu presumo que vocês contribuam direitinho. Pelo menos o papai, porque você não trabalha.

— Eu trabalho, sim, querida. Só não sou remunerada.

— Você podia conseguir uns anunciantes para o blog — sugere Erin. — E cobrar pelas palestras e apresentações.

— Obrigada pelo incentivo. Mas estou feliz fazendo o que faço.

— Não, não está — rebate Erin. A mãe a olha como quem diz que esse é exatamente o tipo de comentário que se deve evitar, mas Erin continua: — Se ganhasse dinheiro, poderia se tornar independente financeiramente.

— E por que eu ia querer isso?

Erin não responde. Por mais cruel que possa ser com a mãe, por mais que diga coisas inapropriadas, ela jamais diria "Porque não precisaria continuar casada com meu pai".

Então, apenas dá de ombros.

— Um macaco seria superqualificado para fazer meu trabalho na secretaria. Eles só precisavam encontrar algum lugar para me enfiar durante as aulas de educação física. — Erin recebeu do médico um parecer dizendo que ela tem problemas para praticar esportes em grupo, problemas com o toque das pessoas. A avaliação só não especifica que ela tem horror à transpiração, o que também é um problema nesse tipo de aula.

— E como foi o treinamento hoje de manhã?

— Tenho acesso aos dados da escola inteira. Posso saber a nota de todo mundo, se quiser.

— Mas não faria isso, não é?

— É contra as regras. — Todos sabem como Erin se sente em relação às regras. E foi por isso que lhe ofereceram esse trabalho que inclui acesso à informações confidenciais.

— O que você vai fazer hoje? — pergunta a mãe.

— Vou ler por uma hora. Depois, vou pegar o cocô do Spot no quintal e jogar fora. Em seguida, lavar as mãos por um minuto. Então, comer uma maçã com uns palitinhos de cenoura, porque isso vai me manter saciada por mais ou menos noventa minutos. Depois de completar todas as tarefas do dia, vou assistir a um episódio.

O antigo terapeuta ocupacional de Erin, em Seattle, lhe ensinou a respeito de *gratificação adiada* e sobre como ela é a chave para o sucesso. E Erin se tornou muito boa nisso. Ela faz tudo aquilo que não quer antes de fazer as coisas de que gosta. Dessa forma, sente-se motivada a continuar fazendo suas obrigações até finalizá-las. Sempre tem pelo menos uma lista do que precisa ser feito, organizada por ordem de importância, prazo estimado e grau de satisfação correspondente a cada atividade. Preparar essas listas, às vezes dá tanto trabalho quanto executar as tarefas em si. No entanto, o que as pessoas não entendem é que é necessário fazer tais listas, é questão de sobrevivência. Sem os tópicos e os assuntos organizados, Erin jamais conseguiria executar suas tarefas. Ela as esqueceria. As coisas se misturariam em sua cabeça a ponto de se desintegrarem e a sufocarem de tanta ansiedade. Sem essas listas, sem sua organização obsessiva, não há regras nem ordem. O mundo não faz sentido. Ele se dissolve e ameaça levar Erin junto.

— Parece um plano — comenta a mãe.

— Eu sempre tenho um plano.

— Sim, querida — comenta a mãe. — Eu sei.

Talvez Erin não consiga captar as sutilezas o tempo todo, mas ela sabe que sua mãe respondeu irritada. Erin sente uma dor no peito, bem aonde a dor sempre começa, o lugar de onde a ansiedade irradia-se para o resto do corpo. Neste exato momento, a dor quer mostrar que a mãe deveria se orgulhar das listas da filha, não se aborrecer e se sentir envergonhada pelo fato de Erin precisar delas.

Spot roça as patas na perna de Erin porque sente que a dona está agitada. A mãe o comprou em uma escola de treinamento para cães e pagou mais barato porque ele não havia se adaptado aos treinamentos. Mesmo assim, é um cão muito talentoso.

— Tem uma família nova no grupo de apoio que frequento às quintas, à noite — conta a mãe, mesmo sabendo que Erin detesta falar enquanto come.

— Legal — responde Erin. Na verdade, o que ela queria era não responder nada, mas infelizmente não é assim que funcionam as conversas.

— Eles têm uma filha de dez anos que acabou de ser diagnosticada. Ela é de alta funcionalidade, como você. Muito inteligente.

Alta funcionalidade, baixa funcionalidade... Como se fosse simples assim. Como se os adjetivos retratassem a realidade.

Erin não diz nada. E a desculpa para isso seria o fato de precisar mastigar aipo.

— Acho que pode ser legal vocês duas brincarem juntas qualquer dia.

— Mãe, eu tenho dezesseis anos. Não brinco mais.

— Mas ela adoraria conhecer você.

— Não ligo.

— Filha, olhe para mim.

Erin olha, mas mira o olhar bem abaixo do de sua mãe – truque que criou para fazer as pessoas acharem que ela está olhando nos olhos delas, quando na verdade, é só fingimento.

— Lembra do que conversamos sobre empatia? Tente pensar em como essa garota se sente e em como seria reconfortante para ela encontrar alguém mais velho com Asperger, alguém que vive bem, apesar da síndrome.

Erin esfrega as mãos para tentar a acalmar a ansiedade, para ajudá-la a pensar direito. E pensa na empatia, no equívoco de as pessoas de acharem que os portadores de Asperger são incapazes de se colocar no lugar dos outros, que se trata de uma habilidade que gente como Erin precisa adquirir. Se tem uma coisa que ela sabe ser, é empática, tanto que às vezes chega a doer, tanto que às vezes a dor de outras pessoas se transforma na dor dela, que a deixa totalmente incapaz de ajudar quem quer que seja. E é por isso que é mais fácil evitar o contato que socializar. É mais simples tentar ignorar do que tentar consolar quem sofre, porque essa última opção geralmente dá errado e piora as coisas. Erin quer consertar a dor, fazê-la desaparecer, e às vezes não é isso que as pessoas querem. E, para Erin, isso não faz o menor sentido.

O que faz sentido é a lógica. Quando está em dúvida, Erin se pergunta o que Data faria e se esforça para pensar como um androide. Ela usa suas excelentes habilidades lógicas para deduzir se um encontro com uma garota de dez anos lhe faria bem.

— Mãe... eu *não* vivo bem — comenta, por fim, depois de chegar a uma conclusão.

Apesar das listas, das adaptações, todo dia é uma batalha que deixa Erin exausta de um modo que a mãe jamais será capaz de compreender.

Erin sabe o que significa a expressão de sua mãe. É o que chama de "cara de bunda", embora Erin não veja bunda nenhuma no rosto dela. É uma careta que expressa tristeza e frustração. E, no caso de sua mãe, também significa que você acabou de dizer alguma coisa óbvia, mas que ela tenta disfarçar para não dar na cara.

— Por que diz isso? Você tem ótimas notas na escola, seu QI está acima da média, se sai muito bem em uma escola de ensino médio tradicional...

Erin reflete.

— Só tenho uma amiga na escola. O resto do pessoal me chama de louca. Até ela, às vezes. E minha única tentativa de ter um namorado obrigou a gente a mudar de estado.

— Erin, já conversamos sobre isso. Não foi esse o motivo da mudança. Seu pai recebeu uma oferta de emprego aqui.

No entanto, não precisa ser nenhum gênio (e Erin é) para saber o verdadeiro motivo da mudança de casa. Admitam seus pais ou não, Erin sabe que ninguém deixa, por livre e espontânea vontade, um emprego na Universidade de Washington para trabalhar na Universidade de Oregon com um salário menor.

— Mãe, você precisa de um passatempo — sugere Erin.

Erin reconhece a expressão da mãe. É tipo a cara de bunda, só que pior.

— Lembre-se. Empatia, Erin — diz a mãe, com delicadeza. E com os olhos marejados.

Erin sente um soco, um aperto no perto. Sinal de que ela deve dizer que está arrependida.

— Preciso ficar sozinha — diz, em vez de pedir desculpas. — Vou para o meu quarto.

A mãe a deixa mais exausta do que qualquer outra pessoa. Não é necessariamente o fato de estar perto das pessoas que esgota as energias de Erin, mas o contato com pessoas que querem que ela aja de forma diferente.

— Vamos, Spot — chama Erin, e o cachorro vai atrás dela, mantendo-se fiel mesmo quando a garota diz coisas que deixam sua mãe triste.

Erin nunca sabe se a mãe chega a sair do banquinho da cozinha, porque toda vez que Erin sai e volta, ela continua lá. No mesmo lugar.

# GRACE

Grace mantém a cabeça baixa enquanto passa pelos diferentes grupos que lotam os degraus da entrada da Prescott High School. Através da franja, ela vê fragmentos de rostos, de penteados e de roupas, e sua mente se esforça para catalogar quais ela deveria evitar. Talvez haja alguém ali que seja diferente, que procure alguém para uma amizade verdadeira, mas sua estratégia para fazer amigos é por eliminação. Ela tem pensado bastante sobre seu plano, que consiste em eliminar primeiro o grupo dos mais populares (e quem Grace pensa enganar? Provavelmente, terá de eliminar o segundo grupo mais popular da escola também) e, então, fracassados, drogados, ratos de academia, esquisitos de qualquer tipo; por fim, escolherá quem sobrou. Na escola antiga, os amigos que pertenciam ao círculo de convivência dela, eram filhos de pais religiosos fanáticos que frequentavam a igreja da mãe, crianças com as quais Grace cresceu nas reuniões dominicais e nos encontros de grupo de jovens. Mas ela colocou os ovos na cesta errada: perdeu todos os amigos que tinha quando eles, por unanimidade, decidiram se afastar quando seus respectivos pais decidiram que a mãe de Grace estava, de certo modo, possuída pelo demônio. Grace não pode permitir que isso aconteça de novo.

Ela respira fundo enquanto caminha até o prédio principal. Cumpriu a primeira etapa. Atravessou a porta da frente. Agora, precisa conferir o horário das aulas. Se quebrar o dia em pequenas partes, a coisa talvez pareça menos assustadora.

*Por favor, meu Deus*, ela reza em silêncio. *Dê-me forças. Ajude-me a atravessar esse sofrimento.*

Grace para na recepção e ali fica por um tempo. Do outro lado do balcão, há uma garota de cabelo raspado, estilo meio andrógeno, com a cara grudada na tela de um computador antigo. Grace sabe que a menina pode vê-la, ainda que esteja fingindo que ela não está ali.

— Hummm... Oi? — cumprimenta Grace.

A garota olha para ela por um momento, depois volta à tela do computador.

— Eu não deveria estar aqui na recepção — explica a garota. — Meu computador fica lá no fundo, mas está quebrado.

— Ah, certo? — diz Grace.

A garota careca parece nervosa, se mexe de um lado para o outro, mas não diz nada.

— Hummm... — continua Grace. — Vim aqui pegar o horário das aulas...

— Você deveria ter recebido pelo correio há duas semanas.

— Er... é que acabei de me mudar para cá. Há duas semanas eu ainda não tinha endereço. Então, me disseram para vir aqui?

A garota olha para Grace.

— Disseram? Quem?

Uma mulher robusta, correndo desde o fundo da secretaria, aparece.

— Desculpe, querida. Precisei dar um pulinho ali por um minuto — explica a mulher, que olha para a garota careca, que, por sua vez, parece preocupada. A mulher robusta volta a olhar para Grace.

— Erin ajudou você?

— Hummm... Mais ou menos?

— Isso deve ser o que chamam de pessoa evasiva — comenta Erin. — Parece que está fazendo uma pergunta, mas na verdade, não está.

— Erin! — A mulher robusta a chama, com um suspiro. — Pode, por favor, cuidar das suas coisas e me deixar atender a mocinha, aqui?

— Eu só queria ser sociável — explica Erin, com gentileza. Ela respira fundo e esfrega as mãos, como se tentasse espalhar hidratante nelas.

— Tudo bem, Erin. Acalme-se — pede a mulher.

— Nunca pedir para alguém se acalmar de fato ajudou a pessoa a se acalmar — comenta Erin.

— Como posso ajudá-la, querida? — pergunta a mulher a Grace, com um olhar que mostra que as duas compartilham de um sentimento, o qual Grace suspeita que seja irritação. Mas Grace acha que é Erin quem parece estressada, então a mulher não deveria tentar ajudá-la? Quando se trabalha em uma escola, não faz parte ajudar os alunos?

— Eu me chamo Grace Salter. Acabei de me mudar para cá. Vim pegar o horário das aulas.

— Ah, claro — diz a mulher, com a voz muito mais simpática que quando falou com Erin. — Bem-vinda à Prescott! Sou a sra. Poole, responsável pela secretaria. Está gostando da escola?

— Estou, acho?

— Estamos há exatos cento e trinta e um quilômetros da praia mais próxima — intervém Erin. — O que não é nada bom.

A sra. Poole ignora Erin. Ela folheia um arquivo na escrivaninha e tira um papel. — Lá vamos nós. Horário de aula de Grace Salter. Sala de literatura norte-americana, com o sr. Baxter.

— O sr. Baxter é o treinador de futebol e só passa livros de homens brancos e heterossexuais — comenta Erin.

— Erin, chega! — exclama a sra. Poole, bufando, antes de se virar para Grace e fazer uma cara patética. — Ela vai ficar por aqui todo primeiro período durante este semestre.

— Eu estou ouvindo — resmunga Erin.

— Quer saber? — diz a sra. Poole. — O sinal vai tocar já, já. Erin, você poderia mostrar a Grace onde fica a sala? Não queremos que ela se atrase no primeiro dia de aula.

Erin se levanta e, embora esteja com uma camisa de flanela larga por cima de uma camiseta branca também larga e calça jeans de tamanho maior que o dela, Grace vê que a menina tem corpo magro e se pergunta por qual motivo Erin tenta escondê-lo. Se tivesse um corpo daquele, ela gostaria de mostrá-lo para todo mundo.

— Vamos — diz Erin, que, em seguida, atravessa a porta sem se preocupar em olhar para trás e verificar se Grace a acompanha.

Grace quer perguntar a Erin por que a sra. Poole acha que tem o direito de ser tão rude com ela, por que pensa que isso não machuca; no entanto, em vez de fazer essas perguntas, Grace lança outra:

— Você mora por aqui há muito tempo?
— Há mais de dois anos.
— Onde você morava antes?
— Em Seattle.
— Ah. Era legal lá? Ouvi dizer que é um lugar interessante.
— Você tem sotaque.
— Sou de Kentucky.
— Pronto, esta é a sala do sr. Baxter.

Erin para em frente a uma porta aberta, olhando para o chão. Grace percebe que, com exceção daquele momento em que estava detrás da tela do computador na recepção da secretaria, Erin não olhou em seus olhos nem uma vez.

— Obrigada.

Os olhos de Erin percorrem o chão freneticamente. Depois de uma longa pausa, ela diz:

— De nada.

E vai embora.

Grace entra na sala barulhenta e encontra uma cadeira livre, no fundo. Ela mantém o olhar fixo no chão, então não sabe se tem alguém olhando para ela; aliás, ela não sabe o que é pior: ser medida da cabeça aos pés ou nem sequer ser notada.

O sinal toca. Nada do professor.

— Ouvi dizer que Lucy Moynihan teve um ataque de nervos e deixou a escola — comenta uma garota de cabelo escuro, sentada ao lado de Grace. — Parece que ela enlouqueceu. Foi para um hospital psiquiátrico em Idaho, algo assim.

— Isso não é verdade — refuta a menina loura. — A família dela acabou de se mudar para Portland por vergonha, eles não conseguiram encarar a situação.

— Bem feito! — completa a outra garota. — Também, com todo o alvoroço que ela causou... Não tinha outro jeito de chamar a atenção?

As duas riem. Grace queria que elas parassem. Ela não conhece Lucy, não conhece a história toda, mas, por dentro, sabe que a garota que escreveu aquelas palavras na janela do quarto não o fez porque queria chamar a atenção.

Seu incômodo também se deve ao fato de perceber que as garotas são possíveis candidatas a amigas. Dá para notar que não são populares, mas também não fazem parte do último grupo da lista. São meninas como Grace, do tipo que ninguém nota. Bom, então, elas curtem fofoca... Pode ser que Grace tenha de aprender a lidar com esse tipo de coisa. Não restam a ela muitas alternativas.

Grace fecha os olhos e diz a si mesma: *fala oi*. Ela reza, pedindo força. Abre a boca para falar, mas, neste exato momento, um homem alto, robusto e bem-apessoado entra na sala carregando uma pilha de livros velhos e usados.

— E aí, treinador Baxter?! — Um cara musculoso, sentado na primeira fileira, o cumprimenta.

— Aarons — responde o professor. — Pronto para ganhar na sexta-feira?

— Lógico! — Na sequência, mais alguns caras, todos com camisa de futebol, cumprimentam o professor com um toque de mão e um grito.

— Aqui, McCoy — diz o professor para um dos alunos uniformizados, deixando a pilha de livro em cima da mesa. — Vai passando.

— Sim, professor.

— Bom... — Baxter começa a vasculhar uma pilha de papéis que há na mesa.

— A lista. A lista. Onde está a lista de presença?

O alto-falante estala.

— Bom dia, Prescott High School. Sejam muito bem-vindos ao primeiro dia de aula — anuncia uma voz feminina. — Aqui quem fala é a diretora Slatterly.

Metade da classe tira sarro.

— Em nome dos professores e da administração do colégio, gostaria de dizer que estamos felizes de encontrá-los e esperamos que tenham aproveitado bem as férias de verão, que estejam descansados e dispostos para mais um semestre de aprendizado. — Com a voz mais sinistra e séria, a mulher acrescenta: — Quero lembrar que, além da educação, a missão da Prescott High é incentivar o respeito à autoridade, à disciplina e à ordem. Sem isso, nossa escola, nossa comunidade e a sociedade como um todo desmoronariam. Aqui, o objetivo é estimular e formar indivíduos construtivos, homens e mulheres dispostos a contribuir para a sociedade sem perturbar nem destruir o espírito da comunidade escolar. — A mulher pigarreia e volta a falar, com a voz mais pacífica: — O time de futebol da faculdade parece mais forte esse ano, estamos ansiosos para o jogo de sexta à tarde. Lembrem-se, alunos, cada um de vocês é responsável pelo próprio futuro. *Go, Spartans!*

Parte da sala grita, parte aplaude e outros olham fixamente para a janela. A loura fofoqueira sorri para Grace, que, por sua vez, teme que um sorriso de retribuição soe forçado. A garota pergunta:

— Você é nova?

— Sim. Oi. Eu me chamo Grace.

— Allison. Prazer.

A amiga de Allison também se apresenta:

— Connie.

Grace sente uma onda de esperança. Afinal, toda garota curte fofoca, não é? Até as mais santinhas têm lá suas maldades.

— Bom — diz o treinador Baxter, à frente da sala. — Esta aula é de literatura norte-americana. Antes de começar, tenho alguns avisos. Acredito no cânone. Acredito que as grandes obras literárias perduram por décadas e mais décadas porque exploram temas universais. Não vou desperdiçar tempo com obras populares, com modinhas passageiras e não estou preocupado com o politicamente correto. Meu trabalho aqui é oferecer uma formação sólida nos clássicos – e é exatamente isso o que vou fazer. Começaremos com uma seleção de Edgar Allan Poe, Ralph Waldo Emerson e Henry David Thoreau. Depois, leremos *Moby Dick*, de Herman Melville.

— Não é a história de uma baleia? — pergunta um garoto da primeira fileira.

— O livro fala sobre a obsessão e a eterna luta do homem consigo mesmo e com Deus — responde o sr. Baxter. — Entre outras coisas. Mas, sim, tem uma baleia na história. Tudo bem, Clemons?

— Sim, professor.

— Que bom. Depois de *Moby Dick*, seguiremos para uma seleção de grandes nomes americanos, como Mark Twain, Henry James, Faulkner, Hemingway e Steinbeck. Então, teremos uma verdadeira surpresa com *O grande Gatsby*, de Scott Fitzgerald, considerado por muitos o maior romance americano. Se sobrar tempo, no fim do semestre, podemos ler alguns ótimos autores que continuam vivos, incluindo o meu favorito, Jonathan Franzen. Agora abram os livros e vamos revezar a leitura em voz alta. Página quatro. "O que é um romance?" Quem quer começar?

Grace abre o livro didático e dá de cara com um desenho feito a lápis: um pênis usando óculos escuro.


Grace demora um pouco para encontrar seu armário, então, quando chega ao refeitório, já está quase cheio. Ela procura Connie e Allison, as duas meninas com quem conversou, mas elas devem ter ido comer em outro lugar. Ela olha ao redor à procura de possíveis futuros amigos – mas não tem ninguém muito especial nem muito sem sal, um punhado de fulanos e zés-ninguém, o tipo de amizade tragável. Por um momento, ela considera encontrar um cantinho escondido para comer debaixo da escada.

É quando uma mesa chama a sua atenção. No canto do refeitório, perto do corredor que leva à biblioteca, há um lugar isolado da hierarquia do ensino médio. Sentadas ali estão Erin, a garota careca da secretaria, e Rosina, a menina que Grace conheceu em frente a sua casa ontem, igualmente estranha, mas de um jeito diferente, mais evidente. As duas parecem fora de órbita, como se nem sequer soubessem que estão sentadas no meio do refeitório de um colégio de ensino médio. Que bom seria ser tão livre assim, alheia a caprichos e fraquezas dos outros.

Rosina ergue a cabeça e percebe que Grace a encara. Erin olha para o lado e nota o que Rosina acabou de ver. As duas garotas olham para Grace, não exatamente sorrindo, mas com um olhar de curiosidade que não chega a incomodar.

Seria verdade que essa decisão – de com quem se sentar no almoço – pode definir o destino de Grace no ensino médio, quem sabe até na vida? A vida é realmente essa coisa tão absurda e sem sentido? A julgar pelas experiências que Grace teve, a resposta é "sim".

Grace tinha um plano, mas talvez ele estivesse errado. Talvez nunca se deva tomar uma decisão por medo. Talvez o objetivo não deva ser pertencer a um grupo. Talvez Grace tenha entendido errado o jogo, e o objetivo não seja se manter segura e tentar permanecer nele. Talvez ela não esteja a fim de jogo algum.

— Oi! — cumprimenta Grace ao chegar à mesa do refeitório, com o coração acelerado. — Posso me sentar com vocês?

Erin inclina a cabeça de um jeito que faz Grace lembrar um gato ou um robô.

— Por quê? — pergunta Erin.

— Erin — adverte Rosina. — Lembra que não pode falar a primeira coisa que vem à cabeça?

— Mas quero saber por que ela quer se sentar com a gente — explica Erin, sem nenhum tom de maldade. — Ninguém nunca quer ficar com a gente.

— É verdade — completa Rosina. — Por que quer sentar com a gente, novata?

— Eu... er... hummm... Não sei? Acho que porque já vi vocês duas antes, e vocês parecem legais, e eu sou nova e não conheço ninguém e...

— Tudo bem — afirma Rosina. — Eu estava brincando. Claro que pode se juntar a nós.

— Não somos legais — adverte Erin.

— Fale por você — rebate Rosina. — Eu sou legal.

— Não, você não é.

— Eu sou legal com você.

— Mas só comigo.

— Bom, talvez eu queira ser legal com a novata também. Até agora ela me tratou bem, então estou considerando a possibilidade.

Erin dá de ombros.

— Sorte a sua. Esta é a melhor mesa do refeitório — comenta.

— Por quê? — indaga Grace enquanto se senta.

— Porque é a mais silenciosa — responde Erin. — E é a rota de fuga mais rápida para a biblioteca.

Grace nota que o almoço de Erin está em um recipiente de metal com três compartimentos. Nele, não há nada que um adolescente comeria no almoço, nenhum sanduíche ou batata frita, nada preparado. Erin percebe a curiosidade de Grace.

— É um bentô. É do Japão. Minha mãe comprou para mim porque não gosto de misturar a comida.

— Está de dieta? — pergunta Grace.

— Não por vontade própria.

— A mãe da Erin entope ela de folhas e gravetos para ela parar de se flagelar — comenta Rosina.

— Identifiquei na voz da Rosina um tom de sarcasmo. Mas o conteúdo da explicação dela está bem próximo da verdade, exceto pelo fato de que isso aqui não são folhas e gravetos — acrescenta Erin.

— Entendi. Hora de mudar de assunto — comenta Rosina. — E você, novata, como se chama?

— Grace. A gente se encontrou ontem, lembra?

— Sim, lembro. Você mudou para a casa em que Lucy Moynihan morava. Merda! — exclama Rosina, fingindo se debater. — Prometi que nunca mais pronunciaria o nome dela.

— Por que não? — questiona Grace.

— Não quero contribuir com a obsessão doentia que a cidade tem por essa menina. Já se passou um verão inteiro, e as pessoas continuam falando dela. Ah, tenho mais o que fazer!

— Ela era sua amiga?

— Essa aqui é minha amiga — responde Rosina. — Essa garota careca que come comida de coelho.

Erin tira os olhos dos legumes picados.

— As pessoas não vão parar de falar dela enquanto se sentirem culpadas — opina Erin. — Elas não conseguem deixar isso de lado porque estão com peso na consciência.

— Observação astuta — comenta Rosina.

— Obrigada.

— De nada.

— O que exatamente aconteceu com Lucy? — pergunta Grace. — Ela disse que alguém a estuprou? Quem foi?

Nem Rosina nem Erin respondem. Cada uma mantém a boca ocupada com seu respectivo almoço.

— É verdade que aconteceu? — indaga Grace.

Rosina suspira.

— Acreditamos nela. A maioria das pessoas acreditou, mas nunca vai admitir. Provavelmente metade das meninas dessa escola já discutiu com algum desses idiotas. — Rosina tira os olhos do sanduíche mordido. — Mas isso não importa.

— Por que não importa? É claro que importa — rebate Grace.

— Em qual planeta?

Grace não faz a menor ideia do que responder.

— Eu gostaria de falar sobre nudibrânquios agora — anuncia Erin, esfregando as mãos, ansiosa.

— Vá em frente — diz Rosina.

Grace olha para Rosina à procura de uma pista, mas a garota lasca uma mordida no sanduíche como se o termo fosse algo completamente normal para a conversa.

— Nudibrânquios são lesmas do mar — explica Erin. — É um nome inapropriado, porque na verdade eles são as criaturas mais bonitas e graciosas do mar. Essa palavra vem do latim e significa "pulmão nu", porque os pulmões deles ficam do lado de fora do corpo, como penas. São gastrópodes, como os moluscos e os polvos. Gastrópodes significa "pé do estômago".

— Gastrópodes — pronuncia Rosina, arrancando a casca do sanduíche. — Ótimo nome para uma banda.

Então Grace escuta um som familiar por perto, talvez uma risada, algo que ela se acostumou a ouvir nos últimos dias que passou em Adeline: do tipo de riso que tem um alvo, uma vítima. Garotas malvadas se preparando para agir.

— Cuidado! Não chega muito perto da mesa das loucas — comenta uma garota com a amiga, num sussurro dissimulado, quando as duas passam perto.

Imediatamente, Rosina mostra o dedo do meio.

— Vão se foder, aprendizes de gente! — resmunga, num tom calmo. — Não quero pegar a doença de vocês.

As garotas reviram os olhos e saem rindo, e Grace sente como se algo dentro dela se rompesse. É uma dor familiar, somada ao medo de ter escolhido exatamente a mesa que não deveria.

— Líderes de torcida de merda! — completa Rosina. — Que tipinho mais nojento, não?

— Vou nessa — diz Erin, levantando-se, de repente, com uma expressão de dor, alternando levemente o peso do corpo sobre os pés. Ela guarda apressada as coisas na mochila.

— Até mais — diz Rosina enquanto Erin se vira e acelera pelo corredor.

— Espere — diz Grace. — Aonde ela vai?

— Provavelmente para a biblioteca.

— Por quê?

— Malditas líderes de torcida! — comenta Rosina, com uma expressão de raiva.

Grace, porém, não identifica se isso é uma resposta para sua pergunta ou um comentário genérico sobre o mundo. Seja como for, seu pressentimento não é nada bom.

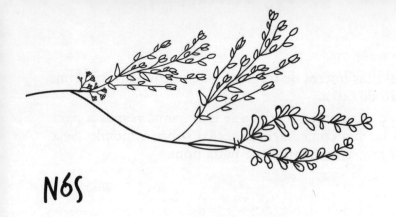

# NÓS

Uma garota se juntou às líderes de torcida porque ama dançar e jogar futebol. Não sabia que esse é o motivo pelo qual a maioria das garotas entra para a torcida. Não pensou nos uniformes nem nas sextas-feiras em que teria de usá-los para ir à escola, tampouco em como o desempenho estaria muito além dos jogos e que faz parte do trabalho a obsessão com a celulite nas coxas – coisa que nem mesmo todos os agachamentos do mundo seriam capazes de eliminar – ou em como a escola inteira se vê no direito de julgar a bunda dela quando aparece na câmera.

Ela mantém a cabeça erguida enquanto caminha pelo corredor. Faz parte de sua função manter-se confiante e alegre. E o que as pessoas comentam porque nunca a viram com um namorado? Uma garota tão linda assim deveria ter um namorado.

A garota sorri para que ninguém suspeite o que se passa na cabeça dela: *E se a minha vida fosse diferente? E se eu não tivesse de pensar em meu corpo o tempo todo, se não precisasse ficar sempre sob o holofote? Como seria se eu fosse um tipo diferente de garota?*


A representante do corpo estudantil da Prescott High School se pergunta se talvez em Stanford esperem algo a mais das mulheres. Como ser inteligente parece requisito, pode ser que não seja preciso se preocupar o tempo todo em provar sua inteligência, é possível gastar energia com outras coisas. Talvez as alunas possam usar saias mais curtas ou camisas mais decotadas. Talvez elas possam usar um pouco da maquiagem que a mãe não para de comprar e que essa aluna se recusa a usar porque tem medo de que as pessoas parem de levá-la a sério. Será que lá as garotas podem fazer algo com o cabelo, além de amarrá-lo num rabo de cavalo todo dia?

Como seria se sentir notada? Olhada? Ser desejada como algo além de uma parceira para dividir a atividade de laboratório? Não ter que escolher entre ser bonita ou inteligente?

E que cara quer namorar uma rata de academia? Qual deles sonha em ficar com a estrela de *softball* da escola, com pernas e braços grossos, rabo de cavalo laranja, cílios de tigresa e nariz com queimadinho de sol? Eles nem percebem a presença dela no vestiário enquanto ela recolhe as toalhas sujas do treino de futebol – sim, uma *garota* no vestiário masculino. Ela pensou que se candidatar à técnica do time poderia ajudá-la a se aproximar dos caras, mas eles só conversam com ela para perguntar onde o treinador está e para pedir Gatorade de uva para o próximo treino.

Então, com certeza eles não vão percebê-la no canto, desinfetando protetores bucais enquanto eles tomam banho, e não sabem que ela está ouvindo a conversa deles, contando com quantas meninas dormiram no verão. É claro que todos mentiram. É algo dos homens, essa necessidade de competir, de marcar território.

— Vamos apostar quem vai pegar mais neste ano? — sugere Eric Jordan. Até aí, nenhuma surpresa. Mesmo que ele não esteja entre os caras que Lucy acusa tê-la estuprado, ninguém duvida que Eric seria capaz de algo assim. — Quem pegar virgem ganha ponto em dobro — acrescenta. A maioria dos caras gargalha. Os que não riem desviam o olhar ou reviram os olhos, mas não dizem nada. — Começando pelas do primeiro ano. São as mais fáceis.

— Para com isso, cara — comenta um deles. — Minha irmã está no primeiro ano.

— Ela é gostosa? — pergunta Eric Jordan.

O cara resmunga um tímido "vai se foder!", que mal pode ser ouvido, abafado pelas gargalhadas. Talvez nem todos aprovem a conversa, mas é evidente que nenhum deles faz nada para interromper.

Ela sabe que é abominável o que está passando por sua cabeça, mas deseja, lá no fundo, que um cara desses tentasse se aproveitar dela alguma vez.

\*\*\*

Se Erin DeLillo tolerasse figuras de linguagem, qualquer um diria que ela faria o dever de casa de olhos fechados. É claro que é no sentido figurado, mas o fato é que ela é capaz de fazer o dever de casa com rapidez e facilidade, mesmo os de matemática e química. A mãe sempre faz questão de lembrá-la da sorte que ela tem de ser tão brilhante; poucos portadores da síndrome de Asperger são tão excepcionais, tão *especiais*. Como se precisassem ser. Como se essa fosse a única maneira de serem perdoados por serem como são.

Ela se senta no sofá com Spot, uns palitinhos de cenoura e o "queijo" de castanha de caju caseiro, preparando-se para mais um episódio de *Jornada nas estrelas: a nova geração*. O episódio dezoito, *Cause and Effect*, começa com a equipe profissional jogando pôquer. Data se dá bem no pôquer exatamente por não demonstrar emoções. Ele não curte ficar de papinho. Sua *poker face* é permanente.

Erin até tem tentado praticar. Não chora mais tanto em público. Agora, disfarça bem quando está chateada. O último idiota que praticou *bullying* com ela ficou tão enfurecido que foi obrigado a escolher outras vítimas. Mas ainda tem aqueles olhares quando ela faz algo que soa estranho ou quando faz alguma coisa estranha, a "deixada" de pé para ela tropeçar ao passar e as ignoradas, as exclusões, a conversa como se ela fosse criança ou portadora de deficiência auditiva – e tudo isso parte de pessoas "legais".

Esse é o episódio em que a *Enterprise* fica presa no tempo, continua vivendo o mesmo dia repetidas vezes e ninguém sabe como interromper tal processo.

# GRACE

— Prescott, é um prazer revê-los! — anuncia a mãe de Grace, atrás do púlpito, com os braços abertos, como se pudesse abraçar todo mundo, com um sorriso mágico nos olhos, daqueles que chega a formar rugas em torno dos olhos e faz até mesmo quem está do outro lado da sala se sentir querido.

Grace olha ao redor e percebe as pessoas sorrindo, absorvendo o calor da mãe. O público sente a energia, a sinceridade e o amor nas palavras dela. Basta uma frase de sua mãe para fazer a plateia toda vibrar.

Grace se lembra de quando a antiga igreja que a família frequentava também recepcionava a mãe dela assim, antes de ela começar a falar sobre a justiça social e a hipocrisia do cristianismo conservador. Nem mesmo os velhos rabugentos que jamais a perdoariam pelo fato de ela ser mulher resistiam a tal energia contagiante. Ela era uma pregadora que ninguém cansava de ouvir, que transmitia paz e passava boa parte do tempo comentando Provérbios, os Cânticos de Salomão e os belos trechos dos Salmos; falando sobre o amor, o conforto e a graça Deus. O pastor chefe era quem fazia sermões sobre fogo e enxofre; era ele quem falava sobre o pecado. Minha mãe enchia a assembleia de esperança e boas notícias para que todos se preparassem para enfrentar as más notícias dele.

Neste exato momento, lá está ela, no púlpito, contando piadas. A igreja antiga não era tão divertida quanto essa.

— Uma professora pediu aos alunos que levassem para a aula um objeto que representasse a crença religiosa deles — conta, com o sotaque bem marcado de Kentucky. — Um aluno católico levou um crucifixo. Um judeu, a menorá. Um muçulmano, um tapete de orações. — Ela faz uma pausa estratégica antes da parte final. — O batista do sul levou uma caçarola.

Todos caem na risada.

— Sim, eu vim da Igreja Batista do Sul. Minha fé evoluiu, e eu segui adiante, mas ainda amo uma boa caçarola de queijo!

A assembleia ri mais uma vez.

— Devemos ter a capacidade de rir de nós mesmos. Devemos nos questionar e nossas crenças devem permanecer sempre. Temos de evoluir, mudar e nos tornar pessoas melhores. Jesus, em sua existência, mostrou que a mudança é necessária, que faz parte da obra de Deus. Ele torna tudo melhor. Recusar-se a dar continuidade ao trabalho de Cristo é uma ofensa a ele, o que não podemos fazer.

Na igreja antiga, a mãe de Grace jamais falaria algo desse tipo. "Mudança" era uma palavra proibida, suja, pecaminosa. O Jesus branco e de olhos azuis deles é alguém totalmente diferente desse sobre o qual ela fala hoje.

Grace nunca ouviu a mãe discursar com tamanhas paixão e alegria, e é como se pudesse sentir a vibração da Congregação retumbando em sua própria pele. O público escuta, sente sua mãe. Ela consegue tocar o coração das pessoas, as partes em que Deus reside. O pai de Grace permanece sentado ao lado da filha, escutando, com o celular sobre o banco, gravando o sermão. A própria igreja grava os cultos para postar no site, mas isso só vai acontecer depois de amanhã, e o pai de Grace não vai aguentar esperar tanto, quer ouvir logo, fazer anotações, cavar citações, escarafunchar o sermão da esposa para torná-la famosa. O pai e a mãe vão se reunir à mesa, à noite, enquanto Grace termina a lição de casa, e vão conversar até altas horas sobre seus assuntos favoritos: Deus e negócios.

Grace está sentada na primeira fileira, mas a mãe parece a quilômetros e quilômetros de distância. Ali, a filha é apenas uma entre muitos, um membro do público, do rebanho da própria mãe. O coração de Grace pulsa, lateja: *por favor, olhe para mim. Mostre que sou especial.* O desejo da filha, porém, não é atendido. Ali, a pastora é mãe de todos, não só dela.

A mãe caminha de um lado para o outro, abandonando os limites do púlpito, ocupando o máximo de espaço possível, aproveitando a liberdade que nunca teve antes. Esta igreja não é tão grande quanto o templo anterior, mas ainda é ampla o suficiente para demandar o uso de um microfone, o qual a mãe de Grace usa preso à toga. E a Congregação é dela, como nunca antes. Toda dela.

Quando a assembleia se levanta para cantar – não com a letra de um hinário, mas a cópia de uma antiga canção dos anos 1960 –, Grace se dá conta de que seu rosto está molhado. Ela enxuga os olhos e pronuncia a letra da música, mas sem emitir nenhum som. Há muito espaço dentro dela, muito espaço a ser preenchido. Mesmo ali, ela sente isso. Mesmo ali, onde Deus é tido como o único capaz de preencher os vazios.

Depois do sermão, é como se a mãe fosse uma estrela do rock. Ela fica de pé, parada em frente ao mural grande e colorido, decorado por crianças da escola dominical, no qual se lê: JESUS NÃO REJEITOU NINGUÉM, E NÓS TAMBÉM NÃO REJEITAMOS. Metade da assembleia faz fila para falar com ela, cumprimentá-la e abraçá-la, contar o quanto gostou da fala, o quanto se sente honrada e grata por ter escolhido essa igreja como um novo lar. Grace ainda não entende como o fato de ter sido expulsa de uma igreja no interior deu à mãe status de celebridade, mas, seja como for, aqui estão eles, e aqui está ela, reunindo multidões. O pai, de pé e ao lado da mãe de Grace, sempre devoto. Grace está parada no canto entre a parede e as mesas dobráveis, abarrotadas de biscoito.

— Ei! — grita um adolescente enorme, caminhando em direção à Grace. Ele é o único jovem negro em um mar de brancos. — Você não é a filha da nova pastora?

— Hummm… Sim? — murmura Grace, cuspindo migalhas de biscoito sem querer.

— Não vai entrar na fila para cumprimentar a sua mãe?

Grace limpa a boca usando o dorso da mão. Antes de pensar em uma resposta, o rapaz estende a mão grande e forte à espera de um aperto.

— Jesse Camp — apresenta-se. Poucas vezes na vida Grace encontrou quem a fizesse se sentir pequena feito uma formiga, e com certeza Jesse é uma delas.

— Grace Salter.

— Estuda na Prescott High?

— Sim.

— Eu também. Estou no último ano. Sua mãe é muito legal.

— Obrigada.

— As coisas por aqui devem ser bem diferentes de lá onde você morava, não é?

— Não sei. Faz apenas uma semana que me mudei.

— Acho que as escolas costumam ser sempre a mesma coisa. As mesmas quizumbas.

— Quizumbas? — pergunta Grace, com um sorriso no rosto, provavelmente o primeiro do dia.

— Acho que a palavra que eu realmente gostaria de usar não é muito apropriada para a casa de Deus.

— É... Quizumba — concorda Grace.

— Legal. — Jesse pega um biscoito e Grace faz o mesmo. Os dois ficam em silêncio por um momento, mastigando. O silêncio não perturba. Jesse lembra um pouco um ursinho de pelúcia: cativante, embora não necessariamente atraente.

— Minha família costumava frequentar uma igreja tradicional quando eu era criança — conta ele. — Conhece a Prescott, do outro lado da cidade? Aquela que todo negro frequenta? Todos os dez que tem na cidade — acrescenta Jesse, rindo da própria piada. — Minha mãe liderou grupos de oração por lá e tudo o mais. Mas aí, minha irmã... Quer dizer, meu irmão... se assumiu transgênero há dois anos e, com isso, a minha mãe passou a reavaliar onde se sentia de fato bem-vinda. Ela não gostava que chamassem o próprio filho de obra de Satanás, entende?

Grace faz que sim. Ela sabe. E como sabe. Tem consciência de como é uma rejeição da igreja. Mas por que esse cara resolveu contar tudo para ela aqui, em frente à mesa de biscoitos?

— Quantos biscoitos você já comeu? — pergunta Jesse.

— Hummm... Não sei?

— Nem eu. Não são lá essas coisas, mesmo assim não paro de comer. É a única coisa que me anima a vir à igreja.

Grace ri.

— Pois é.

— Mas talvez agora eu tenha outro motivo — diz, sorrindo.

Grace engasga com o biscoito.

— Está tudo bem? — pergunta, dando um tapa nas costas dela com a mão que parece uma pata. — Quer beber alguma coisa? Pega, toma aqui minha limonada.

Grace beberica a limonada misturada com água.

— Estou bem — responde ela, já sem tossir.

— Tem certeza?

— Sim — confirma, mas não com muita sinceridade. A sensação de engasgamento aliviou, mas não a vergonha pelo que Jesse acabou de dizer. — Me fala sobre seu irmão — pede. Mudança de assunto é sempre uma boa estratégia.

— Ele começou a injetar testosterona e agora está com um bigode maior que o meu — responde Jesse enquanto devora mais um biscoito. — A única coisa que me deixa encafifado foi o nome que ele escolheu. Hector. Cara, se uma pessoa tem a chance de escolher o próprio nome, por que diabos escolheria um nome sem graça como esse?

*Será que devo rir?* É o que se passa na cabeça de Grace, mas, ao ver a cara séria de Jesse, ela diz:

— Ah! — Grace sente que precisa fugir da conversa e, ao mesmo tempo, tem uma vontade louca de que ela nunca acabe.

— Tenho certeza de que seria diferente, se fosse o contrário — comenta Jesse. — E se eu decidisse ser menina? Meus pais nunca mudariam de igreja para me apoiar e me chamar por um novo nome. Meu pai me mataria se eu virasse mulher. Demorou um pouco, mas agora ele encara com a maior naturalidade o fato de ter outro filho. É aquele lance de a mulher poder usar calça, mas o homem jamais poder usar saia, sabe? Não que eu tenha vontade de usar vestido nem nada assim.

— Entendo — diz Grace.

Jesse ri.

— Soa meio estranho eu contar tudo isso? — pergunta.

Grace olha para o rosto grande e suave de Jesse e fita seus olhos castanhos e brilhantes.

— Um pouquinho — admite. — Mas fico feliz que tenha contado.

— Ah, sei lá. Escapou.

— Tudo bem, não tem problema.

— Que vergonha.

— Por quê? Que bobo.

— As pessoas costumam se abrir assim com você por ser filha da pastora? Elas acham que você pode dar conselho, essas coisas?

Grace não consegue conter a gargalhada. Nunca, jamais, alguém em Adeline a procurou para pedir conselhos. Ela não é como a mãe, ninguém nunca deu importância ao que ela pensa ou acha.

— Não. Nunca — responde.

— Hummm. Bom, mas deveria. Você é uma pessoa agradável, sabe ouvir. Sei lá, transmite calma, algo assim.

— Obrigada.

Do outro lado da sala, uma mulher, a próxima na fila para cumprimentar a mãe de Grace e que deve ser a mãe de Jesse, o chama.

— Parece que nossa vez está chegando — comenta Jesse. — Adorei conhecer você. Qual é mesmo seu nome?

— Grace.

— Grace. A gente se vê na escola, acho. Obrigado pelo conselho.

Jesse vira para ir embora, e suas costas largas impedem Grace de olhar para os pais. Que estranho ele agradecer por ela tê-lo aconselhado, sendo que tudo o que ela fez foi ouvir.

Grace e o pai vão para casa enquanto a mãe fica para se reunir com alguns grupos. Se tem uma coisa que todas as igrejas, conservadoras ou liberais, parecem ter em comum, são os grupos e as pastorais.

— Não foi demais? — pergunta seu pai, que não consegue parar de sorrir.

— Sim. A mãe se saiu muito bem. Foi ótimo.

— Preciso começar a transcrever o sermão. Tem umas coisas nele que não podem ficar de fora do livro dela.

— Aham.

— Se importa de ficar sozinha um pouco? Daqui a pouco sua mãe vai chegar e aí jantamos juntos. Acho que vou cozinhar em vez de pedir comida. Acredita?

— Claro — responde Grace.

Ela sobe as escadas, vai para o quarto e se deita. Desde que chegaram a Prescott, na semana passada, Grace desfez as malas e colocou lençóis e cobertores na cama, mas continua sobrevivendo do pouco que tirou da mala. Ainda há caixas fechadas, empilhadas por todo o quarto.

Ela fica de frente para a parede sem janela. Há um espelho em cima da cômoda, embalado com um punhado de toalhas velhas e fita crepe. Ela não vê motivos para desembrulhá-lo. A parede está meio torta, com uma rachadura no canto. E nesse mesmo canto, bem perto do chão, onde a tinta está descascada, há pequenos rabiscos, bem pequenos mesmos, como se fossem obra de ratos.

Grace rola para fora da cama e se ajoelha a fim de olhar os rabiscos mais de perto.

"Me escute", está escrito.

"Me ajude."

Ela fica de joelhos, em postura de oração, e lê as palavras repetidamente.

# ROSINA

Há tanta coisa ruim em trabalhar no La Cocina que é difícil saber por onde começar a enumerar. Talvez o fato de chegar em casa cheirando a óleo e fritura; o odor fica tão impregnado no tecido que, por mais que se lave, Rosina não consegue removê-lo por completo e ele entra nos poros da pele, que o absorve, e ela sai do trabalho se sentindo um ovo frito, coberto de queijo branco. Sem falar no molho de frango ou carne que coagula nas narinas, nas orelhas e por entre os dedos.

Mas talvez a pior coisa de trabalhar no La Cocina seja o chefe (tio José), que grita a noite inteira, dando bronca em Rosina por ela ter quebrado um prato, mesmo que tenha sido por acidente e mesmo que ela tenha se oferecido para pagar pelo prejuízo. Às vezes, ele só quer um motivo para gritar e, às vezes, Rosina só precisa aceitar. E ela não pode fazer greve nem nada do tipo. Não existe sindicato para funcionários menores de idade, que trabalham "debaixo dos panos" em uma empresa familiar, como se ainda estivessem em algum bairro do México onde as crianças não frequentam a escola depois do sexto ano. Além disso, não há a menor possibilidade de Mami apoiar Rosina ou defender a filha perante a família.

Talvez a pior coisa seja ver Mami se matando na cozinha, vendo-a debruçada sobre a pia, com dor nas costas, sem reclamar. Ou talvez seja encontrar ratos mortos atrás dos sacos de fubá de terceira mão. Ou reabastecer o molho quente, coisa que faz Rosina chorar, embora ela tenha treinado inúmeras vezes fazer isso com os olhos fechados. Talvez, ainda, a pior coisa de todas seja ver o tio José como chefe, quando, na verdade, quem faz todo o trabalho é Mami. Ou o modo como ele trata todo mundo como se fosse merda e ver que ninguém faz nada para impedi-lo. Ou talvez seja o fato científico e irrefutável de perceber que as pessoas oferecem menos gorjeta às garçonetes e aos garçons negros. Talvez seja tudo isso.

Rosina monta na bicicleta, pedala depressa de volta para casa e imagina toda a imundície do trabalho se dissipando no vento e a escuridão da noite a absorvendo. Hoje ela se sente ainda mais imunda porque o último saco de lixo rasgou enquanto ela o fechava, espirrando sangue de frango por toda sua perna. Talvez Rosina devesse simplesmente lamber toda essa porcaria, pegar salmonela, morrer de intoxicação alimentar e acabar com essa porra de vida agora mesmo.

*Para com isso*, Rosina se adverte. Piadas sobre suicídio são muito clichê.

O que ela gostaria de saber é se todo mundo leva a vida assim, num estado constante de fúria, ou se essa é uma sensação exclusiva dela.

Seja como for, um dia isso vai acabar. Um dia Rosina vai terminar o ensino médio, sair dessa crosta de gordura, fugir de Portland e montar sua banda punk só de mulheres. Ah! E ela nunca mais vai pôr o pé em Prescott nem em um restaurante mexicano. Nunca mais.

Pelo menos, há um consolo ao chegar em casa. Abuelita está lá, dormindo no sofá, em frente à televisão, com a expressão tranquila iluminada por um fluxo constante de novelas. Rosina puxa o cobertor até o queixo da avó, depois vai para o chuveiro, tira a roupa embebida de gordura e ajusta a temperatura para o mais quente possível, esfrega a pele com força – como se fosse arrancar com a esponja o sofrimento daquela noite –, lava o cabelo e observa os clientes mal-educados escoarem por entre o enredado de água e sabão. Finalmente, a pele volta a ser dela. A ter o cheiro dela.

Enrolada na toalha, Rosina senta-se na cama. Pelo menos ela tem um quarto só para ela, enquanto os outros primos têm de dividir o espaço onde dormem. Rosina pode decorar o cômodo do jeito que bem quiser, pintar as paredes de azul-escuro, pendurar pôsteres de suas bandas favoritas, tocar violão e compor sem a interferência de ninguém. Ela, porém, sente certa culpa quando pensa que se beneficia do fato de a mãe não ter engravidado e tido outros filhos porque, até onde sabe, Mami não faz sexo há dezessete anos, desde que seu pai morreu. Talvez por isso ela viva tão mal-humorada.

Silêncio pela casa. Mami ainda está no restaurante, limpando a cozinha, deixando tudo pronto para o dia seguinte. Os tios de Rosina, depois de voltarem do trabalho no restaurante ou na roça, provavelmente estão no quintal de algum vizinho, batendo papo e tomando cerveja enquanto as mulheres cuidam dos filhos e de todo o resto. Essa solidão é muito bem-vinda depois da sessão de choro e gritos dos primos e das exigências dos clientes, mas, ainda assim, continua sendo solidão. Rosina suspeita que haja um lugar entre esses extremos, algo além da solidão e do ódio por todos que estão ao redor. Ela tira do guarda-roupa uma legging e uma camiseta velha e enfia o celular entre a cinta e a barriga (não que esteja esperando a ligação de alguém, tampouco que tenha planos de ligar para uma pessoa específica, mas a esperança é a última que morre, não é mesmo?).

Talvez aquela garota ligue, a que Rosina conheceu em um show em Eugene, aberto ao público de todas as idades, ao qual só conseguiu ir porque saiu escondido de casa no último fim de semana. Num universo paralelo, um que não seja tão pequeno e retrógrado, ela nem notaria a presença da garota. Na verdade, ela nem faz o tipo de Rosina, não é tão legal, simpática ou interessante. Mas era *a* garota. Uma garota *queer*. E, desde Gerte, sua primeira e única namorada de verdade, a estudante alemã de intercâmbio que foi embora em junho, Rosina nunca mais saiu com ninguém. Antes dessa garota, rolou uns amassos numa zoeira com umas meninas héteros do primeiro ano, mas nada além disso, porque logo o efeito do álcool passou. Essas garotas provavelmente não deram a mínima para o que aconteceu, tiraram sarro de tudo, guardaram uma ou outra coisa para contar e se orgulhar de ter uma mente aberta e aventureira; para Rosina, restou a decepção. Depois da terceira vez que aconteceu, Rosina prometeu a si mesma que excluiria de sua vida essas festinhas – e meninas heterossexuais – para sempre.

Rosina desce as escadas e se senta no sofá ao lado da avó. Mesmo que Abuelita tenha pegado no sono, o simples fato de estar perto dela é reconfortante. Ela é a única pessoa no mundo com quem Rosina não briga.

— Alicia — diz a avó, enquanto dorme, confundindo Rosina com a filha que morreu há muitos anos.

Rosina aperta a mão ossuda da avó e inspira o calor de sua respiração.

— *Sí, Abuelita? Estoy aqui.*

Abuelita murmura alguma coisa que Rosina não entende, mas que espera que seja "eu te amo".

O telefone de Rosina toca. Erin raramente liga, mas quando acontece é para divulgar a empolgação e comentar sobre algum peixe que viu em alguma revista ou sobre o episódio de *Jornadas nas estrelas* que acabou de assistir. Como Rosina é sortuda, pode ser que seja Mami do outro lado da linha, ligando para avisar que ela precisa voltar para o restaurante. Com certeza não é a garota do show, que avaliou Rosina como "muito nova" e que, a contragosto e depois de muita insistência, aceitou o pedaço de papel com o número de telefone escrito com batom vermelho-sangue.

— Rosina? — diz uma voz feminina do outro lado, ligando de um número que ela não conhece. O coração de Rosina parece subir até a garganta, querendo saltar pela boca. De repente, é como se ela passasse a fazer parte do mundo.

— Aqui é a Grace, da escola? Você me deu o seu número no almoço, outro dia, lembra?

Ah, é a garota que só sabe falar fazendo perguntas, a novata intrigante, colega de almoço, que dividiu a mesa do refeitório com ela e Erin. O coração de Rosina, que parecia pular pela boca, entra em queda livre.

— Sim? — responde Rosina, passando os dedos pelo cabelo molhado. Talvez ela devesse cortar, raspar a cabeça como Erin, recomeçar tudo do zero.

Um momento de pausa. E, então, Grace diz:

— Preciso que me conte o que aconteceu com Lucy Moynihan.

A voz da garota soa firme. Exige algo, não é um pedido.

Rosina suspira. Se pudesse esquecer o que aconteceu com Lucy Moynihan, ela o faria num piscar de olhos. Mas por que essa garota quer tanto saber da história? Disso Rosina não faz a menor ideia.

*Tudo bem*, pensa. Rosina decide contar a Grace sobre o desaparecimento de Lucy. A história em que ninguém diz acreditar.

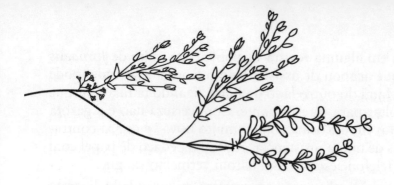

# LUCY

Ela não era bonita. Era baixinha e tímida. Tinha o cabelo frisado e se vestia mal. Era uma caloura na festa do pessoal do último ano, acompanhada dos amigos de sempre, os que ela tinha desde a infância, nascidos em Prescott, como ela. Não tinham nada de especial. Serviram-se de bebida, agarrando o copo como se fosse um troféu, e se aconchegaram num canto onde não seriam vistos por ninguém.

Foi então que os amigos de Lucy resolveram dar uma volta. Saíram e a deixaram sozinha, e ela não conseguiu encontrá-los. Estava escuro, o som estava alto. Ele a encontrou. Spencer Klimpt. Olhou para ela ali, do outro lado do salão, e de repente, Lucy se tornou alguém: uma garota. Desejada.

Ele serve mais bebida para ela. Uma, duas, três vezes. Mais. Olha nos olhos da garota e sorri enquanto observa a boca molhada de Lucy formando, com nervosismo, as palavras. De tão alta que a música está Lucy não consegue nem ouvir a própria voz, mas percebe que o cara está dando em cima dela. Está zonza, entorpecida.

Lucy é uma marionete, e ele só está esperando o momento certo para assumir o controle. O cara é bastante paciente. Um bom ouvinte, cavalheiro, solícito em repor a bebida dela, um excelente observador que aprecia as pálpebras cada vez mais pesadas da garota e o entorpecimento cada vez mais profundo, vagaroso, até que ela para de falar e se transforma em argila, pronta para ser moldada, perfeitamente maleável.

Ele segura a mão dela e a leva ao andar de cima. E diz coisas que alguém nas condições em que ela está não pode ouvir, ela não consegue nem ver quem quer que seja. Havia mais alguém no quarto? Ela ri com os olhos fechados. O mundo chacoalha e Lucy pode sentir o tremor, faz parte daquele mundo. Os braços fortes dele a impedem de cair. Ela pensa: *Então é isso.*

Quando ele a coloca na cama, ela, de algum plano que não sabe bem qual é, narra para si mesma a sequência sombria:

*Isso realmente está acontecendo. Tenho quinze anos e estou prestes a transar com um dos caras mais populares do último ano. Eu deveria estar feliz. Deveria estar orgulhosa. Um pouco de medo deve ser normal. Estou bem, está tudo bem. Mesmo que a cama esteja girando mesmo sem conseguir manter os olhos abertos mesmo sem ter certeza do meu próprio nome mesmo sentindo o corpo dele tão pesado em cima do meu tanto que não consigo me mover não consigo respirar não quero isso não quero mais quero sair daqui mas meus pulsos estão presos minha calça já foi abaixada e é tarde demais é tarde demais para dizer não.*

Sua última lembrança é de dor.

E, depois, de apagar. Mais nada. O cérebro desliga e ela embaralha as lembranças, rasgando-as, despedaçando-as. Havia tantos copos, tanta escuridão no meio da água turva e suja, e a cabeça dela submerge. O corpo é dilacerado pela violência da água. Ela não está em lugar nenhum. Não é nada. Desaparece.

Algumas breves inspirações, à procura de ar, alguns flashes em meio à escuridão. As lembranças surgem como bolhas que escapam por uma fenda estreita.

Mãos. Cama. Dor. Medo. Uma inevitabilidade abrasadora. Uma vida arrancada e redefinida.

Um pensamento: *É culpa minha.*

Outro pensamento: *Vai acabar logo.*

Quietude. Um cobertor pesado de carne, imóvel. Ela tem a esperança de que tenha terminado.

Mas o movimento volta. A voz dele:

— Você trancou a porta?

Mais uma voz:

— Sim. Não vai aparecer ninguém.

A voz dele:

— Vai encarar, Ennis? Ou vai fugir como uma mocinha?

Mais uma voz. Essa ela conhece. Todo mundo conhece a voz de Eric Jordan.

— Cai fora, Ennis. É a minha vez.

Quem foi que inventou a frase "um é pouco, dois é bom e três é demais"?

Um pensamento: *Eu vou morrer*.

Pedras, ventania, um mar violento. E mais. Muito mais. Muito mais do que se possa imaginar.

Uma voz:

— Acende a luz, cara. Quero olhar para ela.

A mão de alguém tapa a boca dela, impedindo a voz de sair.

Ela não vê nada. Está morrendo. Está morta. É uma carcaça de baleia sendo devorada por enguias nas profundezas do mar.

Uma voz:

— Caralho, ela está vomitando.

Outra voz:

— Vira ela de costas.

E, então, surge um lugar mais escuro que o breu. E o tempo se apaga na história. A mente dela some, as memórias todas desaparecem. É puxada para baixo d'água. Tomam seu corpo, sua respiração. Eles a dobram, a quebram e a usam até que ela se transforme em uma memória de que ninguém se lembrará.

Às vezes, a única coisa pior que a morte é a sobrevivência.

Já amanheceu, e ela está quase que totalmente apagada. O cabelo endureceu com o vômito. Tudo dói. Dói por dentro. O chão está abarrotado de roupa amassada e meia dúzia de camisinhas usadas. A gratidão também pode ser vil: eles apenas a destruíram, não deixaram resquícios orgânicos dentro dela.

Os roedores devoraram sua carne, só restou o esqueleto, que é levado pelo mar, enroscado em algas marinhas, cheirando à putrefação. Ela rasteja pela praia, pela areia agitada pelo vento, se arrasta pelas pedras e pelo lixo, por cima de garrafas de cerveja, bitucas de cigarros e corpos sem vida. E copos usados. Muitos copos. Que cheiram a álcool.

Corpos por todos os lados, corpos por toda a parte, pessoas que não voltaram para casa na noite anterior. Todas essas pessoas estavam ali enquanto ela se afogava.

Os corpos se mexem. Os olhos se abrem e acompanham a fantasmagórica caminhada dela até a porta.

Uma gargalhada soa feito o estilhaçar de um vidro.

Uma voz em meio à escuridão a chama por seu novo nome:

— Vadia.

# ERIN

— Vai cuidar da própria vida — comenta Erin durante o almoço, quando Grace não para de falar em Lucy Moynihan.

— Pega leve, Erin — adverte Rosina.

— Ser honesta é mais importante que ser legal — comenta Erin. — Eu estou sendo honesta.

Grace está irritando. Grace está sendo chata. Erin não entende por que as pessoas insistem em deixar alguém ser chato. Quando aborrece alguém, Erin quer que as pessoas lhe avisem, tal como Rosina faz.

— Grace chegou aqui há pouco tempo. Ainda não deu para ela ignorar o assunto — comenta Rosina. — Ela ainda está muito, muito incomodada. Nós também ficamos quando tudo aconteceu, lembra?

— Eu nunca fiquei incomodada — responde Erin, porque é nisso que quer acreditar, mas ela não tem tanta certeza assim das próprias palavras. Uma sensação de desconforto a incomoda, a vaga suspeita de que talvez haja uma verdade diferente debaixo dessa superfície obscura e oculta.

Via de regra, Erin é a primeira a defender a verdade, mas esse tipo de verdade pérfida, traiçoeira, definitivamente não lhe agrada.

— Bom, eu fiquei — diz Rosina. — Fiquei bem abalada. Fiquei puta da vida!

Erin se lembra de quando Rosina foi atrás de Eric Jordan, no campo de futebol, e cuspiu no rosto dele, de como o cuspe escorreu do nariz dele em câmera lenta, de como todo o pessoal no corredor ficou em silêncio durante o tempo que demorou para o cuspe chegar ao chão e também da reação dele, que simplesmente riu da cara de Rosina, a chamou de sapatão cola velcro e saiu andando. E que, então, como todo mundo, Rosina percebeu que se importar com o que tinha acontecido era perda de tempo. Tal como Erin, ela percebeu que ter empatia dói.

Rosina nunca conversou com Lucy, a garota com quem ela supostamente se importava o suficiente para cuspir no rosto de um cara. E Erin sabe que há uma diferença entre uma ideia e uma pessoa e que é muito mais simples se importar com algo que não respira. Ideias não têm necessidades. Elas não exigem nada além de alguns pensamentos breves. Elas não sofrem nem sentem dor. E, até onde Erin sabe, não são contagiosas.

— Mostra para mim quem são os caras — pede Grace. — Eles estão aqui?

— Eric só vem no terceiro sinal, acho. Mas Ennis está. Ali, na mesa do *troll* — responde Rosina, apontando para o meio do refeitório, onde as piores pessoas se sentam.

As garotas que tiram sarro de Erin desde que ela se mudou para cá, no primeiro ano do ensino médio, os caras que não se dão ao trabalho de falar mais baixo quando ela está por perto, discutindo sobre como deve ser transar com "alguém como ela". Comparado aos demais, Ennis é quieto, de fala mansa, do tipo que você jamais imaginaria ser um monstro.

— Ennis Calhoun é o de barbicha de bode — comenta Rosina. — E você já deve ter esbarrado com Eric por aí. Tem sempre um bando de idiota com ele. Tinha um outro, o líder deles, Spencer Klimpt, mas que já se formou. Está trabalhando na loja de conveniência da estrada. Muito fodões, esses caras, não?

— Acho que bode não tem cavanhaque — comenta Erin.

— Ennis é aquele ali, ao lado de Jesse? — indaga Grace.

Erin reconhece a frustração no rosto de Grace, como se esperasse que o grandão chamado Jesse fosse outra pessoa, alguém que não se senta ao lado de Ennis Calhoun para almoçar.

— Conhece? — pergunta Rosina.

— Ele frequenta a minha igreja.

— Está acenando para você — avisa Erin. — Parece um bicho de pelúcia.

— Você gosta desse cara? — questiona Rosina.

— Não. Nunca — responde Grace.

Todo mundo acha que Erin é incapaz de ler as pessoas. Foi algo que ela passou a vida inteira ouvindo. Mas ela tem plena capacidade de reconhecer emoções óbvias – sabe o que significa chorar. O que gritos de raiva simbolizam. O que significa provocação. Erin percebe a troca de olhares entre as pessoas quando ela bate na parede sem querer, quando deixa escapar coisas inapropriadas na sala de aula ou, ainda, quando esfrega as mãos com tanta força que chega a fazer barulho. São as coisas mais sutis que a confundem. Coisas como ironia, tentativas de esconder sentimentos, mentira. Por causa dessas coisas, ela passa inúmeras horas treinando, recebendo orientação para ler a expressão facial e interpretar a linguagem corporal alheia. Ela tem treinado com afinco para prestar atenção, estudar as emoções humanas e os relacionamentos, quase como psicólogos e romancistas. Por não ser algo intuitivo é quase sempre tratada como um peixe fora d'água. Às vezes Erin vê certas coisas que passam despercebidas por outras pessoas.

Por exemplo, o fato de que Grace considere a possibilidade de gostar de Jesse. Se não gostasse dele, não teria motivos para ficar tão frustrada com a notícia de que ele não é flor que se cheire. Erin nota que o rosto de urso feliz do rapaz murcha quando ele percebe o jeito com que Grace o encara. Talvez ele também considere a possibilidade de gostar dela.

— Eles parecem tão normais... — comenta Grace. — Esses caras. Não dá nem para perceber que...

— Você sabia que lontras estupram focas bebês? — pergunta Erin, ciente do quanto suas palavras são chocantes e inapropriadas, mas já bem de saco cheio. Às vezes, um choque é a melhor estratégia para chamar a atenção de alguém. — As pessoas acham as lontras fofinhas e bonitinhas, mas elas continuam sendo animais selvagens.

— Deus do céu, Erin — resmunga Rosina.

— Mas não é culpa delas. Faz parte da natureza da espécie — rebate Erin.

— Alguém tem que fazer alguma coisa — pondera Grace.

— Sobre as lontras? — pergunta Rosina. — Um treinamento de sensibilidade, algo assim?

— Estou falando de Lucy. Daqueles caras. Eles não podem ficar impunes assim, comendo como se nada tivesse acontecido.

— Você acessou o site, né? — pergunta Rosina.

— Qual site?

— Ah, esquece. É sério. Melhor não saber — responde Rosina.

Grace olha para Erin para saber sua opinião, mas ela apenas dá de ombros.

— Que site? Me conta — insiste Grace.

— É um blog, na verdade. *Os pegadores de Prescott.* Ei, Erin, me empresta seu celular?

— Usa o seu — comenta Erin.

— O meu está caindo aos pedaços. Preciso do seu — diz Rosina.

— De quem é esse blog? — pergunta Grace.

— Ninguém sabe ao certo — responde Rosina, digitando algo no telefone de Erin. — Mas a maioria das pessoas acha que Spencer Klimpt está por trás da maioria das postagens. O blog apareceu bem na época em que Lucy e a família dela saíram da cidade. Da última vez que vi, tinha centenas de seguidores — explica Rosina, enquanto desce a barra de rolagem da tela. — Que merda! Tem mais de três mil seguidores agora. — Ela empurra o telefone na direção de Grace, como se não suportasse olhá-lo mais. — Tome. Veja com os seus próprios olhos.

Erin e Rosina permanecem em silêncio enquanto Grace vasculha o blog. Desde o último dia de aula, no ano passado, Erin nunca mais tinha ouvido falar nele, mas faz ideia do que Grace está lendo. Coisas sobre como pegar mulher. Blá-blá-blá sobre como o feminismo está acabando com o mundo. Descrições desprezíveis contando detalhes sobre as mulheres com quem o autor do post supostamente dormiu.

— Meu Deus — exclama Grace, em voz baixa. — Que coisa terrível.

— Tem um monte de link para outros sites na barra lateral, sites iguais a esse, até maiores — explica Rosina, com desgosto. — Eles chamam de "machosfera". Esse monte de bundão on-line, cambada de babacas que acreditam nessa merda. Eles se acham os "reis da pegação", compartilham conselhos sobre como manipular as mulheres e chamam isso de "movimento pelos direitos dos homens". No fundo, eles simplesmente odeiam as mulheres.

Há tanta coisa que Erin tentou esquecer. Não só isso. Não apenas Lucy. A coisa toda é muito maior que Lucy, muito maior que a escola na qual estudam e a cidade onde moram, muito maior que tudo isso. Ao mesmo tempo, é tudo tão pequeno quanto as memórias íntimas dela, as mesmas que ela havia trancado em uma caixinha e deixado em Seattle.

— Não quero mais falar sobre isso — diz Erin, puxando o celular da mão de Grace e pensando que um passeio pela biblioteca cairia bem.

— Admiro sua preocupação, Grace — opina Rosina. — Mas Lucy foi embora, se mudou. E ninguém sabe por onde ela anda. Ninguém pode ajudá-la.

— Talvez nós pudéssemos — rebate Grace. — Talvez a gente ainda possa.

Rosina sorri. Erin dá de ombros.

— Nem se a gente quisesse... O que não é o caso — rebate Rosina. — Quem se importaria? Erin e eu somos os ETs da escola e você é nova por aqui. Por favor, não me entenda mal, mas está sabotando o potencial de socializar ao andar com a gente.

*Grace está diferente hoje*, pensa Erin. Até ontem, ela era uma garota quieta, que andava com os ombros um pouco curvados à frente, como se estivesse sempre em dúvida se podia abrir a boca. Agora ela não para de falar. Erin acha que gostava mais da Grace anterior. A nova versão cansa demais. Essa nova Grace traz à tona coisas sobre as quais não quer pensar e com as quais certamente não quer se importar.

— Ei! — comenta Rosina. — Pensa pelo lado positivo. Pelo menos a gente não é obrigada a casar aos nove anos com um cara mais velho e não vão mandar cortar nosso clitóris.

— Que horrível! Afe — reclama Erin, que olha para as nozes e os legumes picados no bentô e, por um momento, se sente grata pelo fato de a mãe tê-la feito virar vegetariana.

— Por que se importa tanto com o que aconteceu? Você nunca nem viu a Lucy — comenta Rosina.

— Sei lá, é estranho. Não consigo parar de pensar nisso — responde Grace.

— Talvez sua casa seja mal-assombrada. E você esteja possuída pelo espírito dela. A menos que ela esteja viva — sugere Rosina, pálida. — É o que eu espero.

Grace abre a boca como se fosse dizer alguma coisa, mas desiste e começa a roer unha. Talvez ela pense mesmo que sua casa é mal-assombrada.

— Arranja um hobby — sugere Erin. — Você precisa de algum passatempo.

— Ou de um trabalho — opina Rosina. — Pode ficar com o meu. Quer receber menos que um salário mínimo e aturar os gritos do meu tio a noite toda?

— Sim, talvez — responde Grace, claramente distraída. Ela olha para a mesa do *troll* como se em sua cabeça passassem coisas que são encrenca na certa.

— Não podemos mudar a natureza — adverte Erin; no entanto, ciente de que Grace não a escuta, decide não terminar a frase, o que provavelmente é o melhor a fazer, porque Rosina ficaria brava com ela. As duas já tiveram essa conversa antes, que acabou com Rosina arremessando uma garrafa d'água em Erin.

O que Erin ia dizer é que os garotos são animais, agem como animais porque é da natureza deles, mesmo os que parecem fofos e bonitinhos, como lontras. Os garotos, tal como as lontras, se tornam brutais de uma hora para a outra se certos instintos forem acionados e, nesse momento, se esquecem de quem você acha que eles deveriam ser. Eles também esquecem quem querem ser. Tentar mudá-los é perda de tempo. O único jeito de permanecer em segurança é manter distância total, ficar completamente longe. Erin sabe que nenhum de nós é melhor que os animais. Não somos nada além de um sistema biológico, de programação genética. A natureza é rigorosa, cruel, nunca sentimental. Se prestar atenção, os garotos são predadores, e as garotas, presas, e o que as pessoas chamam de amor ou até de simples atração é apenas a droga dos hormônios, uma evolução que tornou a sobrevivência de nossa espécie um pouco menos dolorosa.

Erin tem sorte de ter percebido isso tão jovem. Enquanto todos perdem tempo correndo atrás do "amor", ela foca no que é importante e se mantém longe dessa grande encrenca.

# Nós

Uma menina senta-se no canto da sala de aula e fica olhando para um monte de nucas à frente, respirando fundo, ciente da raiva que fervilha dentro de si. Ela tenta se lembrar das técnicas de meditação que aprendeu no verão. *O único jeito é esperar passar*, repete em silêncio, consigo. E espera os sentimentos se afastarem feito nuvens.

É muito estranho ver como uma pessoa pode se transformar em outra completamente diferente de um dia para o outro, depois, em questão de poucos meses, em outra, e então voltar à rotina completamente transformada por dentro, ainda que todos continuem a enxergando da mesma forma do lado de fora. Não que ela pensasse que voltaria da clínica de reabilitação e, de repente, tudo estaria normal no ensino médio, mas talvez algo dentro dela tenha alimentado a esperança de que haveria espaço para uma pequena reinvenção. Ela pensou que poderia fazer algo com o cabelo, pintar de alguma cor completamente nova e chocante. Ainda assim, as pessoas continuariam vendo a mesma garota, ainda que com cabelo diferente. Aquele lugar foi esculpido especialmente para ela; não há nenhum outro em que possa se encaixar.

Ela observa um casal flertar ao seu lado, e aquela raiva voltar a fervilhar e começa a emergir feito um vulcão; concentrar-se na respiração não a faz se distrair. Ela odeia o casal com uma fúria que chega a assustar a si mesma. Como se atrevem a esfregar na cara dela o que ela sabe que nunca vai ter – o flerte inocente, o romance, a chance de amar e de ser amada? Toda e qualquer possibilidade de que isso acontecesse lhe foi arrancada há muito tempo, antes mesmo de ela ter a chance de saber que se tratava de algo que desejava.

\* \* \*

A algumas cadeiras de distância, na mesa que deveria ser de Adam Kowalski, está outro aluno, sem nome. Com admiração e ao mesmo tempo uma tristeza tão profunda que chega a dificultar a respiração, ela observa o casal flertar.

*Só falta mais um ano*, pensa. *Só mais um ano para eu sair dessa escola, dessa cidade, para eu parar de me esconder.*

*Mesmo assim. Alguém em sã consciência neste mundo desejaria uma louca como eu? Quem pode amar uma pessoa cujo exterior nunca corresponde ao interior?*

Do outro lado da escola há um grupo diferente de alunos praticamente excluído dos demais. Durante a aula de história norte-americana, Erin se senta no fundo da sala, tentando não olhar em direção a Otis Goldberg, com medo de que ele se vire no exato momento em que ela o encarar e a fite com aquele olhar de laser irritantemente preciso. Não que ela olhe para ele com muita frequência, de propósito, nada disso. Ela olha para tudo o tempo todo. É o que os olhos dela fazem; o problema é que eles simplesmente insistem em recair em Otis.

Ela não consegue evitar. Ele sempre levanta a mão e sempre diz coisas surpreendentemente inteligentes. Está lá, sempre sentado com aquele pescoço bronzeado, meio musculoso porque pratica cross-country, com uns pelinhos louros que captam a luz que entra pela janela da sala de aula. Às vezes, ele até fala "oi" para ela, e ela nunca consegue descobrir a tempo o que deve responder. Tudo nele é intrigante. Como alguém com todas as características de um nerd pode ser tão fofo? Como alguém tão fofo pode ser tão legal? Nenhuma classificação parece apropriada para ele, o que é excruciante para Erin. É quase como se ele tivesse *escolhido* ser nerd.

Otis Goldberg é muito problemático.

Essa mesma garota caminha de volta para casa, depois da escola, tentando se proteger da chuva com um guarda-chuva barato. Nem está ventando tanto, mesmo assim o guarda-chuva continua sendo açoitado, virando do avesso, como se realmente quisesse capturar o ar e levar a garota embora, o que, parando para pensar, não seria má ideia. Talvez ela pudesse deixar este mundo, esta vida, e não precisaria se odiar mais uma vez por, na noite anterior, ter dormido com um cara que, como logo ela percebeu, não ia querer nada além daquilo.

Ela não quer entrar para contar quantas vezes isso aconteceu, quantas vezes ela se convenceu de que seria diferente, de que esses breves momentos em que seus corpos se tocam significam uma conexão, de que aqueles instantes em que ele olha nos olhos dela ele de fato a vê.

Ela não quer mais se torturar, se pergunta por que isso continua acontecendo, por que ela parece fadada a cometer sempre o mesmo erro, sempre. É como se toda vez em que um cara a toca ela entrasse no modo automático. O corpo dela se move em direção ao do cara feito um ímã, mas a sensação é de que ela não está mais lá, o movimento é involuntário. Como se estivesse meio inconsciente. Meio morta.

Enquanto isso, outra garota está a caminho de Eugene, para a Universidade de Oregon, dirigindo a uma velocidade alta demais para um dia de chuva. Ela praticamente sente o gosto dos lábios dele e, só de pensar nisso, fica excitada. O fato de ele morar tão longe e de terem de dividir a vida amorosa com o colega de quarto dele da faculdade é uma verdadeira tortura. Mas antes isso que recorrer ao banco de trás do carro ou se preocupar com a possibilidade de os pais chegarem mais cedo em casa, como quando se faz isso com garotos do ensino médio.

Ela não acha que está apaixonada por ele, mas há uma boa probabilidade de isso acontecer. Seja como for, não é importante agora. Por enquanto, ela só quer saber de arrancar a roupa dele e sentir aquele abdômen firme se esfregando contra o corpo dela, as mãos dele percorrendo a pele dela, quente, até encontrar os seios e a bunda. Ela arqueia as costas e mete o pé com ainda mais força no acelerador ao imaginar o cara dentro dela e ao se lembrar de quanto tudo se encaixa perfeitamente entre eles.

É como se, assim que ele a tocasse, ela entrasse no modo piloto automático. O corpo dele atrai o dela feito ímã, e é algo tão natural, tão primitivo, tão certo. É nesses momentos que ela se sente totalmente viva, plena, completa e tudo o que mais deseja é que houvesse maneira de eternizar essa sensação.

# Os pegadores de Prescott

Alguns leitores me pediram, então aí vai um inventário detalhado de todas as garotas que comi, a começar pela mais recente. Gostaria de lembrar que a lista inclui só as pegadas completas. Se fosse para falar dos boquetes e das punhetas, eu ficaria dias e mais dias aqui. Então, sem delongas, aí vai.

ANÁLISE DE TODAS AS MINHAS TREPADAS

1. Nem novinha nem velha — entre trinta e quarenta anos. Trabalha comigo, compra uma garrafa de vinho barato quase todo dia. Tem um belo corpo para a idade dela, deve praticar muita ioga, com certeza é a mulher mais velha que já comi. Me provocou com uma postura de cachorrinho enquanto o filho dela jogava video game no andar de cima. Apareceu outras vezes na loja, mas deixei claro que não estava mais interessado nela. Deve ter passado a comprar vinho em outro lugar.

2. Universitária, vinte e poucos anos. Peguei num bar, onde ela estava curtindo com as amigas. Com toda certeza era a mais gostosa do grupo. Fiz um joguinho de provocação, ignorei num primeiro momento, comecei a dar em cima de uma amiga para deixá-la com ciúmes. Estava meio bêbada, então caiu na lábia fácil. Desmaiou na minha cama, vomitou no banheiro e me fez levá-la para casa no outro dia de manhã.

3. Vinte e cinco anos ou mais, peitudona. Não percebeu que tinha esquecido de raspar os pelos das axilas, só viu na hora H. Mas era muito fogosa na cama, compensou tudo. Eu pensaria incluir na lista das que dá para comer mais de uma vez, se ela concordasse em se depilar e lavar o cabelo com mais frequência.

4. Putinha de dezessete anos que conheci no ensino médio. Gostosa, mas muito insegura. Quando a mina é fácil demais, tudo fica menos divertido. A conquista faz parte da pegação.

5. Pobretona porca, idade difícil de definir, mas devia ter entre vinte e cinco e trinta e cinco. Acho que tinha uns quatro filhos, pelo que fiquei sabendo. Deu em cima de mim num bar, não precisei fazer esforço nenhum. Sexo razoável, mas meio apressadinha demais para agradar. Continua gostosa, mas arrisco dizer que é uma forte candidata a prostituta barata e alcóolatra de cinquenta anos.

6. Novinha maconheira, dezenove anos. Amava trepar a noite toda. Fez parte da lista top 10 por alguns meses. Foi parar no hospital por alguns dias porque contraiu alguma infecção e me pediu para visitá-la. Trepamos no banheiro mesmo com ela muito chapada de remédio. Estava dopada demais para rolar muita coisa, mas, mesmo assim, funcionou.

7. Loira, dezoito anos, mora em outra cidade, conheci on-line. Burra como uma porta. Até aí, tudo bem. Comi no banco de trás do carro, depois nunca mais a procurei.

8. Entre dezesseis e dezoito anos. Cometi o erro de concordar em ser seu "namorado" por um ano durante o ensino médio, embora, é claro, continuasse comendo outras sem ela saber. No começo, era um furacão na cama, top mesmo, coisa de primeira linha, mas foi piorando e ficando cada vez mais sem graça com o passar do tempo. Até que dei um pé na bunda dela depois da formatura. Foi tarde.

9. Gordinha da escola, dezessete anos. Eu namorava, ela também, mas ela encheu a cara numa festa quando o namorado estava viajando e confessou que era a fim de mim desde o sexto ano. As gordas são bem fáceis de pegar. Fiquei com tanta pena que fiz esse favor. E ela me agradeceu até não poder mais.

10. Ruiva, dezesseis anos (e o tapete da casa combinava com as cortinas, vai vendo). Fã de futebol, falava demais e faria qualquer coisa para se entrosar com os homens. As virgens são mesmo um caso à parte. É tão engraçado ver como elas são inseguras, quanto querem ouvir o que fazer. Você permanece no controle o tempo todo, sem precisar se preocupar com isso, e elas adoram.

11. Primeiro ano do ensino médio, quinze anos, ficou tão bêbada que não conseguiu recusar. Meio zoada, ficou deitada o tempo todo, bem chapada, mas o que é vale é gozar.

12. Dezesseis anos, novinha que me perseguiu na escola por várias semanas, feito um cachorrinho. Ficou toda empolgada quando finalmente a beijei numa festa. Não demorou muito para levá-la para cama e deixá-la sem roupa. Chatinha e carente. Pelo que soube, virou líder de torcida.

13. Dezesseis anos também, gostosa de outra escola. Quando encheu a cara, imediatamente se transformou em uma puta das melhores. Fiquei com ela umas semanas, até que se tornou pegajosa e quis compromisso, aí meti o pé na bunda.

14. Catorze anos. Foi a primeira. Pela pornografia dos filmes a que eu assistia, esperava mais. Primeiro que os peitinhos pareciam dois ovos fritos, e nos pelos da buceta dava para dar nó de tão grandes. No começo, ela ficou sem saber o que fazer, mas logo fui mostrando a ela como poderia me agradar. Os futuros namorados vão me agradecer.

Machoalfa541

# GRACE

Grace não está no clima para ir à igreja hoje. Primeiro porque quase não dormiu à noite. O que começou com a leitura do blog *Os pegadores de Prescott* se transformou em quase três horas de tortura quando ela passou a clicar em todos os links, até que, quando percebeu, estava submersa na "machosfera", em fóruns nos quais homens trocam dicas de estupro, sites com sugestões para eles se mudarem para países pobres, onde mulheres não lutam por seus direitos e não há leis para protegê-las.

*O mundo está doente*, pensa Grace. Como é possível as pessoas postarem algo desse tipo, espalhando ódio e violência, e não serem responsabilizadas por isso? Um lugar onde ferir o outro é fácil e ajudar é muito difícil. Um lugar onde o mal está vencendo, onde o mal sempre vencerá.

E a mãe dela está lá, pregando, fazendo seu trabalho, tentando convencer uma igreja cheia de gente que ainda há luz no mundo, ao alcance, dentro de nós. Grace não sabe se deve confiar nisso. Ela não sabe mais em que acreditar.

— João foi testemunha da luz — a mãe dela diz. — Ele veio para dar o testemunho. Ele veio para contar a verdade sobre Jesus em um mundo que não quis ouvi-lo.

Sua mãe faz uma pausa e olha para a assembleia, que se mantém em silêncio, e sorri como se estivesse prestes a contar algo engraçado.

— Mas aqui está a boa notícia — anuncia, como se nem ela acreditasse. — Boa não, ótima. A notícia é que Deus é graça, amor e perdão! — Ela ergue os braços ao céu, expressando mais uma vez a incredulidade na própria fala. — Mas eles não quiseram ouvir. Eles agradeceram, mas recusaram, disseram que continuariam fazendo as coisas do jeito de sempre, mesmo que já não estivessem funcionando. Esses caras são um caso exemplar do conservadorismo. — Bastaria uma declaração como essa para sua mãe ser decapitada pela antiga igreja que frequentavam. A pastora até arranca umas risadas da assembleia, mas Grace continua sem energia para sorrir.

— Eles não estavam interessados nas notícias de João — continua a mãe de Grace —, porque era algo novo, estranho e porque sabiam que esse algo novo e estranho faria tudo mudar. Porque era algo que abalaria o que eles entendiam como tradição e mudaria o modo como tudo sempre foi, o modo como tudo deveria ser. A mudança os assustava. Era algo a ser evitado.

— Quem era esse homem que levava as pessoas para o rio a fim de lavar seus pecados e proclamava que todos eram dignos de redenção? Quem era esse que pregava a justiça, ordenava aos soldados que não matassem e pedia aos coletores de impostos que não roubassem? Quem era esse homem que pregava a caridade e que, em Lucas 3:11, disse "Aquele que tem duas túnicas, reparta com quem não tem nenhuma, e quem tem comida faça o mesmo"? Quem era esse maluco que alegava que alguém ainda maior que ele, alguém ainda mais revolucionário, estava a caminho, alguém chamado Jesus, que tinha o poder de lavá-los não só na água, mas no fogo, na própria luz do Senhor? As pessoas perguntaram a João: "Quem você pensa que é, meu caro?".

Alguns riem ao ouvir a mãe de Grace parafrasear a passagem bíblica. Ela faz um momento de silêncio para deixar as pessoas refletirem, para dar a elas o tempo necessário para se prepararem para algo ainda mais sério. A expressão da mãe de Grace é sincera, seu olhar, gentil, ávido. Ela é carismática. Seu sorriso é abastecido pelo amor, intenso o suficiente para contagiar toda a assembleia, todos os moradores de Prescott, o mundo inteiro. Mas o coração de Grace lancina de dor, uma dor egoísta, que a envergonha, como se ela quisesse aquele sorriso só para ela, não para compartilhar com aqueles estranhos.

— João, 1:23 — diz a mãe de Grace. — Eu sou a voz que clama no deserto: "Endireitai o caminho do Senhor, como disse o profeta Isaías".

A assembleia respira fundo.

— Uma voz que clama no deserto. — Ela faz uma pausa. — Uma voz solitária no meio do deserto — acrescenta, com brilho nos olhos. — Uma única voz falando a verdade em um mundo barulhento que não quer ouvir. Mesmo assim, porém, João fala. Porque ele precisa. Porque ele conhece a verdade. Porque Deus deu a ele coragem.

— Meus amigos, o mundo precisa que sejamos corajosos. Vivemos em um mundo cheio de sofrimento, ódio, medo e cobiça, injustiça, igual àquele em que João vivia. Seria muito fácil lavar as mãos e dizer: "Não adianta! As coisas são assim e pronto. Não tem nada nem ninguém no mundo que possa mudá-las!". E o que tenho a dizer para vocês é que, sim, o mundo está perdido. Sim, nossos líderes são corruptos e é difícil confiar neles. Sim, lutamos para sobreviver enquanto alguns dos homens mais ricos do mundo acumulam riqueza suficiente para abrigar e alimentar todas as pessoas que passam fome. São os poderosos que parecem os donos de tudo. A terra está cada vez mais doente. Este mundo é um lugar difícil de viver. Sim, é tudo verdade. — Ela pausa, apenas tempo suficiente para que todos suspirem. — Quero perguntar uma coisa a vocês: será que esse nosso mundo perdido tem salvação? Será que vale a pena salvá-lo?

A mãe de Grace faz silêncio por um momento para a reflexão da assembleia. Grace não tem certeza de que conseguirá responder à pergunta. Nem sabe se quer.

— Jesus acreditava que sim — acrescenta a pastora. — João acreditava que sim. Eu acredito que sim. Acredito que todos nós somos dignos de salvação.

Alguém na plateia diz:

— Amém!

— O deserto é grande — prossegue, numa fala cada vez mais inflamada e rápida. — É alto e implacável. Grande e assustador. Mas nossa voz é muito mais alta do que imaginamos. Até nosso sussurro é capaz de enviar ondas que se espalham e alcançam distâncias que jamais poderíamos imaginar. Um pequeno gesto de gentileza em um mar de crueldade, uma palavra de verdade em meio a um monte de mentira... São essas as sementes a mudar o mundo. É como está escrito em Lucas 3:8: "Produzi, pois, frutos dignos de arrependimento".

Alguém na plateia exclama:

— Aleluia!

— Devemos fazer as coisas que nos assustam — aconselha sua mãe, com a voz embargada tamanha emoção. — Precisamos fazer aquilo que sabemos que é certo, mesmo quando todos os outros parecem fazer o que é errado. Precisamos ouvir aquela voz dentro de nós, a voz clara de Deus no deserto da vida, ainda que o mundo seja barulhento e continue fazendo de tudo para afogar essa voz. Como João, precisamos ser a voz que clama no deserto. Precisamos abrir a boca. Observem, em João 1:5: "E a luz brilha nas trevas, e as trevas não a derrotaram". Meus amigos e minhas amigas, precisamos ser a luz.

Grace sente a energia cada vez mais pulsante da igreja, o que a esmaga e ao mesmo tempo a anima. A assembleia absorve as palavras da pastora, e Grace sabe que a mensagem por trás das palavras da mãe traz o que é certo e bom, mas há algo que soa pesado demais para ela. E sua pele começa a suar e a coçar por baixo do vestido. Enquanto todo mundo se sente inspirado, ela se sente julgada. Reprimida. Condenada.

Grace sussurra no ouvido do pai que não está se sentindo bem. Ele sorri, balança a cabeça, mas não tira os olhos da esposa. Em meio ao turbilhão de emoções, ela é surpreendida por uma tristeza profunda, quase inveja, cobiça. Ela sabe que o amor que os pais sentem um pelo outro é único, o modo como o pai venera a mãe, como ele a admira incondicionalmente e sem questionamentos. Grace sempre achou que, na escola, um relacionamento tão apaixonado quanto aquele jamais aconteceria, então ela nunca deu a mínima para namorados, nunca permitiu que ninguém adentrasse seu mundo. Seria esse o destino dela? Foi para isso que nasceu? Está condenada a permanecer sozinha? Como poderia sonhar com um amor do tipo conto de fadas como o dos pais? Os dois vivem em um mundo mágico; onde a rainha governa e o rei a segue. É uma história linda. No entanto, o reino é muito maior que uma família. É um lugar onde uma princesa pode se perder. Onde ela pode ser esquecida.

Grace se levanta e caminha por toda a igreja até chegar à porta dos fundos. Nenhum olhar condenatório a persegue, ninguém nem sequer olha para ela, nenhuma velhinha de cabelo branco cochichando e olhando torto para ela. Depois que as portas pesadas de madeira se fecham atrás dela, Grace espera que o nó na garganta se desfaça; ele, porém, continua lá, é persistente e incômodo. Por que ela não pode simplesmente se sentir feliz pela mãe? Por que ela não acredita na mãe como o pai acredita? Por que ela não pode simplesmente fazer parte do sonho deles?

Os corredores estão vazios e silenciosos. Grace se encosta na parede, atordoada ao se dar conta de que não tem para onde ir. Não há porto seguro, nenhum lugar para se refugiar, se sentir em casa. O novo lar continua uma bagunça completa, um ninho de caixas semivazias. E o quarto está cheio de gritos de socorro de uma garota perdida.

Alguém abre a porta do banheiro ao fundo do corredor. A silhueta gigantesca de Jesse Camp surge, limpando as mãos molhadas na própria calça.

— Ah, oi! — cumprimenta ele, com um sorriso de orelha a orelha.

Grace enxuga os olhos. E endurece.

— Está tudo bem? Estava chorando? — pergunta Jesse.

— Não, não — responde ela, com uma fungada.

— Ei, eu fiz alguma coisa a você? Sei lá, você me olhou de um jeito no refeitório outro dia... Parecia que queria me fuzilar.

Grace fita Jesse e sua cara de urso fofinho que está mais para diabinho.

— Como pode ser amigo daqueles caras?

— Que caras?

— Você estava com Ennis Calhoun no almoço. Depois vi você no corredor com Eric Jordan.

Surpreso, Jesse arregala os olhos, mas depois desvia o olhar e suspira, o que, para Grace, soa como uma demonstração de culpa.

— Eric joga no mesmo time de futebol que eu — explica, com a voz baixa. — Quem joga junto acaba se tornando amigo mesmo sem querer, entende? Ennis vive com Eric, então acho que a gente virou amigo assim.

— Você simplesmente fica amigo de estupradores? Tipo, como se fosse por acaso, como se não fosse uma escolha sua?

— Não há provas do que aconteceu — diz, aumentando um pouco a voz para se defender. — É o que todo mundo diz, que a garota mentiu.

— A *garota* tinha nome. — Grace tenta fuzilar Jesse com os olhos, mas, como nada acontece, ela se vira e vai embora.

— Espera, Grace — pede Jesse. Ela para, mas continua de costas para ele. — Você não entende, porque não estava aqui quando tudo aconteceu. Ficou tudo muito estranho depois que Lucy contou essas coisas. Todo mundo na escola, a cidade toda ficou abalada.

— Ah, é? A cidade ficou abalada? — pergunta ela, depois vira-se para olhar nos olhos de Jesse. — E como acha que ela se sentiu?

De repente, Grace se dá conta de um novo sentimento que queima e a corrói por dentro. A tristeza profunda se transformou em algo mais forte, consistente, algo que foge de seu controle.

Raiva. Fúria. Uma coisa que requer força até para ser sentida.

Jesse não diz mais nada enquanto Grace caminha de volta para a igreja, de onde ela escapou havia poucos minutos. Ao que parece, ninguém nota sua presença enquanto ela caminha pelo corredor, se senta ao lado do pai e chega a tempo de escutar o *grand finale* do sermão da mãe. A energia da assembleia a envolve, e Grace se deixa levar pela Congregação. A raiva, a tristeza e essa mistura de sentimentos que ela não sabe definir muito bem são varridas pelo salão cheio de vidas, paixões e decepções, segredos, amores, mentiras. Grace fecha os olhos e imagina que é uma – entre muitas – sem nome, sem rosto, sem uma mãe conhecida por todos. Ela escuta a voz poderosa falar sobre como Jesus defendeu os fracos e os indefesos, como abraçou os impuros, como amou os odiados, como falou com aqueles que não podiam falar por si mesmos. E como morreu pelos pecados dela, como morreu lutando por todos nós. E como agora chegou a nossa vez de lutar.

A igreja vibra com as palavras da mãe de Grace.

— E o que vamos fazer com a nossa liberdade e com o nosso poder? O que vamos fazer com toda essa graça? Com todas essas vidas abençoadas? O que vamos fazer para merecê-las? Como vamos provar arrependimento?

Grace precisa ir embora, ficar sozinha. Ela sai mais uma vez no momento em que todos levantam para o canto final com os olhos brilhando e emanando inspiração. Enquanto escapa pelo corredor, ela sente a esperança no coração das pessoas, bem como todas as boas intenções que emanam delas e a vaga noção do mundo ao redor. Talvez elas voltem para casa, entrem na internet e doem alguns dólares para alguma instituição de caridade. Uma boa alma entre eles vai oferecer um dólar e um sorriso para o mendigo que fica parado na estrada com uma plaquinha de papelão pedindo ajuda. Mas o que fazem por uma garota que já pertenceu a comunidade deles, que precisou de ajuda de verdade e foi excluída?

Grace caminha alguns quarteirões até a sua casa e, ao chegar, vai direto para o quarto, o único lugar em que ela se sente segura, mas imagina olhos que a observam, como se as paredes estivessem vivas e com a respiração presa, esperando ela tomar alguma atitude. Talvez o guarda-roupa seja escuro o suficiente, pequeno o suficiente. Talvez lá ela não se sinta observada.

Ela agacha no chão do armário, sente a bainha da saia do vestido que sempre usa aos domingos e os vestidos roçarem sua testa. A luz entra pela fresta da porta quando ela a fecha por dentro. Está quase escuro. E ela, quase escondida.

Mas ainda há luz, o suficiente para infiltrar as frestas e avisar Grace de que ela não está sozinha. Há luz o suficiente para iluminar as palavras esculpidas nos poucos centímetros esquecidos entre a porta do quarto e a quina, um lugar invisível, tão escondido que só poderia ser escolhido por alguém que está tentando desaparecer – no chão, com a porta fechada.

"SOCORRO", diz o rabisco. As letras têm textura de gritos e de tão fundas devem ter sido cravadas com as unhas.

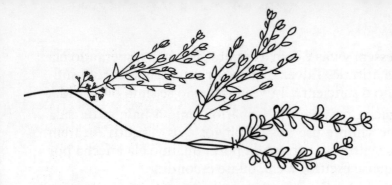

# ERIN

Às vezes seus pais saem sem dizer para aonde vão. Outras vezes, eles voltam e não explicam por que voltaram. Então, cabe a você achar as respostas. É nessas horas que a lógica se mostra especialmente útil. Sem a lógica e o pensamento racional, as pessoas poderiam se deixar levar por um elemento muito menor, a emoção, que pode criar os mais variados tipos de problema quando não há o crivo da razão.

Um exemplo: 1) um pai sai; 2) enquanto ele está fora, a filha adolescente passa por uma experiência que todos consideram traumática; 3) o pai volta; 4) a mãe e o pai continuam sem falar um com o outro; 5) a mãe e o pai dormem em quartos separados; 6) a mãe o pai sorriem exageradamente quando a filha está por perto e fingem que está tudo bem.

Em seguida, a família vai morar em Prescott, Oregon, no interior, a mais de cento e trinta quilômetros de distância do mar, em uma cidade da qual nenhum deles gosta e sobre a qual a filha do casal nada sabe. A família dela continua intacta, tecnicamente falando, embora o pai fique muito mais tempo no trabalho do que em casa, e a viagem de trinta e dois quilômetros até o trabalho na universidade seja uma desculpa conveniente para as longas horas de ausência e para evitar a família em que ele tem pouquíssimo interesse, e a mãe interaja com pouquíssimas pessoas vivas e reais, e prefira, do laptop na cozinha, que fica bem ao lado da fruteira (que passou a ter muito menos bananas depois que ela declarou que a fruta é açucarada demais para o sistema sensível da filha), cuidar do enorme império de mídias sociais que contém grupos de apoio a pais de filhos portadores da síndrome de Asperger.

Erin poderia canalizar tudo isso para o emocional. Poderia ser ansiosa, estressada e confusa. Poderia se sentir culpada pelo retorno do pai, que claramente não está feliz, poderia se ver como uma cola tóxica que mantém a família grudada. Mas ela se recusa a deixar as emoções dominá-la. Ela sabe que se sente melhor sem essas emoções, sem a dor, sem os pensamentos e as lembranças que não servem para nada a não ser machucá-la. Então, Erin cria um mundo próprio, onde as coisas não a incomodam, um lugar onde a lógica reina, um lugar que ela é capaz de controlar. Ela mantém as lembranças e os sentimentos tão distantes, mas tão distantes, que eles são incapazes de se aproximar.

Não adianta resmungar e desejar que tivesse nascido em uma família diferente. Isso não resolve nada. Desejar ou pensar em algo que você nunca poderá ter é perda de tempo.

Então, Erin prefere não pensar no que aconteceu para que seu pai saísse de casa nem nas visitas que ele recebia num quarto razoável de hotel onde se hospedou por um bom tempo e que chamava de "apartamento", todo coberto com roupas de cama, carpete e cortinas beges, que não ficavam manchados com as lágrimas que ele derramava tarde da noite nem com os resquícios de comida delivery. Erin não vai pensar nas noites que passou em casa com a mãe, as duas sozinhas, a mãe chorando sem parar, nem no quanto isso praticamente a impedia de estudar ou ler, no quanto o clima da casa ficou pesado, tanto que chegava a ter dificuldade para respirar. É claro que sabia que não existia a possibilidade de o emocional da mãe ser capaz de influenciar a consistência do ar, mas, ainda assim, Erin evitava a casa o máximo que podia. Ela caminhava de uma ponta a outra da praia de Alki, quantas vezes fosse necessário para encher os bolsos com conchas, brincando de identificar na escuridão as espécies, matando tempo suficiente para que a mãe provavelmente estivesse dormindo quando ela chegasse em casa. Erin checava a tabela de marés toda manhã para se preparar. O ritmo do mar era constante, previsível e reconfortante, enquanto tudo mais estava em contínua mudança na vida de uma garota que abominava a mudança.

Erin não vai pensar sobre o oitavo ano. E com toda certeza não vai pensar em Casper Pennington. Nem em como ele a olhava sem piscar, dentro do pequeno auditório do colégio particular, todas as manhãs, durante os avisos. E Erin também não vai pensar na sensação boa de calor e na sensação desagradável de medo toda vez que o notava olhando para ela. Nem no quanto isso a fazia esquecer dos problemas de casa. Nem no dia em que ele passou por ela no corredor e disse que ela era linda. Nem no quanto ela detestava quando ele se aproximava, mas, ao mesmo tempo, o queria cada vez mais perto. Nem no quanto seus cílios são longos. E no cabelo louro, louro de verdade mesmo. Nem no quanto a confiança e a atenção dele a fizeram se perguntar se ele poderia ensiná-la a ser forte e a não se importar com a bagunça do mundo.

E daí que ela tinha apenas treze anos? E daí que ele era três anos mais velho que ela? E daí que ela não consegue olhar nos olhos das pessoas, não gosta de ser tocada e tem um exército de especialistas tentando ensiná-la a ser normal? E daí que o pai dela saiu de casa e o tal Casper apareceu dizendo que ela era linda? Sempre dá para encaixar a peça errada no buraco que falta do quebra-cabeça se você empurrá-la com força suficiente e relativizar a definição de "encaixe".

Não, Erin não vai pensar sobre essas coisas. São lembranças que não servem a nenhum propósito lógico, não oferecem nenhum conhecimento tampouco habilidade útil. Erin acredita na teoria de que a tristeza e o arrependimento são características arcaicas do cérebro humano, algo a partir do qual a espécie vai evoluir. Vamos nos fundir aos computadores e nunca mais seremos capazes de sentir nada.

Recordações não fazem parte da agenda de Erin. Não há lugar para elas em suas listas. Se abrir espaço para as recordações, essas embaralhariam toda a ordem que Erin a duras penas batalhou para criar; elas a jogariam de volta ao caos. É melhor manter as coisas previsíveis, estáveis e simples. Pacíficas.

Isto é tudo que Erin quer: paz.

Há algo reconfortante em fazer o dever de casa todos os dias exatamente no mesmo horário e em jantar sempre às sete da noite (a mesa sempre posta para apenas duas pessoas). Antes do jantar tem a melhor hora do dia, o momento de assistir a um episódio de *Jornada nas estrelas*, quando ela tem a chance de viajar para anos-luz de distância e explorar as extensões desconhecidas do Universo com o capitão Jean-Luc Picard, figura paterna da tripulação (especialmente de Data, cujo pai/inventor, dr. Noonien Soong, foi assassinado pelo irmão de Data, Lore, que se tornou defeituoso e perigoso depois de ser programado com o chip da emoção que deveria ser usado em Data).

No entanto, o episódio de hoje não é um dos favoritos de Erin. Nele, além de toda a tripulação da *Enterprise* estar inebriada e agindo como tola por causa do vírus Tsiolkovsky, Data faz sexo com Tasha Yar. Embora seja um androide, ele contraiu o vírus baseado em carbono (uma incongruência no enredo que, para decepção de Erin, nunca foi totalmente explicada; ela admite que sua série favorita não é perfeita). Ainda que Data tenha recebido ordens expressas de levar Yar à enfermaria, ele caiu no feitiço de sedução dela.

Data cometeu um erro. E não foi programado para cometer erros. O cérebro lógico de androide falhou, e Data se tornou humano demais, animal demais.

Quando Tasha Yar perguntou se ele estava "inteiramente funcional", ele respondeu que sim. Até Erin sabia o que ela quis dizer com "inteiramente funcional".

Casper Pennington nunca perguntou a Erin se ela estava "funcionando bem". Se tivesse perguntado, talvez pensasse a respeito. E talvez percebesse que a resposta seria "não".

Depois do interlúdio romântico de Data (a que, felizmente, o telespectador não precisa testemunhar), depois que o dr. Crusher dá a tripulação da *Enterprise* o antídoto para o vírus e todos ficam sóbrios, Tasha Yar se sente constrangida. Ela diz a Data que isso nunca aconteceu e volta a trabalhar. Essa é a reação natural que se tem depois de fazer sexo com um androide? Não querer falar com ele nunca mais? Ignorá-lo no dia seguinte? Pelo menos Tasha Yar não ficou contando vantagem e espalhando para os amigos o que tinha acontecido. Pelo menos Data é incapaz de sentir a dor da rejeição. Ele poderia processar o que aconteceu como parte de sua pesquisa antropológica em andamento sobre o comportamento da espécie humana. Data poderia arquivar o ocorrido em seu cérebro androide e seguir em frente.

Nunca ficou muito claro se Data curtiu ou não a experiência. Ele disse à Tasha Yar que estava programado para muitas "técnicas". Nasceu sabendo proporcionar prazer. Mas será que ele sabia sentir prazer?

Estaria Data programado para sentir medo? Para sentir a fusão dessas duas emoções opostas até o ápice, até restar apenas um corpo em cima dele, mantendo-o preso à cama, gemendo em seu ouvido, pressionando, pressionando sem parar, uma, duas, três, infinitas vezes enquanto ele conta as horas para aquilo terminar logo, e reza, pedindo ajuda a um deus em quem ele nem acreditava, para que faça tudo acabar o quanto antes. Por favor, faça Casper parar, não é isso que quero, não sei o que quero, mas com certeza não é isso, com toda certeza não é isso.

O silêncio não é sinônimo de "sim". O "não" pode ser pensado e sentido, ainda que não dito. Pode vir de um grito interno, mas mudo. Pode estar na pedra mantida com toda a força num punho cerrado, nas unhas enterradas na palma da mão. Nos lábios selados dela. Nos olhos fechados dela. E o corpo dele não para, toma tudo, sem pedir, sem perguntar, sem nem questionar o silêncio dela.

A mente de Data é um computador. Dela, ele pode extrair lembranças inteiras se quiser. Os erros não o perseguem, não se alojam nas sinapses e o acompanham aonde ele for. Os erros de Data não envolvem pais, escola e tribunais. Não o fazem ficar em silêncio absoluto por duas semanas. Não vivem no corpo dele. Ninguém precisa chamar Data de vítima. Ninguém precisa culpá-lo de nada. Nada disso precisa fazer parte de sua história.

No entanto, faz parte da história de Erin. Antes de finalmente convencer os pais a não registrar queixa contra Casper, os tribunais já estavam prontos para oficializar os rótulos, para considerá-la vítima, defini-la como impotente, incapaz de consentir. Por causa da idade dela. Da síndrome de Asperger. Mesmo que ela seja consciente. Mesmo que tivesse sentido e desejado algo, em algum momento, o que quer que fosse esse tal "algo". Mesmo que não consiga lembrar de quando parou de querer. Mesmo que não se lembre de ter dito isso a ele, de um jeito ou outro. Ele não perguntou, é verdade. Mas esse papel seria realmente dele? E qual teria sido o dela? E se o tribunal afirma que ela seria incapaz de dizer não, o que dizer, então, da capacidade de dizer sim? Quem toma essas decisões? Quem cria essas regras e palavras como "consentir"? Quem decide o que caracteriza "estupro"?

Ela não pode dizer a palavra *estupro*.

Essa palavra parece não condizer com o que aconteceu. Não foi estupro, mas também não foi "normal".

Ao contrário de Data, não falta em Erin o chip da emoção. Às vezes, é como se, por acidente, ela estivesse programada para receber dez chips de emoção, todos quebrados.

Não há palavra capaz de descrever aquilo que aconteceu com Casper Pennington. A programação de Erin não inclui esse conhecimento. Ela não sabe qual seria o termo para o que deveria sentir.

# ROSINA

— Erwin me contou que você fez uma nova amiga na escola — comenta a mãe de Rosina enquanto despeja uma xícara de óleo numa frigideira gigante. — Ele disse que ela é uma *gordita* branca. — O óleo chia na panela quente e forma pequenas bolhas.

— O quê? Quer dizer que Erwin anda me espionando? — questiona Rosina.

Mesmo quando a filha está na escola, Mami consegue manter os olhos nela. É como se a família mantivesse Rosina presa a correntes invisíveis (e quando ela descobre um modo de se desvencilhar, outras aparecem).

— Essa aluna nova é tão estranha quanto a sua amiga magricela? — pergunta Mami enquanto retira de um pote de plástico uma porção de frango cru e gelatinoso para fritar.

— Você nem conhece Erin — rebate Rosina.

— Conheço o suficiente para saber que é estranha.

Rosina tenta pensar em um bom contra-argumento, mas Mami interrompe seu pensamento:

— Junta aqueles copos ali.

— A mãe da Grace é padre. Para você, é uma boa notícia, não é? Significa que ela é uma boa influência para mim e que você pode parar de pedir que Erwin me vigie na escola.

— Mulheres não podem ser padres.

— Pastora, ministra, sei lá. A família dela toda é cristã.

— Cristão não é a mesma coisa que católico. — Cheia de desconfiança e respingos de óleo, Mami observa Rosina. — Qual é a igreja dela?

— Aquela grandona na Oak Street. A mãe da Grace é tipo chefe, alguma coisa assim.

— Ela é da Congregação? — A risada de Mami machuca os ouvidos de Rosina quase tanto quanto a música ridícula que alguém da vizinhança está ouvindo em um desses radinhos baratos. — Aquilo nem igreja é! Cheia de comunista e baitola — acrescenta Mami.

— Ninguém mais diz "baitola".

— Que seja. *Venga*, precisa aprender a cozinhar. Uma mulher tem que saber cozinhar — diz Mami.

— Você já deixou a sua opinião bem clara sobre isso — comenta Rosina. — Mas já falei mais de um milhão de vezes que não quero cozinhar.

— Mas um dia você vai ter família. Precisa dar de comer a eles. Ninguém vai querer se casar com uma mulher que não sabe cozinhar.

— Já parou para pensar em como isso é absurdo? Você vive sobrecarregada — retruca Rosina com a voz mais alta para ser ouvida em meio ao barulho de fritura. — Eu nem gosto de comida mexicana.

— Ah, você se acha melhor que eu, é? Está se achando melhor que sua a família? — resmunga Mami, com os olhos semicerrados, expressão típica de quando ela está prestes a explodir. — Se está tão cansada assim da gente, por que não pega as suas coisas e vai embora? Uma boca a menos para alimentar.

— Nesse caso, vocês teriam que pagar alguém para fazer toda a merda que eu faço aqui de graça.

Mami dá um passo à frente, mas, no caminho, deixa cair o pegador de metal no chão. Ao se inclinar para pegá-lo, contrai o corpo e solta um gemido. Depressa, Rosina se aproxima para ajudá-la.

— ¡*Chinga*! — esbraveja Mami, com os dentes cerrados, mantendo as mãos nas costas enquanto Rosina a ajuda a se levantar devagar.

— Dor nas costas de novo? — pergunta Rosina, envolvendo os ombros de Mami.

— Não é nada — responde, retorcendo-se.

— Você precisa ir ao médico.

— Já fui — diz Mami, voltando para o fogão. Ela retira outro pegador de uma bandeja com utensílios limpos. — Eles só me passam remédio para tirar a dor. Querem que eu fique dependente.

Rosina suspira. *Como é possível amar e odiar ao mesmo tempo uma pessoa?*

A campainha da porta soa. O frango frito chia. Com os lábios cerrados, Mami vira o frango, reprimindo as lágrimas de dor.

— Chegou freguês. Vá — ordena a mãe, sem tirar os olhos do fogão.

— Você está bem? — pergunta Rosina.

— Saia daqui.

*E se eu simplesmente virar as costas e for embora?*, pensa Rosina. *E se eu tirar o avental e atravessar a porta?*

Mas para onde? E com que dinheiro? Com quais habilidades?

A única possibilidade que passa pela cabeça dela é voltar ao trabalho.

"Surpresa" não é o melhor termo para definir o sentimento de Rosina ao ver Eric Jordan e a família dele entrando no restaurante. Mas "choque" também não é. É um tipo de descrença total, surreal. Fosse qualquer outra pessoa ali que não Rosina, talvez pudesse sentir até um pouco de medo. Tem como essa noite ficar ainda pior?

— Ei, vocês servem refeições? — pergunta o pai enquanto a família se espreme nos bancos de uma mesa sem esperar ser chamada. Eric ainda não notou a presença de Rosina. Está ocupado, com a cara no celular, ignorando os pedidos da mãe para guardar o aparelho e aproveitar o jantar em família. É difícil escutá-la por causa dos gritos dos irmãos gêmeos idênticos que se revezam para cutucar o ombro um do outro. Os homens e os meninos usam corte militar; o cabelo da mãe é uma mistura de permanente com "não ligo para penteado".

Rosina respira fundo, pega uma pilha de cardápios plastificados e engordurados de cima do balcão da frente e lembra a si mesma de que ela é a garota que nada nem ninguém consegue abalar.

— Olá! — cumprimenta ela ao se aproximar da mesa e distribuir os cardápios. — Querem algo para beber enquanto escolhem o que comer?

— Você não deveria dizer *hola* ou algo assim? — indaga Eric, recostando-se daquele jeito que os jovens fazem quando se sentem no direito de ocupar o máximo de espaço possível.

— *Hola* — diz Rosina, enfaticamente.

— Prazer em vê-la também — responde Eric. Ele olha para Rosina como se ela estivesse nua, presa em uma ratoeira.

— Ah, vocês estudam juntos? — pergunta a mãe de Eric.

— Mais ou menos — responde Rosina.

— Eu adoraria ser seu amigo — comenta Eric. — Posso ser um ótimo amigo.

A mãe permanece indiferente, de saco cheio. Pai e filho têm o mesmo olhar animalesco, como se tudo fosse uma potencial presa. Quanto mais Rosina fica ali, parada, menor ela se sente. Cada vez se sente mais feito um pedaço de carne na vitrine.

— Que tipo de comida vocês servem? — pergunta o pai, olhando para o cardápio.

— Culinária tradicional de Oaxaca — responde Rosina. Quantas vezes na vida ela já teve de explicar isso? — É a especialidade da casa. Temos sete tipos de *moles*.

— Pensei que fosse restaurante mexicano — resmunga ele. — Só queria comer tacos.

— Os pratos mexicanos mais tradicionais estão na página seguinte — explica Rosina.

Um dos irmãos gêmeos, diz:

— Quero pizza.

Como Rosina queria que servissem *chapulines* no restaurante. Gafanhotos. Com certeza, ela sugeriria esse prato a eles.

— Gostariam de pedir bebida?

— Uma cerveja — responde o pai. — Qualquer uma que seja barata e em lata.

— Meninos, vocês vão pedir Coca-Cola? — pergunta a mãe. Os dois a ignoram. — Meninos? Querem Sprite? Root beer?[1]

— Pede qualquer coisa para eles — ordena o pai.

— Duas Sprites — diz a mulher com a voz esganiçada.

— Quero uma Coca — pede Eric. — Uma daquelas mexicanas, que vem na garrafa de vidro. — Enquanto anota os pedidos, não tira os olhos do bloquinho, mas sente os olhos do garoto feito duas lanças afiadas rasgando seus seios.

Quando vira as costas, Rosina ouve o pai dizendo ao filho:

— Uma gracinha essa daí, hein?

---

1 Refrigerante popular norte-americano, que pode ser alcoólico ou não. (N. E.)

— Se é! — concorda Erin. — Pena que curte mulher.

— Talvez ela só não tenha encontrado o cara certo ainda.

Rosina corre para a geladeira. Ela hesita por um momento antes de pegar as bebidas que a família pediu, olha para a cozinha pela fresta da porta da geladeira e vê a mãe encharcada de suor e com expressão de dor, mantendo certa distância do fogão quente, temperando com raiva e anos de frustração a comida que ela prepara todas as noites. Mami é a chef, é quem administra a cozinha e cuida da contabilidade, além de abrigar e cuidar de Abuelita; ainda assim, o estabelecimento é conhecido como o restaurante do José. Ainda assim, é ela quem controla o dinheiro. Ainda assim, a mãe de Rosina é a única filha mulher de uma família que tem dois filhos homens.

— Detesto as pessoas — resmunga Rosina de frente para um caixote cheio de repolho.

Ela volta à mesa com uma bandeja cheia de bebidas e uma porção de batata chips e molho. A família a ignora enquanto ela serve.

— Meninos, vamos lavar as mãos? — diz a mãe para os filhos que se comportam feito dois monstrinhos, mas eles estão ocupados demais torturando um ao outro, tentando descobrir quem aguenta mais tempo com o dedo dobrado e sem chorar enquanto o outro aperta.

— Moçoila! — reclama um deles quando o outro puxa a mão de volta, sentindo dor.

— Meninos?! — chama a mãe, de novo. — Vocês ouviram o que eu disse? Hora de lavar as mãos.

No entanto, os gêmeos agem como se ela nem estivesse ali.

— Rob, pode me ajudar aqui? — suplica ao marido.

— Acalme-se — diz ele. — Eles estão bem.

Rosina luta para se conter e não estrangular os dois merdinhas.

— Gostariam de fazer o pedido? — pergunta ela com os dentes cerrados.

— Quero o número catorze com bife — responde o pai.

— Número dezoito — responde Eric. — Com carne de porco. — Rosina não tira o olho do bloquinho de anotações, mas, a julgar pelo tom de voz, Eric não quis dar um único sentido para a palavra "porco".

— Para os meninos, dois tacos infantis com carne, por favor — pede a mãe. — E eu vou pedir a salada de taco com frango. A tradicional, sem a tortilla. E sem queijo, creme de leite ou guacamole. Ah! E o molho à parte.

Rosina vai para a cozinha o mais rápido que consegue, sem correr. Sente-se aliviada quando outros dois grupos entram no restaurante, embora também pareçam uma cambada de idiotas. Para Rosina, todo mundo que põe o pé no restaurante é babaca. Ainda assim, há níveis e níveis de idiotas e babacas, e os clientes que acabam de entrar estão no mesmo nível da família de Eric.

Enquanto acomoda o primeiro grupo, Rosina ouve Eric e o pai cochichando. E sente os olhos deles grudados nela.

E o que ela pode fazer? Correr até a mesa e falar um monte para eles? Criar uma cena? Eles tirariam sarro da cara dela. Os outros clientes surtariam. Mami surtaria. Denegriria a imagem do restaurante. E, com isso, a família inteira sofreria, toda essa maldita família imbecil. O cliente sempre tem razão, certo?

Rosina se sente imobilizada, impotente. Ela não é nada nem ninguém. Garçonete, filha, um corpo, uma garota. Um dos gêmeos joga a porção de batata frita no chão.

— Você pode trazer outra? — pede o pai.

Diga apenas "sim". Seu trabalho é sempre dizer "sim".

Rosina varre a bagunça. E leva mais uma porção de batata. Ela finge ignorar os dois moleques fazendo buracos no estofado do assento com o garfo. E também finge não perceber o modo como Eric não tira os olhos dela, um olhar que mistura desejo e violência, um senso de direito que Rosina nunca nem chegará perto de conhecer, um direito masculino conquistado tão sem esforço. O privilégio de sempre se dar bem. De criar os filhos e gerar mais gente como eles.

O pior, o pior de tudo, é que Rosina, essa vadia sempre sincera e desbocada, não pode fazer nada para pôr fim na situação.

Rosina escuta a campainha da cozinha, avisando que o pedido está pronto. Ela coloca os pratos quentes e brilhantes em uma bandeja.

E cospe um pouco de sua raiva em cada um deles.

# Os pegadores de Prescott

Todas as mulheres são inseguras e almejam validação masculina. O fato de elas se odiarem é nossa arma mais poderosa, e uma das partes mais importantes do jogo é aprender a usar esse ódio a nosso favor. Especialmente quando está pegando uma gostosona, que se acha a boazuda porque consegue controlar os homens por meio de sua aparência física. Mostre a ela que quem está no controle é você, coloque essas vadias no lugar delas, no limbo.

Ignore-as. Provoque-as. Aponte até seus menores defeitos. Use a insegurança contra elas, e você vai ver como vão fazer tudo o que for preciso para agradá-lo. Elas vão desejá-lo porque vão se cagar de medo de você não desejá-las.

Machoalfa541

# GRACE

Os pais de Grace continuam eufóricos com o sermão que sua mãe fez ontem. Durante o café, os dois ficam com a cara grudada no laptop de seu pai – ele mostrava o que pesquisou de editoras e agentes literários. Os dois nem percebem quando a filha entra na cozinha.

— Acho que chegou a hora de terminar meu livro — comenta sua mãe, sorrindo de orelha a orelha.

Seu pai lhe abraça e a mantém perto por um bom tempo.

— Acho que é a hora certa para fazer isso, não é? — comenta quando a solta. — Deus está chamando a gente.

— Está — diz sua mãe, entusiasmada. — Só espero que as pessoas queiram ouvir a minha mensagem. Espero que estejam prontas.

Grace não vai contar a eles que passou a noite toda no computador, procurando vestígios de Lucy Moynihan. Facebook, Twitter, Tumblr... em todas as redes sociais possíveis, nem sinal dela. A mensagem enviada para o e-mail que encontrou voltou. Não há rastro da família de Lucy, é como se não houvesse mais nada deles em lugar algum, como se tivessem desaparecido do mapa. Lucy está invisível. Foi apagada.

— Não há dúvidas de que Deus opera de forma misteriosa — comenta seu pai, com uma risada. — Detesto dizer isso, mas as pessoas sabem quem você é por causa do que aconteceu em Adeline.

*Ele nem fingiu que detestou dizer isso*, pensa Grace ao tirar o suco de laranja da geladeira.

— Por mais que tenha doído, foi isso que nos trouxe até aqui — acrescenta seu pai.

*E o que você sabe sobre sentir dor?*, pensa Grace.

Sua mãe suspira.

— Quem diria que um trabalho de Deus envolveria questões de marketing?

Meu pai a abraça mais uma vez.

— Deus vai nos guiar, nos ajudar a transmitir a mensagem, orientar cada um de nossos passos — acrescenta, com uma risadinha. — Até mesmo Paulo, o apóstolo, usou estratégias de "marketing". Tudo isso importa. Cada pedacinho é sagrado.

Os dois se olham com um amor que sempre transmitiu conforto a Grace; os pais dos amigos, por exemplo, não aparentavam se gostar tanto assim. Agora, no entanto, essa devoção que os pais têm um pelo outro começa a incomodá-la. A casa está cheia de otimismo e fé (abarrotada!) e não resta espaço para o que Grace está sentindo. Os planos e os sonhos dos pais são tão grandiosos e tão completos que não há lugar para a filha neles. Ela não tem importância.

Sua presença é tão insignificante que os amigos de Adeline simplesmente a desprezaram feito um copo descartável. Grace não é nada. Uma garota que ninguém vê. De que ninguém se lembra.

Ela pega uma maçã e uma barrinha de cereal (seu café da manhã) e atravessa a porta para chegar mais cedo à escola.

Está cansada... Cansada, não; está de saco cheio de ser invisível.

Grace precisa de seu próprio plano. Encontrar seu próprio caminho para ter importância no mundo.

Quando não se é nada, não se tem nada a perder.


Grace se prepara toda a manhã para o discurso que vai fazer para Rosina e Erin na hora do almoço. Ela usa várias folhas do caderno durante as quatro primeiras aulas, anotando os pontos de destaque, preparando respostas para possíveis objeções. No momento em que se senta à mesa do refeitório, sente-se quase convencida da própria causa. Quase.

*Senhor, dai-me forças.*

Erin tira da bolsa seu bentô com a mesma comida de sempre. Rosina saca uma banana, um achocolatado e uns biscoitos de queijo que comprou na máquina.

— Isso aí é seu almoço?

— O que tinha para hoje era taco. E eu detesto — responde Rosina.

— Vocês acham que um androide pode ser programado para gostar de sexo? — questiona Erin enquanto pega com a colher um pouco de uma misteriosa substância verde de um dos compartimentos do bentô. — E, caso possa, haveria alguma utilidade para essa função?

— Uau, Erin! — exclama Rosina. — Que tal começar a conversa com algo do tipo "como foi seu fim de semana?"?

— Seria conversa fiada — retruca Erin. — Você sabe que não suporto lero-lero.

— Não é o que está parecendo.

— Faz parte do meu charme.

— Meninas, com licença — diz Grace. — Preciso conversar com vocês sobre uma coisa. — Se não falar agora, Grace sabe que corre o risco de perder a coragem.

— Calma aí, gata — adverte Rosina. — Meu Deus, vocês precisam aperfeiçoar as habilidades sociais de vocês.

— É sobre algum assunto pessoal? — pergunta Erin. — Porque não curto assuntos pessoais.

— Na verdade, não — responde Grace, com certa hesitação. E fica paralisada. O que ela ia mesmo dizer? Onde estão as anotações?

— Oi?! — chama Rosina. — Fala logo.

— Calma aí — pede Grace. Ela pega um caderno na mochila e passa as páginas, conferindo sua caligrafia indecifrável.

Rosina encolhe os ombros, abre o pacote de biscoito e joga um punhado na boca.

— Bom — diz, com a boca cheia de migalhas alaranjadas —, enquanto você tenta lembrar o que ia dizer, também tenho uma coisa para contar. Decidi que a gente deve mesmo fazer alguma coisa para barrar esses imbecis. Não só os que estupraram Lucy, mas todos eles. Precisamos impedir que disseminem esse comportamento. — Ela descasca a banana e lasca uma bela mordida. — Castração pode ser uma boa.

— Acho isso meio complicado — opina Erin.

Rosina ri.

— É brincadeira, Erin.

— Obrigada.

Grace guarda o caderno na mochila. Ela sente o corpo formigar e tudo ao redor girar, como se estivesse se movimentando em câmera lenta enquanto o resto do mundo flui em alta velocidade.

— Está falando sério? — pergunta Grace. — O que fez você mudar de ideia?

— Não importa. Para de fazer perguntas, vai que eu mudo de ideia de novo.

Grace olha para Erin, que mastiga a comida enquanto presta atenção nas duas. É impossível ler o que se passa na cabeça dela. Erin parece calma, mas há alguma coisa mais profunda, algo que ela se esforça muito para manter enterrado.

— E você, Erin? — pergunta Grace.

— Vai encarar? — indaga Rosina. — Vai fazer parte do motim?

Erin fica em silêncio por um bom tempo. Ela balança o corpo suavemente, para lá e para cá, como se pensasse bem, *sentisse* tudo, como se houvesse muita coisa fervilhando dentro dela além do assunto em pauta. Até que, por fim, ela diz:

— Soa subversivo.

— Sim... E daí? — questiona Rosina.

— Atitudes subversivas sempre envolvem infração às regras — afirma Erin, com a voz mais agitada.

— Pois é — enfatiza Rosina.

— Queremos infringir as regras — acrescenta Grace, sentindo que tem um vulcão em erupção no peito. A sensação de que algo está acontecendo. Algo inevitável. Algo que importa. — São as regras que mantêm nosso silêncio. Foram as regras que impediram que se fizesse justiça com o que aconteceu com Lucy. As regras já foram infringidas. — Há fúria nas palavras de Grace, feito uma fogueira cujas chamas, embora ainda sutis, ganham cada vez mais força.

— Uau, novata — comenta Rosina, com expressão surpresa. — Você é uma caixinha de surpresas.

*Você não faz ideia do quanto*, pensa Grace.

— Ao mesmo tempo, precisamos de regras para manter a ordem — retruca Erin, com a cabeça erguida e certa súplica no olhar. — Se todo mundo quebrar as regras o tempo todo, seria um caos. E ninguém poderia fazer nada.

— Não estamos falando sobre esse tipo de regra — adverte Rosina. — Mas das regras que não estão no papel, regras de uma cultura sexista. Por exemplo, como meninas e meninos devem se comportar, o fato de as mulheres ganharem menos que os homens, esse tipo de coisa.

— Homens escapando impunes do estupro, apesar de todo mundo saber que cometeram o crime — acrescenta Grace. — Mulheres vivendo com medo o tempo todo só pelo fato de serem mulheres.

Grace percebe algo mudando dentro de Erin. Ela faz uma cara de dor, para de balançar o corpo e sacode a cabeça.

— Mas a gente não é ninguém. Como vamos consertar uma coisa como essa? — pergunta Erin.

— É justamente o que vamos descobrir — responde Grace. — E aí, vai encarar essa com a gente?

— Encarar o quê? Vocês nem tem um plano. E quem vai ouvir a gente?

Rosina e Grace se olham. E murcham um pouco.

Grace pensa nas mensagens que Lucy deixou no quarto. E pensa em contar à Rosina e Erin sobre elas. Mas soa errado, como se aquelas palavras fossem um segredo compactuado com Grace apenas, como se contar sobre o que está escrito ali significasse trair a confiança de Lucy.

— Erin tem razão — pondera Rosina. — Não dá para embarcar nisso sozinhas. Ninguém vai dar ouvidos a três garotas esquisitas.

— Permita-me lembrá-la que eu ainda não concordei com nada — pontua Erin.

Grace sente um ligeiro arrepio diante do rótulo "esquisita", mas logo se recorda de que foi ela quem escolheu dividir a mesa que aquelas garotas no intervalo. Deus a levou até lá, Ele lhe ofereceu essa opção, e ela a aproveitou.

— Precisamos descobrir um jeito de alcançar e unir todas as garotas da escola. Uma reunião, algo assim — sugere Grace.

As três ficam em silêncio por um tempo. E param de mastigar. O drama do refeitório parece envolvê-las, criando uma vácuo entre as três. Elas não conseguem se olhar. Não querem admitir que a ideia está fadada ao fracasso antes mesmo de começar.

— Você podia mandar um e-mail para elas — comenta Erin, como se a ideia sempre fosse óbvia.

— E como vamos escrever para todas as garotas da escola? — questiona Rosina.

— Fácil! Eu consigo o e-mail de todas elas lá na secretaria. Tenho acesso aos dados de todos os alunos — responde Erin.

— Então, a gente manda um e-mail coletivo, dizendo: "Oi, nós, as três Marias Ninguém estamos putas da vida com uma coisa que aconteceu faz um tempo, uma coisa que todo mundo quer esquecer, mas que estamos desenterrando porque queremos tornar a vida de todo mundo um inferno. E aí, quem vem com a gente?" — diz Rosina, revirando os olhos. — Por que a gente não joga papel higiênico na casa desses caras, algo assim? Teria praticamente o mesmo efeito.

Grace sente algo se abrir dentro dela, um sussurro sutil, uma luz pequena, algo assim.

— E se não fosse assinado por ninguém? — sugere e faz uma pausa. — E se fosse de outra pessoa?

— Como assim? — pergunta Rosina.

— O e-mail — responde Grace. Ela sente a cabeça a mil. Está eufórica. — E se a gente não se identificasse? Seria anônimo. Ninguém saberia que fomos nós. E as pessoas ficariam intrigadas, certo? Iriam para a reunião e só depois descobririam.

— Anônimas — sugere Erin. — É assim que a gente pode se identificar no e-mail.

— Sim! — concorda Rosina. — Anônimas! Erin, hoje você acordou com a bunda virada para lua!

— Acordei com a bunda no mesmo lugar — retruca Erin. — Mas isso deve ser um elogio. Obrigada.

As três fazem silêncio, tentando pensar em como seria uma reunião convocada por alguém não identificado.

— E o que vai acontecer na hora da reunião? — questiona Rosina, rompendo o silêncio. — Aliás, se queremos permanecer anônimas, quem lideraria o encontro?

— Qualquer uma entre as presentes — sugere Grace.

— E se ninguém se voluntariar? E se ninguém disser nada? E se for um fracasso total?

— E se a reunião se transformar em tumulto?

O sinal toca, avisando que o intervalo acabou. O barulho das centenas de alunos se movimentando se intensifica à medida que todos se preparam para sair; as meninas sentem o aparente céu de brigadeiro anuviar. Em questão de segundos, as três serão arrastadas de volta ao mundo do ensino médio.

— Não vai virar tumulto — afirma Grace, com pressa.

— Alguma coisa vamos descobrir.

— Hora de voltar para a sala — lembra Erin.

— Vamos nos encontrar depois da aula e planejar tudo? — pergunta Grace.

— Começo a trabalhar às cinco; ou seja, tenho um intervalo antes — responde Rosina. — Caraca, a gente vai mesmo fazer isso?

Grace e Rosina olham para Erin, mas ela está ocupada guardando as coisas do almoço.

— Erin? — chama Grace. — E você? Tudo bem a gente se encontrar hoje, depois da aula?

Erin fecha o zíper da mochila.

— Depois da escola é o horário da lição de casa — avisa. — E, na sequência, assisto a um episódio de *Jornada nas estrelas*. Depois, sobra tempo para fazer uma leitura extracurricular antes do jantar. Se eu me reunir com vocês depois da aula, vai atrapalhar meus horários e virar um caos.

— Sério, Erin? Caos? Não acha que anda dramática demais? — cutuca Rosina.

O refeitório fica vazio, e as três são as únicas que permanecem sentadas em meio a um mar de mesas desocupadas, abarrotadas de bandejas e guardanapos sujos.

— Erin. Olhe para mim — pede Grace.

Erin a encara por quase um segundo completo.

— O que é mais importante? Sua agenda ou fazer alguma coisa para deter esses estupradores idiotas da escola?

— Gostei, novata — comenta Rosina.

Erin se atrapalha com o zíper da mochila.

— Vou perder o episódio — resmunga, sem tirar os olhos do zíper.

— Então, isso é um "sim"? — pergunta Grace.

Erin respira fundo, mantém os olhos semicerrados e assente discretamente.

— Sorte de vocês que estou de bom humor hoje.

De: Anônimas
Para: destinatário desconhecido
Data: terça-feira, 20 de setembro
Assunto: MENINAS! MENINAS! MENINAS!

Queridas amigas e colegas de turma,

Estão cansadas? Com medo? Estão cansadas de sentir medo?

Estão COM RAIVA???

Nós sabemos o que eles fizeram. Spencer Klimpt, Eric Jordan e Ennis Calhoun. Sabemos que eles estupraram Lucy. E sabemos que eles fizeram isso com outras, provavelmente com muitas de nós. E que vão fazer com tantas outras.

O problema, porém, não se resume a eles, não são só esses três. É todo mundo. A escola inteira, todos os alunos, os funcionários e a comunidade de Prescott, que simplesmente fecharam os olhos. Amigos, familiares e colegas de turma que viraram a cara e fingiram que não era com eles. Todos os que arranjaram desculpas, que pensam que "homens serão sempre homens"; todo mundo que achou que seria mais fácil ignorar Lucy em vez de buscar justiça.

Quando a estupraram, estupraram todas nós. Porque poderia ter sido uma de nós. Poderia ter sido com qualquer uma de nós. Quem será a próxima?

O estupro vai continuar enquanto eles permanecerem impunes, enquanto não pagarem pelo que fizeram.

Estão cansadas de engolir isso caladas? Estão cansadas da impunidade? Estão cansadas do silêncio?

Erramos com Lucy. Mas não vamos cometer o mesmo erro. Não vamos mais errar com nenhuma de nós.

Vamos nos encontrar na quinta-feira, depois da aula, no subsolo: auditório da Biblioteca Municipal de Prescott. Entrem pela porta de emergência, na esquina da State Street. Ela estará aberta.

A reunião tem o objetivo de ser anônima e confidencial. O que for compartilhado lá e os nomes das presentes não sairão da sala.

Preparadas? Prontas para fazer justiça com as próprias mãos?

Juntem-se a nós. Juntas somos mais fortes que eles.

Não nos calaremos mais.

Com amor,

Anônimas

# N6S

— Não vai vir ninguém — diz Rosina.

— Vai, sim — refuta Grace.

— Precisei *implorar* para que minha tia me liberasse do turno de babá à tarde — reclama Rosina. — E favores são coisa rara na minha família, sabe? E foi em vão.

Rosina, Grace e Erin estão sentadas em cadeiras dobráveis no salão praticamente abandonado que fica no subsolo da Biblioteca Municipal de Prescott. Metade das lâmpadas está queimada, e as paredes, abarrotadas com pilhas de caixas de papelão empoeiradas. Erin tira da mochila um livro para ler.

Grace está sentada na pontinha da cadeira, com as pernas dobradas para fora do assento.

— Elas vão vir — anuncia e olha para o relógio. — Três e pouco agora. Provavelmente, vão pegar as coisas no armário. E parar para fazer um lanche, talvez.

— Tenho certeza de que pelo menos algumas pessoas vão aparecer — afirma Rosina. — Três pessoas responderam ao e-mail que a gente enviou com algo do tipo "que incrível!!!". E com vários pontos de exclamação. Sinal de que confirmaram presença.

— O e-mail foi enviado para quinhentas e sete meninas — pontua Erin. — É provável que pelo menos algumas apareçam.

— Obrigada, Erin — agradece Grace.

— A menos que todas sejam preguiçosas ou achem estranho o que estamos fazendo. Também é possível.

— Vou ver se a porta do fundo continua aberta. Talvez elas não tenham conseguido entrar ou estejam com medo de entrar pela frente? — diz Grace.

— Ou então ninguém vai aparecer mesmo — opina Erin. — Essa é a resposta mais lógica.

— Talvez dê tempo de eu chegar em casa e resgatar o "vale-favor" da minha tia — comenta Rosina.

— É sério? — pergunta Grace, com a voz trêmula. — Você quer desistir?

Nesse momento, a maçaneta da porta se mexe. Grace pisca para conter as lágrimas. As três garotas viram a cabeça e se deparam com um rosto pálido e sardento.

— Hum... Oi — cumprimenta a garota.

É Elise Powell: último ano, atleta, orientação sexual indefinida. Não está no topo de popularidade da escola, mas com certeza não faz parte das últimas da lista.

— É aqui que vai ser a reunião?

Meio desajeitada, insegura, Elise senta-se em uma das cadeiras que Grace montou em círculo. Logo atrás dela, aparecem duas alunas do primeiro ano, Krista e Trista, ambas de cabelo azul meio desbotado e delineador preto, traço grosso. Depois, mais duas entram: Connie Lancaster e Allison Norman, as fofoqueiras da sala em que Grace entrou no primeiro dia de aula. Quantas ao todo? Oito? Não parece suficiente para começar uma revolução.

— Ah, oi! — diz Connie a Grace. — Você é da minha sala, né?

— Sim! — responde Grace, com um entusiasmo exagerado.

— Sabe quem organizou isso? — pergunta Connie, passando os dedos pelo cabelo comprido e preto. — Quem mandou o e-mail?

— Ninguém sabe — responde Grace, com as bochechas vermelhas.

— Estranho — comenta Allison.

Mais uma garota entra na sala. Rosina engasga. Não é uma garota qualquer.

— Olá! — cumprimenta a recém-chegada, com uma voz alegre que soa excepcionalmente alta para um corpo tão pequeno.

Sam Robeson. Chefe do clube de teatro. Organizadora da polêmica produção semestral *Cabaret*, um pedestal de bijuteria e cachecóis de todos os tipos, *crush* de Rosina quando ela estava no primeiro ano do ensino médio. A paixonite começou quando Sam se fantasiou de *popstar* de uma *boy band* na festa de Halloween, deixando evidente que não há nada mais sexy que uma garota vestida de homem.

— E aí? — diz Sam ao sentar-se em uma das cadeiras.

Rosina nota o corte *pixie* que modela as orelhas perfeitas e a destaca o maxilar.

— Vamos falar sobre o quê? — completa Sam.

— Acho que a gente deve falar sobre Lucy Moynihan — responde uma das garotas de cabelo azul.

— Não estou nem aí para Lucy Moynihan — afirma Connie, jogando o cabelo para o lado, lembrando Grace que a garota é a mais mesquinha da dupla de fofoqueiras com quem ela divide a sala. — Só quero que Eric Jordan pare de olhar para os meus peitos o tempo todo.

Krista e Trista soltam uma risadinha de nervoso. Rosina contrai os músculos involuntariamente.

— No primeiro ano, ele me apalpou enquanto a gente estava no escuro da sala de fotografia — afirma Allison. — Contei para a diretora Slatterly, mas ela praticamente disse que era culpa minha, que eu não deveria me colocar em situações comprometedoras.

— Que péssimo! — exclama Grace. — Não acredito que ele fez isso. E você contou para mais alguém?

Allison dá de ombros.

— É a diretora quem está no comando. Não tinha mais ninguém para quem contar.

— Você é nova na escola, né? — pergunta Connie. — Então, provavelmente, ainda não sabe que aqui em Prescott, todo mundo é chefe de tudo... Todo mundo é amigo. A diretora, o prefeito, o chefe de polícia, a Câmara Municipal, todos. E todos frequentam a Prescott Foursquare, a mesma igreja da família do Eric, do Spencer e do Ennis. A esposa do delegado Delaney é vice-presidente do comitê de voluntários, e a mãe do Ennis é a presidente. A cidade inteira é totalmente corrupta. Tem um nome para isso, não tem?

— Nepotismo — responde Erin, sem tirar os olhos do livro.

— Meus pais também frequentam essa igreja — conta Krista. Ou talvez tenha sido a Trista. — Eles me forçaram a ir. São totalmente fascistas.

— Totalmente — concorda a outra garota de cabelo azul.

Erin tira os olhos do livro, pisca algumas vezes enquanto olha ao redor da sala; depois, volta a ler. Outras garotas fazem o mesmo, observam o círculo, depois voltam a olhar para o próprio colo ou para algum canto do ambiente. Sam tira o celular da bolsa e lê uma mensagem de texto.

— Tem algo que eu gostaria de contar — anuncia Elise Powell, enquanto todos os olhares ansiosos se voltam para ela. — Sou a técnica do time e ouço um monte de coisas no vestiário...

— Ah, meu Deus! — exclama Sam. — Você viu alguma coisa? Tipo, dois meninos transando?

— Hum, não. Não tenho autorização para entrar na área dos chuveiros...

— Que pena — replica Sam.

— Mesmo assim... Outro dia, escutei eles apostando com quantas garotas iriam transar neste ano. Eles estão competindo, contando. Tem até dinheiro envolvido. Eric Jordan é o líder do negócio. Ele mandou todo mundo começar pelas meninas do primeiro ano, que seriam as mais fáceis. É como se ele se achasse professor dos caras, líder, alguma coisa desse tipo, como se estivesse ali para ajudá-los. Como se fosse autoridade no assunto.

— Castração — sugere Rosina. — Confiem em mim, é a única solução.

— E olha que, depois de tudo o que aconteceu no ano passado, ele devia ficar na dele, deixar de ser tão aparecido, parar de bancar o *boy* magia pegador — comenta Sam, balançando a cabeça de um lado para o outro, o que faz seu brinco laranja balançar junto. — Não consigo acreditar que já achei o Eric gato.

— Talvez ele se sinta mais bonzão agora porque escapou ileso — opina Elise.

— É meio que uma tradição — pontua Connie. — Os caras fazem competição de quem vai pegar mais mulher. As meninas do primeiro ano caem na armadilha. Acham que eles estão mesmo a fim delas. Eu quase me apaixonei uma vez.

— E eu caí na armadilha e me apaixonei mesmo — conta Allison, olhando para baixo.

— Precisamos avisá-las — sugere Elise.

Com os olhos arregalados, Krista e Trista assentem, concordando.

— Mas como? — indaga uma delas.

— E se gente espalhasse uns avisos, algo assim? — sugere a outra.

— Perigoso demais — afirma Allison. — Podem pegar a gente, caso a gente deixe rastros...

— Não vão chamar a perícia para colher digitais em um pedaço de papel — pondera Rosina.

— Acho que a gente deveria fazer isso, espalhar uns cartazes — concorda Elise. — E distribuir uns panfletos, talvez. Todo mundo tem que saber.

— Pelo menos você não precisa se preocupar — diz Connie, bem baixinho. No entanto, como há apenas nove pessoas na sala, todas ouvem.

— O que você quer dizer com isso? — questiona Elise, com as sardas ainda mais escuras por causa do rosto agora avermelhado.

— Ah, você é lésbica, não é? Então, não precisa se preocupar com esses babacas — responde Connie.

— Eu não sou lésbica — rebate Elise, mas com o olhar grudado no chão, murcha feito a chama de uma vela que acaba de apagar.

— Hum... Oi?! — intervém Rosina. — Os homens também são bem cuzões com as lésbicas. Às vezes, agem até pior.

— Ah, vocês entenderam o que eu quis dizer — replica Connie.

— Não, para falar a verdade, não — responde Rosina, inclinando o corpo mais à frente. — O que você quis dizer?

— Ah, tipo... Você é bonita, então ninguém diz que você é lésbica, mas a Elise parece um...

— Eu não sou lésbica! — esbraveja Elise.

Grace se aproxima e tenta consolá-la, mas Elise puxa a mão de volta, trêmula e com a respiração acelerada enquanto pega a mochila do chão.

— Isso não teve a menor graça, Connie — diz Rosina. — Qual é o seu problema, hein?

— Ah, deixa para lá. Tenho coisas melhores para fazer do que reclamar de homens — afirma Connie. Ela se levanta, e Allison, mesmo contra a própria vontade, a segue, esboçando um sorriso para tentar se desculpar enquanto as duas atravessam a porta.

— Elise, espera — implora Grace.

— Preciso ir — retruca Elise, tentando conter as lágrimas que ameaçam rolar enquanto sai da sala.

As alunas do primeiro ano, em silêncio, a seguem e escapam.

— Bom... — diz Sam, envolvendo o pescoço com um cachecol. — Preciso repassar umas falas com meu companheiro de cena.

— Espere! — pede Grace, mas não restou ninguém para ouvi-la.

— Acho que a reunião acabou — comenta Erin quando a porta se fecha.

— Bom, foi divertido — responde Rosina.

— Acho que vou voltar para a minha vida normal agora — diz Erin.

— Não — diz Grace, com a voz fraca. — Vocês não podem fazer isso. A gente não pode desistir.

— Por quê? — questiona Erin.

— Porque é importante — responde Grace.

— Mas qual é o objetivo disso tudo? Não vamos mudar nada — pondera Rosina.

— Talvez a gente possa mudar algo, sim — insiste Grace. — Se continuarmos tentando.

— Lucy nunca pediu para fazermos isso. Não é nossa responsabilidade — retruca Erin.

— Ah, não? E de quem é, então? — questiona Grace.

Rosina abaixa a cabeça. Erin encolhe os ombros. Grace olha para as duas por um bom tempo, mas elas evitam contato visual.

— Preciso voltar para casa — anuncia Erin, conferindo o celular. — Já estou seis minutos atrasada.

— Vou começar a trabalhar já, já — avisa Rosina, pegando a mochila e levantando-se. — Você vem, Grace?

— Vou ficar um pouco aqui.

— Vai rezar ou...? — pergunta Erin.

— Só quero pensar e ficar sozinha.

— Vamos, Erin — chama Rosina. — Hora de voltar para a rotina de sempre.

Erin acompanha Rosina até a porta, deixando Grace sozinha para pensar, rezar ou o que quer que seja enquanto ninguém a observa.

# GRACE

Pelas marcas na parede, Lucy conversa com Grace. *Você fracassou*, diz ela. *Nada do que você faz tem importância.*

Os pais de Grace já saíram para trabalhar, antes mesmo de ela acordar para ir para a escola. Eles queriam evitar a hora do rush para chegar à afiliada da NPR, no centro de Eugene, onde a mãe de Grace será entrevistada no *talk show* matutino sobre cristianismo progressista. Lá está ela, transformando o mundo enquanto a filha inconsequente faz um brinde inconsequente na cozinha vazia, com um monte de caixas ainda empilhadas no canto, cheia de coisas que nunca serão desembaladas: uma panela de barro, cortadores de biscoito, um conjunto para preparar fondue que os pais ganharam de casamento vinte anos antes e que nunca saiu da caixa.

Ontem à tarde, em meio à luz opaca e empoeirada num corredor da biblioteca, depois de derramar algumas lágrimas de autopiedade, bem à moda antiga, Grace orou a Deus, pedindo orientação. *Senhor, por favor, me mostre o caminho. O que devo fazer? Me mostre como posso servi-lo e ajudar meus semelhantes. Digo, minhas semelhantes. As garotas.* Ela quase nem conseguiu elaborar a oração.

Grace respira fundo e cerra os olhos com toda a força. Ela leva as mãos em prece à altura do peito e as pressiona contra o coração. *Por favor*, implora. *Eu sei que tenho um propósito neste mundo. Só preciso saber qual é. Só preciso saber em que sou boa. Se é que existe algo em que eu seja boa.*

Surpresa com as próprias palavras, num sobressalto, ela abre os olhos. Grace pode sentir o próprio corpo, mas não o que há dentro dele. Tem um vazio, um espaço que ainda não foi preenchido, alguma engrenagem parada que precisa saber sua utilidade.

Durante a noite, choveu. E, se as pesquisas que Grace fez estiverem certas, até maio não vai parar de cair água. No mesmo instante, começou a pingar da goteira do teto manchado, como já era de esperar. Ela acordou com o *plic, plic, plic* tamborilando no chão e ficou por um bom tempo deitada na cama, com os olhos abertos, pensando nas possibilidades: 1) levantar-se, pegar balde, toalhas e resolver o problema; 2) levantar-se, se arrumar para a escola e fingir que não tem nada acontecendo; ou, a última e mais atrativa opção, 3) voltar a dormir.

É óbvio que ela ficou com a primeira opção. Pelo menos, de uma coisa a seu próprio respeito Grace tem certeza: ela é o tipo de pessoa que faz o que deve ser feito. Foi educada a sempre fazer a coisa certa.

Mesmo tendo seguido com guarda-chuva e capa de chuva, quando chega à escola ela percebe que seu sapato está ensopado e sua calça jeans está encharcada da barra aos joelhos – e vão ficar assim pelo resto do dia. As janelas do prédio estão todas embaçadas devido à chuva; nos corredores, tudo o que se ouve é o esguicho de roupas molhadas e o ranger das solas de borracha no piso molhado.

E tem mais uma coisa. As pessoas estão falando alto, mais que de costume. Estão mais agitadas, elétricas. Pode ser por causa da chuva. Há grupinhos por todos os lados, cochichando, conversando, com olhos arregalados e expressão de quem conspira. Os alunos olham para as paredes, para os armários, seguram e analisam um papel.

Grace corre para olhar o cartaz colado no armário dela. ATENÇÃO! ESTE AVISO SERVE PARA TODAS AS MENINAS, MAS PRINCIPALMENTE PARA AS DO PRIMEIRO ANO. TOMEM CUIDADO EM QUEM CONFIAM! E não para por aí. Há também uma descrição com os mínimos e perturbadores detalhes do "campeonato de sexo" promovido pelos garotos. Na assinatura? ANÔNIMAS.

— Meu Deus! — exclama uma aluna bem novinha, provavelmente do primeiro ano. Ela olha para a amiga e pergunta: — Acha que foi por isso que aquele cara do último ano pediu meu telefone ontem? Bem que estranhei...

Grace sente um alerta interno disparar. Uma chama que, apesar de pequena, ilumina as profundezas mais escuras de seu interior. A voz inaudível de Deus diz a ela que é o sinal pelo qual esperava.

Ela olha ao redor. Todas as alunas conversam entre si; todas, sem exceção, mesmo as que normalmente não se misturavam. Grace quer comemorar. Sente vontade de abraçar alguém. O sentimento de orgulho pelo feito ameaça falar mais alto: ela quer contar que foi ela quem fez aquilo. Mas a vergonha vence. Será que o ego de sua mãe sempre aparece assim, desse jeito feio e inoportuno? Será que ela fica toda orgulhosa quando olha para os fiéis hipnotizados? Nesses momentos a humildade desaparece? Será que ela esquece que somos apenas vasos de Deus, obra Dele? Será que alguma vez, por um breve momento, ela quis tomar o lugar de Deus?

Comoção pelos corredores. O treinador Baxter e seus companheiros de futebol marcham, arrancando todos os cartazes.

— Isso é um absurdo — reclama ele com o rosto vermelho, as veias sobressaltadas no pescoço. — A diretora Slatterly não vai tolerar tamanha calúnia. Isso é *bullying*, senhoritas. *Bullying*.

Alguém tosse e diz:

— Mentiroso.

— Quem disse isso? — questiona um dos garotos do time de futebol. — Quem foi a imbecil que disse isso?

Então, Elise Powell, com um belo sorriso no rosto sardento, aparece em meio ao turbilhão formado no corredor. Grace fita Elise e, aquele vulcão que tinha começado a se formar dentro dela ganha mais e mais força, até o ponto em que ela não consegue mais se conter, pois o sentimento parece atravessar os poros da pele e envolver Elise. As duas sorriem, e o sorriso e o segredo que compartilham iluminam o corredor.

*Fomos nós quem fizemos isso*, dizem os olhos delas. *Fomos todas nós.*


Ao fim da primeira aula, a maioria dos cartazes já havia sido rasgada. Ao fim da segunda aula, todos tinham sido arrancados. Alguém escreveu FODAM-SE AS ANÔNIMAS!!! em vermelho no espelho do banheiro feminino no primeiro andar.

Depois do alvoroço da manhã, no almoço, decepção. Nada tinha mudado. Todos estão sentados à mesa de sempre. Os babacas continuam ocupando as mesas do meio, mais cuzões que nunca, conversando e rindo mais alto que o normal enquanto tiram sarro do que havia acontecido pela manhã.

Que ingênuo pensar que um cartaz mudaria as coisas, não? Que tolice achar que isso diminuiria o poder desses idiotas.

— É como se todo mundo tivesse esquecido o que aconteceu — comenta Grace.

— E isso a surpreende? — pergunta Rosina.

— Tenho novidades. Sobre os ouriços do mar — anuncia Erin, que, na sequência, dá início a um monólogo de cinco minutos.

Assim que Erin começa a explicar sobre sistema digestório, Elise Powell aparece do nada e senta-se ao lado dela. Erin, em choque, arregala os olhos. De repente, a mesa minúscula e ilhada das três garotas ganha uma integrante. De repente, as três passaram a se comunicar com o mundo exterior.

— Acabei de falar para o Baxter que vou deixar o cargo de técnica do time — conta Elise. — É uma forma de protesto contra a cultura sexista que eles propagam — acrescenta com um sorriso, orgulhosa.

— E o que ele disse? — pergunta Grace.

— No começo, não teve reação. Ficou lá, parado, com a boca aberta, me olhando. Depois, ficou puto. Tão vermelho que o rosto dele ficou, pensei que sairia fumaça pelas orelhas. Depois, só disse: "Tudo bem. Saia da minha sala". E parecia fazer de tudo para se controlar. Aí, eu saí.

— Mandou bem, garota! — diz Rosina, mas Grace não sabe ao certo se ela foi irônica ou sincera.

— Obrigada — agradece Elise, com um sorriso. — Bom, a gente se vê mais tarde. — E, com isso, ela foi embora e voltou para a mesa de sempre, a das ratas de academia.

— Que estranho — comenta Erin.

— Está vendo? As coisas *estão* mudando — afirma Grace.

— Não quero dar uma de estraga prazeres, mas não acho que o fato de Elise abandonar o cargo de técnica do time seja um sinal de que a gente está desbancando o patriarcado — diz Rosina.

— Pode me deixar sonhar um pouquinho, por favor? — resmunga Grace.

Então, de repente, o clima fica pesado. Erin faz cara de assustada, como se farejasse o perigo iminente. Grace sente uma sombra atrás dela, antes mesmo de ouvir:

— Olha só. As duas vadias malucas agora têm uma amiguinha gorda.

Rosina vira o rosto e dá de cara com Eric Jordan parado bem atrás dela.

— Aqui não tem comida para você, se é que me entende, seu parasita.

Ele dá um passo à frente.

— Estou só de passagem.

— Pois ande um pouco mais rápido, então.

— Tenho que admitir que você é corajosa — diz Eric, com um sorriso. — E eu curto um desafio.

— Isso é uma ameaça? — indaga Rosina, se levantando da cadeira como se fosse lutar com ele.

Eric ri.

— Era para ser um elogio.

— Isso *não* é elogio nenhum, seu machista de merda.

— Ah, deixa para lá. — Eric olha Rosina dos pés à cabeça pela última vez, feito um lobo que observa a presa. — Você não vale o sacrifício. — E com isso, ele sai andando, rindo sozinho, como se o resto do mundo achasse graça também.

Com o rosto vermelho e os punhos cerrados, Rosina treme de raiva.

— Eu seria capaz de cometer um crime agora mesmo — confessa, com o maxilar tenso. — É por isso que as pessoas não devem ter arma em casa.

— Meu Deus! — exclama Grace, que não consegue pensar em mais nada para dizer. Então, repete: — Meu Deus!

— Temos que pegar esse filho da puta. A gente vai se reunir hoje depois da aula, certo? Para falar sobre o próximo passo? — pergunta Rosina.

— Com certeza — confirma Grace. — Erin, você vem?

Mas Erin está balançando o corpo para frente e para trás. Está presa em algum canto dentro de si mesma. Não está ali.

— Puts... — comenta Rosina.

— Erin, está tudo bem? — pergunta Grace.

— Preciso ir — responde ela, com a voz firme. E começa a recolher suas coisas da mesa.

— Espera — pede Grace. — Quer conversar sobre o que aconteceu?

— Quero ficar sozinha. — E, com isso, Erin se levanta com os ombros tão tensos que praticamente encostam no ouvido.

— Mas a gente pode ir com você — insiste Grace.

Rosina, porém, toca o braço dela delicadamente e balança a cabeça.

— Não — diz Erin. Em seguida, ela se afasta e sai andando, mas, no caminho, bate o quadril com força na quina da mesa.

Rosina e Grace a observam caminhar depressa pelo corredor, batendo o ombro contra a parede, como se não sentisse firmeza no próprio corpo para se manter de pé.

Grace se levanta.

— Não é melhor a gente ir atrás dela?

— Erin é uma das raras pessoas que são muito sinceras quando dizem que querem ficar sozinhas — afirma Rosina.

— Mas e se ela não estiver bem? — insiste Grace. — E se acontecer alguma coisa?

— Ela consegue chegar até a biblioteca sozinha. A sra. Trumble, bibliotecária, é legal com ela. Acho que ela também tem certo grau de autismo.

Grace, no entanto, não se contenta com a resposta. Alguma coisa em relação a Eric assustou tanto Erin que foi como se um interruptor tivesse sido desligado dentro dela. Ela precisou fugir. Isso não pode ser ignorado. Ir para a biblioteca e se isolar definitivamente não vai resolver o problema.

— Ela não vai ficar sozinha lá, né? — acrescenta Rosina.

— Eu sei — confirma Grace. *Mas o fato de haver gente por perto não significa que Erin não precise de ajuda.*

— Erin voltou para casa depois do almoço — conta Rosina enquanto ela e Grace caminham até a residência de seus tios, debaixo de uma garoa, à tarde.

— Acha que eu não deveria me preocupar com ela? — pergunta Grace.

Rosina suspira.

— Pode se preocupar, se acha que deve, mas tenho certeza de que não é bom. Esse tipo de coisa só acontece às vezes com Erin. Tem certas coisas que a deixam fora do ar; é algo muito pesado, então ela precisa de um tempo para recarregar as baterias. Provavelmente vai para a escola amanhã de manhã. Ela só precisa deixar as coisas se acalmarem, a poeira baixar, e voltar ao normal.

Para Grace, porém, voltar ao normal é algo inaceitável. É na "normalidade" que ela se perde. É na normalidade que ela não é ninguém. É na normalidade que nada acontece. Como algo pode ser tão diferente para duas pessoas?

— Continuo achando que a gente não deve deixá-la sozinha — reafirma Grace. — Sei lá, sinto que a gente deve ir lá atrás, ver como ela está.

— Sinceramente? Acho que isso só vai estressá-la mais. Se quer fazer alguma coisa mesmo, por que não manda uma mensagem de texto? Mostre que se importa. Ela vai se sentir bem.

— Vocês duas se dão muito bem.

— Pois é.

— Você gosta muito dela, né?

— Sim — responde Rosina. — Mas que fique claro: ela é minha amiga.

Grace dá uma risadinha.

— Que foi? — pergunta Rosina.

— Você sempre banca a mal-humorada.

— Eu sou mal-humorada.

As duas seguem caminhando, em silêncio, o que dá a oportunidade de Grace retomar o assunto.

— Tem certeza de que não tem problema de eu ir até a sua casa? — pergunta, na esperança de que Rosina mude de ideia.

De repente, Grace se sente tão aflita que até o quarto com goteira soa mais confortável que visitar pela primeira vez a casa de uma nova amiga.

Rosina é uma *amiga*. Ir à casa dela (ou melhor, à casa dos tios dela) depois da aula torna o título oficial.

— Fica tranquila — reforça Rosina. — Eu nem precisaria estar lá. Aqueles pirralhos sobreviveriam sem o menor problema.

De fato, Rosina foi sincera quando contou que tinha um exército de primos e primas. Há uma porção deles por toda a casa, debaixo das mesas, pulando nos móveis, subindo pelas paredes. A sala de estar/jantar é abarrotada de móveis, nada combinando com nada – brinquedos, roupas, louça e papéis cobrem todas as superfícies.

Uma pré-adolescente está sentada perto da televisão, assistindo a um *reality show*.

— É essa aí que quero que assuma meu posto — comenta Rosina. — A única coisa que ela sabe fazer é ficar sentada à toa. Lola! — A garota não se mexe. — Cadê a Abuelita?

— Na sua casa — responde a garota sem tirar os olhos da tela.

O *reality* é sobre pessoas que têm o estranho vício de comer coisas bizarras. Nesse exato momento, uma mulher toma sorvete e bebe champanhe.

— Você sabe que ela não pode ir para lá sozinha — adverte Rosina.

Lola dá de ombros.

— Ela está dormindo. — A mulher na tela arrota e solta uma bolha pela boca.

— E o Erwin? — pergunta Rosina.

— No banheiro.

Rosina faz uma careta e balança a cabeça.

— Essa gente... — murmura.

— Erin sempre vem aqui? — pergunta Grace.

— Ela não curte muito ir para outro lugar que não seja a escola — responde Rosina, largando a mochila no chão. — Ela só veio aqui umas duas vezes e foi embora, tipo, dez minutos depois, porque disse que o cheiro estava fazendo mal a ela.

— Que cheiro? Não sinto cheiro de nada — comenta Grace.

— De comida. Ela diz que consegue sentir o picante dos temperos que minha mãe e minha tia usam, o que é estranho, porque, em casa, minha mãe quase nunca cozinha. Erin sentiu o cheiro que veio do restaurante. É como se ela tivesse poderes paranormais, algo assim.

Um menino que deve ter uns dois anos entrega para Grace uma Barbie nua e sem cabeça.

— Obrigada? — ela diz enquanto o garoto vai embora.

— Vem! — Rosina chama Grace enquanto caminha até a mesa e abre o notebook.

Ela tira um cesto de roupa suja de cima de uma cadeira e gesticula, indicando para a amiga se sentar. As duas olham para a tela enquanto Rosina insere o login e a senha do e-mail que criaram para as Anônimas, sem identificação nenhuma relacionada a elas.

— Ei! Chegou mensagem nova — anuncia Rosina.

Uma briga começa do outro lado da sala.

— É meu! — grita uma das crianças.

— Não, é meu! — rebate a outra.

— Dá isso aqui! — ordena Lola, que puxa o brinquedo da mão do primo, senta-se em cima do objeto e volta a assistir à televisão.

— Está vendo? — comenta Rosina. — Essa aí é das nossas.

— O que dizem os e-mails? Algum conhecido mandou mensagem? — indaga Grace. — Todos os e-mails da escola têm o mesmo formato, últimosobrenome.primeironome@PrescottHS.edu, mas Grace não reconhece nenhum.

— Não sei se já percebeu, mas não sou a simpatia em pessoa. E a escola tem mais de mil alunos. Logo, é bem provável que eu não reconheça nome e sobrenome de mais da metade.

— Falando desse jeito, está parecendo a Erin — comenta Grace.

— Acho que esse aqui é de uma daquelas emos que estavam na reunião — diz Rosina enquanto clica na primeira mensagem. — Ela diz que a gente deveria se reunir em um lugar mais discreto que a biblioteca. Boa! — Rosina clica na próxima mensagem. — É da Elise. Só quer saber onde vai ser o próximo encontro. Ah, cara, só pode ter sido ela quem colocou aqueles cartazes. Aquela mina tem colhão!

— Acha mesmo que foi ela?

— Claro que foi!

Com os olhos grudados na tela do computador, Rosina ri.

— Olha isso! Margot Dillard escreveu!

— Quem é essa?

— Não conhece? Nada mais, nada menos, que a representante do corpo estudantil — responde, em tom de zoeira, cantarolando. — Vamos ver. "Caras Anônimas." Nossa, que gentil, não? "Estou muito interessada em fazer parte do grupo. Ao que parece, o trabalho de vocês pode colaborar e ajudar a promover o empoderamento das mulheres da Prescott High School. Sou muito empenhada na luta pela igualdade das mulheres e gostaria de participar dessa ação social que estão promovendo. Por favor, me avisem quando será a próxima reunião e como posso contribuir. Atenciosamente, Margot H. Dillard, representante do corpo estudantil do ensino médio da Prescott." Porra! — exclama Rosina, ainda sentada, inclinando o corpo à frente. — É como se ela estivesse se candidatando a uma vaga num banco muito foda!

— Quem é esse daí? — pergunta Grace, apontando para o campo "remetente", que mostra um e-mail diferente do formato regular do colégio, cheio de números e letras gerados de modo aleatório em um provedor qualquer.

— Hum — diz Rosina enquanto abre a mensagem. — Quem quer que seja, quis mesmo garantir o anonimato.

Grace rola a tela mais um pouco e aproxima o rosto do ombro de Rosina enquanto as duas leem em silêncio:

Oi, você que lê esta mensagem.

Quando recebi seu primeiro e-mail, simplesmente ignorei. Achei uma puta besteira. Mas, depois de hoje e de tudo o que vi na escola, comecei a pensar que talvez eu esteja errada. Não sei se voltarei às reuniões algum dia, mas acho que vocês devem seguir em frente.

Estou escrevendo porque os sinais que vocês descreveram são reais mesmo. Aconteceu comigo no ano passado. Eu estava no primeiro ano, ele era do último, e eu fiquei tão empolgada de ver que ele estava a fim de mim...! A gente estava numa festa, e ele não parava de me oferecer bebida. Aí, ele me levou para o carro dele.

Pensei comigo mesma: Ah, ele não deve ter escutado quando eu disse "não". E achei que tinha sido minha culpa. Sim, minha culpa por ter bebido demais.

Não vou dizer quem é o cara porque, se forem atrás dele, ele vai saber quem contou. Mas quero que saibam que me sinto grata pelo o que estão fazendo. E acho que há muitas garotas com esse mesmo sentimento por aí, mesmo que elas ainda não saibam nomeá-lo.

Obrigada.

Rosina e Grace ficam ali, imóveis, sem dizer qualquer palavra, apenas lendo o e-mail repetidamente.

O estado de transe das duas se rompe quando uma criança na sala de estar começa a chorar. Um dos primos – Erwin, provavelmente – enfia a cabeça no canto do corredor e grita:

— Rosina! Faz alguma coisa para calar a boca desse idiota!

Com os maxilares cerrados, o olhar castanho determinado e fulgurante, Rosina olha para Grace.

— Quando vai ser a nossa próxima reunião? — pergunta a Grace.

Com as mãos trêmulas, Rosina começa a digitar.

De: Anônimas
Para: destinatário desconhecido
Data: sexta-feira, 23 de setembro
Assunto: QUANDO O "SIM" SIGNIFICA "SIM" (e informações sobre a próxima reunião)

Queridas amigas,

Como parece haver uma confusão sobre o assunto, vamos deixar uma coisa bem clara: se aproveitar de alguém entorpecido é covardia e crime. É ESTUPRO.

Embebedar uma mulher de propósito para fazer sexo com ela não é fazê-la "relaxar". Não é uma técnica de sedução. É ESTUPRO.

O cara não é sortudo por fazer sexo sem o consentimento da garota. Ele é um ESTUPRADOR.

Entenderam?

De algum modo, todas temos certeza disso. Todas sabemos que as coisas têm sido assim. Que os homens fazem isso. E que é com isso que as garotas têm de lidar. Mas nos recusamos a aceitar. Chega. Estamos cansadas de deixar que os caras decidam o que fazer com nosso corpo. Se aconteceu com você, saiba que não é culpa sua. Estamos aqui por você. Por todas.

Juntas, somos muito mais fortes que toda essa nojeira que nos obrigaram a engolir há tempos. Juntas, podemos mudar isso.

Junte-se a nós!

A próxima reunião será na terça-feira, 27 de setembro, às 16h, no antigo galpão da fábrica de cimento, na Elm Road.

Com carinho,

Amigas Anônimas

# Os pegadores de Prescott

As gostosas são especialistas em se fazerem de difíceis. Se fingir de intocável aumenta ainda mais o valor delas. Ao mesmo tempo, toda garota quer um homem forte, não um babaquinha chorão e sensível que fale do próprio sentimento. Elas querem ser domadas, é da natureza delas; então, de vez em quando, elas provocam uma briga só para nos deixarem mais ariscos. Na verdade, às vezes o "não" não significa "não". Claro, as feminazis nunca vão admitir isso, mas eu aposto com você (cem dólares!) que a maioria das garotas curte um cara mais arrisco.

As mulheres querem um cara que tenha pegada. Que esteja no controle. E não se esqueça: só quando você tiver o total controle de si mesmo é que poderá assumir o controle total dela.

Machoalfa541

# Nós

— Acho que isso pode ser considerado invasão — comenta Erin enquanto entram no galpão vazio. — O que a gente está fazendo é ilegal. Não fico nem um pouco confortável com isso.

— A gente não está arrombando nada. A porta fica sempre escancarada — pontua Rosina.

— Não estou convencida disso — rebate Erin, mas sem parecer tão chateada quanto deveria estar.

O espaço é enorme e vazio, nada além de um piso de concreto cercado por paredes e janelas sujas. Nem um móvel sequer. Quando Rosina, Grace e Erin chegam, já há mais de uma dúzia de garotas reunidas, entre as quais se encontram todas (sem exceção) as que compareceram ao primeiro encontro, até mesmo Connie Lancaster, aquela que colocou um fim à primeira reunião. Todas estão um pouco molhadas por causa da chuva fraca que durou o dia inteiro e parecem desconfiadas, amuadas em suas panelinhas de sempre, se entreolhando com certo desdém. Parece mais que estão a ponto de começar uma guerra do que uma reunião para unir forças.

— Acho que ninguém gostou do lugar que você escolheu — diz Erin a Rosina.

— Como você sabia desse lugar? — questiona Grace.

— É... Digamos que tenho certa habilidade para descobrir cantos onde a minha família não consegue me achar — responde Rosina.

Através das janelas embaçadas, uma luz cinzenta adentra o galpão, deixando o ambiente anuviado. Parece haver sombras por toda a parte. Alguém sussurra: "O que ela está fazendo aqui?", e todas as demais se reconhecem no "ela".

— Não estou gostando do clima — resmunga Erin. — Todo mundo está de cara feia. E se der tudo errado? E se acabar em confusão, como da última vez?

— A coisa ainda nem começou e você já está preocupada com o fim? — pontua Rosina.

— Tem muito mais gente hoje — comenta Grace, aflita.

— Mano, isso é bom! — afirma Rosina.

— Achei que a otimista aqui fosse a Grace — cutuca Erin, pressionando e esfregando as mãos uma na outra. — O que deu na Grace hoje? Trocou de papel com você?

— Ah, graças a Deus! — exclama Rosina ao olhar por cima da cabeça de Erin e Grace. — Margot Dillard chegou. Finalmente alguém vai saber exatamente o que fazer. Ou pelo menos fingir que sabe.

— Ai, que emoção! — brada Margot Dillard, representante do corpo estudantil da Prescott, batendo palmas.

Ela dá a volta pelo galpão, cumprimentando a todas, como se fosse uma festa e ela tivesse convidado cada uma das presentes, como se o ambiente anuviado e ensombrecido não fizesse parte do cenário.

— Caramba — sussurra Erin. — *Líderes de torcida.* Não consigo lidar com isso.

Quatro garotas entram, mas parecem mais quatro bonecas impecavelmente arrumadas e, sabe-se lá como, imunes à chuva.

— Grande coisa — resmunga Rosina.

— Põe grande coisa nisso — acrescenta Grace.

— Não entendo o porquê de toda essa babação por líderes de torcida. Elas não sabem fazer quase nada além de pular como canguru e soletrar "Spartans" em voz alta. Só. Eu consigo soletrar palavras muito mais complicadas e ninguém paga pau para mim — comenta Rosina.

— Mas você gosta de uma líder de torcida — pontua Erin. — A boazuda.

— Não, eu não — nega Rosina.

— Sim, gosta, sim. Disse que ela é a garota mais bonita da escola.

— Não falei isso, não.

— Meu Deus! Já tem mais de vinte pessoas aqui! — observa Grace.

— *Ai, ai, meu Deus!* — zomba Rosina.

— Vinte e três. Eu contei — afirma Erin.

— Já selecionaram uma moderadora para o grupo? — pergunta Margot Dillard, com a voz marcante.

— Nossa, parece que ela tem um microfone na garganta — murmura Rosina.

— O último encontro foi um desastre — resmunga Sam Robeson, a atriz.

— Bom, toda reunião precisa de um mediador. Alguém gostaria de se prontificar?

— Eu indico Margot — anuncia Elise Powell.

— Obrigada, Elise — agradece Margot, simulando surpresa. — Quem concorda?

— Eu! — responde Trista. Ou Krista.

— Todas aquelas que concordam, por favor, levantem a mão — pede Margot.

O grupo inteiro, sem exceção, ergue a mão.

— Graças a Deus! — exclama Grace.

— Ufa! — exclama Rosina.

— E se a gente fizer um círculo? — sugere Margot.

— No chão? — pergunta uma das líderes de torcida, enquanto todas começam a se ajeitar como indicado.

— Ah, vai, um pouquinho de poeira não mata ninguém — comenta Melissa Sanderson, outra líder de torcida, a de sorriso dócil e olhar gentil que trouxe a avó de Rosina de volta para casa uma vez e que sempre se destacou por ser um pouco diferente do bando de garotas populares com quem anda.

— Antes de a gente começar — anuncia Margot, depois de todas se ajeitarem no chão, formando um círculo —, quero agradecer a quem quer que tenha começado isso. Sei que você quer permanecer anônima e compreendo totalmente sua decisão. Mas, se estiver nesta sala, e acho que está, quero que saiba que esse é o tipo de iniciativa que constrói mudanças reais e duradouras.

Ao redor, algumas assentem com certa indiferença, outras dão de ombros, outras ainda disfarçam a risadinha de desprezo e sarcasmo.

— É como se ela tivesse praticando de verdade para concorrer à eleição — sussurra Rosina.

Melissa, a líder de torcida, ri ao se sentar ao lado de Rosina, que, por sua vez, olha para o colo dela. Erin encara as duas.

— Por que ficou com a bochecha vermelha? — pergunta Erin a Rosina. — Isso nunca acontece com você.

— Shhhhh! — resmunga Grace.

— Também gostaria de sugerir que o grupo parasse de usar o e-mail da escola para se comunicar, porque é muito fácil de rastrear — observa Margot. — Gostaria de sugerir que ele fosse totalmente desativado. Podemos espalhar a notícia do modo tradicional, o bom e velho boca a boca.

— Ela gostou mesmo de brincar de chefe, hein? — sussurra Melissa para Rosina. — Acha que foi ela quem armou essas reuniões?

— Ficou vermelha *de novo*! — comenta Erin.

— Vamos lá — prossegue Margot. — Acho que podemos começar nos apresentando e explicando por que cada uma veio. Eu começo. Me chamo Margot Dillard. Sou aluna do último ano e representante do corpo estudantil. Estou aqui porque quero mudar a cultura misógina da escola. E passo a vez.

— Hum — diz a próxima. — Sou Julie Simpson. Estou no segundo ano. Não sei bem por que vim. Acho que foi mais por curiosidade.

— Eu me chamo Taylor Wiggins — explica a outra garota. — Estou aqui porque cansei de ver o jeito com que os caras tratam a gente. Tipo, como eles contam aos amigos quando transam com alguém, sem pensar na privacidade nem na intimidade, em nada.

— É! — concorda outra garota.

Algumas assentem, concordando.

— Sou Lisa Sutter. Último ano. Capitã das líderes de torcida. Todas vocês já me conhecem, certo? Bom, estou aqui porque meu namorado, Blake, me traiu e quero me vingar dele.

— Melissa Sanderson — apresenta-se. — Acho que vim porque estou cansada de ver todo mundo esperando eu agir assim ou assado só porque sou líder de torcida ou sei lá mais o quê. Tipo, talvez eu não seja mesmo quem todos pensam que eu deveria ser, mas sinto que preciso esconder quem eu sou. Sei lá, talvez isso não tenha nada a ver com o propósito do grupo, mas tenho a impressão de que sim. Se não for, esse tipo de assunto também deveria ser discutido aqui. Penso que há mais de uma forma de ser menina, certo?

— Totalmente — concorda Rosina.

— Por que elas estão se olhando desse jeito? — sussurra Erin para Grace.

— Shhh! — resmunga Grace.

— Ei, vocês não eram amigas de Lucy Moynihan? — pergunta alguém.

Imediatamente todas se viram para as duas garotas desconhecidas do outro lado do círculo.

— Posso passar a vez? — pergunta a primeira garota, com delicadeza.

— Não é a vez da mexicana? — pergunta outra.

— *Mexicana?* — questiona Rosina.

— Você estava na festa com ela naquele dia — comenta alguém. — Eu me lembro de vocês. Das duas.

— Fala sério, Jenny — diz a primeira garota. — A gente sabia que ia ter de falar sobre ela. Foi por isso que a gente veio aqui.

— Vocês eram próximas de Lucy? — pergunta Grace, mas se retrai toda em seguida, como se estivesse assustada com o som da própria voz, tão alta e na frente de tanta gente.

— Não — responde Jenny, ao mesmo tempo em que sua amiga diz que sim.

— E aí, qual das duas está falando a verdade? — pergunta Margot.

— Ah, a gente não era próxima nem amiga — explica Jenny, sem olhar nos olhos de ninguém. — Ela era só uma conhecida.

A amiga olha para ela como quem não consegue acreditar.

— Jenny, a gente era amiga desde o jardim de infância.

— Você estava com ela no dia da festa? — questiona Margot.

— Sim — afirma a outra garota.

— A gente não estava com ela quando tudo aconteceu — explica Jenny. — Ela ficou de conversa com Spencer Klimpt a noite toda e, aí, deixou a gente para ficar com ele, seja lá o que foi fazer… Você se lembra disso, não, Lily?

— Ela bebeu muito naquela noite — conta Lily, olhando para baixo. — E ele continuou oferecendo bebida a ela. Ela nunca havia ficado bêbada.

— É verdade... — confirma a outra, mas com uma voz totalmente diferente da amiga, como se as duas estivessem se lembrando de duas cenas completamente diferentes. — Ela estava bêbada.

— Então, vocês acham que a culpa foi dela? — pergunta Rosina, com rispidez. — Culpa dela por estar bêbada?

— Ela mal conseguia manter o olho aberto — relata Lily, com a voz embargada. Lágrimas começam a rolar pelo rosto da garota enquanto ela encara Jenny, que, por sua vez, evita fazer contato visual com a amiga. — Ele praticamente a arrastou pela escada.

— Meu Deus — exclama alguém.

— A gente precisava ter feito alguma coisa — diz Lily, com o rosto molhado de lágrimas. — Jenny, por que a gente não fez nada?

Jenny apenas faz que não com a cabeça. Ela se mantém feito uma folha de papel dobrada ao meio, tentando se comprimir como se, com isso, pudesse sumir e escapar dos olhares de todas as garotas que a encaram exigindo respostas.

— Ela me telefonou na manhã seguinte — prossegue Lily, em meio às lágrimas. — Ela chorava tanto que eu mal entendia. Falou que tinha acontecido uma coisa muito ruim, terrível, mas que não ia contar. E eu insisti, perguntei o que havia acontecido. Ela não parava de dizer: "Não sei". — Lily hesita e olha para Jenny, que continua cabisbaixa. — Eu ainda estava puta por ela ter largado a gente na festa. Nós duas ficamos putas com ela. Foi a Lucy quem nos pediu para sair da cola dela. Jenny e eu não queríamos.

— Ela sempre quis ser popular — intervém Jenny, aparentando menos nervosismo agora, mas mais triste.

— E aí, eu perguntei "você transou com Spencer Klimpt?" — diz Lily. — E ela não respondeu, só chorou. Nessa hora, desliguei.

— Ela faria qualquer coisa para ser popular — comenta Jenny, agora também em meio às lágrimas.

— Depois que desliguei, ela continuou ligando, mas não atendi. Até que ela parou de tentar — explica Lily. Depois de uma respiração profunda, a garota prossegue: — Não tive mais notícias dela até segunda-feira, quando cheguei e vi que ela não tinha ido à escola, nem os caras, e todo mundo estava comentando que ela e os pais tinham ido à polícia, que apareceram várias versões da história e ninguém sabia em qual delas acreditar. Mas isso não fazia diferença, porque todo mundo sabia que eram três caras fodões contra uma menina anônima. Entendem? Ninguém sabia o nome dela. Se referiam a Lucy como "menina do primeiro ano". Nem sabiam quem ela era e a julgaram como mentirosa.

— E você, o que achou? Que ela estava mentindo? — pergunta Grace, com a voz neutra, sem julgamento.

Depois de um longo momento de silêncio, Lily responde:

— Não. Eu acreditei nela. — Ela olha para Jenny. — Mas fingi que não acreditei, como todo mundo fez. Eu ainda estava com raiva.

— Eu não acreditei nela — interrompe Connie Lancaster. — Me desculpem, mas não acreditei. Acreditei no que todo mundo dizia, que ela fez isso para chamar a atenção.

— Não entendo — diz Rosina. — Por que não quis acreditar nela?

— Não sei — responde Connie, cabisbaixa, envergonhada. — Fiquei com raiva dela por ter contado o que tinha acontecido. Foi como se ela, de certo modo, estragasse a *minha* vida. — Por um momento, Connie ergue a cabeça e, com um gesto corporal de repulsa, volta a olhar para baixo. — Sei que é péssimo.

— Lembro que ela não ficou nem a metade do primeiro período depois de voltar para a escola — conta Elise Powell. — Onde quer que fosse, todo mundo a chamava de vadia.

— E a gente assistiu passivamente a tudo — acrescenta Sam Robeson, enxugando uma lágrima com um lenço roxo.

— A ambulância não foi buscá-la? — pergunta Trista ou Krista. — Ouvi dizer que o pessoal da enfermaria do colégio ligou para emergência porque ela teve um ataque de nervos ou algo assim na secretaria.

— Sim, mandaram uma ambulância, mas ela não foi — explica Connie.

— Acho que os pais a buscaram — complementa Allison.

— E agora ela se mandou — lamenta Sam.

— Que bosta! — esbraveja Rosina. — Puta merda!

— Eu deveria ter feito alguma coisa — lamenta Lily, em voz baixa. — Naquela noite... eu não deveria tê-la deixado subir com ele... Eu sabia que ela estava chapada. Sabia que alguma coisa aconteceria. — Lily começa a soluçar. — Mas achei que tinha sido culpa dela. Só que ela não merecia isso. Eu devia ter feito alguma coisa.

— Todas nós deveríamos ter feito alguma coisa — comenta Sam. — Não só você. Todas a ignoramos quando ela voltou para a escola. Ninguém ajudou. Ninguém se colocou ao lado dela.

— Tinha muita gente naquela festa — acrescenta Melissa Sanderson. — Eu estava lá. Vi Lucy conversando com Spencer. Eu sabia o que ele queria. Não fazia ideia do que isso ia virar, que Eric e Ennis estavam no meio, mas sabia o suficiente, sabia que Spencer é um babaca. Sabia que ele tinha o hábito de se aproveitar de garotas bêbadas. E sabia que ela era do primeiro ano. Que estava tudo errado. — Melissa fecha os olhos e mexe a cabeça de um lado para o outro, como quem não acredita no que acabou de dizer.

— Mas as coisas não têm que ser assim, não podem ser assim — pontua Rosina.

— Só é assim porque a gente deixa — opina Melissa, encarando Rosina. — A gente pode se ajudar, mas acabamos não fazendo isso.

— Chegou a hora de virar o jogo — afirma Margot Dillard, com a voz enérgica, como se preparasse um discurso.

— O que exatamente a gente vai fazer? — pergunta Rosina.

Por um bom tempo, ninguém diz nada.

Até que uma voz rompe o silêncio e sugere:

— Que tal um manifesto?

— Um o quê?! — pergunta alguém.

— Um manifesto — repete Grace, mais alto. — Vamos escrever um manifesto. Deixar bem claro o que pensamos.

— Temos que fazer mais que isso — diz Rosina. — Precisamos fazer eles pagarem. Fazer eles provarem o próprio veneno.

— Tive uma ideia — anuncia Grace.

# ATENÇÃO

Rapazes da Prescott High School

Cansamos de toda essa merda. Engolimos muita coisa e por tanto tempo. Agora chega.

Nosso corpo não é brinquedo para vocês se divertirem. Não são as peças de um jogo para vocês manipularem e brincarem. Não somos figurinhas para vocês estamparem no álbum de "garotas que já comi".

Acreditamos em Lucy Moynihan. Ela disse a verdade. E todos vocês, bem lá no fundo, sabem disso. Sabem quem a violentou. Vocês encontram os caras que a estupraram todos os dias, na escola e pela vizinhança. Sentam-se ao lado deles na sala. Vão às festas com eles nos fins de semana.

Mesmo assim, não fazem nada. Preferem fazer de conta que nada aconteceu e deixam seus amigos machucarem, usarem e estuprarem mais mulheres. Ou, pior, vocês os encorajam, vocês torcem por eles. Ou ainda pior: fazem o mesmo.

Rapazes, vocês sabem que podem ser melhores. Não se calem diante do sexismo. Digam aos amigos que piadas sobre estupro não são engraçadas. Quando ouvirem um amigo falando merda sobre as mulheres ou se vangloriando de feitos machistas, chamem a atenção dele. Ajudem mulheres quando as virem sendo assediadas ou molestadas. Sejam homens de verdade.

Rompam o silêncio quando souberem de algo errado. Não virem para o lado fingindo que não viram nada.

Porque nós não vamos fazer isso. Não mais.

Assim, até que consigam encarar esses fatos e mudar o comportamento, responsabilizando seus amigos pelos atos deles, nenhum de vocês nos merece.

Nossas exigências são simples:

Que seja feita justiça no caso de Lucy Moynihan.

Que os alunos homens da Prescott nos tratem com o respeito que merecemos.

Não queremos guerra, queremos que se juntem a nós.

Mas até que isso aconteça e até que nossas exigências sejam atendidas, não nos envolveremos em nenhuma atividade sexual com homens da Prescott. Isso inclui, mas não se limita a: relações sexuais, sexo oral (boquete), sexo manual (punheta), beijo, amasso, carícia, lambida, picote, ensopamento da pomba, esfregação ou qualquer outro nome ridículo que vocês costumam usar entre si.

Ainda não acharam o bastante?

Tudo bem, seremos mais claras: estupro não é sobre fazer sexo. Se trata de dominar, machucar e violentar.

Sabemos que uma greve sexual não pode impedir a cultura do estupro. A intenção da greve é chamar a atenção daqueles que pensam que não pertencem ao grupo, daqueles que não são estupradores, mas permitem que esse crime continue sendo praticado por meio do seu silêncio, dos pequenos gestos que diariamente fazem as mulheres se sentirem menores que os homens, sentirem medo. Mesmo você, que não estupra, continua machucando as mulheres. É hora de você saber disso. Chegou o momento de isso acabar.

Assim, declaramos por meio deste manifesto que as alunas da Prescott estão oficialmente em greve de sexo.

Façam bom proveito das próprias mãos, rapazes.

Atenciosamente,

Anônimas

# Nós

Há avisos espalhados por todos os lugares – paredes, teto, chão, armários, mochilas e bolsas; são folhas coloridas chamativas que devem ter saído na calada da noite da impressora dos pais de alguém. Os cartazes estão espalhados por toda a escola; com certeza serão arrancados, mas não vão passar despercebidos.

— Que merda é essa?!

— É sério isso?!

— Eric e Ennis já viram essa palhaçada?

— Vagabundas!

São essas as palavras que se ouvem, ditas em voz alta em meio à risadas, raiva e zombaria. E também há os que reagem com um sorriso discreto, um assentimento imperceptível, uma manifestação de apoio sutil que permanece escondida.

As garotas caminham pelos corredores mais altivas, compostas. Trocam olhares entre si, sorriem para aquelas que jamais imaginariam nem sequer notar a presença. Todas compartilham um segredo que queima feito a luz do sol no peito de cada uma delas.

Erin senta-se à mesa ao fundo da secretaria e, ao computador, começa a inserir informações em uma planilha. Não é uma posição totalmente escondida, mas de fato é quase imperceptível. E ela se sente até confortável.

Algo que Erin aprendeu desde que começou a trabalhar na secretaria foi que a diretora Slatterly gosta de manter a porta de sua sala aberta e que sempre deixa o ventilador ligado. "Ela está passando por uma mudança", é o que Erin escuta a sra. Poole dizer enquanto fofoca com um dos orientadores.

Na secretaria, Erin ouve muita coisa. Às vezes as pessoas simplesmente esquecem que ela está lá ou, mesmo que saibam de sua presença, a ignoram, porque acham que ela não é capaz de ouvir.

É esse o caso neste exato momento, em que Erin escuta toda a conversa da diretora ao telefone. Erin ouve Slatterly dizer: "Aqui é Regina Slatterly, estou retornando a ligação do delegado Delaney". Em seguida, silêncio. Depois, a diretora, em um tom manso, repete uma série de "sim, senhor", feito uma criança repreendida por algo que fez de errado.

— Já vamos retirar todos os cartazes — diz Slatterly. — A situação está sob controle.

Erin para de digitar.

— Não acho que haja motivo para preocupação — afirma Slatterly. — As garotas não estão fazendo mal a ninguém. Já, já a coisa vai esfriar... Sim, senhor... Não, senhor... A questão é que não acho que o que estão fazendo seja ilegal... Não, claro que não... Compreendo... Sim, vou cuidar disso... Tudo bem, falo com o senhor mais tarde. Mande lembranças a Marjorie e às crianças.

Erin escuta o barulho do telefone no gancho. Depois, ouve o que possivelmente deve ter sido o suspiro mais profundo de toda a história.

Ela vira a cabeça devagar até conseguir olhar por cima do ombro, em direção à sala da diretora, bem onde Slatterly está sentada, com a cabeça enterrada entre suas mãos e o vento do ventilador esvoaçando o cabelo ralo como se os fios fossem plumas bem macias.

Amber Sullivan tem aula de introdução à arte no segundo período. A aula em si já seria "dispensável"; então, imagine hoje, com um professor substituto. A turma faria autorretratos, prepararia alguma colagem sobre o que é importante para cada um dos alunos, enfim, assuntos relacionados à vida deles. No entanto, o que se vê é gente mandando mensagem de texto ou jogando no celular, dormindo, usando a blusa e o braço como travesseiro em cima da carteira. E a maioria da sala está conversando.

Amber se senta à mesa, no canto, e, em silêncio, folheia revistas velhas e amassadas à procura de fotos para uma colagem. Ela recorta uma árvore. Uma caixa de correio, um gato. E cola todas as imagens num pedaço de folha vermelha, sem ordem intencional. Ela não recorta nenhuma foto de pessoas, nada que possa lembrá-la da pele ou de qualquer parte do corpo. Sua única preocupação é que nada no trabalho remeta a algum significado específico, que ele não reflita aspecto pessoal, não implique mensagem subliminar – característica típica da arte.

Ao que parece, a única pessoa que está de fato envolvida no trabalho de arte é Grace, sentada do outro lado da sala. Já faz três semanas que as aulas começaram, mas só agora Amber se deu conta da presença da garota rechonchuda, que parece olhar para ela toda vez que Amber desvia o olhar. É como se tivesse aparecido de repente e agora fosse impossível ignorá-la. Grace não olha para Amber do mesmo jeito que as outras garotas, com aquela cara de desprezo e raiva e coisas do tipo "vadia" e "branquela metida à rica" na ponta da língua. Talvez isso nem seja culpa delas.

— Que vagabundas! — prageja o cuzão que se chama Blake, sentado ao lado de Amber. Também é impossível ignorá-lo. — Comprei um pedaço de bolo enorme para Lisa, o bagulho custou uns seis dólares, e para quê?! Não vai rolar nem uma punhetinha!

— Lisa? — pergunta outro cara. — Ela também entrou para essa merda de Anônimas?

— Sim, acredita?! Chegou em mim e falou: "Só transo com você quando eu tiver vontade". Aí peguei e falei: "Ah, é? Então por que está com essa saia que dá para ver a bunda e esse decote?". Ela respondeu: "Posso vestir o que eu quiser". E eu disse: "É, mas ao usar uma roupa dessa não espere que eu me comporte".

— Está certo.

— Aí ela começou a falar que essa história de que a culpa do estupro é da mulher porque é ela quem escolhe a roupa que usa é um absurdo, algo assim, e eu falei para ela: "Quem aqui está falando em estupro? Eu só pedi uma punheta". E sabe o que ela fez? Jogou a porra da bebida do copo na minha cara.

— Mas ela não está errada — intervém um terceiro cara, que estava sentado perto deles. — É sacanagem se aproximar da mina e achar que ela deve transar a hora que você quiser.

Blake e o outro cara encaram o terceiro como se esperassem que ele diga: "Calma, é zoeira".

— Está louco, cara? — pergunta Blake. — O banco do meu carro está até afundado de tanto que já comi essa mina.

O terceiro cara dá de ombros.

— Pelo menos ainda tem uma garota que vai não dizer "não" — comenta o amigo de Blake, sem se preocupar em falar baixo. — Amber.

Os músculos de Amber se enrijecem quando ela escuta o próprio nome, como se aquilo perfurasse sua pele; então, ela se prepara psicologicamente para enfrentar risadas e piadinhas. Os três sabem que ela escutou a conversa, mas não se preocupam nem um pouco – ou talvez nem tenham feito de propósito. Como se ela nem fosse uma pessoa, alguém com sentimentos, tampouco passível de se machucar. Um simples objeto. Algo que eles podem usar quando bem quiserem. E ela não tenta provar o contrário, não fala, não reage, não se envolve, não nega, muito menos confirma. O que Amber faz é endurecer, acionar o próprio mecanismo de defesa, lutar, fugir ou se fingir de pedra.

O sinal toca. Os alunos guardam o material de arte que nenhum deles usou. Os garotos saem sem se dar conta da existência de Amber e atravessam a porta em meio à risadas. Até o cara que defendeu Lisa está com eles, porque Amber e Lisa são tipos bem diferentes.

Amber enrola um pouco para sair, demora mais do que deve e guarda o material. Tudo para dar tempo de eles se afastarem. O que ela menos quer é dar de cara com eles no corredor.

A sala de aula finalmente se esvazia. Até o professor substituto já foi. Amber fecha o zíper da mochila e a pendura no ombro. Só faltam mais cinco aulas para ela fugir para o laboratório de informática e se esconder na mesinha de canto, sua favorita, enquanto os nerds da panelinha da tecnologia se reúnem do outro lado da sala, fingindo não notar a sua presença. É ali, naquele cantinho minúsculo atrás do computador, que ela se sente capaz e criativa, é onde pode "sair" do próprio corpo e entrar em um mundo que faz sentido, um universo feito de sequências de zero e um segundo que pode ser manipulada, onde quem está no controle é ela.

— Ei! — Amber se assusta com a voz atrás dela. Ela se vira e dá de cara com Grace, que, sabe-se lá como, se aproximou. — Você é a Amber, certo?

Amber não responde, apenas fulmina Grace com o olhar, preparando-se para se defender da inevitável ofensa, como sempre acontece quando alguém se aproxima. Ela se sente pronta para contra-atacar, para provar que aquilo que dizem sobre ela é tudo verdade: é uma pessoa cruel, má, insuportável. Ela tem seus motivos para não ter amigo nem amiga.

Grace fala baixinho, mesmo tendo restado apenas as duas na sala de aula.

— Você sabe das Anônimas, certo?

Amber apenas assente, e, por um breve momento, seu olhar semicerrado relaxa um pouco.

— Quer participar da próxima reunião? — convida Grace. — Acho que você vai gostar. Tem sido divertido.

— O que vocês fazem lá? — questiona Amber, em um tom ríspido, mas a verdadeira pergunta que paira em sua cabeça é *quando foi a última vez que uma menina me convidou para alguma coisa?*

— Passamos a maior parte do tempo conversando. Você pode falar sobre o que quiser. Acho que em boa parte do tempo a gente fala sobre os caras.

— Então, vocês ficam lá, sentadas, reclamando deles?

— Em parte, sim — explica Grace. — Mas não é só isso.

— E o que mais, então? — Amber mantém o corpo inclinado em direção à porta, em um gesto instintivo de fuga.

— Falamos sobre o que devemos fazer para eles pararem de nos incomodar.

A mochila de Amber está pesada e permanece pendurada a um ombro só, mas ela se mantém firme e não foge. Apesar de não encarar Grace, ela se pergunta se sente o que há dentro dela, o monte de perguntas e o desejo de sentir algo além de raiva e desconfiança.

— Não precisa responder agora — diz Grace. — Se me passar seu celular, posso avisar quando marcarem a próxima reunião.

O celular de Amber apita, avisando que chegou uma mensagem. Ela o retira da mochila e vê que a mensagem é de um número desconhecido: *Oi! Que tal uma trepadinha hoje à noite?* Amber suspira. Sente-se cansada demais para quem tem apenas dezessete anos. Ela abre a mochila, arranca uma folha de caderno, rabisca algo e a entrega para Grace.

— Está bem — diz, ainda sem olhar nos olhos de Grace. Em seguida, ela se vira e sai.

\*\*\*

— Ei, meninos! — chama uma garota do outro lado do refeitório. — Estão sentindo saudades?

— De onde você veio, tem muito mais — responde um garoto do outro lado.

As pessoas riem. É tudo o que sabem fazer. Alguns risos são de satisfação, triunfo. Outros, uma mistura de crueldade e constrangimento, a risada típica dos valentões. Mesmo que de modo sutil, também há risadas que misturam raiva e ódio, sentimentos que já estavam lá antes de tudo isso começar, mas escondidos.

— E vocês não estão sentindo falta? — pergunta um cara, levantando e fingindo desabotoar as calças.

— Sentindo falta *do quê*? Não tem nada aí.

Os territórios estão claramente desenhados. Há um clima de tensão no refeitório. Alianças se dissolvem e novas parcerias começam a surgir; mesas são esvaziadas porque quem costumava frequentá-las passa a debandar para o outro lado. Uma estranha "terra de ninguém" paira entre eles, uma zona neutra habitada por pessoas cabisbaixas, concentradas em mastigar e engolir a comida. Ofensas são trocadas feito tiros, e um fogo cruzado se estabelece ali, uma farpa aqui, uma réplica lá. Estilhaços voam por todo lado e temperam a comida.

— Olha o Ennis — comenta Rosina. — Está com cara de que vai vomitar a qualquer momento. Quase sinto pena dele.

Ennis mantém a cabeça baixa, boa parte do rosto coberta pela aba do boné de beisebol. Todos os amigos dele estão quietos, amuados e com cara de quem comeu e não gostou. Todos, exceto Jesse Camp, "quase amigo" de Grace, o cara da igreja, cuja cara arredondada e perdida é a única da roda que se mantém erguida, olhando ao redor do refeitório como se estivesse no lugar errado.

— Queria estar na mesa do Eric agora — diz Rosina. — Queria olhar na cara dele.

— Sam disse que faz uns dias que ele não aparece no refeitório — comenta Grace.

— Tem comido fora da escola.

— Posso pegar sua batata frita? — pergunta Erin.

— Ué! O que aconteceu com a dieta crua, orgânica, vegana e sem glúten? — questiona Rosina.

— Essa agitação toda está me deixando com fome.

✳ ✳ ✳

— É importante — diz uma garota para o namorado, em seu quarto, depois da aula, tirando as mãos dele da cintura dela. — Preciso fazer isso.

Não é fácil manter a palavra, evitar o toque dele. O corpo quer esquecer a promessa feita. A boca do namorado em seu pescoço dela, e a respiração dele aquecendo sua pele... Ele não é um babaca, é? Não é um estuprador. É um cara legal. Ela o ama. Por que fazê-lo passar por isso?

Ela amolece. Sente o corpo quente. Fecha os olhos. Deixa as mãos dele percorrerem seu corpo.

E aí, pensa em Lucy, sozinha, assustada e sem ninguém para ajudá-la. Ela se lembra de tê-la encontrado no corredor no dia em que Lucy voltou para a escola e em como os caras jogaram coisas contra ela (lápis, folha de papel amassada, chiclete mastigado) e se lembra de as garotas olhando para o lado, fingindo não ver o que acontecia. Ela pensa no próprio corpo, no corpo do namorado. E no privilégio de sentir prazer.

— Não — diz, afastando-se do garoto. — Eu preciso do seu apoio.

Ele suspira. E a encara com um olhar profundo, semicerrado. Inspira e expira.

— Eu apoio. Mas é difícil, admito — diz, por fim. Ele olha para baixo da cintura e completa: — Fisicamente, entende?

— Então, vá ao banheiro e se vire, se for o caso — sugere a namorada, decidida. Definitivamente, ela não irá se deixar levar por aquilo que o corpo sente.

Ele a encara.

— Vou sobreviver — afirma, tentando sorrir, e coloca um travesseiro no colo.

— Vai, sim — concorda a namorada. Ela vê que seu namorado de fato está tentando. E tenta pegar leve. — Obrigada.

Ele olha para a janela. Lá fora, uma chuva forte cobre todo o estado de Oregon. *Caramba, que dia perfeito para fazer sexo. Que dia perfeito para ficar embaixo do cobertor, se amassando.*

— E aí, o que a gente vai fazer agora?

— Não sei — responde a garota, sentando-se na cama com cuidado para que nenhuma parte de seu corpo encoste no dele. — Acho que a gente pode conversar.

# Os pegadores de Prescott

Precisamos fazer alguma coisa para essas cadelas pararem de manipular a gente. Elas acham que com essa historinha de greve de sexo vão mudar nosso comportamento, mas somos mais fortes que isso. Somos nós quem mandamos nessa porra, não elas. Não vamos recuar por causa de um bando de feminazis. Não precisamos delas. São problemáticas demais.

Homens, não se preocupem. No fundo, essas garotas não são nada. Mulheres de verdade querem um homem forte para assumir o controle. Elas querem ser desejadas. Farão qualquer coisa para ouvir um "eu te amo" de você.

Então, é o seguinte: vamos em frente, não percam tempo com essas vadias. Tem muita boceta por aí, e a gente sabe exatamente como pegar cada uma delas.

Machoalfa541

# ROSINA

Foda-se a escola. Foda-se a diretora Slatterly.

— Vamos, srta. Suarez — pede o segurança antipático. — Não tenho o dia todo.

Foda-se.

Em bancos de plástico da secretaria da escola, algumas garotas se amontoam. É o maior encontro entre ex-viciadas e noias que poderia acontecer na escola.

— O que é isso? — pergunta Rosina a uma garota de cabelo preto com mechas brancas sentada ao lado dela (Serina Barlow, que – está na cara – acabou de voltar de uma clínica de reabilitação).

— Não tenho a menor ideia — responde Serina.

A sra. Poole aparece atrás do aglomerado de gente, se abanando com os dedos gordinhos e curtos. A testa dela brilha de suor.

— Está tudo bem, *Denise*? — pergunta o segurança a ela.

— É, Denise, está tudo bem? — questiona também umas das presentes, fazendo outras pessoas gargalharem.

— Sim, sim — responde a srta. Poole, com uma voz meio cantada. — O dia está agitado, só isso.

— O que a gente veio fazer aqui? — pergunta Serina. — Eu não fiz nada errado.

— *Eu também não* — afirma uma das meninas. — Acha o quê? Que virou princesa só porque está limpa há três meses? De repente ficou mais sóbria que a gente?

Serina ignora os olhares de raiva das outras garotas. Rosina se identifica com ela de imediato.

— Ei! Sabia que temos praticamente o mesmo nome se invertermos a ordem das letras? — comenta Rosina. Serina apenas olha para ela e pisca. — Se a gente sair viva daqui — continua Rosina —, eu gostaria de conversar com você.

— Rosina Suarez — chama a srta. Poole. — Que tal ser a próxima? — A mulher aponta em direção à sala da diretora Slatterly.

Não é a primeira vez que Rosina vai parar na sala da diretora. Teve aquela vez em que ela cuspiu no rosto de Eric Jordan. E também quando ela rabiscou o livro sobre design inteligente da biblioteca, em homenagem a Erin, que fazia aniversário (do que Erin, aliás, não gostou tanto quanto se esperava). E também teve aquela vez em que ela chamou o professor de educação física de cuzão quando ele gritou "anda logo, sua *tamale* quente!", durante uma prova de corrida.

— Por que estou aqui? — pergunta Rosina ao sentar-se na poltrona macia (muuuuito macia!) à frente da diretora Slatterly.

Toda a decoração é floral e vime. Há um quadro com moldura dourada e a imagem de filhotinhos de coelho, pendurado na parede, acima de um arquivo. Qualquer desavisado poderia pensar que está no escritório de uma vó daquelas bem fofinhas e amáveis. Mas, veja bem, não se deixe enganar.

— Estava esperando você me contar — anuncia Slatterly, inclinando-se à frente, cruzando as mãos sobre a mesa.

— Vim porque você pediu para o segurança me tirar da aula.

— E por que acha que fiz isso?

Rosina poderia responder de diferentes formas, mas é provável que praticamente todas resultarem em suspensão. Então, ela opta por não dizer nada. Apenas recosta o corpo na cadeira, relaxa os ombros e mira a janela, observando o estacionamento úmido, como se não tivesse dando a mínima para a situação. Esse é um artifício a que a garota tornou-se mestre em recorrer, especialmente em momentos como esse, quando o bicho pega.

— Na primavera passada, você foi bastante enfática ao dizer como se sentia em relação às alegações contra três de nossos alunos homens — diz a diretora. — Isso causou alguns inconvenientes na escola.

— Alguns inconvenientes?! — indaga Rosina. — Foi um inconveniente... E nem foi tão inconveniente assim.

— Bom, ultimamente tem havido muitos inconvenientes aqui — acrescenta a diretora. — A senhorita concorda que tenho motivos para suspeitar que esteja por trás deles?

— Sério? — desdenha Rosina. — A senhora acha que eu tenho alguma coisa a ver com esse protesto ou sei lá o quê?

A diretora nem pisca.

— Afe, não tenho nada a ver com isso aí — rebate. — É tipo um grupinho, certo? Um bando de menina burra que se reuniu e decidiu bancar a salvação da humanidade? Acha mesmo que eu participaria disso? Ninguém vai com a minha cara. Eu não gosto de grupinhos nem de movimentos nem de qualquer coisa que lute e acredite que pode fazer a diferença no mundo.

A diretora comprime os lábios. Rosina não consegue segurar e solta um riso discreto – está na cara que ela venceu esse round.

A diretora empina o queixo e ergue as sobrancelhas. Segundo round.

Slatterly respira fundo. Se Rosina não a conhecesse bem, diria que o gesto é de tristeza.

— Por mais absurdo que pareça, Rosina, eu já tive a sua idade.

Dessa vez, ela precisa reunir as forças que tem e que não tem para não rir na cara da mulher.

— Arrisco-me a dizer que me parecia um pouco com você — acrescenta Slatterly. — Eu era do tipo que brigava, gritava para fazer os outros me ouvirem.

*Que tipo de estratégia de manipulação é essa?*, Rosina se pergunta. *Seria alguma manobra de psicologia reversa?*

— Sabe no que deu? — prossegue a diretora. — Não cheguei a lugar algum. Gastei toda a minha energia tentando provar algo para o mundo, mas ninguém me ouvia. — Slatterly remexe em papéis que havia em cima da mesa. — Eu sei que vocês pensam que estão fazendo a coisa certa com esse movimento para brigar pelo direito de vocês. E, acredite, vocês têm meu apoio... Não quero que ninguém aqui seja vítima de estupro. Não quero que nenhuma garota seja forçada a fazer sexo. Para ser sincera, não quero que nenhuma menina da idade de vocês faça sexo. Mas a verdade é que não podemos esperar que os rapazes levem esse movimento a sério. Não podemos esperar que as respeitem só porque estão gritando a plenos pulmões que não aguentam mais o comportamento deles. — Slatterly hesita por um momento e força um sorriso (ou talvez tenha sido sincero mesmo). — Felizmente, acordei enquanto era tempo e é por isso que estou aqui conversando com você, como diretora, em uma posição de autoridade. Em uma posição de *poder*. Não foi fácil chegar aqui, srta. Suarez, e eu jamais teria conseguido isso se não tivesse aberto mão de algumas coisas.

Rosina não sabe se deve dizer algo. Não sabe o que pensar, tampouco o que sentir. Sente-se em parte enfurecida, mas, principalmente, confusa.

— Vivemos em um mundo governado por homens — acrescenta Slatterly e, por um momento, Rosina tem a impressão de sentir um lapso de humanidade no habitual comportamento inflexível da diretora. Algum sinal de vulnerabilidade. Talvez até... Medo? — São eles que fazem as leis, srta. Suarez. — E, se quiser chegar a algum lugar, precisa jogar feito eles. Ser uma mulher forte não implica brigar contra os homens, mas agir como um deles.

— Por que está me dizendo tudo isso? — indaga Rosina.

— Porque quero que você vença na vida. Não quero que se envolva com coisas inúteis que só vão criar problemas.

— Mas não estou envolvida com nada — insiste Rosina. — Não precisa se preocupar.

Slatterly suspira. Por um momento, fecha os olhos; na sequência, ajusta o pequeno ventilador que fica em cima da mesa e aponta o vento para a própria cara. A diretora está *suando*?

— Quantas pessoas da sua família concluíram o ensino médio? — pergunta Slatterly.

— O quê? O que isso tem a ver com o assunto?

— Imagino que ver você formada vai ser muito importante para eles. Vão ficar muito decepcionados caso não conclua o ensino médio, não?

— Minhas notas são boas.

— Sim, surpreendentemente — pontua a diretora. — Mas seu comportamento é péssimo. E isso é motivo para suspensão. E até para expulsão, em último caso.

— Expulsão? Duvido muito que seja esse meu caso.

— Bom, eis a questão, srta. Suarez. Não cabe a você essa decisão, mas a mim.

Rosina não diz nada. Cá está a diretora que ela conhece. Uma verdadeira cobra.

— Não quer decepcionar a sua família, certo? Não há muitas oportunidades por aí para mulheres sem estudo. Suponho que passar o resto da vida no restaurante do seu tio não seja exatamente seu sonho. — Slatterly se mantém inexpressiva enquanto assiste ao efeito gradativo do veneno que acaba de injetar em Rosina. — Então, o que me diz, srta. Suarez? Quer mesmo correr esse risco? Quer continuar causando problemas para si mesma e para a sua família?

— Não — sussurra Rosina.

— Bom, então, acho que estamos conversadas. Chega de gracinhas pela escola, certo?

— Certo — responde Rosina, com os dentes meio cerrados.

Slatterly sorri.

— Que bom. Fico contente de ouvir isso.

— Posso ir agora? — pergunta.

— Sim. Por favor, pode pedir para próxima aluna entrar, querida?

Rosina se levanta, sentindo os músculos enrijecidos, como se tivesse vários nós espalhados pelo corpo. Ela sai da sala sem dizer uma palavra, vai para a entrada da secretaria, atravessa o corredor e, por fim, a porta da frente do colégio. Em seguida, pega sua bicicleta e pedala, em meio à chuva, o mais rápido que pode. Não se preocupa nem um pouco em se molhar. Também não está nem aí com as poças de lama. Só deseja chegar ao destino, um de seus esconderijos preferidos na periferia da cidade, um lugar aonde ninguém além dela vai, onde ela pode cantar e gritar alto sem que qualquer pessoa diga a ela o que fazer ou queira calar a sua boca.

# ERIN

O grande evento da noite é um raro jantar em casa, com *os pais* de Erin. A mãe caprichou no cardápio, preparou pão de lentilha e purê de couve-flor. É uma ocasião especial: Erin vai comer legumes cozidos. O pai foi direto para casa depois da aula de sexta-feira à noite. Quase nunca ele faz isso – e geralmente é só depois de a mãe de Erin encher muito o saco dele.

— Não acredito que você continua mantendo a Erin nessa dieta maluca — comenta seu pai enquanto come.

— Se você fosse mais presente — rebate a mãe —, já teria percebido que essa alimentação tem feito uma diferença enorme no humor e no comportamento dela.

— Sabia que existem lesmas do mar que se alimentam de algas e conseguem incorporar os cloroplastos para fazer fotossíntese? — pergunta Erin. — É um processo conhecido como cleptoplastia. Entendeu? De *clepto*?

— Que legal, querida — diz a mãe.

— E como vai a escola, filha? — pergunta o pai. — Continua tirando dez em tudo, né?

— Erin tem uma amiga nova — anuncia a mãe.

— Ah, é? Que ótimo! — comenta o pai.

— É a filha daquela nova pastora da... Qual é o mesmo o nome da igreja dela, querida? Unitarista?

— Congregacionalista — corrige Erin. Do chão, ao lado de Erin, Spot acompanha a conversa.

— Bom, pelo menos não é de nenhuma daquelas igrejas ultrapassadas que têm por aqui — diz o pai, bebericando do vinho. — Aqui, não se anda um quarteirão sem encontrar um idiota que acha que ainda estamos na idade da pedra.

— Jim! — adverte sua mãe. — Esse comentário não é legal.

— Ué? Não é verdade? Não tem nada de errado querer que minha filha não ande com gente ignorante e quadrada. Essas pessoas estão acabando com o país. Acho que tenho o direito de não querer que eles submetam Erin a uma lavagem cerebral.

— Não acho que isso tenha nada a ver com a sua filha — resmunga a mãe.

*Nem esse jantar*, pensa Erin.

— Querida, mantenha as mãos paradas quando estiver à mesa — pede a mãe.

Erin para de esfregar as mãos por mais ou menos cinco minutos, tempo máximo que consegue ficar assim diante da quase ameaça de morte que a ansiedade lhe provoca. Erin se levanta, apesar de continuar com fome, mas até aí, nada de novo, a fome é uma coisa com a qual ela está bastante acostumada.

— Vou para o quarto.

— Não, querida — implora a mãe. — O jantar está tão bom...

É que me desceu — diz Erin e, em seguida, vai embora. É a desculpa que sempre funciona.

Spot a acompanha, colado na canela dela.

— Viu só o que você fez? — Quando chega ao andar de cima, Erin escuta a mãe dizer ao pai.

— Foi você quem começou com esse papo — rebate o pai.

— Por que a gente não pode simplesmente jantar em paz? Como uma família? Uma vez na vida. É só o que peço.

— *Só?* Não pode estar falando sério.

Erin fecha a porta do quarto, onde finalmente se sente segura, onde a precisão a rodeia, onde todos os livros estão organizados por assunto e por ordem alfabética de acordo com o autor. Spot vai para seu lugar de sempre, no pé da cama. Erin liga o aparelho de ruído branco e escolhe a sequência de som de ondas e baleias, deita-se de lado na cama perfeitamente arrumada e pressiona a sola dos pés contra o corpo quente e robusto de Spot. Enquanto balança o corpo para frente e para trás, Erin fecha os olhos e se imagina debaixo d'água, em uma embarcação que ela mesma projetou, tão fundo que a luz do sol é incapaz de alcançá-la.

No entanto, um pensamento a atinge. Mesmo aqui, tão longe, debaixo d'água. Mesmo nesse submarino revestido com paredes de aço de mais de sete centímetros de espessura. E o pensamento traz as coisas do cotidiano. Esse lance das Anônimas e em como isso traz à tona tanta coisa que Erin tem se esforçado para deixar de lado, como ela sente uma estranha vontade de comparecer às reuniões, mesmo que elas a amedrontem muito. Agora, porém, tem uma preocupação nova: um garoto, Otis Goldberg, que está em sua turma de história americana.

Mesmo contra vontade, Erin tem de admitir que Otis Goldberg se parece um pouco com Wesley Crusher de *Jornada nas estrelas* e, para piorar, o cara ainda é adepto do penteado com coque, o que chega a beirar o absurdo. Mas como ele é apenas um adolescente e tecnicamente não é um homem, a definição não está completamente correta. Ele está mais para um "menino". Otis Goldberg é um "menino-coque".

Além disso, o que mais incomoda Erin em relação a Otis é o fato de ele não parar de falar em sala quando, em teoria, não é necessário. Ela, de propósito, sempre se senta no fundo para evitar situações desconfortáveis com ele. No fundo, ainda por cima, é mais fácil de ninguém perceber seus movimentos repetitivos; do contrário, ela se sentiria constrangida, o que, por sua vez, a deixaria ansiosa e consequentemente a impediria de prestar atenção na aula. Às vezes, Erin só precisa estalar os dedos, esfregar as mãos ou balançar o corpo de um lado para o outro. Outras vezes, o movimento é a única coisa capaz de manter a mente dela concentrada. As "mãos quietas" com que a mãe sempre sonha é uma tragédia iminente.

Otis Goldberg está sempre fazendo coisas estranhas, como perguntar a Erin como ela está ou dizer que gostou da apresentação que ela fez sobre a Confederação Iroquesa. Hoje, no entanto, a coisa foi pior do que poderia ser, porque ele perguntou sobre essa história das Anônimas, se Erin fazia parte do grupo, se ela tem ido às reuniões, se ela sabe como tudo começou; e ela não sabe se ele está fazendo esse monte de perguntas só para conseguir informações ou se realmente quer puxar assunto, e Erin não sabe qual entre essas duas opções é a melhor ou a pior, e é claro que não sabe qual delas gostaria que fosse a real ou se tem o direito de querer alguma coisa e se isso é seguro. Então, apenas se esforça para se manter calada, o que só a faz falar mais, então, Otis começou a falar sobre si mesmo e do quanto acha que a iniciativa das Anônimas é ótima, como ele se considera assumidamente feminista, como as duas mães dele morreriam se ele não se considerasse feminista declarado; a essa altura, Erin não consegue mais ficar de boca fechada e, então, ela lança um "Dá para ficar quieto um pouco?" tão alto, mas tão alto, que a classe inteira vira para ela. Nisso, o sr. Trilling pergunta "Erin, está *tudo bem*?" daquele jeito que os professores fazem, mesmo os mais legais, como o sr. Trilling, o que, na verdade quer dizer "Erin, lá vem você com essa de Asperger para cima de mim?"

De repente, Otis ficou quieto. E Erin se sente confusa porque pensou que ficaria feliz, já que silêncio era tudo o que ela queria quando Otis não calava a boca nem um segundo, mas, quando ele finalmente parou de falar, alguma coisa estranha aconteceu, algo ruim, que a machucou por dentro, embora ela não faça ideia do que fosse exatamente. Então, Erin avisa o sr. Trilling que precisa tomar um pouco de ar, o que significa ir à biblioteca pesquisar sobre aquele peixe – é o que ela diz quando não suporta o comportamento idiota das pessoas e precisa sair, mas, dessa vez, ela tem que sair porque foi ela quem se comportou como idiota, e tudo que Erin queria era voltar atrás e desfazer o que disse a Otis Goldberg, porque percebeu que ele não fez nada demais, só estava tentando ser legal.

Erin poderia admirar o verdadeiro Wesley Crusher, assistir ao episódio do *TNG* em vez de estar lá, pensando no Wesley Crusher *fake* e de coque, vulgo Otis Goldberg, mas ela se vê presa no próprio quarto enquanto os pais monopolizam o andar debaixo com brigas, e é justamente lá, no andar debaixo, que fica a televisão. Erin está proibida de assistir à televisão no quarto porque a mãe não quer que ela se isole ainda mais, o que é muito frequente em sua vida, ainda que não tenha sido tanto desde que esse negócio de Anônimas começou e bagunçou totalmente seu cronograma, mudou tudo, e Erin ainda não sabe dizer ao certo como se sente em relação a isso, só tem certeza absoluta de que sente falta do próprio quarto, de Data e do capitão Jean-Luc Picard e de todos os amigos da *USS Enterprise*, sente falta de sua antiga casa em Seattle, da antiga praia, da antiga escola, da antiga vida e de tudo o que ela tinha e tudo o que era antes de acontecer aquele episódio com Casper Pennington e ela precisar se mudar.

O mundo está se transformando rápido demais e ela não consegue se adaptar na mesma velocidade. Está ficando difícil afastar os maus pensamentos. São como um veneno que se alastra pelo corpo. Tudo funciona como um lembrete, uma ameaça que a qualquer momento pode resgatar todas as memórias enterradas nas profundezas. A cada dia Erin fica menos parecida com Data e mais próxima ao estado bruto e sensível que ela tanto se esforça para esconder. Está em queda livre. Perdida no espaço. E não há nada a que possa se agarrar. Erin não tem controle de nada.

Por que será que Spot se levantou? Por que está andando por cima dela para ir para o outro lado da cama? Erin só se dá conta de que está chorando quando ele começa a lamber as lágrimas de sua bochecha.

— Eu te amo — diz ao cachorro, que é o único para quem Erin já se declarou.

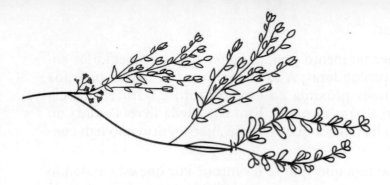

# Nós

A mãe e o pai estão ocupados com os compromissos da igreja à noite, então, em frente ao computador, Grace janta a comida que esquentou no micro-ondas enquanto *stalkeia* no Facebook os antigos amigos de Adeline. Pelas fotos e pelas atualizações de status cheias de pontos de exclamação e sem grandes novidades, dá para ver que nada mudou muito. Uma de suas amigas está "muito animada!" com o novo gatinho. Outra está "muito chateada!" por ter tirado B na prova de química. Outra, ainda, está pedindo aos amigos do Facebook que orem por ela, porque acabou de se inscrever para a Boyce College. Outra compartilhou um meme de um bebê com o punho cerrado e a frase "Sai para lá, diabo! Eu sou de Jesus!" escrita em Comic Sans.

Nada além disso. Quatro amigas. Grace não tem mais outra opção para *stalkear* no Facebook. Ela cresceu com essas meninas, passava quase todos os fins de semana com pelo menos uma delas – e, mesmo assim, não sente a menor saudade. O que será que elas achariam das novas amizades que ela fez? E sobre o que ela tem feito e se tornado? Poderiam até orar por Grace, mas só depois de falarem mal dela pelas costas e jurarem nunca mais falar com ela.

Grace sempre quis fazer parte de alguma coisa e por muito tempo se sentiu segura no grupo de jovens da igreja, com seu pequeno círculo de amigos. Era uma caixinha resistente em que ela se escondia porque parecia não haver escolha. Mas, agora, isso que está acontecendo, seja lá o que for, soa diferente. Nem é uma caixa. É algo que ela está construindo para caber em si, não o contrário, um lugar que está se adaptando, crescendo e se transformando junto com ela. Grace faz parte de algo que está ajudando a criar, não se trata de algo feito por alguém que decidiu o que seria bom para ela.

Foi Grace quem decidiu o que seria bom para ela.

A decisão foi dela.

Duas amigas se beijam.

— A gente pode fazer isso? — pergunta uma delas.

— Não há regra que proíba duas garotas de se beijar — diz a outra.

— Será que todas as Anônimas estão se beijando agora? — indaga a primeira.

— Deveriam — responde a segunda, com uma risadinha.

Uma garota se encolhe ao apontar o celular para o corpo nu e pressionar o botão para registrar o momento. Ela olha para a foto enquanto digita: "Lembre-se de que prometeu não mostrar isso a NINGUÉM!".

Ela não queria fazer aquilo, mas ele implorou tanto, tanto, que ela cedeu. Ele disse que concordaria com a greve de sexo, mas sob uma *condição*: uma foto dela, nua. Antes isso que recorrer à pornografia. Antes isso que ir atrás de outra pessoa.

Assim que clica em "enviar", sente uma pontada no estômago. *O que foi que eu fiz?*, pensa. Agora a foto está lá, fora do alcance dela. Ele tem uma imagem do seu corpo. Tem esse poder sobre ela.

Uma garota se deita na cama, de frente para o namorado.

— Ah, vai, me fala — provoca ele, passando os dedos devagar pelo braço dela, do jeito certo para excitá-la.

Ela segura as mãos dele e as posiciona de volta ao colchão.

— Você sabe que não posso contar quem tem ido às reuniões. Não posso trair a confiança delas.

— Pelo menos me diz um pouco do que vocês conversam lá. Não precisa falar os nomes.

— É confidencial.

— Tudo bem — diz ele, rolando o corpo para ficar de costas no colchão. — Deixa para lá.

— Como assim, deixa para lá? — pergunta a namorada, sentando-se na cama.

— Deixa, ué — repete, sem olhar para ela.

— Parece que não quer me apoiar — reclama ela.

Ele respira fundo. E fecha os olhos. Abre os olhos. O namorado olha para ela por um momento, depois, encara o teto.

— Está ficando difícil apoiar você — confessa. — Sei lá, parece que esse negócio só serve para odiar os homens ou algo assim. Tipo, eu sou homem, então meio que acabo levando para o pessoal.

— Eu não odeio os homens — explica ela, com a voz trêmula, mas sem saber se é de raiva ou nervoso. Ou talvez ambos. — Só odeio o que os homens fazem. E odeio mais ainda o fato de não serem responsabilizados pelo que fazem.

— Entendo — diz ele, sentando na cama para olhar nos olhos da namorada. — Eu também odeio isso. Mas você só fala das coisas ruins o tempo todo, então é como se sempre fosse assim. Só que tem caras bons também. E a maioria deles provavelmente está no meio-termo. E aí, o que fazer em relação a eles? — O namorado hesita e espera que ela o olhe nos olhos. — E quanto a mim?

A namorada tem a impressão de ter ouvido a voz dele vacilar. O namorado desvia o olhar, mas não antes de ela notar as lágrimas. Ela abre a boca para falar, mas não sai nada.

— Sei que não sou perfeito. Mas tento ser um bom namorado — afirma. — Eu te amo.

— Eu também te amo.

O olhar dele perfura o dela, cheio de súplica.

— Acha que sou como eles? — pergunta, com delicadeza. — Acha que sou mau?

— Não — responde ela, de imediato, porque sabe que é a resposta que ele precisa ouvir.

Então, ela o envolve em um abraço, porque sabe que ele precisa ser consolado. E assim permanecem os dois, abraçados por um bom tempo. Ela pode sentir o alívio do namorado quando ele nota a preocupação dela. Ela sabe que o ama, mas se pergunta se há, talvez, uma parte dela, bem lá no fundo, que não confia nele, que sabe de um instinto que faz parte do namorado, que é parte de todos os homens, e como isso é ruim, e que não há nada que ele ou ela ou qualquer outra pessoa possa fazer para consertar.

\*\*\*

As famílias de Krista e Trista sentam-se lado a lado durante um casamento que é quase igual a todos os outros a que já assistiram. Mesma música, mesmos trajes, mesmos arranjos florais. As mesmas palavras saindo da boca do pastor Skinner. A mesma velha e cansativa leitura do livro de Efésios: "Esposas, submetam-se a seus maridos como vocês se submetem ao Senhor. Pois o marido é a cabeça da sua esposa como Cristo é a cabeça da Igreja, que é seu corpo, do qual ele é o Salvador. Como a Igreja se submete a Cristo, também vocês, esposas, devem se submeter a seus maridos em tudo".

Krista e Trista se entreolham e reviram os olhos cobertos de delineador preto.


Uma garota leva o cachorro para passear em uma tarde. Enquanto caminha, ela sente o celular vibrar no bolso, avisando que chegou mensagem: "Gosta?". A foto anexada preenche a tela e estraga o ótimo dia até então, trazendo uma sensação de desconforto que se espalha por todo seu corpo.

O que foi que ela fez na aula de economia para esse babaca achar que tinha o direito de enviar uma foto do próprio pau rosa e torto? Como ele acha que pode invadir os olhos dela assim, sem sua permissão, com uma imagem dessas?

Ela desvia o olhar do pênis e olha para o cachorro, que começa a rodear no chão, se concentrando. Ela, então, abaixa, segura o telefone com a câmera apontada para o animal, tira uma foto, pressiona "enviar" e manda uma imagem do cocô fresquinho do cachorro, com a seguinte mensagem: "Gosta?".


Uma garota pesquisa na internet: "Como as mulheres se masturbam?".

# ROSINA

Por um milagre inexplicável, Rosina tem o sábado inteiro de folga, está livre tanto do restaurante quanto da função de babá. O único compromisso do dia é a reunião das Anônimas, à noite. Será que é essa a sensação de uma adolescente normal? Várias horas livres para ficar de boa, sem fazer nada, ou fazendo o que bem quer, ouvindo música, olhando para o teto, sonhando com a vida que vai ter um dia, quando sair da casa dos pais?

A mãe está no trabalho, claro. Tia Blanca está cuidando das crianças, na casa vizinha. Rosina terminou a lição de casa, então agora só precisa olhar Abuelita vez em quando. Fora isso, está livre para ligar o rádio e ouvir música no volume que quiser (Abuelita tem problema de audição) e deixar a voz de seus ídolos levá-la para aonde ela é forte e destemida, onde pode se imaginar num palco, harmonizando os vocais com Corin Tucker, tocando guitarra ao lado de Kathleen Hanna.

*Toc, toc, toc*, alguém bate à porta.

— Rosina, abre! — pede a mãe, do outro lado.

*Não*, pensa ela, fechando os olhos. E sente um aperto no peito. Mami tem a estranha aptidão de saber a hora certa de jogar areia nos olhos de Rosina, e é sempre no momento em que a filha começa a experimentar a sensação de liberdade.

— Rosina!

*Toc, toc, toc*.

— Está aberta! — murmura a garota.

Claro que está. A mãe pediu para o tio Ephraim tirar a fechadura da porta logo que Rosina entrou na puberdade.

Mami tem um jeito de abrir a porta que soa meio que violento. Como se ela fosse uma bola de raiva e tudo em que tocasse explodisse.

— Abaixa esse som! — grita Mami, tentando abafar o som da música.

Rosina rola na cama e desliga o rádio, dizendo um silencioso "tchau" para os Butchies.

— O que foi?! — pergunta, com um grunhido mais adolescente impossível.

— Elena ligou avisando que está doente — avisa a mãe, fazendo uma careta ao olhar para o pôster de uma cantora suada, tatuada e com pouca roupa no palco.

— Vá trabalhar.

Rosina endireita o corpo e senta-se na cama imediatamente.

— Não! De jeito nenhum! — rebate Rosina.

— Não me venha com essa conversa! Não vai faltar no trabalho para ficar aí, sem fazer nada — resmunga Mami.

— Tenho compromisso — diz Rosina. — Preciso sair daqui a pouco.

— Que compromisso? Assistir àquela maluca na televisão?

— Já pedi para não falar assim dela.

— Seja o que for, pode esperar — insiste Mami, vasculhando no chão a pilha de roupa limpa que Rosina ainda não dobrou e guardou. Mami puxa uma camiseta preta, cheira e joga em Rosina. — Toma.

Rosina a devolve.

— Não vou.

As duas se encaram. Mami fica imóvel. Feito uma pedra. Uma montanha.

— Você vai trabalhar. Agora — ordena Mami, devagar. — Vá trocar de roupa.

— Hoje é minha folga — afirma Rosina.

— Sua família precisa de você.

*Foda-se minha família*, pensa Rosina. Mas é como se Mami pudesse escutar, pudesse ler o pensamento da filha, porque, no momento seguinte, ela a fulmina com os olhos. Rosina também consegue ler a mente da mãe. Pode ler o que ela está pensando: *Você quer guerra?*

— Como pude colocar uma filha tão preguiçosa e ingrata no mundo? — reclama Mami.

— Preguiçosa?!? — questiona Rosina. — Ficou maluca? Trabalho feito escrava.

— Olha como fala com a sua mãe — reprime Mami.

Rosina levanta da cama.

— Estou no ensino médio, Mami. Não sei se a senhora sabe, mas eu deveria aprender alguma coisa ou mesmo... Nossa! Deus me livre, hein?! Me divertindo de vez em quando?! Eu não devia trabalhar praticamente todo dia de aula. Não devia cuidar do filho dos outros.

— Como ousa falar comigo desse jeito?! — indaga Mami, aproximando-se da filha. — Respeite sua mãe. Faço de tudo por você.

— Não estou falando de você! — grita Rosina. — Só estou dizendo que não quero trabalhar em minha folga. Tenho um compromisso. É meu direito.

Mami dá mais um passo à frente, até que as duas ficam a poucos centímetros de distância. Para olhar nos olhos da filha, Mami tem de erguer a cabeça.

— Ah, é? — desafia. — Quer falar sobre direitos? — Com o dedo indicador, ela aponta para o peito de Rosina. — É graças à família e ao restaurante que você tem um teto e o que comer. Mas, se não gosta do que tem, talvez seja porque não precisa. Talvez não mereça morar nessa casa que batalhei tanto para ter. Talvez queira viver por conta própria, ver como é o mundo lá fora com todos esses direitos aí que a preocupam tanto.

— Mami, não é isso que eu...

— Você só pensa no próprio umbigo. Não está nem aí para mim. Está se lixando para sua família.

Alguma coisa dentro de Rosina se rompe. Como ela ousa dizer isso? Rosina passou a vida inteira se preocupando e cuidando da maldita família e lutando para ver a mãe feliz.

— Acho que você deveria tentar fazer isso qualquer dia desse — sugere Rosina, encarando os olhos da mãe. — Tente pensar em você em vez de se preocupar o tempo todo com essa família. É por isso que você vive nervosa. Porque tem inveja de mim. Porque pelos menos tento levar a minha vida, enquanto você passa o tempo todo fazendo o que os outros mandam.

— Não fosse pela família, você não teria nada — afirma Mami. Baixo. Rosnando. — Não estaria aqui. Não seria nada.

*Mas eu não sou nada*, pensa Rosina.

— E se não for isso que eu quero para mim? — questiona Rosina.

Então, algo dentro de Mami também se rompe.

— Ótimo! — grita, empurrando o peito de Rosina com tanta força que ela cai de volta na cama. — Se não for isso o que quer, saia! Saia da minha frente! Saia da minha casa, sua puta ingrata!

Rosina se levanta da cama num pulo e sai, não sem antes dar uma trombada na mãe com o ombro, com o máximo de força possível. *Então é isso*, pensa. Não tem mais volta. Chegou a hora de Mami arremessar pela porta da frente todas as coisas de Rosina e trocar as fechaduras. E, aí, Rosina nunca mais vai ver a família.

Ela desce as escadas só com a roupa do corpo: uma legging e uma camiseta velha. Está fervendo, queimando por dentro. O sangue em suas veias se transformou em lava. No entanto, mesmo nesse estado bruto de raiva, ela não esquece Abuelita. A boa e meiga Abuelita. Como uma mulher tão gentil e dócil colocou no mundo um monstro? Pelo menos um beijo de despedida. Mesmo que Abuelita não se lembre dele. Mesmo que ela nem saiba mais quem é Rosina.

Mas cadê ela? Não está no sofá assistindo à televisão. Nem no quarto, tirando um cochilo. Não está no banheiro. Nem na cozinha.

— Abuelita! — chama Rosina. — *¿Dónde estás?* — Nada.
— Abuelita! — exclama.

— O que foi? — grita a mãe, ao descer as escadas correndo.

— Ela sumiu. Já procurei em todos os lugares! — exclama Rosina.

Por um instante, as duas esquecem a briga que acabaram de ter. Mãe e filha, ao mesmo tempo, voltam a cabeça para a porta da frente. A luz fraca do fim do entardecer atravessa a fenda aberta.

As duas correm para a porta. E chamam por Abuelita. Nada. Está nublado, um cobertor espesso de nuvens cinzentas encobre o céu em uma brandura dissimulada. Os olhos de Rosina vasculham a vizinhança à procura de qualquer sinal de uma senhora trôpega, mas tudo permanece imóvel. Normalmente, a essa hora se veem por aqui crianças brincando no quintal, gente lavando carro ou podando as árvores, mas, hoje, tudo está estranhamente quieto, como se todos se escondessem.

— Entre no carro — ordena Mami.

— Mas não seria melhor...

— Entra. No. Carro.

Rosina pula para o banco do passageiro enquanto sua mãe liga o carro. Mami dá a partida antes mesmo de Rosina colocar o cinto de segurança.

As duas percorrem as ruas, chamando por Abuelita pela janela. À medida que avançam, outros sinais de vida surgem: mais carros, mais pessoas caminhando.

— Não é melhor falar com alguém? Perguntar se viram Abuelita? — pergunta Rosina.

Mas Mami mantém os olhos grudados na via, os punhos segurando o volante com firmeza, os lábios finos tão comprimidos que é como se ela não tivesse boca. Essa família não é do tipo que pede ajuda para os outros. Essa família é autossuficiente.

As duas voltam para a rua movimentada que leva à rodovia, que tem seis pistas e um canteiro central, cheia de carros em alta velocidade e faróis, faixas para todos os lados e sinalização para pedestres, lojas gigantes e restaurantes de fast-food, luzes piscantes para todos os lados. *Abuelita deve estar muito assustada*, pensa Rosina. Será que ela ao menos lembra que essas coisas existem? Ou pensa que ainda vive na pequena aldeia da montanha de Oaxaca, de onde saiu há anos? Será que está vagando por aí, perdida, pensando que caiu de paraquedas em outro planeta?

— Ali! — grita Mami, apontando para um cruzamento a um quarteirão de distância. Ela acelera e desvia a tempo de evitar uma batida na traseira de um carro que vem pela direita.

Abuelita está parada na esquina, com o semblante calmo, apertando o botão de pedestre. O carro para com tudo, as rodas rangem no asfalto, e Mami pula do veículo. Rosina aperta o pisca-alerta e puxa o freio de mão. Por um momento, queria que Mami tivesse visto seu raciocínio rápido, sua preocupação em querer que tudo fique bem.

— Mami! — chama mãe de Rosina por Abuelita gentilmente. Ela envolve Abuelita com um braço e diz: — *Vámonos*.

Abuelita pisca, confusa, mas confiante. Mami conversa com ela alegremente, em espanhol, e toda a raiva de antes de repente desaparece. Rosina olha para o outro lado. Causa certa dor testemunhar tamanha gentileza da mãe. Porque Rosina nunca a sentiu. Porque essa gentileza nunca foi voltada para ela.

Rosina sai do carro e abre a porta do banco de trás enquanto Mami leva Abuelita ao veículo. Ela olha para o outro lado da pista, vê o posto de gasolina Quick Stop e a loja de conveniência. Será que Spencer está trabalhando? E quem teriam sido suas últimas vítimas?

De repente, *plaft!*, Rosina, imóvel e aturdida, se dá conta de que um lado do rosto está queimando. Ela vira a cabeça e percebe Abuelita bem ao lado dela, com a mão espalmada e erguida depois da bofetada, o olhar selvagem, numa mistura de raiva e terror.

— *¿Qué has hecho con mi hija?* — inquire Abuelita. O que você fez para minha filha? — *¿Qué has hecho con Alicia?*

— Sou eu, Rosina — diz.

— *Tienes su cara, pero no eres ella.* — Tem a cara dela, mas não é ela. Abuelita mete outro tapa em Rosina. — *¡Demonio!* — esbraveja.

— Mami! — chama a mãe de Rosina, segurando o braço de Abuelita, mas a velha se desvencilha. Rosina cobre o rosto enquanto a avó a acerta de todos os modos. A neta não recua. Não tenta deter a avó. Cada bordoada parece merecida. Ela merece cada tapa.

— Basta! — grita Mami. — *Rosina es su nieta. Ella te ama. Ella es buena.* Ela é uma boa pessoa.

*Não,* pensa Rosina. Mami está mentindo. *Ela não acha nada disso.*

Rosina e a mãe, com dificuldade, conseguem colocar Abuelita no banco de trás do carro; ela para de brigar assim que seu traseiro ossudo encosta no banco, como se o gesto, de algum modo, virasse uma chave na cabeça dela e a fizesse esquecer tal perturbação mental. *Como seria bom poder desligar o pensamento e o sentimento assim,* pensa Rosina enquanto ajeita o cinto de segurança de Abuelita. Uma gota de algo escorre de seu rosto, e um pequeno respingo cai no joelho da avó.

As três voltam para casa em silêncio. Abuelita cai no sono assim que o carro dá a partida.

— Parece um bebê — comenta Mami, com a voz suave. — Você também fazia isso. Quando não parava de chorar, eu a colocava no banco de trás do carro e dava uma volta pelo quarteirão. Sempre funcionava.

No entanto, não está funcionando agora. Rosina se sente imensamente distante da mãe, a testa apoiada na janela fria. Começou a chover e as gotas espessas de chuva coincidem com as que escorrem pela bochecha dela.

Ela sai do carro assim que a mãe para em frente à casa. Rosina levanta Abuelita e seus braços ossudos do carro, braços esses que se mantêm firmes ao redor do pescoço de Rosina enquanto a garota a leva para dentro. Rosina coloca Abuelita na cama, puxa o cobertor até o queixo da avó e dobra ligeiramente as laterais; ela sabe que Abuelita, tal como ela, gosta da coberta bem enfiada debaixo do corpo.

Mami está de pé na porta do quarto de Abuelita. Está escuro, e Rosina não consegue ver o rosto da mãe. Devagar, ela caminha até a porta e diz:

— Com licença. — A mãe sai do caminho.

— Estou indo — avisa Rosina. Em meio à escuridão, ela enxerga a mãe assentir.

# NÓS

— Pelo menos está bem mais limpo que a última vez em que a gente veio — comenta Grace ao chegar no local da reunião. — Mas talvez esteja ainda mais ilegal.

A placa enorme na entrada diz OÁSIS VILLAS, mas não há nenhum oásis, tampouco casas à vista, apenas terrenos e mais terrenos baldios e lamacentos cercados por estradas que não levam a lugar algum. O único sinal de vida são tratores abandonados, parados em montes de terra e, bem ao longe, distante da estrada principal, há uma casa vazia e muito bonita, bem no topo de uma colina, onde as garotas estão sentadas agora. Na parede, há uma placa com a frase "LAR EXEMPLAR!", escrita com letras verdes e chamativas, simulando o sentimento de alegria, mas não tem nada de alegria aqui.

— Olha! — diz Rosina. — Eu não sou a única parda por aqui. Tem a Esther Ngyuen e a Shara Porter. Agora há latinas, asiáticas e negras no grupo. Não seríamos nós a verdadeira representação do feminismo interseccional?

Rosina entra pelo canto, recosta na parede e fica olhando o pessoal.

— Que foi? Aconteceu alguma coisa? — pergunta Erin ao se sentar ao lado dela.

— Nada, por quê? Estou com cara de quem tem algum problema?

— Nossa! Mais grossa que nunca — diz Erin.

— É, você parece meio para baixo... — comenta Grace. — Ainda está puta com a diretora por causa daquele dia?

— Foda-se a diretora — diz Rosina, sem aquele entusiasmo de sempre e levando a mão à bochecha esquerda, vermelha e um pouco inchada. — Minha mãe me mandou trabalhar — explica. —

Mesmo sendo minha folga. Cara, sério, é como se eu vivesse em outro mundo. Morar com a minha família é tipo viver numa senzala.

— Esse comentário não é racista? — questiona Erin. — Está sendo racista com você mesma?

— Mas você não foi para o restaurante — comenta Grace, ainda de pé e de frente para as duas amigas sentadas.

— Pois é... Falei que não ia.

— Isso é bom, certo? — pergunta Grace.

— Não quando acaba em uma briga tão tensa que nem deu para perceber minha avó saindo de casa. A coisa foi tão feia que ela chegou a andar cinco quarteirões e quase morrer atropelada, tentando atravessar as seis pistas da rodovia. Quando fomos colocá-la no carro, ela me chamou de demônio, achou que estava vendo a filha morta e me deu uns tapas na cara.

— Puts! — lamenta Grace. — Que tenso.

Rosina dá de ombros, no maior clima de "estou pouco me lixando", mas não convence. Ela olha em volta, para as tantas meninas que não param de chegar, se amontoando no galpão vazio e limpo, cada uma tentando se encaixar num lugarzinho perto das amigas. Mesmo aqui, quando todas deveriam estar juntas, ainda reinam a hierarquia e os grupinhos.

— Por que não cai fora? — pergunta Erin.

— Como assim? Cair fora da família? Bem que eu queria — diz Rosina.

— Não, cai fora do emprego.

— Preciso do dinheiro.

— E você não pode parar de ser babá? — sugere Grace. — Sei lá, deixar a sua prima fazer isso?

— Minha família não conhece o significado da palavra "não".

— Margot está falando — avisa Erin.

— Novidade. E quando é que ela fica de boca fechada? — provoca Rosina.

— Vamos fazer silêncio — diz Erin.

Alguém acendeu a lareira falsa da casa, e Margot Dillard, representante do corpo estudantil, está de frente para ela, tentando chamar a atenção de todas.

— Grace, não vai se sentar? — pergunta Rosina. — Está me deixando nervosa.

Grace olha para próprios pés, depois para os de Margot, depois para as amigas de novo, sentadas no canto.

— Acho que vou me sentar ali... no meio? Para escutar melhor.

— Como quiser — diz Rosina. — De boa.

— Tem trinta e uma pessoas aqui — comenta Erin, comprimindo os dedos. — Muita gente. Está muito cheio. Em pouco tempo, vai virar o caos.

— *Descends into total chaos* — cantarola Rosina com voz de cantor de heavy metal. — *Duh, duh, duh...*

No entanto, Melissa estraga o barato de Rosina, que para de encher o saco de Erin quando a líder de torcida se ajeita no espacinho que há bem do lado de Rosina.

— Posso me sentar aqui? — pergunta Melissa, com um sorriso.

— Hum... pode? — Rosina responde e no mesmo instante sente vontade de se esganar pelo tom de pergunta na resposta.

— Não estou me sentindo nem um pouco confortável — confessa Erin, distraidamente, sem falar para ninguém em particular.

— Alguém gostaria de propor algum assunto para o encontro de hoje? — pergunta Margot, de frente para a lareira falsa.

— A gente pode falar sobre como os homens se comportam feito bebês? — sugere alguém, provocando risadas por todo o lado.

— Gostaria de saber se vocês perceberam alguma diferença — comenta Melissa. — Tipo, se alguém sente que as coisas estão mudando, se os caras estão tratando a gente de um jeito diferente, e como nós, mulheres, temos agido uma com a outra.

— Certo — diz Margot. — Quem concorda com o tópico sugerido pela Melissa? Sobre como as coisas estão mudando?

— Tenho me sinto mais confiante — afirma Elise Powell. — Não sei, acho que fico menos insegura quando estou perto das outras garotas. Não tenho mais aquela paranoia de que todo mundo me julga o tempo todo. Porque, pela primeira vez, sinto que todas estamos do mesmo lado.

— Estou mais corajosa — conta outra garota.

— Sim — concorda Elise. — Sinto que *nós todas* estamos diferentes. As garotas. Os caras continuam exatamente iguais.

— Isso se não estiverem piores — acrescenta alguma delas.

— A gente está obrigando eles a mostrar sua a verdadeira face — endossa Sam Robeson. — Nada como um pequeno obstáculo para revelar o verdadeiro caráter de uma pessoa. Básico.

— E o que a gente precisa fazer agora? — questiona outra garota. — Ficaremos sentadas, esperando eles criarem o grupinho deles?

— Basicamente, sim — responde Elise. — Eles sabem bem o que queremos. Cabe a eles descobrir como mudar.

— Mas eles podem nos perguntar, também, sem problema — sugere Rosina. — Sei lá, a gente elabora um manual, tipo dez passos para não agir feito um babaca. Número um: não estuprar.

— Número dois — intervém Melissa. — Não deixar os amigos estuprarem.

— Número três — diz alguém. — Ver as mulheres como amigas, não só como uma fonte de prazer sexual.

— Número quatro — prossegue Margot. — Parar de nos chamar de capô de fusca.

A sala cai na gargalhada.

— Quem chama a gente assim? — pergunta Sam.

— Eu li no blog *Os pegadores de Prescott* — esclarece Margot.

— Que merda — lamenta Rosina.

— Número cinco — continua Melissa. — Não ler *Os pegadores de Prescott*.

De repente, como se tivessem sido desligadas por um botão, as risadas cessam. Todas as presentes, uma a uma, viram a cabeça e ficam em estado de alerta, feito um cão farejando o perigo.

— Caramba — diz Connie Lancaster, sem a menor preocupação em ser discreta.

De pé, parada na porta, aparece Amber Sullivan, com uma careta meio defensiva. O galpão fica em silêncio. Todas olham para ela. Tensa, Amber não se mexe, é como se os olhares desconfiados a mantivessem suspensa no ar. Por um momento, é como se todas as garotas, apenas com o olhar, decidissem bloquear a entrada de Amber.

— O que ela está fazendo aqui? — sussurra alguém.

— Não confio nela — sussurra mais alguém. — Ela vai dedurar a gente.

— Amber! — diz Grace, rompendo o silêncio por fim. — Que bom que você veio! — Grace parece ser a única feliz com a presença da garota (nem a própria Amber parece feliz por comparecer).

Todas parecem relaxar um pouco quando Grace recepciona Amber e a acomoda. Algumas dizem "oi", como se o pequeno gesto de inclusão de Grace bastasse para, de repente, considerar que vale a pena conhecer Amber.

— Nossa! — sussurra Melissa para Rosina. — Que coragem ela demonstrou ao vir. As meninas a *detestam*.

— Você também?

— Não, claro que não — responde. — Sinto pena dela.

— O que é pior ainda — pondera Rosina. — Porque, quando alguém odeia você, pelo menos ainda há aquela sensação de poder.

Melissa olha para Rosina de um jeito que a própria não entende, o que a obriga a desviar o olhar. *Será que ela tem um pouco de autismo, como Erin?*, pensa Rosina. O contato visual com Melissa chega a beirar a dor. E a dor se concentra em algum ponto do peito, bem onde os ataques de pânico de Erin começam.

— Ok, senhoritas. Todas estão devidamente acomodadas? — pergunta Margot. — Vamos verificar se a greve de sexo está funcionando? Alguém percebeu alguma rejeição por parte do namorado?

— Você quis dizer ex-namorado? — comenta Lisa Sutter, líder de torcida. — Eu sempre soube que ele era um idiota, mas essa coisa toda me fez enxergá-lo de outro modo. — Ela fita Amber com um olhar fulminante, como se quisesse matá-la com os olhos.

— É... também dei um pé na bunda do meu — relata outra garota. — Ele riu da minha cara quando contei que faria greve de sexo.

— Eles parecem bebezinhos de colo — pontua Lisa. — Não conseguem entender a palavra "não". Sei lá, é como se o cérebro deles não processasse o significado.

— Mas não são todos — refuta outra garota. — Meu namorado tem me dado todo o apoio.

— É... — concorda Sam Robeson. — Ainda não entendo por que os caras legais também devem ser punidos. E também não entendo por que a gente tem que sofrer. Sim, porque, vocês sabem que *nós*, mulheres, também estamos sendo punidas com essa greve de sexo, certo?

— Não sei se serve de consolo, Sam — intervém Lisa —, mas não acho que a Amber esteja fazendo greve de sexo.

Pelo galpão, ouvem-se alguns "ó" silenciosos, quase imperceptíveis. E algumas risadinhas de nervoso.

— Amber ainda transa com um monte de caras, certo? — pergunta Lisa.

— Lisa! — Melissa, gentilmente, chama a atenção da colega. — Acho que você precisa esquecer o passado.

— Esquecer o passado?! — reclama Lisa. — E por que eu deveria? Acha que tenho que ser amiguinha dela agora? Ela transou com meu namorado!

— Senhoritas — diz Margot, com a voz aguda e nervosa. — Não podemos esquecer que estamos aqui para nos unir e criar um ambiente em que todas se sintam seguras. Então, vamos nos esforçar para nos unir em vez de nos afastarmos mais, tudo bem?

As garotas murmuram. Algumas assentem, concordando. Outras reviram os olhos.

— Seja como for, a maioria vence, certo? — propõe Lisa. — Então, vou ficar de boca calada até o fim da reunião, já que que ninguém quer o ouvir o que tenho a dizer.

— Isso não é verdade — rebate Margot. — Nós ainda...

Lisa ergue a mão como quem diz "já chega".

— Tudo bem. É sério. Não quero falar sobre isso.

— Sinto muito, Amber — sussurra Grace, mas a sala está tão silenciosa que todas escutam.

— Eu sei o que as pessoas acham de mim — diz Amber. — Sei o que pensam de mim. Me acham uma puta.

— Não, nós não achamos — intervém alguém, em tom de sinceridade.

— Muito meigo da parte de vocês — diz Amber, em um tom nada meigo. — Mas está na cara que é mentira.

— Não é justo — afirma Sam Robeson. — Por que os caras podem transar o quanto querem, com quem querem, mas, se uma mulher faz o mesmo, é rotulada de vagabunda?

— E ainda querem que você seja sexy e atraente — acrescenta outra garota. — Do contrário, ele nem olha na sua cara.

— É, mas não pode ser sexy demais. Especialmente se quer que levem você a sério — comenta Margot.

— Mas você gosta mesmo de sexo, Amber? — pergunta Connie Lancaster.

— Connie! — repreende Alisson.

— É sério, curiosidade minha. Não estou zoando — afirma Connie.

Todas ficam em silêncio, esperando a resposta.

Por um bom tempo, Amber fica quieta, simplesmente olhando ao redor enquanto todas, sem exceção, a encaram. Os olhares são mais curiosos que hostis, como se as garotas realmente estivessem interessadas em saber o que ela pensa e sente, como se quisessem *mesmo* conhecê-la.

— Não sei — responde Amber, por fim.

Os olhares a deixam mais relaxada. A sensação e a surpresa de estar em um lugar estranho, com garotas quase estranhas, olhando para ela de um jeito diferente, novo...

— Mas você transa com vários caras, certo? — pergunta Connie, com a voz quase gentil.

— Sim, acho que sim.

— E não gosta?

— Às vezes — responde. — Nem sempre.

— E por que faria, se não gostasse?

Amber demora um tempo para responder, como se a pergunta fosse em outro idioma, como se precisasse traduzir cada palavra.

— Não sei... Às vezes, é como se... Sei lá, como se... Por que eu não deveria gostar, sabe? — responde, por fim.

Pela sala, poucas assentem e é quase imperceptível. O ódio se transformou em pena, que está se transformando em algo completamente diferente.

Amber endireita o corpo e volta a ficar tensa.

— É. Acho que pode ser que eu não curta toda a transa... E daí? Só acho que sexo não tem nada de tão especial assim... Não acho lá essas coisas, sabe?

— O pastor da igreja diz que a virgindade é como uma flor — conta Krista. — E que perder a virgindade antes do casamento é como arrancar as pétalas de uma flor. Ninguém quer uma flor sem pétalas.

— Olhe, não me leve a mal... Mas que merda! — opina Sam.

— Amber — diz Grace —, a gente não precisa continuar falando sobre isso se você não quiser.

— Acho que a gente deveria não tocar nesse assunto nunca mais — comenta alguém.

— Não — insiste Sam. — É justamente sobre esse tipo de coisa que a gente precisa falar.

— Bom, acho que todo mundo concorda que... se tem alguém que precisa fazer uma greve de sexo, é a Amber — diz Lisa, simulando um movimento de fechar o zíper nos lábios.

— Lisa, pare — diz Melissa.

— Acham mesmo que uma greve de sexo vai fazê-los respeitarem vocês? — pergunta Amber, com uma risada. — Acham que algum dia eles vão respeitá-las? Que vão respeitar alguma de nós? Isso é perda de tempo. Então, estou usando os caras como eles me usam. De igual para igual.

Em algum lugar, escondido, alguém sussurra "pobre Amber", mas alto o suficiente para assustá-la e lembrá-la de que ela nunca deveria ter aparecido ali, de que não pertence a esse grupo de pessoas.

— Sabe o que é estranho? — comenta Connie. — Na escola, ninguém chama Sam de puta, mas a gente sabe que ela sai com vários caras, certo? Por que chamam Amber de puta, mas Sam, não?

— Já ouvi chamarem Sam de puta — diz uma das amigas do grupo de teatro do qual Sam faz parte.

— Obrigada — agradece Sam.

— Mesmo assim, não é como com Amber, concorda? — pontua Connie. — Não com tanto ódio, saca? Por exemplo, se fizessem uma enquete perguntando quem é a menina mais puta da Prescott, a maioria responderia que é Amber, mesmo que Sam também saia com vários garotos, entende?

— Ai, dá para parar de usar essa palavra? Sério — pede Sam. — Sabe, acho que a gente pode combinar de não usar mais essa palavra terrível. Sei lá, já basta o que os caras fazem, o que falam de nós, que é péssimo. Por que fazer o mesmo entre nós?

Ninguém percebe que Amber foi embora. Todos a veem ali, sentada e participando com o grupo, mas não percebem que ela tem a habilidade de sair do próprio corpo quando a dor torna insuportável a própria existência. Ela não está a fim de refletir sobre que a torna diferente de Sam. Não quer pensar sobre o buraco que há dentro de si e que nada pode preenchê-lo.

— Tem julgamento do outro lado também — comenta Grace. Ela pigarreia, olha ao redor e respira fundo. — Em relação às virgens. Às que continuam virgens. Às vezes, o jeito com que a gente fala sobre sexo é como se todo mundo fizesse. Mas não é bem assim. Eu nunca fiz.

— Nem eu — concordam Krista e Trista, em uníssono.

— Nem eu — murmura Elise. — Infelizmente...

— Eu também não — diz mais alguém do grupo. — Todos os caras do colégio são uns bostas. Não vejo a hora de entrar na faculdade e encontrar alguém que valha a pena.

— Eu também sou virgem — adimite outra garota. — Mas estou *louquinha* para perder a virgindade. Só que meu namorado diz que ainda não se sente preparado.

— Não acredito que a gente está falando sobre isso — comenta outra garota.

— Estou curiosa para saber... — diz Grace, falando um pouco mais alto. — Quem aqui ainda é virgem? — Aos poucos, uma garota levanta a mão, depois outra, mais outra, até que quase metade do grupo ergue o braço. — Está vendo? Não somos tão minoria como podemos pensar.

Erin não levanta o braço. Ela mantém a cabeça baixa, olha para o colo, contorce as mãos. Rosina tenta olhar nos olhos dela, mas Erin está presa dentro de si, tentando se manter segura.

*Ela não ergueu o braço.*

Rosina sente como se o chão sob seus pés ruísse, e seu coração vai junto. Erin tem um segredo que Rosina nunca nem sequer considerou.

— Erin — sussurra Rosina. — O que foi?

Erin não responde.

— A igreja manda a gente se resguardar até o casamento — pontua Trista. — Mas sabe o que é estranho? É a reputação da mulher que fica manchada se ela fizer sexo, não a do homem.

— Ensinam a gente a ter medo de sexo — comenta Krista. Ela olha ao redor da sala e respira fundo. — E é isso que acontece comigo. Morro de medo de sexo.

Erin continua com a cabeça baixa e balança o corpo levemente para frente e para trás, as costas batendo na parede. Rosina sabe que Erin já teria saído da sala se quisesse. Deve haver um motivo para ela não ter feito isso ainda, algo que a faça se sentir segura no ambiente, apesar de todas essas palavras assustadoras, algo contagioso na coragem de dizê-las.

— Na outra igreja que minha família frequentava, era bem assim mesmo — conta Grace. — As garotas usavam anel de castidade e tudo o mais. Mas eu não sou assim. Minha mãe definitivamente não é assim. Ela não fala que eu vou para o inferno se fizer sexo antes do casamento. É uma escolha minha, entende?

— Amém — diz alguém na sala.

— Essas meninas que usam o anel da castidade deixam os outros tomarem a decisão por elas — diz Trista. — Estão deixando a Igreja tomar uma decisão que compete ao corpo delas. Os *pais* delas compram esse tal anel e dão de presente a elas como se o anel fosse tipo um *namorado*. Ou como se Jesus fosse o namorado delas.

— Há um fundo de verdade nisso, com certeza — diz Grace. — Mas tente olhar por outro lado. A maioria realmente acha que está fazendo a coisa certa, e por algumas das mesmas razões a gente está fazendo igual. Elas acreditam que escolher a virgindade é um jeito de respeitar o próprio corpo e si mesma. Essa escolha as deixa mais fortes, como a gente também está tentando se sentir mais forte, porque elas não cedem à pressão das colegas, não estão fazendo algo simplesmente porque todas as outras fazem. E, sei lá, não acho que exista escolha que seja correta para todo mundo e não julgo ninguém aqui pela escolha que faz. — Grace olha ao redor da sala, endireita a coluna e encara cada uma das presentes. Com a voz firme, diz: — Mas, falando por mim, eu meio que concordo com elas. A outra igreja que eu frequentava era atrasada em vários aspectos, mas alguns pensamentos de lá permaneceram comigo. Tipo, como o sexo é algo sagrado e que deve ser feito entre duas pessoas que estão comprometidas e que se amam. E como nosso corpo é um templo. Quando chegar a hora, quero que seja com a pessoa com quem vou dividir a vida. Não quero que seja com qualquer pessoa.

Quase ninguém percebe que Amber Sullivan se levantou e saiu da sala. Há garotas que têm o dom de parecer invisível.

— E por que não? — pergunta Sam. — Não me leve a mal, mas quem foi que decidiu que sexo é essa coisa preciosa e sagrada que tem de ser tão profunda e especial o tempo todo? Por que não pode simplesmente ser algo divertido? Tipo, se a gente deixar de lado a religião e toda essa besteira sexista e repressiva, o sexo é uma atividade divertida para a qual nosso corpo foi *feito*. O que aconteceria se a gente ignorasse as pessoas que consideram o sexo coisa do diabo e fizesse o que temos vontade de fazer, sem nos sentirmos mal por isso?

— Pois é! — concorda alguém.

— Todo mundo faria sexo o tempo todo — comenta Krista, com os olhos arregalados. — *Com todo mundo*. E aí todo mundo engravidaria e teria gonorreia!

— Meu Deus! — exclama Rosina, apoiando a cabeça nas mãos.

— Querida, é para isso que servem a pílula e o DIU — rebate Sam. — E tem que usar camisinha toda vez. Não importa com quem.

Krista parece horrorizada só de imaginar.

— Respeito totalmente seu ponto de vista — diz Grace, com cautela. — Mas para mim acho que essa decisão envolve algo muito além do corpo. Envolve a mente, o coração e a alma.

Sam deixa escapar um suspiro profundo.

— Gosto de pensar no corpo mais como um parque de diversões do que que como um templo. Mais divertido que sagrado.

— Não acho que tenha de ser assim, uma coisa ou outra... — comenta Melissa.

— Pode ser as duas coisas ao mesmo tempo — diz alguém.

— Então você vai esperar até o casamento? — alguém pergunta a Grace.

— Não sei — responde. — Talvez não. Talvez eu me apaixone e sinta que é para sempre e aí vou querer me entregar a essa pessoa. E pode ser que não seja o cara com quem vou me casar. A única coisa de que tenho certeza é que não tenho pressa. A vida já é complicada demais.

— Eu queria ter esperado — comenta uma voz familiar. Alisson Norman. — Mas achei que era o que eu tinha de fazer se quisesse ser popular. Fiquei com medo de dizer "não". — Os olhos dela ficam marejados. — Era nova demais. Catorze anos. — Connie apoia o braço no pescoço da amiga.

— E qual seria a idade certa? — alguém pergunta.

— Não existe resposta para isso — responde Sam Robeson. — A decisão cabe a cada uma de nós. E os adultos não conseguem aceitar isso. Não acham que estamos preparadas para tomar uma decisão para nosso próprio corpo.

— Mas você acha que eles fazem por mal? — questiona Grace. — Eles devem ficar apavorados. Pense no que pode acontecer... Podemos engravidar, pegar doenças, fazer escolhas que podem moldar a nossa vida para sempre. Podemos nos prejudicar de um jeito que os homens jamais se prejudicariam. Não é justo, mas é a realidade. Essa coisa de proteger é um instinto que os pais têm, e é isso que eles acham que estão fazendo quando agem assim.

— Pode ser que seja assim com seus pais — diz alguém.

Por um momento, Erin ergue a cabeça, olha para Grace e pisca, como se tivesse surpresa de se ver ali em meio a todas essas garotas em vez de sozinha e recolhida em sua própria concha.

— Ei, eu tenho uma pergunta — diz uma voz ao fundo.

Todas as cabeças viram para olhar para a garoa pálida e de cabelo preto e branco: Serina Barlow, a viciada que voltou da internação.

— Alguma de vocês *realmente* gosta de sexo? — Pelo tom com que a pergunta é feita, fica claro que Sam imagina que a resposta seja "não".

— Sim! — responde Sam, pronta e entusiasmadamente, sem pensar.

Ouvem-se umas risadinhas de nervosismo. E algumas ficam com o rosto vermelho, envergonhadas.

— Eu também gosto — diz outra garota. — E, tipo... Tem algum problema nisso?

— Eu também gosto — afirma mais uma garota. — Mas sinto como se devesse esconder isso. Como se o fato de gostar muito fizesse de mim uma vadia.

— Quando você não gosta é tachada de puritana — pontua Margot. — Não tem para onde correr.

— Eu meio que gosto de sexo — admite outra garota, mas com expressão de dúvida. — Ah, sei lá... Desculpe se estou sendo indiscreta, mas sinto um puta tesão só com um beijo e fico com uma vontade incontrolável de fazer sexo. Aí, quando rola, é rápido demais e penso: *Nossa, é isso?*

— Siiim! — concorda uma garota, enfaticamente.

— Pois é!!! É assim mesmo! — diz outra.

— É frustrante demais — acrescenta a primeira garota.

— Mas e aí? Você fala para o cara? — pergunta Sam.

— Fala o quê?

— Isso que você disse. "Nossa, é isso?"

As garotas começam a rir, mas, quando percebem que a pergunta de Sam é séria, param no mesmo instante.

— Como quer que o cara saiba que você quer mais, se não contar para ele? — questiona Sam.

— Mas é que ele... tipo já chegou lá — explica a primeira garota.

— Ué! Ele que espere a vez dele. Primeiro *você* goza. Ou então ele goza, aí você fala para ele o que você quer, e ele pode usar a boca ou a mão para fazê-la chegar lá, depois ele goza de novo. Todo mundo sai ganhando! Para os homens a coisa é diferente, eles não demoram muito a recarregar a bateria. Em três minutos já estão prontos para outra.

— Meu Deus! — exclama alguém, com uma risadinha.

— Eu gosto de sexo e não tenho vergonha de dizer isso — admite Sam, jogando o cachecol para o lado. — Ninguém deveria ter.

— Você virou tipo uma heroína para mim agora — afirma Trista.

— Ainda estou meio chocada com essa conversa — confessa Krista.

— Espera aí — intervém Allison Norman. — Como você faz isso? Como *fala* para ele?

— Falando, ué. Basta dizer o que você quer — explica Sam. — Ou, se não se sentir à vontade, simplesmente mostre.

— Nossa, do jeito que você fala parece fácil — comenta Allison. — Mas não acho que eu conseguiria fazer isso. E, mesmo que conseguisse, não saberia o que dizer.

— Então, o que você faz durante o sexo? — pergunta Sam a Allison.

— Ah, sei lá, acho que minto — responde Allison, que depois solta uma risadinha triste, sem graça. — Para ser sincera, fiquei bem aliviada quando a gente decidiu fazer a greve de sexo.

— Eu também — admite outra garota.

No círculo, algumas assentem. Sam olha no rosto de cada uma delas e, de repente, se dá conta de algo terrível, algo que nunca passou pela cabeça dela: que o sexo pode não ser prazeroso, pode ser um fardo, uma obrigação, algo a ser suportado.

— Às vezes, ofereço uma chupada para o cara porque não estou a fim de fazer sexo com ele — confessa outra garota. — Faço isso para ele não ficar bravo comigo.

— Não acredito — sussurra Sam.

— Você tem sorte, Sam — diz Serina Barlow. — Estou feliz por você. Sério, de coração. E acho que a maioria das garotas tem a chance de se descobrir no sexo, de aprender a torná-lo algo bom, como é para você. — Ela hesita. — No entanto, para algumas pessoas, provavelmente nunca vai ser algo bom. Acha que Lucy Moynihan algum dia vai ser feliz no sexo? Muito provavelmente não.

— Você não tem como saber isso — afirma Sam.

Serina balança a cabeça.

— É que o que acontece quando se é jovem e marcada pelo o resto da vida. Nunca aconteceu nada de tão ruim assim comigo, mas quando perdi a virgindade eu não tinha nem treze anos. O cara tinha dezessete. E eu estava chapada. Não conseguia raciocinar direito. Não foi estupro, mas também não foi bom. E parece que aquilo ficou gravado em minha cabeça, que o sexo sempre vai ser isso, não importa com quem eu faça. É como se eu tivesse sido amaldiçoada.

— Mas foi estupro — pontua Margot. — Se ele tinha dezessete anos, legalmente é considerado estupro. E se você estava bêbada a ponto de não ter muita consciência do que estava acontecendo, não tinha como consentir.

— Bom, seja como for, está feito. Aconteceu. Não tem nada que eu possa fazer hoje em relação a isso — afirma Serina.

— Por que não faz terapia ou algo assim? — sugere Elise.

— Menina, já fiz terapia. Mas é um trauma que vou carregar pelo resto da vida. Tem uma parte de mim que foi quebrada e nunca será possível colar todos os caquinhos de volta, entende? — explica Serina.

— E se...

— É como se meus instintos tivessem sido reprogramados... — acrescenta Serina. — Mesmo quando gosto de um cara, de verdade, sabe? Mesmo que eu ache o garoto fofo, assim que ele demonstra algum interesse em mim, é automático, começo a odiá-lo. É como se fosse físico, tipo um nojo, chego a me sentir mal fisicamente tamanha a raiva que sinto, como se tivesse vontade de matá-lo. Tudo isso só porque ele me olhou de um jeito diferente. Só porque ele demonstrou interesse por mim.

— Rosina — sussurra Melissa. — Acho que Erin não está bem.

Rosina olha para o lado e vê Erin com os olhos arregalados e o globo ocular mexendo de um lado para o outro. O ritmo do vaivém do corpo para frente e para trás se intensificou. E ela respira de um jeito rápido e superficial.

Onde estão as paredes que Erin usa para se proteger? E suas defesas? É como se as palavras de Serina cortassem a pele de Erin, abrindo-a e expondo-a por dentro e fazendo-a sentir a dor de cada golpe.

— Erin — sussurra Rosina. — Você está bem?

Erin faz que não.

— E eu acho — continua Serina — que, se talvez meus pais tivessem conversado comigo sobre sexo, talvez se alguém tivesse me dito que seria algo que eu *escolheria* fazer, algo que eu deveria ter vontade de fazer, talvez as coisas teriam tomado um rumo diferente, sabe? Porque eu nem sabia que não fazer era uma opção, sabe? Eu achava que, se um cara me quisesse, era isso e pronto, não tinha o outro lado, a decisão era dele.

— Respira — sussurra Rosina para Erin. — Conta de cem a zero.

— Desculpa, gente — pede Serina, com um suspiro. — Eu não queira deixar ninguém mal. Passei os últimos três meses em uma clínica de reabilitação e lá participava de terapia em grupo, tipo, umas dez horas por dia, e todo mundo passava o tempo todo falando dos próprios sentimentos. Sério. O. Tempo. Todo.

Rosina sussurra:

— Cem, noventa e nove, noventa e oito, noventa e sete...

— Como a gente pode estar tão machucada assim? — inquire Margot, com a voz tensa, a emoção burlando sua tão habitual confiança.

— Só sei que, se eu tiver uma filha, vou ensiná-la que o sexo tem que ser algo prazeroso. Deveria ser óbvio, certo? Mas não é — diz Serina.

— Respira — sussurra Rosina para Erin mais uma vez. — Oitenta e oito, oitenta e sete, oitenta e seis, oitenta e cinco...

— Acho que sei como se sente — afirma mais uma garota. — Pelo menos um pouquinho, mesmo sendo sortuda. Na verdade, minha primeira vez foi muito romântica, meu namorado é maravilhoso e apoia totalmente o que a gente está fazendo. Nunca sofri abuso nem fui estuprada. E me dou superbem com meus pais. Minha mãe é uma mulher forte. Meu pai não é um babaca. Mas só o fato de ser mulher me deixa apreensiva às vezes, como se eu não soubesse o que pode acontecer.

— Olha ao redor — sussurra Rosina para Erin. — Olhe para os cantos da sala. Sinta o chão sob seus pés.

— Não podemos mais viver desse jeito — pontua alguém.

— E não vamos — afirma Grace. A voz dela ecoa por toda a sala. — Isso que estamos fazendo aqui agora... Só o fato de estarmos conversando entre a gente e falando sobre esses assuntos... Isso muda *tudo*.

— Preciso ir — avisa Erin.

— Está tudo bem — diz Rosina. — A reunião já vai acabar. Não dá para esperar mais um pouquinho?

— Não — responde Erin à beira das lágrimas. — Preciso sair daqui.

— Quer que eu vá com você?

— Não — diz, levantando-se.

— Tem certeza?

— Rosina, me deixa em paz! — grita Erin, tropeçando nas garotas sentadas no chão e atravessando a porta. Por um momento, a sala fica em silêncio e acompanha os passos dela.

— Bom — diz Lisa Sutter, de pé. — Acho que a reunião acabou.

— Ah — diz Margot quando as pessoas começam a se movimentar —, a menos que alguém tenha mais alguma coisa a dizer...

— Preciso de um sorvete — diz alguém.

— Preciso de uma cerveja — diz outra garota.

— Podemos dar a reunião por encerrada? — pergunta Margot, mas ninguém está ouvindo mais.

A casa esvazia, e há muitas coisas que ainda não foram ditas.

Parou de chover. Já anoiteceu, mas os faróis das dúzias de carros iluminam a escuridão. Rosina encontra Erin parada, de pé ao lado do carro da mãe de Grace no estacionamento improvisado, ao lado da colina que não dá para avistar da estrada.

— Queria que Grace me desse uma carona para casa — diz Erin, sem dar tempo para Rosina abrir a boca.

— Ela já está vindo. Mas a gente pode conversar sobre o que aconteceu?

— Gente demais em um espaço muito pequeno — explica Erin. — Eu devia ter me sentado perto da porta. Estou muito melhor aqui fora.

— Sim, tudo bem, mas...

— Melhor aqui que lá, com toda aquela gente e aquele monte de perfume e desodorante fortes.

— Você não levantou a mão quando Grace perguntou quem era virgem — comenta Rosina. — E ficou muito chateada com o que a Serina contou. E... — Rosina sente que precisa parar de falar. Imediatamente. Tem alguma coisa presa na garganta dela, algo que não tem nada a ver com palavras. Ela sente os olhos arderem feito fogo. Rosina está lutando contra a necessidade repentina de fazer uma coisa pela qual Erin jamais a perdoaria: abraçá-la com todas as forças e nunca mais soltá-la.

— Não tenho nada para falar — afirma Erin.

— Mas...

— Rosina, eu disse não.

— Tudo bem, mas...

— E também não quero falar sobre isso depois. Não quero falar sobre isso na escola. Não quero falar sobre isso nunca.

— Tudo bem — concorda Rosina, com um suspiro.

— Por que a Grace tranca o carro dela? — pergunta Erin, batendo na porta com o punho cerrado.

— Não sei.

— Quero voltar para casa — afirma Erin.

— Eu sei — diz Rosina, mesmo sem fazer a menor ideia de qual seria a sensação da amiga.

# Nós

Grace fica fora do ar na maior parte do sermão da mãe sobre a renúncia aos bens mundanos. O tema não chama muito a atenção dela, já que Grace não tem tanta coisa.

Ela percebe Jesse olhando para ela algumas vezes, mas trata de desviar o olhar depressa antes que dê tempo de admitir a si mesma que ele tem um belo sorriso. Para ter uma ideia do quanto ela está desesperada para não precisar falar com Jesse Camp, assim que o sermão acaba Grace corre para casa sem nem passar no banheiro antes, embora esteja morrendo de vontade de fazer xixi.

Assim que se senta na própria cama, pronta para se perder no livro que está lendo, Grace se dá conta de uma coisa: com exceção de situações de trabalhos de classe ou atividades da igreja, ela quase nunca conversou com garotos. Alguma coisa dentro dela amolece. Pode ser que, bem no fundo, ela esteja mais com medo de Jesse do que com raiva dele, simplesmente porque ele é homem e ela não faz ideia de como conversar com ele. E o que torna as coisas ainda piores é que ela desconfia que esteja com vontade de fazer isso.

O que aconteceria se Grace se permitisse falar com Jesse? Significaria que ela gosta dele? O fato de ela falar com ele significaria que eles são amigos? Ou que ela quer ser *mais* que amiga?

Grace se retrai de medo. Ela olha em volta, como se estivesse envergonhada de alguém ter escutado seu pensamento, constrangida só de ter imaginado algo tão ridículo quanto isso. Ela sabe que, para alguém como ela, essa possibilidade está totalmente fora de cogitação. Grace sabe que garotas gordas não têm namorado no ensino médio, ainda mais um semipopular, como é o caso de Jesse. Ninguém precisa dizer que o corpo dela a torna carta fora do baralho em relação a esse assunto.

Grace nunca questionou seu lugar no mundo. Ela sempre acreditou no que via nos filmes e nos programas de televisão: gordas são melhores amigas, nunca namoradas nem ficantes; às vezes, são engraçadinhas, mas quase sempre se mostram motivo de piada. Quando têm poder, tornam-se vilãs, como Úrsula, a bruxa do mar de *A pequena sereia*. Nunca são heroínas e com certeza não se enquadram no grupo de mulheres sexys. É sempre esse o roteiro.

No entanto, a vida hoje parece tão diferente. Talvez essas regras não sejam mais válidas. Talvez nunca tenham sido. Pode ser que a vida real não tenha nada a ver com o que a gente vê nos filmes. Talvez hoje as gordas sejam heroínas.

*E aí? Como vc tá?*, pergunta Rosina por mensagem de texto.

Erin odeia quando Rosina manda mensagens assim, com palavras abreviadas.

*Bem.* Ela responde com letra maiúscula, minúscula, ponto-final e tudo.

*Quer flr sobre o q aconteceu ontem? Cê tá bem?*

*Deixa para lá*, responde Erin.

É muito mais fácil ser grossa por escrito que pessoalmente.

*Tô preocupada com vc.*

*Estou ocupada agora. A gente se vê amanhã.* Erin enfia o celular no bolso e escuta o apito avisando que chegou outra mensagem, mas não olha. Spot se esfrega na perna dela como se tentasse dizer alguma coisa. Será que ele passou para o lado de Rosina?

Sua mãe está lá na cozinha, no canto de sempre.

— Ah, que bom que você chegou — diz, assim que vê Erin. — Quero falar com você.

Erin abre a geladeira e procura algo que dê para forrar o estômago pelo resto da tarde. Mas nada a apetece.

— Preparei um lanche — diz a mãe. — Está na tigela verde.

Erin puxa o mingau cinza e insosso salpicado com verde e tenta sentir o cheiro. Não tem cheiro de nada.

— Queria algo crocante — diz à mãe.

— Querida, estou fazendo de tudo para organizar nosso próximo jantar em família, mas a agenda do seu pai anda bem agitada por causa da época de provas e tudo. Sei que você deve estar bem chateada, mas...

— E por que estaria chateada? — pergunta Erin, mergulhando uma cenoura baby no mingau. — Ninguém gosta de jantar em família.

Sem reação, a mãe a encara.

— Cenoura baby não está no cardápio do lanche de hoje.

— Por que você insiste nesses jantares em família? — questiona Erin.

— Porque nós somos uma família, querida — responde a mãe, tentando sorrir, mas os lábios não obedecem e o que sai mesmo é uma careta.

— Que resposta ridícula — retruca Erin.

Por que a mãe não a deixa? Por que Rosina não a deixa em paz? Por que todo mundo está sempre tentando dizer a Erin o que é bom para ela?

— Erin, não acho que deva comer cenoura agora.

— Forçar as pessoas a agir feito família não as torna família — acrescenta Erin. Ela sente o peito queimando, os ombros tensos. Spot apoia as patas nas pernas dela. — Fingir não faz bem a ninguém. E o que a gente está fazendo é mentir. Você está mentindo. Meu pai está mentindo.

— Querida, não grite — pede a mãe.

— Você sabe que ele não quer ficar com a gente.

— Querida, respire fundo.

Spot pisa nos pés de Erin e se apoia nas canelas dela, mas o aconchego dele não a detém.

— Você deveria ter se divorciado da primeira vez — diz Erin e no mesmo instante sente um rubor misturado à sensação de alívio, mas logo vêm o vazio e o pânico. Depois, uma trava e a sensação de estar sedada.

O rosto da mãe fica vermelho.

— Erin, acho que você precisa subir para o quarto e se acalmar — diz a mãe, como se estivesse sufocada.

Erin não poderia concordar mais. Tudo de que ela precisa agora é seu cobertor pesado e os cantos de baleia que gosta de ouvir. Ela precisa entrar no fundo do oceano. Peixes não têm família. Os filhotes saem dos ovos e ficam sozinhos. Óbvio que a maioria deles acaba devorada por predadores, mas isso é totalmente normal para ela.

Uma garota vê um monte dessas tais Anônimas passando, provavelmente a caminho de algum dos encontros secretos. Por um momento, a garota pensa em segui-las, encontrar o lugar da tal reunião, descobrir quem está por trás da organização e dedurá-las. Talvez, assim, a paz voltaria a reinar na escola. Talvez com isso ela não teria mais a sensação de entrar em um campo de guerra todo dia quando põe o pé no colégio. Talvez os alunos não ficassem tão divididos.

*Mas não daria certo*, pensa. As garotas a veriam e saberiam que ela não faz parte do grupo. Perceberiam que ela é uma espiã. Todo mundo sabe que ela é a representante do corpo estudantil conservador da Prescott. Vão julgá-la e condená-la imediatamente. *São preconceituosos*, pensa a garota. Hipócritas.

Não param de falar sobre "cultura do estupro", que nem sequer existe. O estupro é ilegal nesse país, certo? As mulheres não são vítimas. Os homens não são esse demônio predador à espera do momento certo para embebedar uma mulher e se aproveitar dela. Como essa atitude fortalece as mulheres? E elas não têm responsabilidade nenhuma em relação a isso? O que essas Anônimas estão fazendo é erguer a bandeira do movimento feminista que culpa os homens pelos problemas delas. Elas não acreditam em igualdade, mas em massacrar e humilhar os homens.

Elas falam sobre solidariedade, mas só serve para algumas delas. Não há lugar no feminismo para garotas como ela – conservadoras, cristãs, pró-vida, mulheres que valorizam a família. Para as Anônimas, garotas como ela são idiotas. Para elas, todas as garotas que discordam, estão erradas. Como se você precisasse do rótulo de feminista, como se o fato de concordar com tudo aquilo em que elas acreditam fosse o único modo de ser uma mulher forte. Essa garota sabe que é forte. Ela não precisa de dogmas nem de rótulos para legitimar isso.

\*\*\*

Sam continua repetindo para si mesma que a greve de sexo só é válida para os garotos da escola. Portanto, não inclui os caras de fora. Então, problema resolvido. Ela não tem motivo para se sentir culpada. Até porque, para começo de conversa, nunca quis fazer greve nenhuma.

Mas, mesmo assim, se sente um pouco mal. Ainda que não concorde com as condições criadas pelo movimento das Anônimas, será que, por sororidade, ela tem a obrigação de acompanhá-las? Há espaços para discordar? Seria ela uma traidora por ouvir o próprio corpo?

Assim que o namorado coloca a boca no mamilo de Sam, ela tem certeza de que a resposta para a última pergunta é "não".

Ela sabe que não está tão somente reagindo ao corpo dele. Há algo dele que se infiltra no ar e envolve algo dela. Não é mera questão de pele. Tem algo além do físico. Sam desconfia que talvez goste dele de verdade.

Ela sempre quis ir para a Universidade da Califórnia, em Los Angeles, ou para a Universidade do Sul da Califórnia, mas a Universidade de Oregon tem um departamento de teatro, não tem?

*Não*, pensa ela. Não pode mudar os próprios planos só por causa de um garoto. Mas aí ele a toca de um jeito diferente, um jeito que lhe dá asas, e pode ser mera hipótese (mesmo!) que ela passe a considerar a possibilidade.

Uma garota pesquisa na internet: "Onde fica o clitóris?".

# GRACE

O sinal da primeira aula toca, mas ninguém fica quieto. A sala está animada demais para uma segunda-feira de manhã.

— Ah, meu Deus — diz Allison Norman.

Grace demora alguns segundos para perceber que a garota está falando com ela. Ainda não se acostumou a ter amigos.

— Ficou sabendo o que aconteceu no fim de semana? — continua Allison.

Além de ter ido para a igreja no domingo, evitado Jesse Camp, lido dois livros inteiros, esvaziado o balde que fica embaixo da goteira e comido pizza congelada em duas refeições seguidas?

— Não — responde Grace. — O quê?

— Disseram que Eric Jordan e Ennis Calhoun apareceram na festa da Bridget Lawson no fim de semana e, tipo, metade das pessoas lá nem olhou na cara deles.

— Fiona e Rib tiveram uma briga feia porque ela ficou brava de ver que ele continua sendo amigo deles — acrescenta Connie Lancaster. — E deu um pé na bunda dele. Na frente de *todo mundo*.

— Silêncio! — grita o treinador Baxter, mas a sala demora um pouco para ficar quieta.

— E você ouviu falar do jogo de futebol de sexta? — pergunta um garoto sentado bem perto delas, membro da banda. — Tiraram sarro do time, saíram praticamente às vaias do campo. Um dos caras do outro time disse que Prescott não marca mais nenhum *touchdown*, algo assim.

— Ei! — sussurra Connie, inclinando o corpo à frente. Grace e Allison abaixam quase até o ponto de encostarem a testa uma na outra. — Sabem quando vai ser o próximo encontro?

Um estrondo silencia a sala inteira. O treinador Baxter dá um chute na porta de metal de um dos armários e a amassa.

— E aí, será que consigo a atenção de vocês agora? — resmunga.

— Sim, senhor — diz alguns ratos de academia da primeira fila.

O restante da turma fica em silêncio.

— Todo mundo abrindo o livro — ordena o treinador. — Quero leitura individual e em silêncio pelo resto da aula.

— Esse aí vai mesmo ganhar o prêmio de professor do ano, não vai? — comenta Connie.

Grace nem sequer tenta abafar a própria risada.

— Você! — chama o treinador, olhando para Connie. — Para a diretoria. Agora.

— Está falando sério? — pergunta Connie.

— Pega a mochila e desaparece daqui.

— Que descontrolado — reclama Connie, enquanto se levanta.

Ela olha para a sala, como que esperando respostas, explicações para o que ela teria feito de errado. A única coisa em que Grace consegue pensar é numa oração, pedindo em silêncio para Deus não permitir que Connie se meta em encrenca. Logo Connie sai da sala, e a porta se fecha devagar.

No intervalo, a mesa em que Grace está acostumada a almoçar está quase cheia de gente. Rosina está radiante, Erin, em compensação, está com a cabeça enfiada em um livro. Ao lado delas, um monte de meninas que Grace reconhece das reuniões das Anônimas, entre elas Elise Powell e Melissa, a líder de torcida. Uma garota popular. Na mesa delas.

— Oi, Grace — cumprimenta Melissa enquanto ela se senta.

— Hum, oi?

A sensação de conversar com Melissa na escola, fora das reuniões, é diferente. Aqui, Grace é apenas aquele ser normal e chato. Mas nas reuniões, ela tem se tornado uma pessoa diferente. Alguém capaz de conversar sem se questionar o tempo todo. Alguém com ideias próprias. Com identidade.

— Melissa estava contando como ela fez para sair do grupo das líderes de torcida — conta Rosina.

— É... — confirma Melissa. Algumas das meninas ficaram bravas.

— Sinto muito — diz Grace.

— Logo vão relevar.

— E por que decidiu sair do grupo?

Pensativa, Melissa mastiga um salgadinho.

— Acho que finalmente consegui ser sincera comigo mesma e percebi que não gostava do que fazia lá. Acho que pensei que deveria gostar e insisti, achando que esse momento chegaria. Mas, no fim das contas, não era nada do que eu imaginava. A maioria das garotas nem sabe nada sobre futebol. Sério, elas não fazem a menor ideia do que acontece nos jogos. Coisa doida.

— O futebol é doido — diz Rosina.

Melissa cutuca Rosina com o ombro.

— Você é doida — diz, com um sorriso.

As duas estão *se paquerando*? Grace percebe que Erin enfiou ainda mais a cara no livro.

— Ser líder de torcida não tem nada a ver com os jogos, pelo menos não nesta escola — acrescenta Melissa. — Tem a ver com o papel que você exerce, e é algo que você tem de fazer o tempo todo, mesmo quando não está a fim. E sei lá... Acho que percebi que eu nunca nem me senti uma verdadeira líder de torcida.

— Sorte a sua — diz Rosina. — Agora pode se unir a nós, a plebe.

— Isso quer dizer que vai se sentar sempre com a gente? — murmura Erin, ainda com a cara na frente do livro.

— Não seja indelicada — repreende Rosina.

— É só uma pergunta.

Melissa ri.

— Não fiz nenhum plano para além de hoje.

— Bom, seja bem-vinda para vir quando quiser — oferece Rosina, lançando um olhar feio para Erin. — Independentemente do que certas pessoas disserem.

— Obrigada.

— Parece que a mesa do *troll* também está meio vazia — comenta Elise.

Grace se vira e percebe que a mesa abarrotada de gente agora tem só alguns caras e duas garotas.

— Kayla Cunningham e Shannon Spears — observa Elise, balançando a cabeça, desapontada. — Elas nunca vão bandear para o nosso lado. Provavelmente desinflariam caso se separassem dos namorados.

Ennis não está em lugar algum. Os olhos de Grace vasculham o refeitório e se deparam com Jesse Camp, sentado a várias mesas de distância e com um novo grupo. Os olhares dos dois se cruzam, e nesse momento ela percebe que estava de fato procurando por ele.

— Droga — resmunga, virando para o lado o mais rápido possível.

— O que foi? — pergunta Melissa.

— Nada.

— Seu amigo Jesse também trocou de mesa, hein? — observa Rosina.

— Jesse Camp? — pergunta Melissa. — Vocês são amigos? Ele é legal.

— Não — responde Grace. — Não somos amigos.

Melissa dá de ombros. Rosina ergue as sobrancelhas e faz uma cara de "ah, tá".

Erin pergunta:

— Quer saber qual é o maior nome de peixe que existe?

— Não — responde Rosina, ao mesmo tempo que Melissa diz: — Claro.

— É o humuhumunukunukuapua'a — conta Erin. — Um peixe havaiano.

— Interessante — diz Melissa.

— Não dê corda... — pontua Rosina.

— Ei! — Jesse aborda Grace no corredor quando ela está prestes a entrar na aula do quinto período.

Grace tem uma sensação estranha no estômago, como se estivesse num elevador que começa a descer muito rápido. Indigestão, talvez? Será que ela comeu algo que não caiu bem?

De repente, um punhado de perguntas brota em sua cabeça. Como pode uma pessoa ter uma expressão tão amigável? Como pode o olhar dele ser tão acolhedor? É normal sentir ao mesmo tempo uma sensação de pavor e de alívio ao ver uma pessoa?

— Procurei você ontem depois do culto — diz Jesse —, mas acho que já tinha ido embora.

Grace não conta que saiu correndo direto para casa justamente para evitá-lo.

— Vou me atrasar para a aula — diz ela.

— Ainda faltam quatro minutos para o sinal tocar.

Grace tenta não se sentir mal ao perceber a mudança brusca na expressão de Jesse: de alegria para surpresa, de surpresa para chateação.

— Ah, você continua brava comigo — pondera ele.

— Não tenho tempo para conversar agora — mente Grace.

— Eles não são mais meus amigos — pontua Jesse.

Grace não diz nada. Ela tem medo de olhar nos olhos dele e o perdoar mesmo sem querer.

— Não entendo por que tem tanta raiva de mim — diz ele. — Você sabe que estou do lado de vocês, certo?

Grace não sabe o que responder. A verdade é que nem ela sabe por que sente tanta raiva assim dele. Ou por que quer alimentar essa raiva. Mas é claro que não vai dizer isso a ele.

Jesse suspira.

— Eu quero ser amigo de todo mundo. É um defeito meu, acho... querer que todo mundo goste de mim. Mas eu deveria ter me afastado desses caras há algum tempo já. Você não faz ideia dos comentários racistas que saem dali. Eu fingia que não estava ouvindo. Fingia que não machucava. Sem falar nas coisas que eles disseram durante o período de transição de sexo do meu irmão... — conta Jesse, desviando o olhar. Ele engole em seco. — Eu não defendi meu irmão. Não defendi meu próprio irmão.

— Por que está me contando isso? — pergunta Grace, se sentindo o próprio diabo por soar tão cruel.

— Pensei que poderia me manter neutro. Que, se não dissesse nem fizesse nada, então todo mundo gostaria de mim. Aí percebi que isso não seria possível. Agora sei que há coisas mais importantes na vida do que tentar agradar todo mundo. Então, escolhi um lado. — Jesse inclina o corpo e fica na mesma altura de Grace, deixando-a sem escolha a não ser olhar para ele. — Escolhi estar a seu lado.

Grace não entende o que está sentindo. Parte dela quer perdoá-lo, ser amiga dele, conhecê-lo melhor. Outra parte está aterrorizada com essa linha de pensamento e com as possibilidades que resultam dela, tão amedrontada que alimentar a raiva por ele se valendo de razões questionáveis e afastá-lo, mesmo que Jesse tente ser legal com ela, parece a coisa mais lógica.

— Não sei se alguém pode mudar assim, de repente — diz Grace.

Ela não consegue decifrar a expressão dele. Parece dor, confusão, mas também provoca pena.

— Se não acredita que as pessoas podem mudar... — lamenta, devagar, como se tentasse absorver o sentido das próprias palavras —, então, qual é o objetivo desse movimento todo que vocês estão fazendo?

O sinal toca.

— Preciso ir — avisa Grace.

A verdade, porém, é que ela está se lixando para o horário da aula. A única coisa de que tem certeza é que não sabe a resposta para a pergunta de Jesse.

# Os pegadores de Prescott

Pessoal, precisamos parar de colocar as putas num pedestal. Quanto mais a gente as conhece, mais percebe que não existe coisa mais doce e bobinha nesse mundo. Todas são manipuladoras, mentirosas e egoístas que querem tudo de graça. São verdadeiras jogadoras, mas ficam bravas quando a gente joga? Estão implorando para serem postas de volta em seu devido lugar.

Vou ser bem sincero: mulheres só servem para foder e pilotar fogão. Nada mais que isso. Sei que pode soar chocante, mas bem lá no fundo vocês sabem que é verdade. As feministas andam cagando tanta regra por aí que a gente acaba se envergonhando de falar a verdade.

Mas eu, por exemplo, não vou me calar mais.

Machoalfa541

# ERIN

— Srta. DeLillo — chama a diretora Slatterly, com um sorriso que, como Erin sabe, não condiz com o que a maioria dos sorrisos significa. — Como vão as coisas?

— Bem — responde Erin.

Ela tem consciência de que a diretora não quer saber como vão as coisas. Toda manhã, Erin repara quem vai conversar com a diretora, todos os que trabalham com ela: a sra. Poole, o vice-diretor, os orientadores, enfim, todo mundo da área pedagógica e da secretaria. Agora, chegou a vez de Erin. Ela passou os últimos trinta minutos fazendo de tudo para se preparar, rabiscando um fluxograma, traçando possíveis cenários e complicações. Perdeu a conta de quantas vezes contou de cem a zero. Até tentou soletrar o alfabeto de trás para frente, técnica que ela reserva para situações verdadeiramente críticas. E é o caso agora.

— Tem recebido todo o apoio de que precisa neste ano? — pergunta a diretora, com um tom que Erin normalmente associa à gentileza, mas hoje a coisa não está tão clara assim. Slatterly é inimiga, certo? E inimigos não costumam agir com gentileza. — E como vai seu IEP[2]?

— Bem — responde Erin, mas se sentindo desconfortável diante do fato de que, tecnicamente, Slatterly fez duas perguntas diferentes. — Sim — acrescenta para responder à primeira questão. No entanto, as respostas ficaram fora de ordem.

Z, Y, X, W, V...

Erin nem tenta parar de balançar o corpo. É a única coisa que a impede de sair correndo da sala.

— Que maravilha, querida.

---

2 Sigla de Individualized Education Programs [Plano Educacional Individualizado], programa que visa à adaptação do aluno autista ao ambiente acadêmico. (N. T.)

O raciocínio lógico leva Erin à seguinte conclusão: foi ela quem roubou a lista de e-mails da secretaria. Enquanto todos os membros das Anônimas cometeram pequenos "delitos", até agora Erin é a única que cometeu um crime grave. Rosina e Grace tentaram convencê-la de que não foi nada demais, de que a escola não tem como provar que a lista de e-mails foi roubada, porque todos os e-mails dos alunos têm o mesmo formato, e as Anônimas poderiam ter descoberto cada um dos contatos ao digitá-los aleatoriamente, sem que precisassem roubar a lista de lugar nenhum.

Embora Erin admita que é uma explicação razoável, ela também sabe que é mentira. E que mentirosos são pegos e punidos. A lista de e-mails é propriedade da escola, e Erin a roubou. Ela infringiu uma regra, uma *lei*.

Erin lembra que mentir nem sempre é ruim. Até o tenente-comandante Data mentiu na quarta temporada, precisamente no episódio catorze de *Jornada nas estrelas*, intitulado *Clues*. Para proteger a nave e toda a tripulação, Data não teve escolha a não ser exterminar as lembranças de todos os ocupantes da *Enterprise* e alimentá-los com uma versão falsa do que tinha acontecido; com isso, Data passou a assumir a responsabilidade de carregar a verdade sozinho. A mentira de Data salvou todos com quem ele se importava (quer dizer, se ele tivesse a capacidade de se importar com alguém).

— Gostaria de fazer algumas perguntas, Erin — diz a diretora. — Pode ser? — Slatterly está falando devagar, enunciando cada palavra. Ela pensa que Erin é idiota. Se a diretora estivesse mesmo preocupada com os resultados do IEP, saberia que de idiota Erin não tem nada.

— Tudo bem — responde Erin, percebendo que pode usar a ignorância e os estereótipos de Slatterly a seu favor.

— Você é amiga de Rosina Suarez, certo?

Erin dá de ombros. E o que um idiota faria, não é mesmo?

— Rosina me deixa sentar com ela durante o intervalo — responde Erin, ao mesmo tempo que enfia um dedo no ouvido.

— E ela é sua amiga — insiste a diretora. Se isso aqui fosse um episódio de *Law & Order*, Erin diria: "Protesto, meritíssimo. A testemunha está sendo pressionada a produzir uma resposta forçada".

Erin torce um pouco o dedo dentro do ouvido.

— Não sei. A gente não conversa muito. Para ser amigo de alguém, você não tem que conversar bastante com a pessoa? Talvez a gente não seja. Queria que fôssemos. — Erin fixa o olhar num ponto qualquer e não se preocupa nem um pouco em conter o vaivém do corpo.

A diretora deixa escapar um suspiro de frustração. Erin não está oferecendo as respostas que Slatterly quer. A ansiedade no peito de Erin está se transformando em outra coisa, algo que não é tão doloroso. Ela mente muito melhor do que imaginou. Talvez Erin acrescente "interpretação" em sua lista de interesses. Pode ser que possa conversar sobre o assunto com Sam Robeson, já que esse é o principal interesse de Sam (com exceção do sexo, claro).

— Deve ser difícil para alguém como você fazer amizades — afirma Slatterly. — Talvez, para fazer amizade, você deva fazer coisas que normalmente não faz. Pode ter sido persuadida por alguém como Rosina a fazer algo de errado. Não sei… Algo que só alguém que trabalha na secretaria como você poderia fazer. Porque você tem acesso a certas informações que outros alunos não têm… — Slatterly encara Erin por um momento para ter certeza de que ela entendeu o recado. Erin precisa manter a expressão de idiota porque Slatterly continua falando. — Sei que Rosina pode ser bem convincente, Erin. E encantadora. Não tem por que se sentir envergonhada por ter sido coagida por alguém como ela. Você é vulnerável, Erin. Você tem… limitações. Não é culpa sua.

Slatterly faz uma pausa para deixar Erin absorver aquela fala. Erin sabe que deveria se sentir mais segura, que a expectativa é de que ela confie na diretora, porque a mulher concedeu a ela a "permissão" de ser vulnerável. A diretora é boazinha. Erin vai entregar o que ela quer.

— Falhamos em proteger você — prossegue Slatterly. — Nosso trabalho é esse. É nossa responsabilidade. É inadmissível que se aproveitem de você desse jeito, que a usem para aprontar e fazer coisas erradas. Fazer você roubar. Mas você pode consertar isso. Tem o poder de fazer isso. Essa história toda pode acabar agora mesmo se você entregar os nomes de quem está por trás disso. Você sairia como heroína, sabia? Todo mundo na escola admiraria você por colocar um ponto-final nessa bagunça, e tudo voltaria ao normal. Não gostaria de ser vista assim? Não seria o máximo se tornar heroína?

— Como o Super-Homem? Eu poderia usar capa e tudo? Eu adoraria usar uma capa — diz Erin.

— Claro, querida — responde Slatterly, com um sorriso que quase chegar a ser real. Ela pensa que está perto de conseguir o que quer. — Pode usar uma capa, sim.

— Uma capa vermelha? — questiona Erin. — Brilhante?

Ela nunca achou que mentir poderia ser tão divertido. Nunca imaginou que poderia ser tão boa nisso. Como é possível estar tão no controle assim da situação? A antiga Erin estaria à beira de um ataque de nervos agora. Desde quando surgiu essa nova Erin? Quando foi que isso aconteceu?

— O que quiser, querida. A heroína é você.

Com a mandíbula relaxada, Erin olha para a diretora e inclina a cabeça para o lado, do jeito que Spot faz quando está confuso, do jeito que os atores fazem quando interpretam um personagem caricato como o dela agora.

— Do que a gente estava falando mesmo?

Slatterly solta o ar com tudo, bufando de raiva.

— O que exatamente você faz na secretaria? — pergunta, com a voz ríspida. Parece ter cansado de bancar a boazinha.

— Digito letras e números em campos que aparecem na tela do computador. Tiro papéis de uma pilha e coloco em outra. Reabasteço a xícara de café da sra. Poole, às vezes.

— Faz alguma coisa que envolva o e-mail dos alunos? — Erin não sabe se Slatterly está à beira de gritar ou de chorar.

— E-mail? Aquelas palavras que tem um *a* no meio com um círculo em volta? — pergunta Erin.

O rosto de Slatterly está ficando vermelho e inchado. Erin suspeita que a raiva contribua para alguma doença física séria. Hipertensão. Doença cardíaca. Úlcera. O que será que Slatterly costuma comer? Será que ela mantém uma alimentação com baixo consumo de sódio e açúcar refinado e alto consumo de fibras e antioxidantes, como recomendado para a saúde? Essas são as perguntas que passam pela mente de Erin; a mãe dela provavelmente poderia ajudar a diretora com um plano nutricional apropriado para reduzir a inflamação.

O sorriso de Erin não faz parte da interpretação. Ela não está com medo. Está sentindo outra coisa, muito forte, algo próximo à sensação de triunfo. Bancar a idiota a fez se sentir muito inteligente.

— Sobre o que quer falar agora? — pergunta Erin, olhando nos olhos da diretora por quase um segundo completo. — Meu assunto preferido são os peixes. Quer falar sobre isso? Posso contar tudo sobre o peixe-bruxa. Ele não tem espinhos nem mandíbula, e tem a pele coberta de lodo.

— Não, não quero falar sobre isso.

É como se Erin pudesse ouvir a palavra "retardada" ao fim da frase da diretora. Ela sente a palavra na ponta da língua de Slatterly.

— Pode ir, Erin.

Erin, então, volta para sua cadeira no fundo da secretaria, de onde ela poderia causar muitos estragos, se quisesse.


— Somos uma dupla! — diz Otis Goldberg enquanto empurra a carteira em direção a Erin na aula de *advanced placement* de história americana.

— Detesto trabalhar com outras pessoas — reclama Erin.

Hoje ele prendeu o coque com um elástico roxo. Em condições normais, o barulho das carteiras sendo arrastadas deixaria Erin agitada, mas ela ainda não se desligou do encontro intenso que teve com a diretora. Está menos irritada com Otis que de costume.

— Vai ser bem legal — diz ele. — Que sorte a nossa, não? Os dois alunos mais inteligentes da sala formando uma dupla.

— Não acredito em sorte.

Otis puxa a carteira para mais perto e fica praticamente em cima de Erin.

— Acredita em destino? — pergunta ele. — Erin afasta a carteira dela alguns centímetros da dele. — E aí, o que as Anônimas têm feito? Algum plano legal em mente, alguma ação subversiva? Posso participar?

— Você fala demais — reclama Erin.

— Ok, pessoal! — anuncia o sr. Trilling. — Hora de se concentrar na atividade. Silêncio.

Otis volta a empurrar a carteira para mais perto de Erin e parece nem se dar conta do que está fazendo. É como se ele tivesse alguma necessidade subconsciente e latente de estar sempre em contato físico com alguém. É exatamente o oposto de Erin.

— Tem alguma ideia para o projeto? — pergunta ele. Erin dá de ombros. — Porque tive uma ideia. Pensei que a gente podia fazer algo sobre a Doutrina do Destino Manifesto e a expansão para o oeste. Se analisarmos essa ideologia pelo viés da psicologia, soaria como um tipo de narcisismo certificável, provavelmente um transtorno de borderline, talvez até sociopatia.

— Não acho que seja bem isso que o sr. Trilling espera que a gente faça no trabalho — opina Erin.

Apesar dos acontecimentos de hoje, surpreendentemente Erin não se sente agitada. Mentir para a diretora Slatterly não foi tão difícil como ela achava que seria. O barulho da sala. O trabalho em grupo. E agora isso, seja lá o que for. Essa conversa com Otis Goldberg não é tão desagradável assim. Ela não precisa olhar nos olhos dele para perceber a simetria perfeita do rosto do garoto. E, embora Otis fale muito mais que o necessário, a voz dele não é tão irritante quanto a da maioria das pessoas.

Que dia. Erin está se sentindo diferente. Mas talvez isso não seja necessariamente ruim.

Ela está sentindo muitas coisas, mas não sabe classificá-las. Quando se pergunta o que Data faria em uma situação como aquela, a única resposta que vem é o silêncio.

# NÓS

Num cartaz amarelo em que se lê "ACREDITAMOS EM LUCY MOYNIHAN!", alguém escreveu "VADIA" na diagonal, com caneta vermelha, bem em cima da primeira frase.

Em outra cartolina em que está escrito "LUTE CONTRE A CULTURA DO ESTUPRO!", alguém escreveu "PUTA", riscando a frase original.

— Que bosta — diz um cara ao lado de Elise Powell, olhando para um dos cartazes riscados.

Trata-se de Benjamin Chu. Ele está na mesma sala de matemática que Elise, sempre chega atrasado, mas com seu sorriso perene toda vez convence o professor a não puni-lo. Todo dia Elise espera por Benjamin e, quando ele chega ofegante e se acomoda na carteira do outro lado da sala, ela sente um alívio enorme.

— O que é uma bosta? — pergunta Elise, pronta para atacá-lo ou morrer de amores por ele.

— Por que esses idiotas riscaram os cartazes? Qual é o problema das pessoas?

— Gostou dos cartazes? — pergunta Elise. Ela já participou de jogos de *softball* que foram até o décimo quarto *inning*. E de jogos que foram transmitidos pela emissora regional. Mas nunca sentiu tanto medo quanto agora.

— Opa, claro — responde Benjamin, com seu sorriso de desenho animado. — Você não?

— Claro — responde Elise. — Gostei, sim.

Ela sente o rosto arder feito pimenta e sabe que está com as bochechas vermelhas, que as sardas estão mais evidentes que nunca, como acontece toda vez que ela fica envergonhada. Mas esse é um tipo diferente de vergonha, um jeito diferente de ser notada – e nem é tão ruim assim. Essa sensação transforma o desejo dela em um breve e exultante momento de coragem.

— Ei, er... Bem? — chama ela. — Está a fim de... Sei lá, um dia desses aí, dar uma volta? Sair comigo?

Benjamin responde que sim rápido demais. Elise hesita e fica em silêncio por um momento, esperando que Ben perceba o erro que cometeu. Mas, em vez disso, ele sorri e fica com o rosto quase tão vermelho quanto o dela.

O sinal toca na sala de Grace. Connie Lancaster entra depressa e sem fôlego.

— Caraca! — exclama, ajeitando-se na carteira. — Vocês perderam uma puta briga lá fora.

— O que aconteceu? — pergunta Allison.

— Não sei os detalhes — explica Connie. — Cheguei bem quando os seguranças estavam separando os caras, mas a Elise estava lá e viu tudo. Ela disse que Corwin Jackson estava conversando com uma menina no corredor, bloqueando a passagem dela, e ela tentava se desvencilhar dele, mas ele não deixava, aí dois alunos do primeiro ano entraram no meio para defendê-la e começaram a dizer para Corwin deixá-la em paz; Corwin ficou puto e meteu um soco na cara de um dos meninos, e a menina meteu a bolsa na cara dele. Aí a coisa ficou feia, todo mundo se juntou para bater no Corwin, foi quando ouvi os gritos no pátio e fui ver o que estava acontecendo, mas quando cheguei lá já tinham separado os quatro. Corwin tapava o olho com a mão e seu lábio estava sangrando. Ele estava *chorando*. — Connie se abana usando a própria mão. — Lá fora o clima é de guerra.

— Não queria que as coisas chegassem à violência — diz Grace.

— Eles já eram violentos, Grace — pondera Allison.

Baxter, o treinador, surge com os ombros arqueados e expressão de raiva. Ele nem se preocupa em pedir para a sala fazer silêncio. Até o momento, o time de futebol em que todos depositavam tanta esperança perdeu todos os jogos da temporada. Virou motivo de zoeira da maior área metropolitana de Eugene e de todo o vale do Willamette.

— Coitado do treinador — lamenta Connie, num sussurro dissimulado, o que provoca algumas risadinhas pela sala.

Pois é, Baxter é um idiota sexista que carrega a tiracolo um bando de caras que babam ovo por ele e não está fazendo nada para ajudar o time a ganhar a temporada; ainda assim, Grace sente um pouco de pena do homem. Ela também sente compaixão por esse tal Corwin, mesmo que ele seja um idiota, mesmo que ele tenha começado a confusão toda. É difícil para ela ver alguém sofrer, mesmo que esse alguém mereça tal sofrimento. Será que crescer é sempre tão doído assim? Será que a mudança sempre implica certo tipo de dor para alguém?

E quanto a Jesse... será que a mudança dele é para valer? Por que Grace tem tanto medo de acreditar na palavra dele?

— Atenção, Prescott High School — chama a diretora pelos alto-falantes do teto. Nenhum "bom-dia", tampouco "olá". Slatterly parece tão enraivecida quanto o treinador Baxter. — Quero deixar uma coisa bem clara — anuncia, com a voz séria e rouca. — Vou implementar uma política de tolerância zero em relação à desordem que vem acontecendo no colégio. Esta é uma instituição de aprendizado, e não vou tolerar nenhum comportamento que torne este colégio um ambiente inseguro para o aprendizado. Esse nível de hostilidade entre os alunos é inaceitável. Qualquer aluno ou aluna que seja pego publicando conteúdos nas dependências da escola sem autorização administrativa será imediatamente suspenso. Técnicos de informática foram contratados para investigar o roubo e o uso ilegal dos e-mails da escola. Vamos descobrir quem está por trás desse tumulto, e essas pessoas serão devidamente penalizadas.

— Ah, tá — desdenha uma garota em frente a Grace.

— Que se foda a regra — rebate o cara da fanfarra.

— Já chega — diz o treinador. — Ah, o clube de xadrez vai se reunir na sala 302 hoje à tarde, não na 203. *Go, Spartans!*

— Nossa, que legal — zomba um cara sentado a algumas mesas distante, um dos amigos de Sam Robeson que faz parte da turma do teatro.

— Cala a boca, sua bicha! — retruca um dos jogadores de futebol.

— Cala a boca você! — rebate o outro cara.

— Não fala assim com ele! — intervém a sempre quieta Allison, atacando o jogador de futebol.

— Todos vocês: calados! — grita Baxter. — Já estou com dor de cabeça. — Ele se senta à mesa. — Leitura individual — ordena. — Peguem os livros.

\* \* \*

— Acham que é verdade? — pergunta Melissa Sanderson. — Que a diretora vai mesmo investigar quem está por trás das Anônimas?

— Claro que não! É besteira — responde Rosina. — Mesmo que ela descubra alguma coisa sobre os e-mails, a gente não tem com o que se preocupar. Tenho certeza de que quem começou isso tomou cuidado para proteger qualquer informação pessoal que poderia vazar.

— É — concorda Elise Powell. — E já tem uns dias que a gente não recebe e-mail. Tenho certeza de que disparam a mensagem para todo mundo, não é como se só uma pessoa recebesse. Eles não podem punir todas as meninas da escola por receberem um e-mail.

— Sei lá — diz Krista, que pintou o antigo cabelo roxo de azul, enquanto Trista agora está com o cabelo laranja. Está ficando mais fácil distinguir uma da outra. — Eles não podem rastrear o remetente, mesmo sendo uma conta anônima? Tipo investigar de onde as mensagens saem e enviar uma equipe da SWAT para descobrir, algo assim? Acho que vi isso em algum programa de televisão uma vez.

— Foi com celular — pontua Trista.

— Shhhhh! — exclama Elise. — Segurança na área.

Todas as cabeças se voltam para o homenzarrão de azul que começa a se aproximar da mesa. Rosina lança um sorriso e um tchauzinho para o cara. Ele finge que não viu e dá um passo atrás.

— Estamos sendo observadas — afirma Erin.

Rosina tenta abafar uma risada, mas acaba provocando uma onda de risadas à mesa. Até Erin ri. O segurança desvia o olhar.

— Eu vi Sam no corredor hoje de manhã — conta Elise. — Ela está na sala do Eric na segunda aula. Disse que estava praticamente inconsciente e totalmente chapada naquele dia.

— Acho que é uma forma de lidar com o que aconteceu — diz Rosina.

— Alguém tem lido *Os pegadores de Prescott* nos últimos dias? — pergunta Melissa.

— E quem se interessa por isso? — resmunga Rosina.

— Precisamos saber quem estamos enfrentando — pontua Melissa.

— Seja quem for que está por trás disso, com certeza está muito puto com a gente — observa Trista, a de cabelo laranja.

— Sabem que é Spencer Klimpt, né? — comenta Melissa.

— Não! — responde Trista, de pronto. — É sério?

— Sim. Achei que todo mundo sabia — afirma Melissa.

— Nem todo mundo. Afinal, ele não admite — diz Elise.

— Mas está na cara — enfatiza Melissa.

— Mas ele não se formou ano passado? Por que continuaria se metendo no que acontece aqui?

— Porque ele não seguiu a vida. Continua trabalhando no Quick Stop e saindo com os mesmos amigos de sempre. O ensino médio foi o máximo que ele conseguiu na vida.

— Que trouxa! — diz Rosina.

— Um trouxa com quatro mil cento e setenta e dois seguidores — observa Erin, olhando para a tela do celular.

— Não acredito — diz Rosina.

— Alguns caras se identificam com as coisas que ele escreve — comenta Melissa. — É assustador.

— São do tipo que acha que os imigrantes estão acabando com o país e roubando nossos empregos — acrescenta Rosina. — Claro, eles precisam achar um culpado para explicar a vida de bosta que levam. Então, por que não escolher alguém que tem uma vida mais difícil...?

— Exatamente — observa Melissa. — Esses caras não conseguem transar, então culpam e odeiam as mulheres. Nem sequer cogitam que haja alguma coisa errada com *eles*.

— Espere — diz Trista. — Então... Aquelas garotas que ele listou no post, aquelas com quem ele diz ter transado? Algumas delas ainda devem estudar aqui na escola. Tipo, são meninas que a gente *conhece*.

— É... mas ninguém vai assumir e admitir isso — pontua Rosina. — Pensa... *Ah, aquela número um lá sou eu. Eu sou a mulher feia e ruim de cama que ele comentou.* Ninguém vai admitir isso. Mas algumas são bem óbvias.

— Quem exatamente? — pergunta Krista, curiosa e com os olhos arregalados.

— Não é da sua conta — intervém Melissa, com tom de reprimenda, bem diferente de sua voz natural. — Vamos parar com isso, gente. Nenhuma mulher merece isso.

A mesa fica em silêncio.

— Acha que Lucy está na lista? — pergunta Trista, com delicadeza.

O sinal toca, mas as garotas continuam no mesmo lugar, ninguém se move. Ficam sentadas e em silêncio enquanto o refeitório entra em um verdadeiro estado de caos. Aos poucos, elas começam a se levantar. Pegam suas coisas e voltam para a sala, perturbadas com a conversa inacabada.

Melissa e Rosina são as últimas a sair; Melissa fica olhando para a tela do celular e Rosina mexe na mochila.

— Hum... Tchau? — diz Melissa.

Foi impressão ou Rosina escutou alguma coisa na voz de Melissa, um quê de quem também não quer sair dali? Mas ela não sabe se pode confiar nos próprios ouvidos, se a esperança e o desejo estão prejudicando a sua capacidade de raciocínio.

— Tchau — diz Rosina.

Pouco a pouco, a distância entre as duas aumenta. Rosina sente seu coração a ponto de explodir dentro do peito, como se ele fosse atraído feito ímã em direção a Melissa.

Uma garota se senta na carteira e sente o corpo latejar com um desejo ardente, instintivo. Ela olha para os meninos, alguns deles saradões, alguns meio repugnantes e pensa: *Eu transaria com qualquer um desses que quisesse.*

Será que é muito bizarro isso? Sentir vontade de ser desejada é alguma uma fraqueza?

Ela quer despertar a fome de alguém. E ser devorada.

Rosina, Grace e Erin estão paradas ao lado do banheiro feminino do terceiro andar, que está em manutenção desde o começo do ano. É um lugar que ninguém frequenta, ou seja, um espaço perfeito para uma reunião clandestina.

— Precisamos ser rápidas — alerta Erin. — Daqui a três minutos e vinte e oito segundos começa a próxima aula.

— Está bem. — Grace vasculha todos os cantos do corredor com os olhos e não vê ninguém por perto. — Ainda não decidimos o horário da próxima reunião.

— Grupos grandes nunca conseguem tomar decisões — pontua Erin. — Eu preferia quando nós três tomávamos as decisões.

— Mas não é assim que a democracia funciona — observa Grace.

— Mas nós não somos as líderes? Achei que fôssemos — diz Erin.

— Não somos. A gente só começou o movimento — pondera Grace.

— E isso não nos torna líderes?

— Não, somos as fundadoras. Só isso — responde Rosina. — Acho que a gente deveria se reunir no sábado à noite. A gente pode fazer tipo uma festinha. Conheço um lugar perfeito.

— Mas as reuniões não podem virar festa — afirma Erin. — São para tratar de assuntos sérios.

— Acho que a última reunião teve assunto sério o suficiente para ao menos duas semanas — comenta Rosina.

— Talvez a gente não deva ser séria o tempo todo — diz Grace. — Ser feliz não faz parte do empoderamento?

— Mas festas não me fazem feliz — afirma Erin.

— Erin, querida — diz Rosina, segurando os ombros da amiga por um momento antes de Erin se afastar. — É um bom momento para praticar a flexibilidade e a habilidade de ceder.

Erin solta um suspiro profundo para que Rosina entenda quanto é difícil para ela. Por mais que ela já tenha explicado milhões de vezes, Rosina nunca vai entender de verdade a sobrecarga emocional que é estar em meio à uma multidão e em um ambiente desconhecido, quanto é exaustivo decidir como agir diante de tanta gente que já vê você como estranha. E talvez a última reunião não tenha sido tão ruim assim, pelo menos não até ela ter um ataque de nervos. Pode ser que realmente seja bom ter algo para fazer num sábado à noite além de ler, tomar banho e assistir à *Jornada nas estrelas*.

— Tudo bem — concorda Erin. — Vou ceder dessa vez. Mas já aviso que não vou gostar.

No entanto, as três não são as únicas neste canto esquecido do corredor.

Grace vê Amber Sullivan a alguns metros dali, de bobeira. Há quanto tempo será que ela está lá? Será que escutou a conversa?

Grace sorri, e Amber retribui. Tem alguma coisa no olhar de Amber que inspira confiança, algo iluminado. Grace decide que não tem com que se preocupar. Acredita que o segredo delas continua guardado a sete chaves.

# GRACE

— Ei, Grace! — grita alguém. — Espera aí.

A reação instintiva dela é ficar parada feito uma estátua. Por experiência, na maioria das vezes em que escutou seu nome no corredor da escola, ou levava uma rasteira de alguém quando virava, ou xingamentos, ou, pior ainda, se deparava com um ou outro olhar de pena, que soava muito mais como ameaça que compaixão. Agora, porém, Grace está em uma escola diferente, em outro ano letivo, mudou de estado e, como ela começa a considerar, passou a viver sob a pele de uma Grace totalmente diferente.

Ela vira e dá de cara com ninguém menos que Margot Dillard, a atual representante do corpo estudantil da Prescott High School, caminhando em sua direção. Grace não podia nem imaginar que Margot lembraria o nome dela.

— E aí, tudo bem? — cumprimenta Margot. — Vai fazer o que depois da aula?

— Não tenho nada planejado. — Grace mente.

Por algum motivo, ela decidiu manter seu plano em segredo. É constrangedor sentir tanta empolgação e ao mesmo tempo tanto medo por ser abordada assim, desse jeito. E é bizarro ver como a combinação entre esses sentimentos a faz se sentir estranhamente feliz.

— Queria pedir um favor — anuncia Margot.

— Diga — concorda Grace. Favores se pedem aos amigos. E isso significa que Margot considera Grace amiga.

Margot inclina o corpo à frente. Ela cheira à chiclete de melancia.

— Não vou conseguir comparecer à reunião à noite — sussurra. — A equipe de debate vai viajar para Salem, tem uma reunião importante por lá, e eu não consigo me livrar dessa. Estou chateada, mas você poderia coordenar a reunião por mim?

A primeira coisa que passa pela cabeça de Grace é: só pode ser piada. Uma piada muito sem graça. Como naquele filme, *Carrie, a estranha*. Deve ter algo como um balde cheio de sangue esperando por ela na reunião, prontinho para cair em cima de sua cabeça para ela aprender que jamais deveria cogitar liderar alguma coisa.

— Grace? — chama Margot. — Posso contar com você?

A única coisa que Grace consegue pensar em dizer é:

— Por que eu?

Margot sorri.

— Seus comentários são sempre ponderados e pertinentes. Você parece firme e calma, não se deixa influenciar pelas divergências nem pela emoção das pessoas.

— Mas sou muito quieta.

— Não é preciso ser extrovertida para ser líder — pontua Margot. — As pessoas respeitam você, e é isso que importa.

Grace está meio zonza; seu corpo, que em geral é pesado e difícil de "carregar", de repente fica leve feito uma pena.

Tem muita coisa passando pela cabeça dela agora, diversos modos de responder a Margot. No pensamento, várias sinapses são feitas, o cérebro trabalha a todo vapor para fazer conexões onde antes não havia nenhuma. Os neurônios tentam reconectá-la, relacionar a disparidade de como os outros a veem com o modo como ela sempre se enxergou. Há um esforço para absorver as palavras de Margot, aceitá-las, fazer com que acredite nelas.

A centelha de faísca acende dentro dela, uma voz gentil adentra as profundezas dela e perfila caminhos até então vazios, que, aos poucos, são preenchidos, e essa mesma voz atravessa o ponto na garganta dela em que tantas milhares – ou talvez milhões – de palavras estão presas há tanto tempo. A centelha chega à língua de Grace, aos dentes, aos lábios e encontra sua voz.

— Sim — responde. — Pode contar comigo.

— Ótimo! — diz Margot, que na sequência abre os braços e envolve Grace em um abraço breve, mas firme. — Você vai arrasar! — acrescenta, quando já está na metade do corredor.

Grace sabe que dificilmente Margot erra.

Mesmo assim, a dúvida continua pairando no ar. Por que ela? Por que Grace? Com tanta gente para escolher, por que justo ela? Margot poderia convidar Melissa ou Elise, as duas são líderes natas, dá para ver. Até Rosina seria uma boa opção, embora tenha o pavio curto. Será que foi escolhida porque Margot estava com pressa e Grace foi a primeira a aparecer na frente dela? Ou teria outro motivo mais profundo? Seria isso algum mistério de Deus, obra do divino, um milagre? Será que Margot tem razão? Grace tem mesmo espírito de liderança? Será que ela, de alguma forma, herdou o dom da mãe?

E qual seria o objetivo de tantas perguntas? Se for essa a vontade de Deus, pronto. Senão, Grace certamente vai descobrir, porque a reunião vai ser um desastre e todo mundo vai sair meio para baixo.

Grace fica chocada ao perceber que essa hipótese não a deixa tão aterrorizada como antes. Sabe-se lá por que todas as possibilidades catastróficas de fracasso e humilhação que ela pode imaginar não soam como o fim do mundo. Pode ser que ela fique com vergonha de estar na frente de várias garotas da escola. E pode ser que elas não queiram que ela volte a comandar nenhuma outra reunião. E daí? Quando Grace se pergunta quais são piores coisas que poderiam acontecer, as respostas não a assustam tanto. Porque, mesmo que ela erre, será um erro pequeno. Mesmo que sinta vergonha, não vai durar para sempre. As garotas continuarão sendo suas amigas. As Anônimas vão continuar se reunindo, traçando planos, se fortalecendo mutuamente. Não importa o que aconteça, Grace vai continuar uma delas.

Ela se vê sozinha no corredor vazio. Parece que, poucos segundos antes, Grace estava cercada de um monte de alunos fechando a porta dos armários, correndo para pegar o ônibus. Ela não sabe há quanto tempo exatamente está aqui, sentindo o impacto das palavras de Margot. O resquício e o eco de um ou outro movimento preenchem o espaço em torno dela e a fazem descer as escadas e atravessar o portão. Nesse meio-tempo, Grace tenta lembrar o que estava fazendo antes de Margot aparecer.

Ela faz o caminho de volta para casa. Não é a rota habitual que passa pelos jardins bem cuidados e pelas cercas brancas da vizinhança em torno da escola e que leva a casinhas mais modestas e menores do bairro onde Grace mora. O caminho que ela escolhe dessa vez é o da rua movimentada e cheia de lojas e restaurantes fast-food que levam à rodovia. Grace inala a fuligem e a fumaça de cinco quarteirões até chegar a seu destino, pouco antes do fim da rua, que dá para uma alça de acesso.

Ao se aproximar do Quick Stop, ela sente um frio na barriga. É estranho ter passado tanto tempo pensando em alguém e falando com alguém que nunca conheceu pessoalmente. A distância, de certo modo, manteve Spencer Klimpt como uma sombra. Ela precisa olhar no rosto dele para associá-lo às histórias. Precisa vê-lo em carne e osso para lembrar que o blog *Os pegadores de Prescott* vai além daquelas palavras. É a arma de um homem que fere garotas, de um homem que ensina os outros a machucar e maltratar as mulheres. Ela precisa ver que ele é real. Ver com os próprios olhos. E sozinha.

Quando ela finalmente bate o olho nele, a sensação é de frustração. Grace esperava que, ao entrar no Quick Stop, o estuprador sádico parecesse um vilão de desenho animado. Ela imaginou o rosto dele estampado na fotografia de uma ficha policial, um olhar vazio e cruel, com uma luz fraca e sinistra em torno dele, não essas fluorescentes e cegantes. Ele parece um garoto como qualquer outro, aquele que poderia ser seu vizinho, um homem até bonito se não tivesse os olhos tão fundos, a pele oleosa e se não estivesse com esse uniforme de posto de gasolina e emburrado. Nada nele oferece pistas de "estuprador". Nada nele é particularmente intimidante. Com exceção do trabalho meia-boca e do corte de cabelo bizarro, nada em Spencer Klimpt oferece pistas de que é preciso se manter longe. Nada nele revela que se está diante do demônio. Spencer Klimpt poderia ser qualquer um entre nós.

Mesmo assim, Grace sente arrepios só de olhar para a cara dele. Spencer não é só mais um cara atrás de um balcão, anotando pedidos numa prancheta, fazendo o inventário dos cigarros. Grace sabe o que ele fez. Ela se lembra disso a cada segundo que passa no próprio quarto, sentindo a dor de Lucy velada nas paredes de um lugar em que ela deveria se sentir segura.

— Precisa de alguma coisa? — pergunta Spencer, ao que Grace toma um susto.

Ela sente os olhos dele a penetrarem, e isso só intensifica os arrepios. O olhar dele já é uma forma de abuso.

— Não — murmura. — Quer dizer, sim.

Ela começa a entrar em pânico. Grace estica o braço até a prateleira e agarra a primeira coisa que vê pela frente para se passar por uma cliente como qualquer outra, em vez de uma esquisita que apareceu apenas para observar. Ela escolhe um pacote de chiclete e um chocolate, vai até o balcão e apoia os doces. As mãos de Spencer estão sujas, têm cicatriz nas juntas, as unhas estão sujas e roídas. Grace imagina essas mãos tocando o corpo de Lucy, o corpo das amigas dela, o dela. Mãos imundas. Marcadas por violência.

Spencer diz alguma coisa. Ela não consegue encará-lo. Não ouve o que ele diz.

— Oi?! — chama ele, de novo. — São dois e sessenta e cinco.

Grace se atrapalha com a carteira, tira uma nota de cinco e entrega. Os dedos de Spencer roçam os dela, e um sentimento de repulsa e raiva percorre o corpo dela em uma onda. Como ele pode estar no mundo desse jeito, levando uma vida tão natural, vendendo doces para as mulheres, tocando as mãos delas?

Grace sai correndo assim que ele entrega o troco. E tenta fazer o que Erin sempre faz quando se sente ansiosa: começa a contar de trás para frente enquanto sai da loja, se concentra no contato dos pés com o chão, no cheiro de gasolina no ar, na brisa úmida que anuncia a tempestade que se aproxima. Então, sem pensar, antes de dobrar a esquina em direção a sua casa, Grace vira para olhar pela última vez para Spencer Klimpt.

Mesmo de onde ela está dá para vê-lo sorrir e digitar alguma coisa no celular. Então, ele ergue a cabeça e olha em direção a ela. Por um momento, seus olhares se cruzam. Grace volta a sentir aquele arrepio familiar na espinha e se sente c presa feito um animal que vê o predador se aproximar, mas não consegue se mexer. Ele poderia sair da loja agora mesmo e correr para agarrá-la. Em vez disso, Spencer apenas sorri e volta a olhar para o celular. Grace acelera o passo de volta para casa.

Grace chega suada e ofegante. Ela sabe que os pais tinham uma reunião na igreja à tarde, então ela abre a embalagem de chocolate e se senta de frente para o computador do escritório da mãe. Na mesa, há uma foto de Grace, tirada no começo do ano passado. Nela, ela ainda usava aparelho e estava mais gorda. As roupas são sempre a mesma bizarrice: legging cor-de-rosa, camiseta amarela com um gatinho e cabelo preso num rabo de cavalo frisado e bem alto. Ela parece uma criança, tão ingênua, tão ignorante. No entanto, aparentemente feliz. Ela ainda não perdeu os amigos nem se mudou para o outro lado do país. Ainda não perdeu a mãe para coisas mais importantes. Essa garota nem sabe o que é estupro.

Grace dá uma mordida no chocolate, mas o gosto não é tão bom quanto ela gostaria que fosse. Ela liga o computador da mãe, abre o navegador e digita na barra o link para *Os pegadores de Prescott*.

Acabaram de postar algo.

# Os pegadores de Prescott

Uma garota feia e gorda acabou de entrar aqui na loja onde trabalho e estava na cara que só veio para me ver. Claro, está me querendo. Se eu não estivesse tão de ressaca, teria pegado. Com a luz apagada, acho que daria para encarar. Uma boca legal, bastante carne para apalpar. Na maioria dos casos, essas minas sem graça podem se sair muito melhor que as de nota 9 ou 10, porque sabem que têm de se esforçar mais para agradar. Às vezes, quando a mina é gostosa demais, ela nem se mexe muito. Acha que só precisa ficar deitada lá e pronto.

Com essa daqui teria sido fácil. Para falar a verdade, estou arrependido de não ter pegado. A menos que ela seja uma daquelas feias que tem mãe feminista que fica massageando o ego dela. Mas, se ela obriga você a fazer o sacrifício e depois sai falando merda por aí, dizendo que não queria, é do tipo que todo mundo percebe que está mentindo só de olhar para a cara gorda dela.

Machoalfa541

# NÓS

— Cara, vocês são loucas — afirma Rosina. — Esse é o lugar perfeito para uma reunião.

— Não é estruturalmente seguro — reclama Erin. — E tem risco de incêndio. A probabilidade de pegar fogo e de a gente morrer queimada viva aqui é alta.

— Talvez não tenha sido uma boa ideia pedir para as garotas trazerem velas — comenta Grace.

— Mas a gente precisava de iluminação, não? — pondera Rosina. — E vai saber quando foi a última vez que a eletricidade passou por aqui.

— Lanterna — sugere Erin. — À pilha. A gente deveria ter especificado que não era permitido trazer nada que pudesse oferecer riscos de incêndio.

Localizada nos confins da cidade, a velha mansão Dixon está desabitada há tanto tempo que ninguém lembra ao certo desde quando. As três garotas ficam paradas de frente para a varanda da construção de três andares que se agiganta diante delas com colunas ornamentadas que emolduram a entrada e conferem um ângulo intimidante. Lá dentro, uma luz fraca reluz e atravessa as rachaduras das janelas cobertas de sujeira e pó. Está ventando forte nesta noite. Basta uma rajada forte para derrubar a casa inteira.

— Preparada? — pergunta Rosina a Grace.

— Não.

— Você vai arrasar — afirma Rosina. — Não é, Erin?

— Quer que eu seja bem sincera? Ou que eu seja solidária? — pergunta Erin.

— O que você acha? — questiona Rosina.

— Grace, você vai se sair muito bem — afirma Erin, categoricamente.

Grace suspira.

— Não tem a possibilidade de eu estragar tudo, concordam? Porque nossas reuniões geralmente auto-organizam, não é?

— Ou terminam como a primeira, que aconteceu na biblioteca — pontua Erin.

— Erin... — adverte Rosina, com delicadeza.

Erin pisca.

— Desculpa, Grace — diz, desviando o olhar. — Quero encorajá-la porque você é minha amiga e eu gosto de você.

— Que fofo — comenta Rosina.

Erin dá de ombros.

— Mesmo que Grace não se saia bem, não tem problema. Porque a gente vai continuar gostando dela do mesmo jeito e todas as outras também — comenta Erin.

Grace ficou com os olhos marejados e olhou para Erin.

— Erin, essa é coisa mais legal que você já me disse.

— É... Melhor não se acostumar — diz Erin.

— Estou com vontade de abraçar você — confessa Rosina.

— Não se atreva!

— Amo vocês — afirma Grace, com a voz embargada.

— Ugh! — Resmunga Erin. — Vocês duas são insuportáveis. — E, com isso, ela abre a porta da frente, que range.

Por dentro, a mansão parece o cenário de um filme de terror, com uma escadaria enorme, podre e em ruínas que leva ao segundo andar. No meio do chão, um velho lustre de metal, do tamanho de um carro, enferrujado e sem os pingentes de cristal, que já devem ter sido roubados há tempos. As três amigas seguem a luz e as vozes até o salão de baile, onde dezenas de sombras fantasmagóricas mostram que as garotas já estão ali reunidas.

— Esse lugar é muito assustador! — exclama alguém, com um gritinho.

— Sei lá quem teve a ideia de sugerir a reunião aqui, mas com certeza foi uma doida — comenta uma garota enquanto dá um gole em uma lata de cerveja.

— Sério, essa casa é assombrada — diz outra.

— Viu só, Grace? Você não é a única com medo — pondera Erin.

— Eu achei uma ótima escolha — diz Samantha Robeson, possivelmente bêbada, encostada à lareira de pedra que tem pelo menos uns trinta centímetros a mais de altura que ela e onde caberia pelo menos umas cinco Samanthas. — Se pensar bem, é uma metáfora perfeita. A casa simboliza nossos medos, e estamos nos reunindo aqui para enfrentá-los.

De pé, ao lado de Sam e rindo, está Melissa Sanderson.

— Ah. — Melissa interrompe o riso de repente. — Você está falando sério.

— Melissa! — Rosina lhe chama e sai correndo para cumprimentá-la.

— Impressão minha ou Rosina saiu saltitando? — pergunta Grace.

Erin responde revirando os olhos.

Faz frio no enorme salão de baile, e as luzes das velas cintilam, projetando sombras estranhas e dançantes nas paredes e no teto manchados. O papel de parede descascado dá a impressão de que a casa vai se desintegrar a qualquer momento. O barulho do vento forte fica ainda mais evidente, chega a soar agressivo. Apesar da poeira e da secura do ambiente, a sensação é de estar submersa, de ser um peixe num aquário próprio para humanos. Alguma coisa range. As garotas gritam. Melissa agarra a mão de Rosina e a puxa para perto. Depois, ela ergue a cabeça, dá uma risadinha, enrubesce e solta a mão de Rosina. Mas continua perto dela. Os quadris se tocam. Elas podem sentir o calor que atravessa o jeans uma da outra.

Alguém colocou uma música para tocar no celular. Garrafas de bebida circulam entre as garotas. Erin assumiu a responsabilidade de circular pelo salão e perguntar para cada uma das presentes se um motorista iria buscá-las. As patricinhas estão conversando com as nerds, as ratas de academia com as chegadas à arte e as mais reservadas e solitárias trocam ideia com as garotas populares. Sam Robeson está dançando e rodopiando, chicoteando seu boá vermelho em torno do próprio corpo, feito um furacão em polvorosa. As garotas dançam, se libertam das inibições habituais, da necessidade de ser sexy para agradar uma plateia de homens.

— Vem! — chama Melissa, segurando a mão de Rosina, puxando-a para o pequeno círculo em que as outras meninas dançam.

— Eu não danço — diz Rosina.

— Todo mundo dança — rebate Melissa. — Não me enrola. Sei que você não é tão descolada quanto aparenta. — Ela inclina o corpo à frente, o cabelo macio roça o rosto de Rosina. — Ei — diz, com os lábios e a respiração quente bem perto do ouvido de Rosina. — Quer sair comigo qualquer dia desses?

— Você está bêbada? — É tudo o que Rosina consegue pronunciar.

Melissa se afasta e, com a voz mais ríspida, responde:

— Não. Não estou bêbada.

— Desculpa — pede Rosina. — Não sei por que eu disse isso.

Um silêncio desagradável paira entre as duas.

— Desculpa. É que não é muito comum garotas como você conversarem comigo.

— Garotas como eu? — questiona Melissa, com o canto dos olhos formando dobrinhas enquanto sorri. — E como exatamente é uma garota como eu?

— Sei lá — responde Rosina, olhando para os próprios pés. — Popular. Bem relacionada, aparentemente. Que não faz parte do grupo das estranhas, entende?

Melissa ri. Rosina ergue a cabeça e fita os olhos azuis de Melissa que brilham ainda mais com o reflexo das velas.

— E bonita.

— Você também é bonita — afirma Melissa. — Muito.

— Não está na hora de a gente começar a reunião? — pergunta Erin, de repente, aparecendo do nada e puxando Rosina para longe de Melissa. — Já se passaram dezessete minutos do horário marcado.

— Oi, Erin! — cumprimenta Melissa, calorosamente.

Rosina continua em estado de choque, incapaz de formar uma frase com a boca que havia poucos segundos estava bem perto da pele de Melissa.

— Essa dança — pontua Erin, com firmeza —, ou seja lá o que for que vocês duas estão fazendo, não é um uso construtivo do tempo. Grace! — grita, embora a amiga esteja a poucos centímetros de distância. — Não está na hora de a gente começar a reunião?

— Já, já — responde Grace. — As meninas estão se divertindo.

— Mas a gente não veio aqui para se divertir — rebate Erin, num tom que deixa claro seu incômodo. — Precisamos formar o círculo e começar a conversa. Precisamos nos organizar. Precisamos planejar nossa ação subversiva. Precisamos...

Melissa envolve Erin com os braços e a abraça bem apertado, mas em poucos segundos Erin se desvencilha, a tempo de não surtar. Melissa aponta para a pista de dança bamba, para todas as garotas dançando como se ninguém as olhasse.

— Isso é o que chamo de verdadeira ação subversiva.

— Vocês duas não prestam — comenta Erin, que sai pisando duro.

De repente, a música para. Erin ergue a mão, segurando um celular.

— Ei, é meu! — diz Connie Lancaster.

— Está na hora de começar a reunião — anuncia Erin.

— Pode devolver meu celular? — pede Connie.

— Desde que prometa que não vai colocar outra música... A festa acabou — ordena Erin.

— Está bem, pessoal — intervém Grace, falando mais alto. — Hum... Vamos formar um círculo. Meu nome é Grace. Margot me pediu para coordenar a reunião hoje porque ela não vem.

Aos poucos, as garotas se ajeitam no chão empoeirado. Erin senta-se ao lado de Grace; Rosina, ao lado de Erin; e Melissa, ao lado de Rosina. Melissa não percebe que Erin a está fuzilando com os olhos.

— Onde será que Amber está? — pergunta Grace, mas sem direcionar a pergunta a ninguém específica.

No círculo, Lisa Sutter responde:

— E que falta ela faz?

— Que comentário mais nada a ver — repreende uma de suas amigas, líder de torcida.

— Ela que é nada a ver — retruca Lisa.

— Ei, pessoal?! — Grace chama a atenção das garotas. Ela pigarreia e continua: — Podemos nos concentrar nas coisas que nos unem, não naquelas que nos separam? Não vamos chegar a lugar nenhum se continuarmos brigando desse jeito.

— Ou vamos acabar dormindo uma com o namorado da outra — murmura Lisa, baixinho.

Latinhas de cerveja são abertas ao mesmo tempo que outras são esmagadas e jogadas nos cantos escuros do salão. Quantos desses engradados foram comprados no Quick Stop em que Spencer Klimpt trabalha? Quantas meninas conseguem enxergar a ironia disso?

— Cadê Elise? — pergunta Rosina.

— Ela tinha um encontro — responde uma de suas amigas de *softball*.

— Trocou a reunião por um *encontro*? — questiona Connie Lancaster. — Isso não vai contra tudo aquilo em que ela acredita?

— Cara, apenas fique feliz por ela — pondera Rosina. — Se tem alguém que merece dar uns beijos, é Elise.

Melissa apoia todo o peso do corpo em Rosina, e Rosina, por sua vez, se esquece até de respirar.

Todas estão sentadas. O salão continua escuro, o rosto das garotas iluminado apenas pela luz instável das velas e das lanternas. No círculo, elas ficam frente a frente. Estão quase em quarenta, praticamente sentadas uma no colo da outra.

— Ó! Vamos fazer uma sessão espírita? — pergunta alguém.

— Vamos brincar de verdade ou desafio! — sugere outra pessoa.

— Preciso dizer uma coisa — anuncia Sam, antes mesmo de Grace ter a chance de decidir o que vai falar. — Acho que a gente precisa cancelar a greve de sexo — sugere.

— Está na seca, hein? — comenta a amiga dela.

— Estou falando sério. Eu nunca concordei com essa greve — acrescenta Sam. — Desde o começo, achei que não era uma boa ideia.

— Ah, coitadinha dela… — comenta uma garota, visivelmente bêbada. — Ah, não está podendo transar? Que mundo cruel, não? Pelo menos você *pode* transar quando bem quiser. Algumas de nós aqui provavelmente vão morrer virgens. — A amiga da menina tenta fazê-la calar a boca, mas o esforço é em vão. — Nunca beijei na boca. Bizarro, não? Algumas aqui nunca vão ter um namorado.

— Nem namorada — murmura alguém.

— Mas todas vocês têm mãos — comenta Rosina. — Espero que saibam fazer bom proveito delas.

Melissa, ao lado dela, solta uma risadinha.

— A questão não é essa — retruca Sam. — Eu acho que a greve acaba passando a mensagem errada. Estamos protestando contra o estupro, certo? Mas estupro não tem a ver com sexo. Tem a ver com poder e violência.

— Estamos protestando contra muitas coisas além do estupro — afirma Melissa. — E, como você disse, estupro tem a ver com poder. Com o uso do poder físico contra nós, com o uso do próprio corpo para dominar o nosso. Então, estamos afirmando nosso poder, certo? Ao não deixar que eles nos toquem...

— Mas não estamos só privando os caras de sexo — pontua Sam. — Estamos nos privando também. É como fazer greve de fome porque estão atacando a gente com tomates. Não faz sentido. Continuamos sofrendo por causa deles. Eles continuam controlando nosso corpo.

— Pessoalmente, não sinto que seja um sacrifício — opina Connie. — Como não tenho namorado, acho que não estou tão no prejuízo assim.

— Sam — diz Grace, endireitando a coluna um pouco enquanto fala. — E o que você sugere que a gente faça?

— Não sei. Sério, não tenho ideia do que a gente pode fazer para dar um jeito nisso. A única coisa de que tenho certeza é que não sinto que essa seja a melhor opção.

— Mas a gente não pode simplesmente voltar atrás agora — alerta Rosina. — Isso seria se render. Significaria a vitória deles.

— Não, não significaria — refuta Sam. — Significaria que nós tomamos uma decisão por nós mesmas. Eles não têm nada a ver com isso. Sério, olha o que a gente já fez. Vejam como as coisas mudaram. E não teve nada a ver com a greve de sexo. Chegamos aonde chegamos porque nos apoiamos. Porque lutamos por nós mesmas e paramos de aceitar que nos tratassem feito fantoche. E fazer sexo é nosso direito também, sabe? Empoderamento não consiste só em dizer "não". O nosso prazer também faz parte desse processo.

— Eu acho que ainda não é hora de a gente acabar com a greve.

— Eu concordo com tudo o que você disse, Sam — afirma Grace. — Acho que provavelmente a maioria das meninas concorda. Mas, sendo bem sincera, não sei se há outro modo de as pessoas nos ouvirem. — Grace suspira, olha ao redor da sala, como se quisesse se desculpar. — Parece que o sexo ainda é o melhor meio de assegurar que seremos ouvidas.

— Bom, é uma grande merda — insiste Sam.

— Tudo que eles fazem é merda — comenta Rosina.

— Sério, vocês não veem? — suplica Sam. — Estamos usando o sexo para conseguir o que queremos, mas continuamos jogando de acordo com as regras deles. Como pode dar certo?

O salão inteiro fica em silêncio. Ninguém tem resposta. Nem solução.

Grace pigarreia:

— Acho que, nessa situação, Margot faria uma votação.

— Esse é o único jeito que ela tem de resolver as coisas — reclama Sam, com um suspiro. — Mas decidir de acordo com a maioria dos votos não significa necessariamente que vamos fazer o que é certo.

— É a única forma de resolver isso, não consigo pensar em outro jeito — diz Grace. — Sinto muito se não é a melhor opção, mas a menos que alguém tenha outra ideia, acho que é a única coisa que podemos fazer nesse momento. — Grace pigarreia novamente e olha ao redor. — Alguém gostaria de acrescentar alguma coisa antes de começarmos a votação?

Todas permanecem em silêncio.

— Vamos lá. Levantem a mão aquelas que forem a favor de manter a greve de sexo — pede Grace.

Várias das presentes levantam o braço, mas com a expressão resignada, sem entusiasmo.

— Agora, por favor, levantem a mão as que são contra — pede Grace.

Pouquíssimas erguem o braço.

Sam dá de ombros.

— Valeu a tentativa.

— Continua com a gente, Sam? — pergunta Grace.

Com um sorriso sem graça, Sam responde:

— Claro que sim.

Nesse momento, todas aparentam ter escutado algo, sentido algum movimento invisível. Elas se entreolham, até que se concentram na mesma coisa. Lisa Sutter se levanta e caminha até o outro lado da sala para receber alguém cuja sombra acaba de aparecer na porta.

— Abby? — pergunta Melissa Sanderson, com os olhos arregalados como se visse um fantasma.

Lisa se mantém à frente da garota que acaba de surgir das sombras, como se desejasse protegê-la.

— Quem é essa? — sussurra Grace para Rosina.

— Abby Steward — diz Rosina, com desdém. — Ela se formou ano passado. Uma das rainhas da mesa do troll. O demônio em pessoa.

— Ei, Melissa! — chama a tal Abby. — E aí, Lisa! — A garota quase chega a ser bonita, mas tem traços fortes, o rosto puxado como se tivesse feito plástica.

— Ela pode ser uma espiã — comenta Erin. — E se for? E se ela dedurar a gente?

— Abby, não acredito que é você! — diz uma das líderes de torcida. — E aí, o que tem feito depois da formatura?

— Estou bem. Estudando na Portland Community College e trabalhando no Applebee's.

— Que legal — diz uma das líderes de torcida. — Muito bom ver você de novo.

— É... — diz Abby. — Legal.

— Se meus ouvidos não fossem à prova de conversa fútil, eu já teria caído durinha aqui no chão — comenta Rosina.

— Por que todo mundo ficou estranho de repente? — sussurra Grace.

— Abby é ex-namorada de Spencer Klimpt — explica Rosina.

— Não posso ficar muito tempo — comenta Abby, recuando meio passo em direção à porta. — Lisa me contou sobre as reuniões de vocês e tudo o mais. E eu só queria... só queria vir aqui contar uma coisa.

A sala, cheia de garotas sentadas no chão, na altura dos pés de Abby, olham para ela, na expectativa.

Abby cutuca a unha da mão.

— Bom, como vocês sabem, namorei Spencer Klimpt durante quase um ano. Estão lembradas?

Ela apoia o corpo na parede, tentando parecer relaxada, como se não estivesse muito preocupada. Mas Abby não sabe o que fazer com as mãos. Ela coloca uma delas no bolso do casaco e com a outra finge arrumar uma mecha de cabelo atrás da orelha, até que resolve cruzar os braços. Em seguida, cobre a boca com os dedos trêmulos e magros, como se eles pudessem esconder as palavras, protegê-la do que ela pretende contar.

— Então... Bom, ele era um cara... ruim — diz Abby, por fim. — Malvado mesmo. Acho que deve ter algum problema mental. Ele gosta de machucar as mulheres. — Ela ergue a cabeça um pouco e, por mais surpreendente que pareça, o que se vê é uma expressão de ternura, não a cara de perversa que corresponderia mais a sua reputação. — Ele sempre gostou de controlar, sabe? Sempre queria saber onde eu estava e com quem estava. E ele tinha umas reações ríspidas, até violentas. Com a mão direita, Abby gira o anel da mão esquerda. — Com o olhar, ela percorre o salão, o chão, as paredes, o teto. Ela olha para todos os lugares, menos nos olhos das outras garotas. — E... não foi estupro, certo? Porque ele era meu namorado?

— Foi estupro, sim — afirma Lisa.

— Claro que foi — endossa Melissa.

— Da primeira vez que ele fez isso, eu chorei depois — conta Abby. — Ele me disse para ficar quieta e me mandou ficar deitada lá na cama, porque eu o estaria irritando. Quando fez de novo, aprendi a me conter e a não chorar mais. Depois, nunca mais falei "não" para ele.

Lisa encosta de lado em Abby e a abraça pela cintura. Abby enrijece o corpo, mas não rejeita a demonstração de apoio.

— Nunca contei isso para ninguém, só para Lisa — explica Abby. — Mantive em segredo. Aprendi a esconder os hematomas com maquiagem. — Lisa abraça Abby mais forte. — Mas agora sei que preciso falar sobre esse assunto. — Abby ergue a cabeça. — Acho que todas vocês me inspiraram. E eu precisava contar para vocês. Alguém tem que fazer alguma coisa.

— Você tem que procurar a polícia — afirma Connie.

Abby se retrai.

— Não. Eu não tenho provas. Não acreditaram em Lucy Moynihan, não vão acreditar em mim. Eu era a namorada dele. — Com expressão de súplica, Abby olha ao redor. — Vocês têm que fazer alguma coisa.

— Estamos tentando — diz Lisa.

— Eric Jordan é um maldito filho da puta que não tem o menor respeito pelas mulheres — afirma Abby. — Ele é capaz de qualquer coisa para transar. E quanto a Ennis... Não sei. Acho que ele está seguindo os passos de Spencer e Eric. E Spencer é um cara muito mal. Perverso, vil.

Novamente, o silêncio paira na sala – dessa vez, bem mais emblemático. Todas prendem a respiração e ficam paralisadas ao se dar conta do que precisam fazer.

— Não acho mais que ela seja espiã — comenta Erin.

Abby joga o cabelo de lado e fica inexpressiva. Ela volta a se transformar naquela garota de que as pessoas lembram, a que nunca iria até lá pedir ajuda. Ela se desvencilha de Lisa.

— Preciso ir — diz.

— Espera! — pede Lisa. — Fique com a gente.

— Não — nega Abby, afastando-se. — Não me levem a mal, mas não tenho mais saco para meninas do ensino médio. — Ela ri uma risada amarga, mordaz. — Só quero que aquele filho da puta desgraçado se dê mal. Então, boa sorte com o que quer que decidam fazer com ele. — E, antes que dê tempo de alguém ao menos pensar no que dizer, Abby se esgueira pela porta e sai.

No círculo, as garotas se entreolham, como se as pálpebras fossem interruptores de luzes que acendem e apagam.

— Uau — exclama uma delas, finalmente.

— Que foi isso, hein? — comenta Sam.

— Uma metralhadora. Total — brinca uma garota bêbada.

Lisa Sutter volta a sentar-se no círculo e apoia a cabeça nas mãos. De repente, é como se o salão tivesse ficado mais escuro, ainda mais cheio de sombras.

— Ela precisa denunciar à polícia — enfatiza Serina Barlow.

— Ela não precisa fazer nada — observa Melissa.

Trista e Krista estão com a cara enfiada no celular, a luz da tela ilumina o rosto delas na escuridão.

— Ela é a número oito, não é? — pergunta Trista.

— Ei, vocês duas, parem com isso! — adverte Melissa. — Ela já passou por humilhação demais.

— Não estou tirando sarro, eu juro — afirma Trista. — Só estava pensando... Da lista, tem umas garotas de que ele descreve coisas horríveis. Tipo a número seis: "Chapada demais para conseguir falar". E a número onze: "Ficou tão bêbada que não conseguiu recusar". Percebem? Ele basicamente admite que as estuprou, não é? Não sabemos quem são as meninas, mas talvez, se Abby colaborar e se for constado que é Spencer quem está por trás das postagens, a polícia consiga investigar o que ele fez com as garotas. Abby nem precisaria dizer o que ele fez com ela. Ela só precisaria admitir que é uma das que estão na lista.

A única coisa que se movimenta na sala são os olhos arregalados das garotas, e o único barulho perceptível é o das paredes da casa rangendo e do sibilo do vento do lado de fora, como se ele tentasse entrar.

— Isso, sim, é uma ideia e tanto — diz Grace, quebrando o silêncio.

— E tem tantas outras garotas... — acrescenta Krista. — Se elas se reunissem e se juntassem a Abby, a polícia não ignoraria.

Trista tira os olhos da tela ergue a cabeça.

— Sim, talvez algumas dessas meninas estejam aqui, nesta sala — sugere ela. E, sem se conter, olha para Lisa Sutter. *Número doze: chatinha e carente. Parece que virou líder de torcida.*

Todos os olhares se voltam para Lisa. O salão todo aguarda que ela se pronuncie. Aguarda que crie coragem para admitir e correr o risco da humilhação.

No entanto, o que Lisa faz é pegar a bolsa, levantar-se e sair da sala.

— O que houve? — pergunta Serina Barlow.

— Ai, gente, é sério isso?! — questiona Melissa. — Vocês estão encurralando a menina e se surpreendem quando ela vai embora?

— Quem está pressionando? — pergunta Serina. — Ninguém nem mencionou o nome dela.

— Não precisa.

— Ah, quer saber?! — rebate Serina. — Lisa deveria se sentir mal mesmo. Ela está com a faca e o queijo na mão, pode fazer Spencer pagar pelas merdas que ele fez, mas está mais preocupada em não sentir vergonha? Todo mundo já sabe que ela é a número doze. Quanto mais tempo Spencer passar por aí, nas ruas, mais garotas serão vítimas desse monstro. E as outras meninas da lista, então? A número seis e a número onze, por exemplo? Ele precisa pagar pelo o que fez com elas.

— Mas como podemos saber o que elas querem? — indaga Melissa.

— Elas querem que seja feita justiça, óbvio — responde Serina.

— Não temos certeza disso. Será que elas não se importariam de ter o nome revelado? Não sabemos se elas querem levar isso à polícia, prestar depoimento, essas coisas...

— Que bobagem — diz Serina. — Elas têm que fazer isso, não é questão de escolha.

— Não podemos forçar ninguém a falar sobre o estupro que sofreu — rebate Melissa.

Ela olha ao redor, e seus olhos param em Erin, que se mantém em silêncio e arqueada feito uma concha, presa em uma dor que ninguém conhece.

— Elas já foram forçadas a fazer algo que não queriam — continua.

Rosina acompanha o olhar de Melissa e vê Erin ao lado dela embolada feito um caracol.

— Erin? — sussurra.

— Fodeu — pragueja Rosina. — Não podemos fazer nada.

Um clima pesado paira no ar, e todas parecem assustadas e preocupadas.

Erin permanece inexpressiva.

— Não, não fodeu, não — corrige Grace. — Olhem ao redor. Olhem para o que estamos fazendo. Já estamos mudando muita coisa.

— Mudando o quê? — questiona Serina. — Lucy já foi estuprada, não temos como voltar atrás. Esses filhos da puta continuam soltos. Não estamos fazendo nada.

— As reuniões são um primeiro passo — afirma Grace. — Estamos nos transformando.

— Estamos mudando o comportamento na escola — concorda Melissa.

— Erin — sussurra Rosina. — Precisa sair?

— Ao mesmo tempo, nem falamos mais sobre Lucy — observa Serina. — E quase nunca falamos sobre Spencer, Eric e Ennis. E nossas reuniões não começaram por causa desses caras?

Sem nem pensar, Rosina apoia a mão suavemente nas costas de Erin, que, numa fração de segundo, reage se levantando na velocidade de um raio e quase derruba Rosina.

— Caraca, Erin! — reclama Rosina, esfregando o próprio braço, mas quando ela levanta, Erin já está quase à porta.

— E não podemos nos esquecer das garotas que não estão aqui — observa Sam Robeson. — Das que ainda não se pronunciaram. Precisamos lutar por elas também.

— Então, o que a gente faz? — pergunta Melissa. — Como ajudá-las?

— A gente podia organizar uma aula de autodefesa — sugere Connie Lancaster. — Fazer uma vaquinha e contratar um professor.

— Boa ideia — concorda Sam. — Acho que a gente deve fazer isso, sim.

Rosina sai correndo da sala, atrás de Erin. A última coisa que ela ouve é Serina dizer:

— Sim, mas ainda assim não é o suficiente.

Leva alguns minutos para os olhos de Rosina se adaptarem à claridade da rua. O vento deu lugar a uma tempestade. Uma verdadeira parede de água cobre a varanda já esburacada.

— Erin? — chama Rosina, com delicadeza. — Cadê você?

Ela escuta a madeira ranger. Rosina liga a lanterna e vasculha ao redor, até que encontra Erin sentada num caixote velho num canto da varanda, balançando o corpo num ritmo próprio.

Erin protege os olhos com as mãos.

— Dá para tirar essa luz da minha cara?

— Desculpa — pede Rosina, desligando a lanterna. — Está tudo bem?

— Estou bem.

— Não é o que parece.

— É o que você acha.

— A gente pode conversar?

— Por que não vai lá conversar com a líder de torcida?

— Erin, o que está pegando?

— Nada.

Ao se aproximar um pouco mais, Rosina percebe que Erin se encolhe.

— Não pode ser nada... Você quase teve um ataque nas duas últimas reuniões, Erin.

— Você sabe que não gosto de ficar em ambientes com muita gente — comenta Erin, olhando a chuva. — Preciso ficar um pouco sozinha às vezes.

— Sim, mas não acho que seja isso. Tem mais alguma coisa incomodando você. — Rosina faz uma pausa, espera. Mas Erin não diz nada. — Lá dentro, estamos falando de alguns assuntos. De sexo. Estupro. E esses assuntos estão mexendo com você. — Rosina dá mais um passo, se aproximando. — Pode me contar. Sou sua melhor amiga.

Erin levanta e começa a andar de um lado para o outro na varanda.

— E o que a líder de torcida disse? Para não forçar as pessoas a falar sobre isso?

— Quero ajudar... Eu...

Erin para de repente, bem de frente para Rosina, com o corpo inteiro tremendo.

— Não é da sua conta! — grita Erin. — Por que acha que tudo que acontece comigo é da sua conta? — Erin volta a andar de um lado para o outro, dessa vez mais rápido, as mãos balançando alto com o movimento do corpo. — Você é tão chata quanto minha mãe. Acha que não consigo lidar com meus próprios sentimentos. Acha que sou totalmente indefesa.

— Desculpa — pede Rosina. — Não foi isso que eu...

— Não preciso da sua ajuda — retruca Erin, tensa. — Posso me cuidar sozinha.

— Eu sei que pode.

— Não banque minha mãe!

— Erin...

— Sai daqui! — exclama Erin, voltando a sentar-se no canto escuro da varanda. — Me deixa em paz. Não preciso de você. Não quero você aqui.

Não há palavras para descrever o que Rosina está sentindo nem reação à altura do que Erin disse. Rosina poderia se convencer de que Erin está sob pressão, que a atacou porque está de cabeça quente, com medo. No entanto, ela sabe que tem algo a mais na raiva de Erin, alguma coisa muito ruim, presa no peito dela, que sobe para a garganta e a estrangula.

— Tudo bem — diz Rosina, hesitando. — Estou indo para casa. Você pode ir de carona com Grace.

Rosina sai da varanda e em poucos segundos fica encharcada. Sem virar para trás, sem olhar para conferir a reação de Erin. Erin tem razão. Ela não precisa de Rosina. Ninguém precisa.

Rosina se sente grata pela chuva, grata por poder se concentrar no som externo e no contato da água com a própria pele, as roupas ficando pesadas, a sensação de frio. Embora as nuvens carregadas cubram a luz da Lua e não haja postes com lâmpadas pela rua, ela não liga a lanterna enquanto volta. Não liga a lanterna, apesar do mato alto e das pedras no acostamento da estrada e das árvores altas e meio aterrorizantes. Rosina não tenta lutar contra a escuridão. Sem enxergar, ela precisa se manter ainda mais concentrada. Precisa usar todos os recursos internos para fazer o caminho de volta. Tem de se concentrar em seguir em frente, em sobreviver. Quando se está focado na própria sobrevivência, não resta lugar para a dor.

*Você está sozinha*, é o que a escuridão conta para ela. *Ninguém a quer*.

O barulho da chuva é tão alto que mesmo que Rosina chore ninguém a ouvirá. Está tão escuro e ela está tão encharcada que mesmo que lágrimas escorram pelas bochechas ninguém veria.

Pouco mais de três quilômetros depois, Rosina está totalmente encharcada. Ela toma cuidado e faz questão de secar a poça d'água que se forma depois de ela tirar a roupa na sala. Melhor continuar invisível. Melhor não deixar rastros. Melhor não dar motivos para Mami ficar brava de novo.

A casa está silenciosa. Mami e Abuelita dormem cada uma em seu quarto. Rosina e Mami mal têm se falado desde a última briga, no fim de semana. Falam apenas quando e se necessário. Tire o lixo. O pedido da mesa quatro está pronto. Ajude a Abuelita a tomar banho.

Rosina não sabe o que é pior: esse silêncio estilo Guerra Fria ou os arranca-rabos esporádicos. Pelo menos as brigas, quando acontecem, acabam logo. As feridas parecem cicatrizar rápido. Elas se autodestroem. Isso, no entanto, seja o que for, é uma combustão lenta, uma dor pungente, uma ferida cutucada a todo instante. Uma voz, sutil, suave, sussurra algo no ouvido de Rosina, como uma espécie de mensagem subliminar e repetitiva: *Você é tão insignificante que nem consegue gritar mais.*

# GRACE

— Ah, meu Deus, vocês... — diz Connie Lancaster. — Você não vai acreditar no que ouvi. — É segunda-feira de manhã, o sinal para ir para a sala ainda nem tocou e Connie já está preparada para fofocar. — Um grupo de meninas acaba de fundar um clube feminista na East Eugene High e, tipo, os *caras* estão se associando também.

— Que incrível! — comenta Grace.

— E você não sabe a melhor parte — acrescenta Connie, inclinando-se à frente. — O grupo se chama Anônimas.

Grace sente alguma coisa na garganta, uma mistura de gratidão e orgulho. Um suspiro de amor.

O sinal toca.

— Atenção, por favor. — A voz da diretora soa no alto-falante antes mesmo de os alunos se sentarem nas carteiras.

— A coisa está ficando divertida — comenta Connie.

— É com prazer que anuncio que a administração teve um progresso significativo em relação à investigação dos perpetradores das ações do grupo das Anônimas.

— Perpetradores?! — questiona Allison. — É piada isso? Sério que ela usou essa palavra?

Para Grace foi como um balde de água fria. Como se estivesse no andar mais alto do paraíso e despencasse ao subsolo das profundezas.

— Nossos técnicos rastrearam o e-mail e identificaram várias pessoas por trás dele.

— Fodeu — resmunga Connie.

— Vou citar alguns nomes e peço que essas pessoas, por gentileza, se dirijam imediatamente a minha sala.

Grace fecha os olhos. Ela parece ter esquecido como respirar.

— Trista Polanski — anuncia a diretora.

— Ah, não — lamenta Allison.

— Elise Powell — prossegue Slatterly.

Os ratos de academia da primeira fileira começam a rir.

— Nenhuma surpresa até agora — murmura um deles. — Sapatona filha da puta.

— Vai se foder! — pragueja Connie, do outro lado da sala.

— Olha a boca! — repreende Baxter, sem muito entusiasmo, recostado na cadeira, quase sorrindo. É a primeira vitória dele na temporada.

— E Margot Dillard — acrescenta Slatterly. E, mesmo através do alto-falante, Grace consegue sentir algo na voz da diretora. Dor, talvez.

— Caraca! — exclama um dos trolladores, com uma risada. — Caiu a coroa da rainha Margot! — Os garotos ficam eufóricos. Há semanas não se sentiam tão felizes assim.

— Ai, meu Deus. Margot, não — sussurra Allison, com os olhos marejados. As lágrimas de Grace já começaram a escorrer pelas bochechas.

— O que a gente vai fazer? — pergunta Connie.

*O que foi que a gente fez?*, pensa Grace.

Os boatos se espalham pela escola na velocidade da luz. Alguns comentam que as garotas tomaram suspensão de uma semana. Outros dizem que foram expulsas, até mesmo presas. Há ainda os que alegam que Elise foi excluída do time de *softball* e que vai perder a bolsa de estudos que conseguiu para cursar a Universidade de Oregon; Margot estaria fora da lista de candidatos da Stanford. Trista seria enviada para algum internato onde se faz coisas do tipo "converter" crianças gays. Fica impossível saber o que é verdade entre todas as fofocas.

— Liguei para Margot e para Elise — diz Melissa, na hora do intervalo. — Mas só dá caixa-postal. Vocês conseguiram falar com Trista?

Krista mal consegue fazer que não com a cabeça. Está inconsolável. Não para de chorar desde que o sinal da primeira aula tocou.

— Margot nem participou da primeira reunião — pontua Grace. — Não faz sentido... Por que ela?

— Elas mandaram e-mail para as Anônimas — explica Erin. — Foi assim que os técnicos de informática conseguiram identificá-las. — Todas olham para Erin. Todas, menos Rosina. — Talvez tenha sido isso — acrescenta Erin. — Não sei, é só uma teoria minha.

— Então é isso? — comenta Melissa. — Elas mandaram um e-mail e agora estão levam a culpa por todo mundo? Isso é ridículo. Só pode ser contra a lei.

Rosina e Erin estão sentadas no mesmo lugar de sempre e não se falaram nem sequer olharam uma na cara da outra. Grace sabe muito pouco do que aconteceu entre elas no sábado à noite, só que Rosina saiu da reunião e encontrou Erin na varanda, sozinha, andando de um lado para o outro e chorando. A única coisa que Erin contou a Grace foi que as duas brigaram, e Rosina decidiu ir embora sozinha, caminhando na chuva. Na volta para casa, Erin permaneceu em silêncio o tempo todo e olhando para a janela. Grace suspeita de que ela procurasse por Rosina.

— Não acredito no que estou vendo, gente — reclama Melissa. — Vejam o Ennis sentadão ali. Ele acha que pode mostrar a cara horrorosa dele de novo.

— O que a gente vai fazer? — pergunta Krista, desesperada. — Precisamos ajudá-las.

— Ei, vagabundas! — chama um dos caras da mesa do *troll*, do outro lado da lanchonete. — E aí, como vai a revoluçãozinha?

— Conseguiram prender algum estuprador? — pergunta outro, ao que a mesa toda cai na gargalhada.

As garotas não dizem nada. Nem Rosina tem forças para reagir, mas Grace a encara até que o olhar das duas se cruzam. Tudo o que elas sentem é medo.

Nas três horas entre o horário do intervalo e o fim da última aula, Grace tem um tipo de regressão. Ela lembra da versão de Rosina, Erin e de si mesma antes do início das Anônimas. O medo faz isso com as pessoas. É um sentimento capaz de todo tipo de coisa.

Não há nada mais solitário que o medo. Na linguagem de Grace, é o oposto da fé. É quando você mais precisa de Deus.

Grace, porém, não consegue pensar em Deus agora. Ela está presa dentro de si mesma com um sentimento de vergonha e os segredos dela. Foi Grace quem começou tudo isso. Foi ela quem causou toda essa bagunça. Pessoas inocentes estão sendo castigadas, e é tudo culpa dela. Três vidas serão arruinadas porque um "ninguém" queria ser "alguém", porque o orgulho entrou no caminho de uma boa ovelhinha que deveria continuar como uma boa ovelhinha.

O que deu na cabeça de Grace para ela pensar que poderia mudar alguma coisa? Para achar que poderia se transformar? As pessoas não mudam. Essa é uma mentira que mantém o salário dos padres e dos terapeutas. Ela nunca deveria ter se incomodado com nada. Deveria ter simplesmente mantido a cabeça baixa, permanecido invisível no meio do rebanho a que pertence, a que sempre pertenceu, junto das demais ovelhas, com as outras garotas invisíveis.

Ela deveria ter passado uma tinta em cima daquelas palavras escritas na parede logo que as viu. Grace nunca deveria ter tomado conhecimento do nome de Lucy Moynihan.

Grace quer voltar ao vazio que era sua vida. O vazio não machuca. Não se corre riscos quando não se é ninguém. Não há nada a perder quando não se tem nada.

O vazio. É tudo o que Grace quer.

Mas onde encontrá-lo? A casa não está vazia. É a mãe que Grace vê pela janela da cozinha? Ela está fervendo água para o chá? Ou é só mais um fantasma, outra invenção dos anseios de Grace?

Grace pensa em se virar. Ela poderia simplesmente ir para um dos lugares em que as reuniões aconteceram – a casa modelo, a antiga mansão Dixon, o armazém desocupado, o porão da biblioteca. No entanto, como de costume, acaba sendo lerda demais. A mãe ergue a cabeça e, do outro lado da janela, vê Grace e abre um sorriso de orelha a orelha – exatamente tudo de que a filha precisa agora, uma demonstração de aceitação, de que, sim, ela é notada –, e, de repente, Grace quer preencher aquela casa (que nada tem de vazia) na companhia da mãe. Ela só quer ser a filha. Nada mais.

— Oi, querida! — cumprimenta a mãe quando Grace entra na cozinha. — Quer um chazinho?

Grace pensa em responder "sim", mas a única coisa que consegue fazer é chorar. A mãe a envolve num abraço apertado, com os braços de mãe, não de pastora. Grace volta a ser a menina de sempre, antes de tudo mudar, antes de esse monte de preocupação e de responsabilidade surgir, e, por um breve momento, o medo se esvai.

— Ah, Gracie... — diz a mãe, conduzindo a filha ao sofá. Por um momento, o amor enche Grace de coragem e ela pensa que, talvez, quando a gente sente falta de alguém, deve contar para essa pessoa. E que, talvez, quando a gente quer muito alguma coisa, deve se esforçar ao máximo para consegui-la, não sentir pena de si mesmo.

— Sinto sua falta, mãe — confessa Grace.

— Ah, querida, eu também sinto sua falta. — E, agora, a mãe está chorando também. — Me desculpe por andar tão ocupada. Não tenho passado muito tempo com você.

— Tudo está mudando. Tudo na minha vida está mudando — conta Grace.

— Eu sei — afirma a mãe. — Mas estou aqui. Continuo com você. Juro. — A mãe embala Grace nos braços, e de repente a garota se torna algo em que ela pode se segurar, algo sólido, familiar e que lhe pertence.

— A gente pode fazer alguma coisa junto, só você e eu? — sugere Grace.

— Vamos jantar fora — responde a mãe.

— Quando? — pergunta Grace, em meio a lágrimas e fungadas.

— Hoje. Vou cancelar minha reunião na igreja. Pode ser onde você quiser.

Sempre foi tão fácil? Todo esse tempo sentindo falta da mãe, e tudo o que Grace tinha de fazer era falar a verdade, abrir o coração? Todo esse tempo angustiada, e tudo o que ela tinha de fazer era pedir? Grace se pergunta quanto tempo já perdeu esperando as coisas irem até ela, com medo de se arriscar, com medo de externar as próprias vontades e os próprios desejos. Como se os outros devessem saber, como se eles guardassem o segredo da vontade de Deus para a vida dela. Como se Deus não falasse por meio dela.

Grace está decidida. Cansou de esperar. O medo não foi embora, mas começa a perder força. E tudo por causa do amor: foi o amor quem gerou a necessidade, depois a fé e então a coragem de abrir a boca e se arriscar. Talvez essa tenha sido a oração de Grace. Ela decidiu falar com a mãe, pedir ajuda, e Deus respondeu através dela.

# ROSINA

Rosina está sentada no banco de passageiro no carro de Melissa Sanderson. Bem ao lado dela. No carro dela. As pernas das duas estão a pouco centímetros de distância.

— Sei lá, é estranho estar aqui de boa enquanto Margot, Elisa e Trista estão metidas em uma encrenca daquelas — admite Melissa enquanto sai do estacionamento da escola.

*E enquanto minha melhor amiga e minha mãe não querem me ver nem pintada de ouro*, pensa Rosina.

— Queria poder fazer alguma coisa por elas — diz Melissa.

— Quer cancelar? A gente pode fazer isso outra hora — oferece Rosina. — Por um momento, ela chega a sentir ódio das três garotas por estragar o que talvez seja o primeiro encontro com a garota de seus sonhos. E chega a odiar Mami e Erin por tomarem seus pensamentos.

Melissa olha para Rosina e lança um sorriso inebriante.

— Claro que não.

— Presta atenção no trânsito, garota — pede Rosina, sobretudo na tentativa de esconder o sorriso bobo que ela não consegue conter diante da resposta, apesar da nuvem de tristeza que invade seu peito.

— E o que a gente vai fazer? Para onde vamos? — pergunta Melissa.

— A gente pode ir para a minha casa — sugere Rosina. — Não tem ninguém lá.

— Ótimo. Por acaso, já sei o endereço.

Os segundos seguintes, de puro silêncio, incomodam demais Rosina. Ela precisa preenchê-los de alguma forma.

— Então... Quer dizer que você curte futebol?

Melissa ri.

— Adoro. Você deve me achar ridícula por isso, né?

— Não, não acho. Mas me surpreendi — responde Rosina. — E gosto de ser surpreendida.

— Posso contar uma coisa? Promete que não vai rir?

— Vou tentar. Prometo que vou tentar.

— Meu maior sonho é um dia me tornar repórter esportiva. Sonho em fazer a cobertura do *Monday Night Football*.

— Uau! — exclama Rosina. — Isso, sim, é que é... surpresa.

— E você, o que quer fazer?

— Não tenho a menor ideia. — Rosina jamais admitiria que seu sonho é se tornar uma estrela do rock.

— Acho que essa paixão por futebol é influência de meu pai — explica Melissa. — Sou filha única, então é comigo que ele assiste aos jogos e às partidas dos Ducks. O futebol está em nosso sangue. Sempre esteve. Tem um monte de foto minha, em diferentes momentos da vida, com uma bola de futebol ao lado. Recém-nascida. Com três meses. Com seis meses. E assim até os dez anos.

— Que fofo e ao mesmo tempo... Insano, né? — comenta Rosina.

— Pois é — diz Melissa. — Mas eu meio que amo isso.

— Pensando assim, acho que eu deveria gostar de cozinhar... por causa de minha mãe. É o que ela adora fazer, a especialidade dela e o que sempre me ensinou. Mas detesto cozinhar. Detesto comida americana. Detesto comida oaxaquenha. Detesto feijão e milho. E não suporto tortillas. Além disso, me recuso a ir à igreja e gosto de meninas, então, basicamente, sou a pior filha mexicana de todos os tempos.

Por que Rosina sentiu vontade de chorar de repente?

— Provavelmente não é a pior, não — pondera Melissa.

— Não?

— Talvez a segunda pior.

Rosina sorri. Por mais nervosa e cheia de autopiedade que Rosina esteja, conversar com Melissa é estranhamente fácil.

— O que seus pais fazem? — pergunta Rosina.

— Minha mãe é professora de jardim de infância — responde Melissa.

— Deve ser por isso que você é tão gentil.
— Meu pai trabalha com lápis.
— Lápis?!
— É, uma empresa que produz lápis.
— Nossa!
— Ele gerencia uma empresa de lápis.
— Não!
— Sim!
— Que incrível, cara.
— Nem me fale.

As duas percorrem o resto do caminho em direção à casa de Rosina com um sorriso.

Já faz uma semana que Lola, a prima, está fora, trabalhando como babá, mas Rosina ainda fica surpresa toda vez que entra e encontra a casa vazia e silenciosa depois da escola, em vez de se deparar com o caos da família dos tios que moram ao lado. Apesar de não ser nem um pouco religiosa, ela não deixa de pensar *Obrigada, Jesus* quando fecha a porta.

O rebuliço foi muito menor do que Rosina esperava quando comunicou que não executaria mais a função de babá. As tias não se preocuparam com quem assumiria o posto, desde que fosse uma pessoa confiável e, mais importante, que não cobrasse nada. Pelo menos há uma vantagem quanto ao fato de a mãe não falar com Rosina: ela não se envolveu no assunto. Rosina só precisou prometer que pagaria a Lola quinze dólares por tarde trabalhada, o que é quase toda a gorjeta que ela recebe por uma noite de trabalho – mesmo assim, é um preço pequeno a pagar por sua liberdade.

E agora a nova liberdade de Rosina é Melissa Sanderson bem aqui, na casa dela, sem ninguém para vigiá-las, com a tarde inteira pela frente até o horário do turno de Rosina no restaurante, quando ela deverá fingir que não passou as últimas duas horas com a garota mais linda do mundo.

— Cadê sua avó? — pergunta Melissa. — Ela é tão fofinha.
— Aqui do lado, na casa de meus tios. Minha prima está cuidando dela. Antes era eu quem fazia isso, mas abri mão.
— Você faz muita coisa.
— Muita coisa e meia.

As duas ficam ali, paradas na entrada da casa, que é idêntica à vizinha: sala de estar à esquerda, sala de jantar e cozinha à direita. Rosina e Melissa continuam cada uma com o casaco e a mochila nas costas. Rosina se dá conta de que não tem ideia do que fazer.

— Hum... Está com fome? Quer beber alguma coisa? — oferece Rosina.

— Não, obrigada — diz Melissa, olhando para o adesivo colorido da Virgem de Guadalupe pendurado na parede atrás da mesa de jantar.

— Não me julgue — pede Rosina.

— Julgar por quê?

— Por causa disso.

— E por que julgaria? É linda — diz Melissa.

— É tão... Católico...

— E qual é o problema?

Rosina fica observando Melissa, esperando que admita que está tirando um sarro. Sério que ela é assim o tempo todo? Aberta? Otimista?

— Não sou bem o tipo que costuma agradar os católicos... — confessa Rosina. *E você?*, é o que Rosina tem vontade de dizer. Há tantas coisas que ela gostaria de dizer...

— Não acho que todos os católicos sejam tão quadrados assim.

Rosina dá de ombros. As duas continuam no mesmíssimo lugar, com o casaco e a mochila.

— Quer ver televisão, alguma coisa assim?

— Posso ver seu quarto? — pergunta Melissa.

Rosina quase tem um troço.

— Claro — responde. — Claro.

E lá vai ela, levando a garota mais linda do mundo para o quarto. Rosina deveria estar nas nuvens, empolgada, feliz e toda aquela coisa clichê e romântica da adolescência, mas, enquanto as duas sobem as escadas estreitas, a euforia é interrompida por imagens de Erin, pelo fato de ela não ter levantado a mão durante a reunião em que Grace pediu a quem era que se manifestasse, e como Erin pareceu nervosa, assustada, como se desligou por alguns minutos, e qual é o tamanho da dor que ela deve ter dentro dela, dor que ela se recusa a compartilhar, e Rosina também pensa no fato de que não pode fazer nada para consertar essa dor e que Erin não vai nem permitir que ela ao menos tente. E Erin fez Rosina se sentir envergonhada disso, como se querer ajudar fosse errado. Rosina faria qualquer coisa por Erin. O que pode haver de mal nisso?

É isso que Mami espera de Rosina em relação à própria família? Abnegação total, a ponto de Rosina fazer qualquer coisa por eles? Amor pode ser sinônimo de dever e obrigação, palavras que deixam Rosina arrepiada e com vontade de lutar só de ouvi-las?

O amor pode ser forçado goela abaixo? Pode ser motivo de vergonha? E quando sufoca, continua sendo amor? É isso que Rosina está fazendo com Erin? Será que está sufocando Erin com seu amor, do mesmo jeito que Mami e sua família a sufocam? Foi por isso que Erin afastou Rosina?

— Nossa! — exclama Melissa. — Seu quarto é muito legal.

— Obrigada — agradece Rosina, reunindo todas as forças para se recompor.

*Eu não a mereço*, pensa ela. *Não mereço essa garota perfeita.*

— Que bandas são essas? — pergunta Melissa. — Não conheço nenhuma.

— Ah, são uns pôsteres *vintage* que encontrei numa loja de discos em Eugene — conta Rosina. — A maioria dessas bandas não existe mais. Foram sucesso nos anos 1990: Bikini Kill, Heavens to Betsy, L7, The Gits. Sleater-Kinney era a melhor. Tenho todos os discos. E elas continuam tocando por aí. É aquele tipo de banda que, além de atitude, tem muito talento.

— Todas parecem tão... rebeldes, fortes — comenta Melissa.

— E são.

— Como você.

Rosina abre a boca para dizer alguma coisa, mas as palavras não saem. Melissa sorri.

— Você toca guitarra? — Os dedos de Melissa dedilham as cordas do violão de Rosina, em cima da cama.

— Sim — responde Rosina, torcendo para Melissa não perceber sua tremedeira de nervoso. — E canto também. E escrevo umas músicas.

— Não brinca! Sério?!?

— Ah, não gosto de ficar falando...

— E por que não? É tão legal!

— Ah, sei lá, acho que é uma coisa meio íntima.

Melissa tira o casaco, os sapatos e se senta de pernas cruzadas na cama. No mesmo instante, Rosina pensa: *Obrigada, Senhor, por eu ter arrumado a cama hoje de manhã.*

— Toca alguma coisa para mim, alguma música que você escreveu? — pede Melissa.

— Não — responde Rosina, de imediato.

— Por que não?

— Nunca toquei para ninguém.

— Para tudo nessa vida tem uma primeira vez. Imagino que, quando compõe, você pensa em ver as pessoas escutando a música um dia, certo?

— Não sei.

— É mesmo? Escreve as músicas só para você?

Rosina ri. É claro que não. Ela compõe para poder cantar a plenos pulmões num palco, para uma plateia que a admire.

— Está bem, vai — consente Rosina. — Mas não vale rir de mim, tá?

— Nunca dou risada de você — diz Melissa. E é verdade.

Rosina respira fundo, pega o violão e se senta na cama, ao lado de Melissa. Em poucos segundos, começa a dedilhar sua música mais recente. O vocal sussurrado de Rosina vai aparecendo aos poucos, sincronizado com uma melodia que parece a mistura de uma canção de ninar e uma música fúnebre, pesada, a letra fazendo uma alusão a um pássaro preso, enjaulado. As notas do violão aos poucos ganham forma, e a voz de Rosina se transforma num gemido profundo e encorpado. Seus pensamentos sombrios são libertados. Mami e Erin se vão. Rosina cantarola sobre fuga, luta. A música vibra dentro dela. Toma conta o quarto. A voz e as palavras se transformam em asas.

Quando acaba, deixa o violão de lado e, devagar, olha para Melissa. Era justamente esse olhar que ela imaginava enquanto compunha suas músicas. É exatamente essa a plateia com que ela sonha toda noite, quando canta sozinha. É esse amor, essa paixão, essa adoração. Diante dela, Melissa se emociona e chora.

— Fala alguma coisa — pede Rosina.

— Não consigo.

— Foi tão ruim assim?

— Ah, meu Deus, não, não é isso! — Melissa segura as mãos de Rosina. — Essa música provavelmente foi a coisa mais surpreendente que já escutei na vida.

Rosina desvia o olhar. E seu sorriso quase ilumina o quarto inteiro.

— Por que não faz uma apresentação? — sugere Melissa. — Por que não começa uma banda?

Rosina encolhe os ombros.

— Sério, você é incrível. As pessoas precisam ouvir.

— Quem sabe um dia... — comenta Rosina.

— Esse dia precisa chegar logo... Por favor — insiste Melissa.

— Combinado.

O sorriso das duas é contagiante. O olhar de Melissa não poderia ser mais profundo. O espaço entre Rosina e Melissa diminui ao mesmo tempo que o resto do quarto desaparece, e tudo o que resta é uma cama de solteiro e duas garotas com o coração batendo forte no peito, cada uma desejando ficar bem perto da outra para que seus corpos sintam o ritmo um do outro, que os corações batam compassados, fazendo música juntos.

De repente, Rosina se dá conta de que as duas permaneceram de mãos dadas esse tempo todo, com os dedos entrelaçados. Rosina pensa que esse é o momento em que normalmente ela faria alguma piadinha, diria alguma coisa para quebrar o gelo, esfriar o ritmo, fazer com que Melissa pense que ela não está nem um pouco envolvida, que não vai amolecer feito gelatina, e aí ela sente que a ponta de seus dedos, que descansam na palma da mão de Melissa, querem subir pelo braço, pelo peito, querem tocar o coração de Melissa; pulsante de desejo, um desejo que pode se transformar em dor a qualquer momento, num monstro com garras e tudo, saltar do peito de Rosina e agarrar essa garota linda que está a poucos centímetros de distância.

Em vez de reagir, porém, Rosina permanece em silêncio. E deixa que o momento se prolongue. Ela não ergue a cabeça e não consegue ficar frente a frente com Melissa, não pode deixar que ela veja o que está estampado em seus olhos... Ela tem tanto medo que Melissa perceba.

De repente, sente o toque suave de Melissa em seu queixo, erguendo-o devagar. E, então, as duas se olham com o mesmo desejo, com os lábios entreabertos, e o mundo se torna lindo demais para Rosina sentir medo.

# GRACE

Será que é isso que a gente sente quando marca um encontro? Uma mistura de nervosismo, empolgação, esperança e medo de quebrar a cara e de não acontecer nada do que você esperou? Essa é a pergunta que paira na mente de Grace. Enquanto ela e a mãe seguem no carro em direção ao restaurante, Grace não para de pensar em Jesse, no quanto pela primeira vez foi fácil e agradável conversar com ele depois da igreja, na sensação de que o mundo tinha desabado quando ela o viu sentado na mesma mesa de Ennis Calhoun na hora do intervalo, como se a tivesse traído, e em como as duas emoções fervilham de Grace toda vez que ela o vê. Como seria se em vez da mãe fosse Jesse quem estivesse no banco do motorista?

— Então, quer dizer que esse restaurante a que a gente vai é da família de sua amiga? — pergunta a mãe.

— A mãe dela é a chef — explica Grace. — E Rosina trabalha hoje à noite. Você vai conhecê-la.

— Que legal! — exclama a mãe, que aparenta bem animada mesmo. — Não vejo a hora de conhecer uma de suas novas amigas. E ouvi comentários muito bons sobre esse restaurante.

*Ela faz soar tão simples e natural*, pensa Grace. *Uma de suas novas amigas.* Como se o fato de Grace ter amigas não fosse uma espécie de milagre.

Rosina avista as duas assim que elas colocam o pé no restaurante.

— Gracie! — Ela chama e vai correndo para abraçar a amiga.

— Gracie? — indaga Grace. *Abraço?!* Opa, tem alguma coisa errada com Rosina. — É sua mãe?

— Oi, Rosina. Prazer em conhecê-la — cumprimenta a mãe de Grace.

— Muito prazer em conhecê-la também, sra. Salter — afirma Rosina, enquanto elas trocam um aperto de mão. — Ou devo chamá-la de pastora Salter?

— Pode me chamar de Robin — brinca a mãe de Grace.

— Onde gostariam de sentar-se? — pergunta Rosina. — Os bancos estofados são mais confortáveis.

— Perfeito — diz a mãe de Grace.

Rosina conduz as duas à mesa e, no meio do caminho, sussurra para Grace:

— Adivinha quem foi comigo para casa depois da escola?

— Melissa?

— Na lata!

— Você está bem louca, deu para perceber.

— Eu sei!

— Sério, muito estranho ver você contente assim.

— Minha mãe gritou comigo a noite toda e nem liguei!

Rosina acomoda as duas, tira o pedido de bebida e sai andando, ou melhor, dançando.

— Ela é simpática — comenta a mãe de Grace.

Grace não consegue segurar o riso.

— Ela é bem rabugenta. Não sei o que deu nela. Acho que está apaixonada.

— Que ótimo — diz a mãe. — E você, Grace? Como está seu coraçãozinho? Ninguém em vista?

— Argh! — exclama Grace. — Não.

Mas talvez ela esteja... mentindo?!

— Tudo bem se você arranjar alguém — pontua a mãe. — Sei que lá em Adelaine a cultura das pessoas era meio atrasada em relação a essas coisas. Mas quero que saiba que seu pai e eu não somos contra você namorar. Desde que ele a trate bem.

— Eu sei — diz Grace, vasculhando o cérebro à procura de algo para mudar de assunto o quanto antes.

— Ou... ela? — sugere a mãe.

— É ele, mãe — pontua Grace. — Mas obrigada, de toda forma.

— Querida... Tem alguma coisa que você gostaria de saber? Sobre namoro, essas coisas? Sobre, sei lá... intimidade? Você sabe que a gente pode conversar sobre esses assuntos.

— Não, obrigada, mas está tudo bem — responde Grace. O que ela realmente tem vontade de dizer é: "Como pode achar que eu conversaria com você sobre essas coisas, se a gente mal tem se falado ultimamente?".

Rosina está de volta, segurando numa mão a bandeja com petiscos e duas garrafas d'água e puxando com a outra a manga de uma mulher que vem logo atrás e que deve ser sua mãe. A mulher deve ter uns quinze centímetros a menos que Rosina e é bem mais gorda que a filha, tem o cabelo preso num coque, coberto por uma rede e em sua expressão há uma mistura de hesitação e surpresa enquanto Rosina a arrasta pelo salão.

— Essa é minha mãe — apresenta Rosina. — Maria Suarez.

A mãe de Rosina enxuga as mãos no avental e sorri timidamente.

— Que prazer conhecer vocês — diz. Sua voz é bem dócil e de menina. Sério que essa é a tirana de que Rosina vive reclamando?

— Olá, sra. Suarez. Sou a Grace. Que bom conhecê-la.

— Oi, Grace — cumprimenta, com um sorriso. — O prazer é meu — diz, soando genuinamente sincera.

— Robin, a mãe da Grace — diz a mãe de Grace, estendo a mão para cumprimentar a mãe de Rosina.

— Obrigada por virem ao restaurante — agradece a sra. Suarez.

— Está vendo, Mami? — comenta Rosina. — Grace é uma garota bem normal e uma ótima influência para mim.

Mães e filhas riem.

— Rosina é uma ótima influência para mim também — pontua Grace.

— Duvido — resmunga a sra. Suarez, mas num tom de brincadeira partilhado com a filha.

— Maria! — diz um homem atrás do balcão.

— Tio José, tão delicado quanto a pata de um elefante — comenta Rosina, revirando os olhos.

— Preciso voltar para a cozinha — avisa a sra. Suarez. — Muito prazer em conhecer vocês, Grace e sra…?

— Pode me chamar de Robin.

— Muito prazer, Robin. Espero que gostem da comida.

Rosina sai logo atrás da mãe, e Grace ri ao imaginar a amiga como uma garotinha e cheia de tranças, a mesma traquina de sempre, mas num corpo muito menor e menos coordenado.

— Parece que você se está se adaptando à cidade — comenta a mãe.

— Sim — confirma Grace. — Acho que sim.

— Estou muito orgulhosa de você, querida — admite a mãe. — Sei que as coisas não terminaram muito bem com seus amigos lá em Adelaine.

Grace sente uma vontade repentina de chorar, mas finge indiferença e dá de ombros.

— As pessoas podem ser cruéis e quadradas quando têm de encarar coisas que não entendem. — A mãe de Grace fica em silêncio por um momento, olha para baixo e alisa o guardanapo no colo. — Queria pedir desculpas. Você pagou e sofreu por coisas que eu fiz. Não foi justo. Gostaria que tudo tivesse sido diferente.

— Você recebeu um chamado — afirma Grace.

— É verdade — concorda a mãe, sorrindo. — E trouxe você comigo, não é? No entanto, nunca lhe perguntei se você queria vir.

— Por muito tempo, fiquei brava, chateada — confessa Grace. Algo no corpo dela mudou. Os ossos estão mais fortes, o sangue, mais espesso. — Mas, agora, acho que talvez tenha um motivo para tudo isso ter acontecido... Digo, em relação a você, claro que tinha, mas em relação a mim também, entende? Aquelas meninas nunca foram minhas amigas de verdade... tanto que nem se importaram com minha mudança. O que aconteceu trouxe a gente até aqui. E acho que gosto daqui. Acho que estou feliz.

Enquanto as palavras saíam de sua boca, Grace se deu conta da veracidade delas. Por mais sofrimento que ela tenha aguentado, aqui ela encontrou algo que nunca teve em Adeline, algo que nem sabia que queria.

— Ah, querida, fico tão contente em saber disso... — admite a mãe.

— Bom... acho que posso agradecer, então... Por ter destruído totalmente minha vida e me feito mudar para cá, para essa cidade estranha e do outro lado do país — afirma Grace.

— De nada — agradece a mãe, erguendo o copo para brindar. — A nós!

— A nós! — repete Grace, erguendo o copo dela.

Sentadas no sofá da sala e tomando sorvete de menta direto do pote, Grace e a mãe conversam.

— Não consigo acreditar que ainda sobrou espaço em meu estômago depois daquele jantar — comenta a mãe. — Estava uma delícia!

— Lembre-se de que os Salter têm um estômago à parte para a sobremesa — comenta Grace. — E o nosso ainda está vazio.

— Ah, é verdade. Tem razão.

— E aí, o que a gente vai ver? — pergunta Grace, vasculhando os canais com o controle remoto.

— Não sei. Não ando com muito tempo para televisão, nem sei o que tem passado nos canais.

De repente, Grace para de procurar canais e a mão congela com o controle remoto. Será que ela está tendo alucinações?

Na tela, a manchete da reportagem: PROBLEMAS NA PRESCOTT HIGH SCHOOL.

— É minha escola... na televisão — diz Grace, aumentando o volume.

— Nossa, é mesmo! Nem acredito que esqueci de contar. Me entrevistaram hoje de manhã, perguntando sobre o vandalismo que está acontecendo lá e sobre um clube secreto só de alunas... Como é mesmo o nome?

— Anônimas — responde Grace.

— Esse mesmo. Sabe alguma coisa sobre esse tal grupo?

Grace hesita.

— Não — mente, e algo dentro dela se contorce com a resposta. Por que ela não pode contar à mãe?

— Será que vou aparecer? — indaga a mãe, lambendo a colher de sorvete.

Um repórter está parado em frente à escola com o microfone na mão. A gravação foi feita bem depois do término das aulas. Está escuro, o cenário é vazio e sinistro, como se um crime hediondo tivesse acabado de acontecer. Com um tom sério e bem característico dos jornalistas, o repórter explica:

— As atividades escolares estão sob ameaça por causa de um grupo feminista clandestino que se autointitula "Anônimas".

A câmera corta para um punhado de cartazes jogados na lixeira.

— Nas últimas semanas, Prescott High School tem sofrido com problemas de vandalismo e aumento de discussões e violência entre os alunos. A suspeita é de que o grupo tenha roubado dados confidenciais dos computadores da escola. Ainda não se sabe ao certo quem são os infratores, mas, segundo a administração da escola, o grupo é composto principalmente de alunas.

Agora, a câmera corta para o campo de futebol vazio.

— Os alvos do grupo incluem o time de futebol da escola, campeão regional do ano passado, mas que tem sofrido sucessivas derrotas durante esta temporada, o que o treinador Dwayne Baxter atribui ser resultado do *bullying* e da difamação praticada pelo movimento das Anônimas.

A câmera mostra o treinador Baxter, sentado a uma mesa que Grace reconhece bem.

— Não faz ideia de como a equipe está moralmente abalada — afirma. — Todos os jogadores estão arrasados. Essas garotas os acusam de coisas terríveis, coisas que sei que meus garotos seriam incapazes de fazer. Nossos atletas são de ponta. Preparam-se arduamente para esta temporada. E, veja só, o talento da equipe agora está ameaçado por causa de baderneiras que espalham mentiras por aí. Estamos diante de crimes, crimes de ódio. Pura e simplesmente. Meus meninos se tornaram alvo porque são homens, por causa de seu gênero.

O repórter volta a aparecer.

— Alguns chamam o ocorrido de "guerra adolescente dos sexos". Outros consideram que seja fruto de desequilíbrio hormonal. E há ainda os que defendem que o movimento das Anônimas é legítimo, baseado em fatos que ocorreram no ano passado e que lançaram não só a Prescott High School, mas toda a cidade em um verdadeiro caos depois que uma garota acusou três estudantes de a terem estuprado. A acusação logo foi retirada, mas o infeliz episódio continua reverberando na cidade e parece ter incentivado a recente desordem que se estabeleceu no colégio. Perguntamos a moradores de Prescott a opinião deles sobre a chamada "revolta feminista" no colégio e vamos apresentar algumas das respostas.

A câmera corta para uma senhora parada, de pé em frente a um supermercado.

— Acho nojento — responde, com os lábios comprimidos. — O que essas garotas estão fazendo? Nossos meninos jamais seriam capazes de coisas desse tipo.

Uma mulher de meia-idade e de frente para o carro da reportagem, diz:

— É um bando de garotas carentes, que precisam de atenção. Igual àquela menina do ano passado.

Um homem cuja idade não dá para definir e que parece alcoolizado diz:

— É isso aí, meninas! Lutem contra o sistema! — exclama e ergue o punho cerrado no ar, num gesto de luta.

— São *essas* as pessoas que eles escolheram para entrevistar?! — questiona Grace. —Totalmente parcial, vai se foder.

A mãe de Grace fica espantada.

— Desculpa — pede Grace.

A câmera volta para o repórter, que ri.

— De uma coisa temos certeza, Prescott está cheia de opiniões. Também conversamos com a dra. Regina Slatterly, diretora da Prescott High School, epicentro desses problemas, e que tem se esforçado para manter os alunos em segurança e concentrados na própria formação.

Aparece a diretora Slatterly, sentada à escrivaninha e com os braços cruzados. Ela está com mais maquiagem que de costume.

— Sabe... Vivemos numa cultura de julgamento e culpa, presos ao hábito de levantar a bandeira de vítima quando não recebemos o tipo de tratamento que merecemos. Acho que as meninas envolvidas nisso precisam parar e se perguntar com o que exatamente estão insatisfeitas. Talvez a partir daí parem de culpar os garotos por todos os problemas delas e parem de usá-los como bode expiatório. Não me levem a mal, acredito que a maioria das garotas envolvidas nisso provavelmente tenha bom coração. Ao mesmo tempo, são jovens e cheias de emoções que nem elas mesmas conseguem entender e encontraram a solução errada para resolver tal conflito. Garotas dessa idade são ingênuas e facilmente influenciadas, e tenho meus motivos para acreditar que há alguém por trás disso, algum responsável por desviá-las e plantar essas ideias na cabeça delas. Quero deixar uma coisa bem clara: este não é um caso típico de *bullying* entre alunos. O que está acontecendo é muito sério. A crescente anarquia na Prescott High criou um ambiente hostil desfavorável ao aprendizado e que, francamente, não é seguro para os alunos. Por isso, estou determinada, com total apoio da polícia de Prescott, a encontrar a pessoa ou as pessoas que estão por trás desse crime e levá-las à justiça. Estou dando minha palavra: *vou* recuperar esta escola.

Há muitas coisas que Grace quer dizer, mas nenhuma delas cairia bem para a mãe. O que ela mais tem vontade de fazer é arremessar o controle na televisão, bem na cara lavada da diretora.

— Muitas das pessoas com quem conversamos pela cidade partilham do mesmo sentimento da diretora Slatterly, mas uma em especial chama atenção. Moradora relativamente recente da cidade, é a nova pastora chefe da Congregação de Prescott. Dra. Robin Salter.

— Mãe, você está na televisão! — exclama Grace.

— Filha, olha minha testa! Estava puro óleo — comenta a mãe.

— Shhh! — Grace pede que ela faça silêncio. — Quero ouvir o que você disse.

— Eu ainda não morava aqui na primavera passada — diz a mãe de Grace, de frente para o enorme mural da igreja, o qual tem um arco-íris desenhado. — Então, não senti na pele o que a cidade passou e não acho que alguém realmente saiba o que aconteceu entre a adolescente os três garotos, com exceção dos envolvidos. Seja qual for a verdade sobre aquela noite, tudo indica que as jovens desta cidade têm pensamentos e sentimentos que precisam ser ouvidos, e, concordemos ou não com o que elas têm feito, acho que é consenso o fato de que nos importamos com essas meninas e queremos ouvi-las.

A imagem da mãe de Grace é substituída pela a de um homem branco e gordo, parado de frente para uma igreja grande e moderna, com um vitral de Jesus pregado na cruz bem atrás dele. A câmera o focaliza dos pés para cima, estratégia que o deixa mais poderoso, parecendo um rei. A voz do repórter volta a aparecer, mas a câmera continua centrada no homem.

— O pastor Robert Skinner, da Prescott Foursquare, maior Congregação do condado de Fir, tem uma visão diferente a respeito do assunto.

— Cortaram as melhores partes da entrevista — comenta a mãe de Grace.

— Claro que cortaram... — resmunga Grace.

O pastor diz:

— Olhe, uma coisa desse tipo jamais teria acontecido dez anos atrás, quando a população de Prescott realmente se preocupava com os valores familiares. No entanto, pessoas de fora da comunidade, com valores e prioridades diferentes das nossas, estão se mudando para cá, mudando nossa cultura, mudando o modo como vemos as coisas, gerando conflitos e problemas onde nunca antes houve. Sabe, eu me solidarizo com essas garotas, de verdade. Sei quanto é difícil ser adolescente, com todos os hormônios em ebulição e todas as pressões da escola, as frustrações com namorado e todo o bombardeio de informação que recebem da mídia. Consigo imaginar o tanto que tudo isso pode gerar sentimentos destrutivos, somados à mentalidade da massa, mas as coisas estão saindo do controle. Acho que o que essas garotas precisam fazer é respirar fundo, ir para casa, se ajoelhar e orar.

— Esse cara é um fanfarrão! — resmunga a mãe de Grace.

— É isso, caros telespectadores — diz o repórter. — Acompanharemos o desfecho da situação. De acordo com a diretora Slatterly, três membros do grupo já foram identificados e estão recebendo medidas disciplinares, mas ainda não foi possível identificar a líder do grupo. É claro que manteremos todos informados sobre quaisquer novidades. Quando digo que torço para que o caso seja resolvido o quanto antes e que as coisas voltem à normalidade para todos os alunos da Prescott High, estou falando em nome de todos os que amam e se preocupam com essa cidade. É com você, Jill.

Grace desliga a televisão. Ela pega o pote de sorvete da mão da mãe e come uma colherada na boca antes que haja tempo de dizer algo de que vai se arrepender depois.

A mãe faz que não.

— Interessante é que eles nem se preocuparam em entrevistar os alunos e as alunas para saber a opinião deles.

Grace toma o sorvete.

— Você sabe algo sobre esse grupo? — pergunta a mãe.
— Sobre as Anônimas?

— Tenho visto os cartazes delas espalhados pela escola — responde Grace, enfiando a colher no pote e abrindo mais um buraco na massa.

— Então, você não está participando?

Grace faz que não e pensa que a colher na boca é a única coisa que a impede de dar com a língua nos dentes.

— É interessante esse movimento delas — comenta a mãe.

A filha tira a colher da boca e, apesar de os lábios de repente parecerem ter vida própria, ela se esforça para conter o sorriso e luta contra a vontade quase incontrolável de abraçar a mãe.

Para controlar os próprios impulsos, Grace se levanta e pergunta:

— Papai contou que tem uma goteira em meu quarto?

— Não. Deve ter se esquecido de me falar.

— Ah. Pois é, tem.

— Então, precisamos dar um jeito e arrumar.

— Sim — concorda Grace, entregando o pote de sorvete de volta para a mãe. — Vou me deitar, mãe. Obrigada pelo jantar, por tudo.

— Está bem, querida. Vá descansar.

— Você se saiu muito bem na entrevista.

A mãe sorri e abre os braços.

— Vem cá.

Grace se permite ser envolvida. Ela fecha os olhos e, por um momento, se imagina contando tudo para a mãe. Talvez ela não ficasse exatamente orgulhosa, mas pelo menos saberia do que a filha é capaz. Pode ser até que ficasse meio brava, chateada, mas certamente se impressionaria.

No entanto, ela ainda não pode saber. Já basta o que aconteceu com Trista, Elise e Margot. Grace não pode colocar esse peso nas costas da mãe. Não pode lhe pedir que guarde segredo. Tem muita coisa em jogo.

— Está tudo caminhando bem — comenta a mãe, apertando os ombros da filha.

— Sim, está — concorda Grace, que, no fundo, pensa: *Você nem faz ideia.*

# Os pegadores de Prescott

Más notícias, *brothers*. O apocalipse feminista pode ter atingido a gente. Se você mora em Prescott, sabe do que estou falando. Senão, aí vai um resumo: as alunas da Prescott High School foram possuídas por forças demoníacas e decidiram declarar greve sexual. Parece que tem alguma coisa a ver com exigir "respeito" dos caras, "justiça" pelo o que aconteceu com uma garota que eles comeram no ano passado e que alegou ter sido estuprada porque achou que a coisa ficaria mais leve para o lado dela caso se saísse como vítima em vez de vadia.

E não são só as feias que estão fazendo cu doce. Até as boazudas metidas à princesa e que não têm do que reclamar enfiaram na cabeça que o melhor jeito de obter respeito é virar frígida. Ah, sério, meninas? Acham mesmo que os caras vão respeitá-las mais se tirarem da gente a única função que vocês têm?

Já pararam para pensar que, se disserem "não" o tempo todo, talvez os caras parem de aceitar "não" como resposta?

Machoalfa541

# NÓS

O aviso de hoje da diretora Slatterly é o seguinte: "Atenção, funcionários da escola. Quando julgarem necessário, vocês têm autoridade para separar alunas que estejam reunidas por qualquer motivo não relacionado à atividades escolares".

— Ela nem está mais preocupada em fingir que não é fascista — comenta Connie.

O treinador Baxter está atrasado, mas de repente entra na sala, joga uma papelada em cima da mesa e diz:

— As líderes de torcida?! — esbraveja o treinador na frente da sala. — Estou de saco cheio disso. Primeiro a banda marcial... agora as líderes de torcida também resolveram boicotar os jogos?

— Elas deveriam ter feito isso há muito tempo — afirma um dos alunos, trompetista da banda marcial.

— Cai fora! — grita o treinador. — Sai da minha sala agora!

— Com todo prazer — diz o garoto. Em seguida, ele pega a mochila e atravessa a porta.

— Eu vou com você — avisa uma garota que estava ao lado dele, uma das bateristas da banda marcial.

— Isso é ridículo — afirma o treinador, depois que os dois saem e a porta se fecha. — Toda essa palhaçada. O que aconteceu com o respeito à autoridade? O que aconteceu com a tradição?

Ninguém na sala responde à pergunta.

— Ei! — diz Melissa, praticamente pulando em cima da mesa do refeitório. — Vocês não vão acreditar! — Empolgada e balançando o corpo de um lado para o outro, ela inclina o tronco à frente, mal conseguindo manter a voz baixa, tamanha a empolgação. — Convenci Lisa a contar para a polícia que ela é uma das que estão na lista.

— Sério?! — pergunta Grace. — Ah, meu Deus!

— Melissa! — exclama Rosina. — Você é incrível!

— Vão para um motel, vocês duas — murmura Erin.

— Ela acha que consegue convencer Abby a ir também — comenta Melissa.

— Basta que uma tenha coragem... — comenta Grace. — E as outras vão seguir o exemplo dela.

— Ah, é... No caso da Lisa, acho que ela quer ir mais por chantagem. De qualquer modo, que seja. Isso é problema delas duas.

— Ei... pessoal? — chama Erin.

— Grace, você é amiga da Amber, certo? — pergunta Melissa.

— Bom, não sei bem se "amiga" é a palavra certa... mas, sim, acho que sim.

— Acha que conseguiria falar com ela? Talvez ela aceite contar para a polícia também — sugere Melissa.

— Ela também está na lista? — pergunta Rosina.

Melissa faz que sim.

— É a número quatro. Tenho praticamente certeza disso.

— Ei, gente — chama Erin de novo.

— Ela não apareceu na aula hoje — conta Grace. — Mas posso ligar para ela.

— Ei, gente! — grita Erin.

Mas é tarde demais. O segurança já está na cola delas.

— Acabou a festa — late ele. — Circulando, vamos.

— Como assim, "circulando"? — questiona Melissa.

— Desfazendo essa panelinha aí, rápido.

— E quer que a gente fique onde? — indaga Rosina.

— Qualquer outro canto, não ligo. Só não podem ficar juntas.

— Que palhaçada — resmunga Rosina.

— O que foi que você disse? — rosna o segurança.

— Eu disse "sim, senhor".

— Dez segundos. Se não se separarem, vou mandar todo mundo para a diretoria.

Elas obedecem. Uma por uma, as garotas sentam-se em outras mesas do refeitório. Rosina se senta com Serina Barlow. Melissa, com um monte de líderes de torcida que, aparentemente, ainda têm "permissão" para se reunir. Erin vai para a biblioteca. Grace pega sua bandeja, olha ao redor e fica espantada ao perceber que pode escolher uma entre metade dessas mesas e se sentir quase confortável. Mas há uma em especial que chama a atenção dela, onde têm um misto de atletas que praticam golfe e esgrima, os esportes menos "queridinhos" da escola. No banco da ponta da mesa, com um cheesebúrguer na mão, está Jesse Camp.

Grace pensa na mãe. E no quanto às vezes realizar a coisa de que mais temos medo a torna menos assustadora.

— Oi — diz Grace, ao sentar-se ao lado de Jesse, bem na hora em que ele dá uma mordida no sanduíche.

— Nooofa — murmura, com a boca cheia e os olhos arregalados.

— Está sujo de ketchup — avisa Grace, apontando para o queixo dele. — Ainda mastigando, Jessie tenta limpar. Grace pega um guardanapo e limpa para ele.

Jesse engole em seco.

— Hum. Obrigado.

— Acabei de ser expulsa da mesa em que estava por um grandalhão.

— A senhorita é rebelde — comenta ele, sorrindo.

— Eu sei — concorda ela, retribuindo ao sorriso.

— Então, não está mais brava comigo?

Grace dá uma mordida numa batatinha frita e faz que não.

— Então, a gente pode ser amigo agora?

Grace mastiga e assente.

— Então... — diz, apoiando o cheesebúrguer na mesa. — As coisas ainda bem loucas por aqui ultimamente.

— Pode crer.

— Você é amiga das garotas que foram suspensas?

— Sim — confirma Grace. — Sou bem próxima, na verdade.

— E teve notícia delas?

— Parece que os pais da Elise são bem de boa, então nem pegou nada. Margot está meio puta da vida porque acabaram as chances de ser aceita em Stanford, mas ela vai ficar bem, tenho certeza. Os pais dela estão ameaçando processar a escola, alguma coisa assim. E os pais da Elise também, acho. Vão apresentar uma queixa formal ao conselho da escola. A outra menina, Trista, foi quem se deu mal. Recebeu um castigo fodido. Os pais a mandaram para um tipo de aconselhamento espiritual com pastor de jovens na igreja deles, algo assim.

— Caramba! — exclama Jesse. — Que merda.

— Sim, ainda mais porque nenhuma delas é culpada.

— E como você sabe?

— Sabendo, ué.

— Porque você é uma das Anônimas — afirma Jesse. — Já descobri.

— A regra número um das Anônimas... — comenta Grace com um sorriso — é não falar sobre as Anônimas.

Uma garota olha ao redor da lanchonete e não consegue conter o riso ao ver todas as meninas sendo obrigadas a se separar. E desde quando grupos de meninas brancas são considerados ameaça? Só podia ser coisa dessas tais Anônimas. Há algumas semanas, umas garotas do time de *softball* a convidaram para uma reunião, e ela até chegou a cogitar comparecer para ver qual era a delas, mas jamais faria isso.

Por que esse feminismo (ou o que quer que estejam fazendo) é coisa de garota branca. Quando saem por aí fazendo exigências e gritando pelos quatro cantos, são vistas como entusiastas e engajadas.

As negras, porém, não têm esse privilégio. Quando brigam por seus direitos, são taxadas de agressivas. Perigosas. E de outras coisas.

Amber decide passar um dia sem ir à escola. Precisa tirar uma folga de si mesma por um dia.

O problema é que não tem nada de bom passando na televisão. E nada de bom na geladeira. A mãe está no trabalho, sabe-se lá onde está o peguete da semana (graças a Deus, sumiu!), e o trailer está com um cheiro estranho, uma mistura de mofo e algo tóxico. Nas bordas de todas as janelas, começou a se formar um tipo de musgo. Gotas da condensação escorrem pelo vidro e formam pequenas poças no peitoril.

E tem o cara da Portland Community College que ela conheceu no fim de semana passado. Chad alguma coisa. Ele mandou mensagem ontem, e ela não respondeu. Talvez ele seja diferente. Talvez ele seja mais maduro, porque é mais velho e já está na faculdade.

Chad combina de buscar Amber a dois quarteirões dali. Ela acha que talvez, se ele não souber onde ela mora, não vai tirar conclusões precipitadas. E, como não faz parte do mundo do ensino médio, pode ser que ele não tenha nenhuma ideia preconcebida de quem ela é. Amber vai ter a chance de começar tudo do zero. E ser quem ela quiser.

Ela diz para ele que está com fome. E torce para esse seja um encontro de verdade, com direito a um jantar num restaurante digno. No entanto, ela se decepciona assim que o carro para em frente ao McDonald's e entra no *drive-thru*. Pelo menos ele pagou a conta. Pelo menos.

— Quer ir para minha casa? — sugere Chad.

Em poucos minutos, os dois entram no condomínio do prédio em que ele mora; e Amber come o hambúrguer e as batatas fritas e engole todo o orgulho que atreveu dar as caras hoje de manhã.

Amber já esteve nesse apartamento antes. Pratos empilhados na pia sabe-se lá desde quanto. Mobília barata, de segunda mão, e nada combinando com nada. Sofá manchado e surrado. Um *bong* enorme na mesinha de centro, rodeado de sacos de batatinha frita e cervejas vazios. Um cheiro forte de meia suja, comida estragada e suor. Paredes vazias, com exceção de um pôster meio torto de um carro que Chad nunca poderá comprar e uma mulher de biquíni em cima dele, com quem Chad nunca vai dormir.

O celular de Amber toca. Pelo identificador de chamada, aparece o nome de Grace. Qual é a dessa garota? Por que não para de encher o saco de Amber? Quer catequizá-la com aquele discurso cristão ou o quê? Grace está tentando salvá-la? Ih, chegou tarde demais, amiga.

— Pega — oferece Chad, entregando um copo descartável para Amber. Ela toma um gole do conteúdo de um copo com umas cinco doses de uma vodca barata com um toque de suco artificial de laranja. Eles conversam por mais ou menos uns quatro minutos, até que Chad se aproxima sem a menor cerimônia e mete a boca nos lábios de Amber e a mão no seio dela. O gosto é como o cheiro do apartamento.

No fim das contas, Amber pensa que teria sido melhor ir para a escola. Grace a convidou para se sente com ela e suas amigas estranhas no horário do intervalo, mas Amber não aceitou. Mesmo não confiando muito em Grace e sem ter ideia do que essa garota quer, sentar-se ao lado dela no horário do intervalo e ficar matutando quais seriam suas intenções, certamente soa muito melhor do que isso.

Ela afasta Chad.

— O que foi, linda? — murmura ele, enquanto ela tenta se desvencilhar. Amber empurra os braços dele, que a puxa para mais perto. Ela ouve o celular tocar de novo e estica o braço para pegar a bolsa do chão, mas Chad não a solta.

— Para — sussurra ela, e a palavra soa aos próprios ouvidos como se fosse em outra língua. Talvez ele não tenha escutado. Ela, então, pede um pouco mais alto.

Chad ri, a empurra e a deita no sofá.

— Vou parar, sim... — diz, com as duas mãos sob a saia dela, apertando seu quadril, segurando-a na posição certa.

— Não! É sério... — insiste Amber, sentindo o medo na boca. — Não estou brincando.

Ele finge não ouvir. Chad levanta a saia até a altura do pescoço de Amber, como se a peça de roupa de repente tivesse virado um laço.

Amber sabe que deve tomar uma decisão. Lutar ou se entregar.

Está tão cansada.

*Hoje não foi um bom dia para tirar uma folga de si mesma.*

*Não vai contar como estupro se eu desistir.*

*Cada garota acaba tendo suas regras. Eu não sou do tipo que diz "não".*

— Ei, gente! — grita Melissa, correndo no corredor em direção a Rosina e Grace depois da aula.

Sam Robenson vem logo atrás, com lenços multicoloridos e de seda voando com o movimento do corpo dela.

— Parem tudo o que estão fazendo e venham com a gente — pede Melissa.

— O que foi? — pergunta Grace.

Rosina nem precisa perguntar. Ela vai aonde Melissa pedir.

— Vamos para a delegacia — conta Melissa. — Tipo agora. Lisa e Abby já estão a caminho.

— A número nove e a número dez também aceitaram — conta Sam.

— Caraca! É sério que isso está acontecendo?! — comenta Rosina.

— Conseguiu falar com Amber? — pergunta Melissa.

Grace faz que não.

— Tentei. Ela não atendeu.

— Tudo bem. Quatro garotas já representam bastante testemunho — afirma Sam.

— Temos de achar Erin — diz Grace.

— Já a avisei. Ela não vai. Disse que tinha uma coisa muito importante para fazer depois da escola — explica Sam.

— E o que pode ser mais importante que isso? — questiona Grace.

— Provavelmente tomar um banho e assistir a *Jornada nas estrelas* — murmura Rosina.

— Estou cansada dessa briguinha entre vocês duas. Já deu — resmunga Grace.

— Anda, vamos — apressa-se Melissa. — Vocês duas podem vir no carro comigo.

# ERIN

O carro de Otis Goldberg está limpo e arrumado. Erin considera razoável, talvez até agradável. E poderia até se sentir confortável, não estivesse tão ansiosa.

— Vira à direta na próxima. — É o que ela consegue falar, sabe-se lá como, embora sinta vontade de abrir a porta e pular do carro, mesmo em movimento.

— É a senhora quem manda — diz ele.

— Que música é essa? E quem ainda compra CD? — pergunta e, no mesmo momento, nota que pode ter soado grossa e se lembra de que precisa treinar para melhorar isso.

Erin pediria à Rosina para ajudá-la, mas não pode mais fazer isso.

— Respondendo à primeira pergunta, é Muddy Waters, o melhor músico de blues da história. E, respondendo à segunda pergunta, compro CDs porque pago mais barato e consigo música antiga e boa como essa.

Erin gosta do jeito direto e lógico com que Otis estruturou as respostas.

— É a casa azul à esquerda — indica Erin. — Você é um excelente motorista.

— Isso é um elogio? — pergunta Otis. — Erin DeLillo, é isso mesmo? Você acabou de me elogiar?

— Sou capaz de elogiar — afirma Erin. — Ainda que sempre seletivamente.

— Sinto-me honrado.

Spot é o primeiro a cumprimentar os dois assim que eles entram. Ele lambe a mão de Erin, como sempre faz, depois circula Otis, farejando o máximo que pode. Quando dá uma volta completa, Spot lambe a mão de Otis.

— Spot aprovou você — comenta Erin. — Ele é um ótimo avaliador de caráter.

— Sinto-me honrado de novo — diz Otis, esfregando as orelhas do cachorro.

Nesse momento, a mãe de Erin atravessa a porta da cozinha com tudo e começa o ataque.

— Otis, que bom rever você! Posso guardar seu casaco? Sobre o que é o projeto de vocês dois? Nossa, não é interessante?! E o que acha do sr. Trilling? Erin o admira muito, e você sabe o quanto ela é exigente, né?! Há, há, há! Fiz um lanchinho para vocês!

Então volta correndo para a cozinha, deixando os dois e Spot na sala de estar.

— Bom, vamos começar — diz Erin. — Eu me sento aqui; você, ali.

Otis não questiona as instruções.

— Sua mãe é legal — comenta ele enquanto se senta.

— Ela não é de sair muito.

— Volteeei! — cantarola a mãe, entrando na sala com dois pratos nas mãos; o que tem aipo, tiras de cenoura e uma pequena tigela com manteiga de amêndoa ela coloca de frente para Erin; o prato de Otis tem queijo e biscoito salgado. — Prontinho. Otis, quer mais alguma coisa?

— Não, obrigado.

— Mãe, a gente não consegue estudar se você ficar em cima o tempo todo — reclama Erin.

— Sim, claro. Caso precisem de alguma coisa, estou na cozinha.

— Por que seu lanche é diferente do meu? — pergunta Otis, assim que a mãe de Erin sai.

— Ela acha que não devo comer laticínios nem alimentos com glúten — explica Erin, abrindo seu laptop.

— E o que acontece se você comer?

— Se eu comer um pouquinho, provavelmente nada.

— Ah. Quer?

— Sim. — Erin estica o braço e conta exatamente metade dos biscoitos e das fatias de queijo e as coloca em seu prato. Depois, ela conta a metade das cenouras e dos aipos e passa para o prato de Otis. — A gente pode dividir essa manteiga também —

sugere. — Mas não pense, em hipótese nenhuma, em mergulhar as tirinhas duas vezes na tigela.

— Que bom que tudo veio em número par. Deu certo a divisão — observa Otis.

— Minha mãe que o diga.

Otis sorri para Erin sem malícia, disso Erin tem certeza, mas, mesmo assim, é como se estivesse rindo da cara dela. Dá para tirar sarro de uma pessoa que você considera amiga? Erin queria que Rosina estivesse aqui para poder perguntar isso, mas provavelmente a essa hora ela está de namorico com a líder de torcida. É assim que começa, é assim que você perde as pessoas. Elas se afastam pouco a pouco, até sumirem completamente.

Erin sente seu alerta interno pulsar, o sinal que ela vem treinando para sentir, a voz interna dizendo a ela para tentar agir normalmente, para não dizer coisas estranhas nem agir por impulso. Junto desse alerta, vem a consciência de que ela está preocupada em saber se Otis gosta ou não dela. É o tipo de sentimento que ela vem tentando eliminar de vez, inseguranças e desejos que só levam à dor.

Está muito difícil manter essa conversa sobre lanche. Spot parece concordar e lambe a mão de Erin.

— Já fiz um planejamento para hoje — comenta Erin, abrindo um documento no notebook. — Assim vamos aproveitar ao máximo o tempo e adiantar bem o trabalho.

— Posso ajudar de alguma forma? — pergunta Otis.

Erin olha para ele e pisca.

— Prefiro que não.

— Sou muito inteligente, você sabe.

— Os professores geralmente não me pedem para fazer trabalho em grupo.

— Eu pedi para o sr. Trilling colocar a gente junto.

— O quê?! — questiona Erin, em tom de pânico. — Isso não é justo. Não pode tomar decisões por mim sem me consultar. Não pode sair por aí manipulando as coisas. Por que fez isso?

Spot passa a pata em Erin, depois esfrega o rosto na perna dela.

— Desculpa — pede Otis. — Não sabia que você ia ficar tão brava. Só achei que seria divertido a gente fazer trabalho junto.

— Por quê?

— Porque eu gosto de você.

— Por quê?

— Não sei. Porque você é inteligente e fala o que pensa. Porque é verdadeira. E também porque é bom olhar para você.

A ansiedade de Erin não desapareceu; na verdade, se transformou numa espécie de nervosismo com que ela e Spot conseguem lidar, pelo menos temporariamente.

— Bom olhar para mim? — questiona Erin. — Isso é um elogio?

— Pensei que isso a ofenderia menos que se eu dissesse que você é bonita.

Erin enfia um punhado de queijo e de biscoito de uma vez na boca. A textura crocante e cremosa e o gosto salgado a acalmam. A teoria nutricional da mãe está extremamente equivocada.

— Vamos ao trabalho — diz Erin, em meio às migalhas na boca.

Erin se surpreende positivamente porque Otis se manteve concentrado durante uma hora e meia. Ela até arriscaria dizer que dos formam uma boa dupla. Enquanto estudam, o papo sobre beleza e gostar ou não de alguém não ressurgiu. Na certeza de que não vai precisar agir, Spot tira uma soneca no chão, ao lado dos pés de Erin.

— Conseguimos adiantar bem — opina Otis.

— Concordo. — Erin fecha o notebook.

— E agora?

— E agora, o quê? — pergunta Erin.

— O que vai fazer agora?

— Depois da lição de casa e antes do jantar, assisto a um episódio de *Jornada nas estrelas*.

— Posso ver com você? Falta um tempinho até a hora do jantar. Falei que ia chegar nesse horário — comenta Otis.

Intrigada, Erin semicerra os olhos enquanto tenta pensar num bom motivo para negar. *O fato de eu sempre fazer isso sozinha não parece uma resposta razoável*. E talvez não seja tão ruim assistir com alguém de um lado e Spot do outro, observando tudo. *Seria uma espécie de experimento*, pensa. Mais uma forma de se desafiar.

— Tudo bem — diz ela.

— Ótimo! — exclama Otis.

Erin pega o celular e clica na tela algumas vezes.

— O que você está fazendo?

— Tenho um aplicativo que faz um sorteio aleatório. É assim que escolho o episódio a que vou assistir.

— Um sistema e tanto.

— É, assim treino a sensação da surpresa.

Otis abre aquele sorriso estranho de novo, o mesmo que dá a impressão de que ele está achando graça de alguma coisa, mas sem más intenções.

— E está dando certo?

— Sim, obrigada.

O número é dezessete. O episódio é *The Outcast*.

— O que foi? — pergunta Otis.

— Nada. Por quê? — questiona Erin.

— Sua cara. Parece que ficou meio triste.

Erin não está triste. Ela sentiu alguma coisa, é verdade, e talvez tenha sido forte o suficiente para transparecer na expressão dela, embora nem ela saiba direito do que se trata. A verdade é que é um dos melhores episódios de todos os tempos, um dos preferidos dela. E Erin não tem certeza se quer compartilhá-lo com Otis Goldberg. Ela não sabe se está preparada para deixar que ele veja algo que ela ama.

— Já assistiu a essa série alguma vez? — pergunta ela.

— Acho que sim. Algumas vezes no Syfy ou algo assim.

— Esse episódio é a melhor coisa que já passou na televisão.

— Está bem.

— Então, não abra a boca enquanto a gente estiver assistindo.

— Está bem.

— E tente não se mexer muito também. Isso pode distrair.

— Está bem.

Erin encontra o episódio e aperta o play. Ela cruza as pernas, coloca um travesseiro no colo e se desliga de Otis à medida que adentra o espaço e se junta à tripulação da *Enterprise*

quando encontra uma espécie de alienígena sem gênero chamada J'naii, para quem a especificidade de gênero e sexo é uma aberração. Ser homem ou mulher, *desejar* alguém que seja homem ou mulher, é primitivo, antiquado. A única forma de existir é ser andrógino. Gênero fluido.

Soren, um dos membros da tripulação J'naii, é diferente. Ela se considera mulher e se apaixona por Riker, o epítome da masculinidade. Soren é considerada uma aberração. Precisa ser consertada. Riker não pode fazer nada para salvá-la. O amor dos dois não é forte o suficiente. Ela não é forte o suficiente.

Soren se permite ser reprogramada, ser transformada em alguém "normal". Ela deixa a tripulação convencê-la de que amar Riker seria uma doença, de que ter um gênero seria algo vergonhoso e de que o sexo é vergonhoso. É um erro que ela promete nunca mais cometer. Melhor se manter em segurança. Melhor se adaptar. Melhor manter distância da influência destrutiva do desejo.

— Uau. Intenso — comenta Otis, quando os créditos sobem na tela.

— Se não tem nada a falar, pode ficar quieto — comenta Erin.

— Eu gostei — admite Otis. — Gostei, sério. Você parece a Soren.

— Isso foi um elogio?

— Sim — responde, com aquele sorriso irritante de novo.

Erin se esquece de desviar o olhar. E, quando lembra, já é tarde demais. Os dois trocam o que poderia ser descrito como contato visual significativo. Por um momento, Erin sente dentro do peito uma sensação de queimação e de que tudo está ruindo. Ela queria que Rosina estivesse perto. Queria poder perguntar à amiga o que é isso que está sentindo.

— Está quase na hora do jantar — avisa Erin. — Você precisa ir embora.

Como se aproveitasse a deixa, a mãe de Erin aparece na porta da cozinha, do nada. Será que ela estava ouvindo a conversa esse tempo todo?

— E aí, crianças? O que acharam do episódio? Olha! Parece que gostaram do lanchinho, há, há, há! Otis, gostaria de jantar com a gente? Não? Ah, tudo bem, quando quiser, será muito bem-vindo. Estou falando sério. Espero ver você de novo em breve. Não é, Erin? Querida?

A mãe faz um momento de silêncio, tempo suficiente para Otis sair, mas logo a verborragia recomeça.

— Ele parece ser um cara legal. Estou muito contente que você o tenha convidado, querida. Gostaria que chamasse seus amigos para vir aqui mais vezes. A propósito, não tenho visto muito Rosina ultimamente. O que ela anda fazendo? Acha que Otis vai voltar logo? Ah, espero que sim. Querida, estou tão orgulhosa. Você tem mostrado muitos sinais de maturidade. Tem aproveitado mais as oportunidades de se socializar e...

— Eu comi queijo — conta Erin.

— O quê?

— Comi queijo, meu estômago está doendo. Então, vou pular o jantar.

— Ah, tudo bem.

— Vou subir agora.

Sentimentos estranhos revolvem Erin por dentro e não têm nada a ver com o queijo que ela comeu. Saudades de Rosina. Lembranças do sorriso de Otis. O jeito com que o corpo dele se desequilibrou no sofá, como o dela se inclinou um pouco para o lado se aproximando dele durante o episódio, como eles estavam a pouquíssimos centímetros de distância um do outro quando o programa acabou e o fato dele ter dito que ela se parece com Soren.

É um bom momento para raspar a cabeça, coisa que Erin faz uma vez a cada quinze dias. E um banho também cairia bem. Ela tira a roupa e fica pelada na frente do espelho do banheiro, observa o reflexo de seus dedos compridos e finos enquanto passa a máquina, deixando o cabelo numa altura aproximada de seis milímetros. Quando termina, volta a se olhar no espelho. Talvez essa imagem no reflexo não tenha culpa de tudo que tem acontecido de ruim.

# NÓS

— Senhoritas! — grita o policial na recepção. — Preciso que se acalmem!

Há pelo menos vinte garotas espremidas na pequena sala de espera da delegacia de polícia de Prescott. Sem Margot para assumir o controle da situação, todas estão falando ao mesmo tempo, tentando explicar ao policial o motivo da ida à delegacia. Ninguém consegue esclarecer muita coisa, muito menos Sam Robeson, cujas habilidades teatrais atingiram proporções épicas; ela parece ter incorporado um sotaque shakespeariano somado a movimentos exagerados com as mãos enquanto tenta falar com o policial que faz cara de ponto de interrogação.

— Ainda bem que Erin não está aqui — comenta Rosina com Melissa. — Esse barulho a deixaria irritadíssima.

— Alguém tem que fazer alguma coisa — comenta Grace, sem dirigir a frase a ninguém em específico.

— Hum, oi?! — chama Rosina. — Talvez esse alguém seja você.

Sem ter tempo para desistir, Grace abre caminho em direção à recepção. Ela encara a multidão de meninas e ergue os braços até que todas olhem em sua direção.

— Ei, gente! Podemos nos acalmar um pouquinho? — Para surpresa de Grace, todo mundo faz silêncio. — A menos que alguém se oponha, vou falar com o policial e explicar o motivo de termos vindo até aqui. Se acharem que me esqueci de algo, por favor, sintam-se à vontade para intervir, mas acho que será melhor se apenas uma pessoa falar em nome do grupo neste momento. O que vocês acham?

Por um instante, todas conversam entre si e concordam.

Alguém grita:

— Mandou bem, Grace!

Grace vira para o policial.

— Como posso ajudá-la, jovem? — pergunta o homem, que já parece exausto.

— Viemos fazer uma denúncia de estupro — explica ela. — Não apenas uma, mas várias. Temos provas. Na internet. Posso passar o site de Spencer Limpt, onde ele basicamente confessa ter...

— Um minuto, querida — interrompe o policial. — Vou chamar o delegado para cuidar disso. Não saiam daí.

— Não podemos falar com você?

— Não, acho que tem que ser direto com o delegado Delaney. — Ele entrega uma prancheta para Grace. — Pode pedir para todas assinarem esse formulário?

— O que é isso?

— Precisamos do registro de quem veio para formalizar a queixa.

— Ah, sim. — Grace pega a prancheta e pede para as meninas assinarem.

Rosina manda uma mensagem para mãe, avisando que não vai trabalhar à noite. A energia pulsa na recepção a delegacia. As garotas estão elétricas.

— Alô, ei, chefe! — diz o policial ao telefone. — O'Malley. Desculpe incomodá-lo. Tem umas trinta garotas aqui na delegacia, elas querem fazer uma denúncia de estupro... Alguma coisa a ver com o site de um tal Klimpt, e eu me lembro de você ter comentado algo a respeito... Sim, eu sei... Desculpe. Ok. Até já. — O policial desliga o telefone, olha ao redor e suspira. — O delegado Delaney está a caminho. Mas pode ser que demore um pouco, então, por favor, fiquem à vontade. Tenho certeza de que nem todas precisam ficar por aqui.

Há apenas dois bancos na área de espera, então a maioria das garotas senta no chão. Grace conversa com Lisa Sutter, Abby Stewrad e duas meninas mencionadas no blog para combinarem o que vão dizer ao delegado. Algumas garotas aproveitam o tempo para fazer a lição de casa. Outras ficam mexendo no celular. Rosina ignora várias ligações da mãe.

Uma campainha toca quando a porta se abre.

— Olá, pessoal — cumprimenta Elise Powell, que em poucos segundos é recebida com uma enxurrada de abraços de metade das garotas.

— Não acredita que seus pais deixaram você vir — comenta alguém.

— Eles não sabem que estou aqui. Pensam que fui estudar na biblioteca.

— Não acredito que os pais ainda engolem essa desculpa — comenta Sam.

E Elise não foi a única que apareceu. Uma figura alta e acanhada surge atrás dela.

— Olha só quem encontrei no estacionamento — conta Elise.

Jesse Camp sorri e acena com timidez.

— Oi — cumprimenta ele. — Fiquei sabendo do plano de vocês e quis ajudar. Achei que poderia falar sobre o caráter ou a personalidade de Spencer, sei lá, já que o ouvi durante anos todos se gabar das coisas que fazia. — Jesse baixa a cabeça. — Mas não sei... Acham que posso ajudar?

— Sim — confirma Grace, pulando as pernas das amigas sentadas no chão para chegar a ele. Ela apoia a mão no braço de Jesse. — Claro que vai ajudar. Obrigada por ter vindo.

— Os dois formam um casal fofo, não acha? — sussurra Rosina para Melissa.

— Ela gosta dele? — pergunta Melissa.

— Ela não admite, mas gosta, sim. Está caidinha por ele.

O celular de Rosina vibra.

— Merda — resmunga. — Minha mãe já me ligou dez vezes nos últimos vinte minutos.

— Melhor atender, não? — sugere Melissa.

— Ah, para de bancar a sensata. — Rosina olha para o celular e faz uma careta. — Está bem, vou seguir seu conselho — diz e atende.

Melissa ouve a mãe de Rosina gritando do outro lado. Embora não entenda uma palavra do que a mulher diz, dá para perceber que está furiosa. Rosina afasta o aparelho do ouvido e se contrai, fazendo cara de dor. — Está ameaçando me colocar para fora de casa se eu faltar mais um dia no trabalho — conta.

— Tenho certeza de que é da boca para fora.

— Ah, não é, não. Ela é bem capaz disso. Faz anos que ela está tentando se livrar de mim.

— Não fala assim.

De repente, os olhos de Rosina brilham mais que de costume. É quase como se... estivessem marejados. Com lágrimas a ponto de escorrer.

— Mami — diz, ao telefone, com a voz meio trêmula. — Desculpa. É uma emergência. Por favor, confie em mim. — E, em seguida, desliga.

Melissa estica o braço e segura a mão de Melissa. As duas não dizem nada, mas entrelaçam os dedos e apoiam os ombros uma na outra, frente a frente pelos próximos extensos cinco minutos, até que o delegado Delaney atravessa a porta com tudo.

— Jesus — murmura, ao ver o aglomerado de garotas bloqueando a passagem na recepção. — Noite de eclipse ou o quê?

— Delegado Delaney, viemos aqui fazer uma denúncia — afirma Grace.

— Você é a líder do grupo?

— Não. Não temos uma líder. Só estou tentando ajudar a organizar um pouco as coisas — explica Grace.

— Bom, muito nobre de sua parte — murmura. — Então, quer falar comigo? E quem mais? Não posso levar todas para minha sala.

— Somos eu, Lisa, Abby, Juna, Lizzy e Jesse.

— Jesse? — pergunta o delegado. — Jesse Camp? Você não é um dos *linebackers* da Prescott High?

— Não mais, senhor. Saí do time — responde Jesse.

— Fez bem — comenta o delegado. — Neste ano o time está uma merda. — O homem olha para o relógio de pulso. — Sabem que vou perder o começo do jogo por causa de vocês, né? Seahawks contra Patriots. É melhor que sejam rápidos.

Grace e os outros cinco acompanham o delegado à sala dele. Todas as outras esperam do lado de fora.

Doze minutos depois, todos saem da sala.

O delegado sai pela porta da recepção e passa pela sala de espera cheia de garotas, tanto que elas mal conseguem vê-lo.

Grace, Jesse e as vítimas de Spencer aparecem atrás do balcão da recepção. Lisa, com as lágrimas escorrendo. E Abby com o rosto vermelho de tanta raiva.

— O que aconteceu? — pergunta Elise.

— Nada — explica Abby, bufando de raiva. — Eu sabia que seria perda de tempo. Não acredito que me convenceu a fazer isso, Lisa. Fiquei sentada na porra daquela cadeira explicando tudo o que o Spencer fez comigo, e o cara nem prestou atenção. Ficou o tempo todo lendo o blog. E rindo!

— Ele disse que não há provas suficientes de que o site seja do Spencer — explica Grace. — E mesmo que haja, não há nada ali que sustente uma denúncia.

— Mentira! — esbraveja Elise.

— Contei para ele que ouvi Spencer narrar o que tinha feito com algumas garotas — diz Jesse. — Mas Delaney acha isso é só fofoca. Que não pode prender ninguém com base em fofocas e na palavra de um bando de ex-namoradas frustradas.

— Ex-namoradas frustradas — repete Lisa, em meio às lágrimas e aos soluços. — É isso o que somos. Como se tudo que a gente contou não passasse de decepção com namorado.

A sala toda fica em silêncio, mas irrequieta. É como se saísse faísca do ar.

— Ele nem registrou meu depoimento — comenta Grace, sem acreditar na própria fala. — Disse que não tem validade. Que eu o fiz perder tempo.

— E agora, gente? — indaga Rosina. — Sério que esse cara vai esperar mais alguém ser estuprada? Ou talvez esperar que alguém morra para fazer alguma coisa?!

— Ele só está preocupado em salvar o próprio rabo — opina Melissa. — Se a polícia começar a investigar o que aconteceu no ano passado, provavelmente vão descobrir e provar que Delaney interferiu no caso, talvez até de propósito. Se for isso, ele está fodido.

— Você tem razão. Ele nunca vai ficar do nosso lado! — concorda Rosina.

Misteriosamente, o policial atrás do balcão da recepção desapareceu. Nos quatro cantos, em plena delegacia, não há nenhuma autoridade por perto. Resta apenas uma sala cheia de garotas revoltadas e um garoto. Todos adolescentes. Um bando de crianças. Não vale a penas perder tempo com o que têm a dizer.

— Caralho — esbraveja Abby. — Ninguém está nem aí. Eu não estou nem aí. — E, com isso, sai da sala.

— Preciso chegar em casa antes que meus pais desconfiem — diz Elise. Ela abraça Grace. — Não acabou. Eu não vou desistir.

Em poucos minutos, a delegacia se esvazia. Todos voltam para casa, todos terão de fingir que foi só mais um dia como qualquer outro, terão que decidir se vale a pena continuar lutando, vão sentar-se à mesa de jantar e se perguntar o que fazer quando a pessoa para quem você pede ajuda se recusa a ajudar.

Melissa dá carona para Grace e Rosina.

— Vocês estão de parabéns por hoje — afirma Rosina ao parar em frente à casa de Grace.

— Mas não foi suficiente — comenta Grace.

— A culpa não foi sua — diz Rosina. — Muito antes de colocar a pata na delegacia, aquele cuzão decidiu não ajudar a gente.

— É... — murmura Grace. — Talvez.

Toda a vontade que Grace tinha de lutar se esgotou. Ela está exausta. A única coisa que quer fazer agora é se jogar no sofá, assistir à televisão e tomar sorvete direto no pote, com a mãe. Quer um mundo em que isso seja suficiente para viver.

# ROSINA

Quando Melissa para o carro em frente à casa de Rosina, ela não desce. De uma hora para a outra, o céu ficou escuro e começou uma tempestade cujo barulho ecoa no carro.

— Não vou entrar — comenta Rosina. — Vou fugir.

— Se quer fugir de casa, não acha que precisa de algo além da mochila da escola? — questiona Melissa.

— Bem lembrado. — Rosina inclina a cabeça para trás e fecha os olhos. — Estou fodida.

— Pode ser que não seja esse filme de terror que você está imaginando. Talvez você precise dar um pouco de crédito a sua mãe. — Melissa estica o braço e segura a mão de Rosina. — Vai ficar tudo bem.

— Você não tem como saber.

O barulho da chuva continua reverberando dentro do carro, e o calor e a respiração das duas deixa os vidros embaçados. A tempestade aproxima as duas.

— E aí, você é lésbica? — pergunta Rosina. — Ou, tipo, na semana que vem vai me dizer "ah, eu só estava experimentando, podemos ser amigas?". Estou perguntando porque seria muito ruim para mim, uma vez que, quanto mais a conheço, menos quero ser sua amiga… Sabe?

Melissa solta a fivela do cinto de segurança, inclina o corpo à frente e beija Rosina. Nada de selinho. É um beijo demorado, vagaroso, suave. O tipo de beijo que amigas não trocam. Não mesmo.

— Rosina. Você não é um teste — afirma Melissa.

Rosina leva alguns segundos para abrir os olhos.

— Entendeu? — pergunta Melissa.

— Entendi.

— Depois me liga para contar como foi com sua mãe.

— Combinado.

Rosina entra em casa com a sensação de flutuar, e a cena de sempre – Lola, vendo televisão deitada no sofá – nem chega a incomodá-la.

— A Abuelita está dormindo? — pergunta Rosina a Lola.

— Você me deve vinte dólares.

— Oi! Boa noite para você também.

— Precisei cuidar dela porque você deu o cano no trabalho e minha mãe precisou substituí-la.

— É... Parece que você trampou pra caramba.

Lola estende a palma da mão. Rosina suspira, pega a carteira e procura uma nota de vinte. Em circunstâncias "normais", ela brigaria e falaria um monte, mas está guardando energia para Mami. Basta um minuto com um membro da família e ela sente como se aquele beijo com Melissa nunca tivesse acontecido.

Rosina sobe para o quarto e espera. Nem se preocupa em tentar dormir, porque sabe que Mami a acordaria assim que chegasse do restaurante. Ela pega o violão e dedilha um pouco, experimentando acordes e ritmos, até que a força misteriosa que ela não sabe o que é nem de onde vem parece falar através de seus dedos, dando a direção certa, tomando decisões. Meia hora depois ela se vê tocando a batida de uma nova música, três acordes com arpejo para a estrofe e outros três para o refrão. Rosina cantarola com a boca fechada o começo de uma melodia enquanto pensa em Melissa, nos lábios dela, no modo como ela parece levar luz toda vez que entra num lugar e em como esse brilho torna todas as sombras da vida de Rosina suportáveis.

*Toc, toc, toc.* As paredes do quarto de Rosina tremem com a mão de Mami na porta. Antes que Rosina tenha a chance de dizer "entre", a porta se abre.

— Que diabos você estava fazendo de tão importante assim? — esbraveja.

— Não posso contar. Desculpa.

— Não — diz Mami, chacoalhando a cabeça tão violentamente que Rosina chega a ter medo que desloque. — Não aceito essa resposta. Você não pode fazer isso.

— Desculpa. — É tudo o que Rosina consegue dizer.

— Quem você pensa que é? — questiona Mami, marchando e se aproximando. Ela puxa o violão das mãos de Rosina e o joga no chão. A caixa acústica de madeira bate e as cordas rangem em contato com o piso. Rosina arregala os olhos. Não, o violão, não.

Então, estranhamente, Rosina sente uma calmaria. Ela encara o rosto vermelho e enfurecido da mãe e quase sente pena dela. Pena da raiva, da vida solitária. Por que rebater raiva com mais raiva? Por que lutar contra alguém que está sempre enfezada, não importa o que aconteça? Que Rosina tivesse deixado cair um prato no chão. Ou que tivesse chegado atrasada dois minutos. Ou matado alguém. A raiva de Mami seria igual, exatamente a mesma.

Rosina faltou no trabalho hoje e não vai contar à mãe por quê. Ela sabe que Mami tem motivo para estar brava. No entanto, Rosina também teve seus motivos para não trabalhar. Ela decide aceitar a raiva da mãe e não lutar contra ela.

A filha não diz nada. Inexpressiva, apenas olha fundo nos olhos da mãe, sem desafiá-la, sem sentir vergonha nenhuma.

Mami é a primeira a desviar o olhar.

— Você me irrita — esbraveja. E, depois disso, sai do quarto.

A porta fecha sem fazer nenhum barulho simplesmente porque é leve demais para bater.

Com a saída da mãe, o quarto fica em silêncio. Rosina pega o violão para verificar os estragos e percebe que só vai precisar afinar as cordas.

O instinto dela é ficar sozinha. Ao mesmo tempo, sente alguma coisa nova, alguma coisa mais forte.

Rosina pega o celular e liga para Melissa. É quase meia-noite, mas ela sabe que Melissa continua acordada.

— Ei! — Melissa atende no segundo toque.

— Acabei de brigar com minha mãe. E não quero falar sobre isso.

— Ah, Rosina... Sinto muito.

— Não, na verdade não foi como eu pensava. Está tudo bem — explica, confusa ao ouvir as próprias palavras. — Acho.

— Sério? Que ótimo.

— Vamos falar sobre outra coisa — sugere Rosina. — Vamos fingir que não aconteceu nada de ruim hoje.

— E sobre o que falar?

— Só queria escutar sua voz.

— Ah... Tudo bem.

Silêncio.

Quando Melissa solta uma risadinha, é como se houvesse uma borboleta voando e fazendo cócegas dentro de Rosina, dissipando toda a dor.

— Fala alguma coisa — pede Rosina;

— Quer vir jantar aqui em casa um dia desses?

A borboleta para de bater as asas. E a garota ficou fora do ar com o que ouviu.

— Com seus pais?! — pergunta Rosina.

— Sim.

— Bom... acho que devo aceitar, né?

— É o que eu espero ouvir.

— Está bem. Sim. Mas tenho um pouquinho de medo — admite Rosina.

— Tudo bem, vem com medo mesmo.

— Já estou fazendo xixi nas calças.

— Precisa ir ao médico cuidar disso aí.

— Andou falando de mim para seus pais?

— Falei que você é incrível.

— Eita.

— Acho que também contei que quero que você seja minha namorada — afirma Melissa.

Pronto. Tem muita, muita coisa acontecendo dentro dos limites da caixa torácica de Rosina; assim, ela mal consegue identificar tudo. O coração parece que vai explodir. Ela é mesmo um caso perdido.

# Nós

Amber Sullivan está na aula de Artes Gráficas, a melhor hora do dia para ela. É sua chance de mexer num computador decente e se sentir boa em alguma coisa. Quem sabe o que ela poderia fazer se tivesse um desses em casa para praticar?

Essa não é só a melhor disciplina de toda a grade, como também o melhor lugar em que ela poderia se sentar. Seu computador fica bem ao lado de Otis Goldberg, que em geral fica do outro lado da escola, nas aulas frequentadas por alunos inteligentes, e que, a essa altura, é a única companhia que Amber realmente curte.

— Sobre o que é seu trabalho? — pergunta Otis, como se ela fosse uma pessoa de verdade.

— Ah, hummm...

Otis é o único cara da escola com quem ela não sabe conversar.

— Parece legal — diz ele, inclinando o corpo para olhar a tela do computador de Amber, e encostando seu ombro no dela. — É animado?

— Sim — responde.

Ela clica no botão para iniciar a animação. É coisa boba, na verdade. Amber levou quinze minutos para criá-la.

— Nossa! — exclama Otis, aparentando impressionado de verdade. — Como você fez isso?

— Ah, conceitos básicos de programação — responde Amber, alternando para a janela com o código fonte.

— Foi você quem programou? Onde aprendeu a fazer isso?

Amber encolhe os ombros.

— Acho que sozinha.

— Você leva muito jeito. Tem talento, sério. Pode ganhar dinheiro com isso, se quiser.

Amber vira o rosto para não encarar o olhar intenso de Otis. Ele é o único do colégio a dizer que ela é capaz de fazer alguma coisa.

— Vadia — murmura Olivia Han, simulando uma tosse ao passar ao lado da mesa de Amber, esbarrando com o quadril no computador.

— Cala a boca, Olivia. Isso não é legal — resmunga Otis.

Surpresa, Olivia encara Otis por um momento. Quem nesse colégio todo alguma vez tentou defender Amber Sullivan?

— Vá se foder — exclama Olivia, indo embora.

— Não precisava me defender. Eu estou acostumada — afirma Amber.

— Ela não tem o direito de fazer isso. Você não merece — diz Otis.

O mais estranho de tudo é que ele parece mesmo acreditar no que acaba de dizer.

E o mais estranho ainda é que, por um momento, enquanto olha nos olhos de Otis, Amber também acredita no que ele acabou de dizer.

Alguém se senta à mesa de Adam Kowalski, mas esse é apenas o nome que escreveram em sua certidão de nascimento. Seu nome agora é Adele, ainda que ninguém saiba disso ainda. *Só mais um ano*, pensa ela, um mantra que não para de mentalizar e repetir.

Ela observa um grupo de garotas amontoadas, cochichando. Alguma coisa grita dentro de seu peito, pedindo para se juntar a elas. Adele sabe que estão falando sobre as Anônimas; esse é o único assunto que se ouve pelos quatro cantos da escola. Ela tem vontade de entrar para o grupo, mas será que a aceitaram? Se ela aparecer em uma das reuniões um dia desses, seria expulsa? E como pode reivindicar a feminilidade se não a sente no próprio corpo?

É óbvio que Margot Dillard já terminou a lição de casa que a mãe levou da escola. E também já reuniu coragem e teve uma conversa com a reitora de admissões de Stanford, que compartilhou uma experiência e contou sobre os problemas que teve com a lei quando protestou contra o *apartheid* nos anos 1980. Certos de que a filha seria incapaz de fazer algo para prejudicar alguém, os pais de Margot se preparam para processar a escola por causa da suspensão e, para isso, contam com um advogado muito bom.

Margot, no entanto, não está muito preocupada com o processo nem com o privilégio de os pais confiarem nela. Está sentada de frente para o espelho, se maquiando. No YouTube, ela assiste mais uma vez ao vídeo sobre como criar um olho esfumaçado, conteúdo que já viu seis vezes, porque o efeito tem de ser perfeito. Ela olha para o espelho e, com os lábios vermelhos, faz um biquinho.

*Sexy*, pensa ela. *Caraca, sou sexy mesmo.*


O pai de Trista trocou a fechadura da porta por uma que trava pelo lado de fora. Ela não pode sair, exceto uma vez a cada duas horas, para usar o banheiro. A mãe leva comida e reza pela filha. Depois do jantar, a família tem a imensurável honra de receber a visita do pastor Skinner. Trista tem autorização de sair do quarto e ir para a sala de estar conversar com ele sobre a importância da igreja e de honrar os pais.

Enquanto o pastor diz uma ladainha sobre o respeito à autoridade, Trista pensa numa pergunta sobre a qual os pais a ensinaram a vida inteira: "O que Jesus faria?". Ela não fala nada para o pastor sobre como Jesus lutava por aquilo em que acreditava, como ele se opunha aos corruptos que ocupavam o poder e como tratava as mulheres com gentileza e respeito numa época da história em que poucos o faziam. Pois não é sobre Jesus que o pastor Skinner está falando. Na verdade, tudo isso que ele não para de repetir não tem absolutamente nada a ver com Jesus.

Trista está sendo mantida refém – e isso não é uma hipérbole adolescente. Essa é uma situação real e verdadeira de cárcere. No entanto, não há nada que ela possa fazer. É apenas uma criança. Não tem direitos. São os pais quem decidem o que é certo e errado, mesmo que eles estejam errados.

\* \* \*

Elise Powell sabe que a suspensão deveria ser um castigo, mas cá está ela, deitada na cama, sorrindo, olhando para o teto sem se sentir culpada de absolutamente nada. Já sobreviveu ao sentimento de terror inicial da ameaça de que seu futuro estaria destruído, como jurou a diretora Slatterly, de que seus pais ficaram extremamente decepcionados depois que fosse expulsa do time de *softball* e perdesse a bolsa de estudos para cursar a Universidade de Oregon. Após a reunião que eles tiveram com a diretora e depois de Elise explicar sua versão da história, ela pode jurar que viu a mãe se esforçando para conter um sorriso. O mais importante de tudo é que eles acreditaram nela. E, quando Elise, em prantos, ligou para o treinador e implorou que não fosse expulsa do time, depois de uma pausa breve e de um ruído do outro lado que pareceu o de uma porta se fechando, o treinador Andrews sussurrou: "Não conte para ninguém, mas, menina, estou tão orgulhoso de você! E tenho certeza de que meus colegas da Universidade de Oregon também ficarão".

E tem algo ainda maior que isso tudo, ainda mais inusitado, mágico e avassalador, algo que a deixa nas nuvens durante essa semana de suspensão e em que ela não para de pensar: em seu encontro. Com um cara lindo, maravilhoso, incrível.

Talvez ela devesse se sentir culpada por ter faltado em uma das reuniões das Anônimas para sair com Benjamin Chu e não contar para ninguém. Talvez devesse se sentir culpada por ter priorizado outra coisa, por ter escolhido se encontrar com um cara em vez de se solidarizar com as amigas e com a causa delas, por ter jogado video game na sala de Benjamin, com ele, em vez de ter ido para aquela casa mal-assombrada no sábado; e, como estava meio quente, ele não parava de se desculpar pelo ar-condicionado quebrado, e o copo de limonada dos dois começou a suar, e o lábio superior do Benjamin ficou suado e Elise ficou tão distraída e com vontade de sentir o gosto daqueles lábios que não parava de morrer no jogo de maneiras extremamente bizarras, e Benjamin não parou de tirar sarro da cara dela, de brincadeira, de um jeito que a fazia se sentir magnífica, e tinha horas em que ele ficava olhando tanto para ele que morria no jogo também e, enfim... Ela devia se sentir culpada por não ter dado a mínima para aquela vozinha sussurrando em seu ouvido "E a greve?" e por ter se aproximado mais e lascado um beijo na boca dele. Quando os dois se separaram, ainda com os olhos meios fechados e com um sorriso bobo, Benjamin murmurou: "A greve acabou?". Ao que ela respondeu: "Não conta para ninguém". E ele disse: "Eu posso esperar". E ela rebateu: "Sem chance". E ele perguntou: "Tem certeza?". E quando ela o beijou de novo, seu corpo respondeu: *Tenho certeza absoluta. Tenho certeza absoluta. Tenho certeza absoluta.*

Deitada na cama, Elise não para de pensar no sabor agridoce da limonada nos lábios de Benjamin Chu. Às vezes ela acha que deveria sentir remorso, mas logo essa sensação passa. Talvez as Anônimas ficassem felizes por ela. Porque, às vezes, dizer "sim" é tão importante quanto dizer "não".

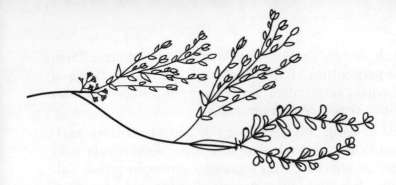

# ERIN

Erin não sabe ao certo o que aconteceu na noite anterior na delegacia enquanto estava em casa, fazendo o trabalho com Otis, mas o que quer que tenha acontecido foi ruim e é óbvio que a notícia se espalhou e chegou aos ouvidos de quem não tinha nada a ver com isso. Os armários de três das garotas que apareceram na lista de Spencer foram alvo de vandalismo. Alguém colou um adesivo no armário de Lisa Sutter, dizendo "PARA VADIAS, FITA CREPE RESOLVE: TRANSFORME 'NÃO, NÃO, NÃO' EM 'HUMMM, HUMMM, HUMMM!'".

A diretora Slatterly está cuspindo fogo. Quatro novos seguranças foram contratados para patrulhar os corredores e o refeitório. Dizem que pelo menos oito meninas receberam advertência ou foram suspensas só hoje, e ainda estamos na quarta aula. Graças a uma lista que Slatterly recebeu de Delaney, com os nomes de quem apareceu na delegacia ontem, ela sabe exatamente quem atacar e com certeza já pensou em vários pretextos.

Erin sabe que deveria se sentir mal por todos que estiveram lá, que deveria se arrepender e não ter ido. Isso seria o certo a sentir. Mas ela está muito ocupada sentindo algo completamente diferente.

E, agora, a caminho da sala, tem ainda mais motivo para sentir essa "coisa diferente". Na outra ponta do corredor, está Oris Goldberg tirando alguma coisa de seu armário. Dentro de Erin, algo se remexe. E parece algo um réptil: uma cobra se rastejando, um lagarto sacudindo a cauda. Antes de ter tempo para pensar, Erin sente o que parece ser o começo de um ataque de pânico, mas a sensação é, ao mesmo tempo, exatamente contrária, o que a leva a pensar que talvez devesse dizer "Oi, Otis!" bem alto para chamar a atenção dele, o que o faria sorrir, caminhar em direção a ela, conversar com ela, e deixaria Erin mais feliz ainda, porque, de repente, como acaba de constatar de forma tão clara e precisa quanto uma prova geométrica, Erin gosta dele. Erin gosta de Otis Goldberg. E gosta de um jeito muito maior e diferente de como gosta de Rosina e Grace. Ela gosta de Otis Goldberg mais que como amigo.

Nesse momento, ela vê Amber Sullivan ao lado dele, perto, muito perto. Erin passou anos estudando linguagem corporal e espaço pessoal e sabe que Amber está muito mais perto que uma amiga deveria ficar. Erin sabe que, diante de um amigo, não arrumamos os fios de cabelo atrás da orelha. Nem esfregamos os peitos no braço do outro.

Amber é do tipo de garota de quem os garotos gostam. Curvilínea, sorridente, elogiosa e mantém contato visual. Não do tipo andrógina estranha como ela. Não do tipo que só sabe sentir muito ou pouco.

Assim, feitas essas constatações, Erin descobre seus sentimentos por Otis Goldberg e promete se livrar deles, extirpá-los. Ela tem esse controle, pode interromper os próprios sentimentos. Sua mente é mais forte e mais estável que o caos volúvel e imprevisível de seu coração. Não o órgão real, claro, mas o misterioso que o envolve, as células neurais estranhamente implantadas no meio do peito e que se conectam ao cérebro e a outras coisas misteriosas que não podem ser observadas nem mensuradas, o lugar do corpo em que pânico e amor se misturam e é impossível saber o que é o quê.

Erin deveria ter sido mais esperta. Não pensou como androide e deu no que deu. Deixou os sentimentos a contaminarem. Não fez o que Data faria.

É fato que um androide às vezes tem mais de um ponto de vista sobre mesmo assunto, pode chegar a uma conclusão errada devido a uma informação incompleta, mas essas imprecisões ocasionais não acarretam emoções, que podem ou não levar a outras conclusões, que, por sua vez, podem levar a outras emoções ainda mais fortes, a pensamentos e até a ações – mas talvez essa outra observação interfira na primeira e coloque todo o amontoado dos primeiros disparos neuronais em choque, e os fios podem se esticar, emaranhar e causar uma sensação desagradável, que pode ou não levar a outras emoções completamente diferentes, e aí tudo se transforma num completo caos.

Será que isso é uma metáfora? Erin detesta metáforas.

Ela só precisa de um pouco de tempo, um pouco de espaço. Vai se esconder atrás da escada até o corredor esvaziar, até todo mundo entrar para a sala. Vai usar o silêncio para recarregar as baterias. Só precisa é de alguns minutos. Erin vai entrar um pouco atrasada na aula, mas ela pesou os prós e os contras dessa pequena infração e concluiu que é mais importante se manter forte e inteira que chegar no horário certo da aula.

Melhor assim. Otis e Amber se foram. Todo mundo se foi, até os seguranças onipresentes. Agora Erin pode sair do esconderijo e ir para a aula.

Mas ela ouve passos. E uma risada gutural. Erin olha ao redor e dá de cara com Eric Jordan na outra ponta do corredor, todo sujo e amarrotado. Os olhos fundos a encaram. O sorriso de modelo de revista perdeu toda a graça.

— Para de me encarar — ordena Erin.

Eric ri.

— Eu sei que não é isso que você quer. — Ele continua andando, aproximando-se mais e mais. — Gosta que eu olhe para você, não gosta?

— Não.

— Até uma garota como você deve ter suas necessidades — diz, quase em cima dela, tanto que Erin consegue sentir o cheiro de bebida barata no bafo dele e pelos poros da pele imunda.

Erin sabe que deveria correr. Que deveria fugir. Mas não pode demonstrar medo. Não pode dar esse gostinho a ele. Quer dar o troco.

— Por que está falando comigo? — questiona. — Agora que nenhuma menina da escola quer falar com você, resolveu conversar comigo, a fraquinha e indefesa? Deve estar desesperado. Que ridículo.

Algo atravessa a expressão de Eric, alguma coisa aterrorizante, uma mistura de raiva e ódio e, no momento em que Erin vê o próprio reflexo nos olhos rasos dele, ela até esquece que é humana. Eric não está olhando para um ser humano.

Erin sente uma pressão no peito e, de repente, seus pés flutuam quando Eric a empurra pelo corredor em direção aos armários. Erin é arremessada contra uma das portas e sente a fechadura na parte inferior das costas.

— Não se atreva a falar comigo desse jeito — esbraveja, cuspindo na cara dela.

Ela sente a saliva grudando em seu rosto.

— Falo como quiser — rebate.

Erin não sabe de onde vieram essas palavras. Provavelmente de algum lugar bem lá no fundo, onde a dor e as lembranças obscuras estão guardadas, o mesmo canto em que a luz atravessa as fendas da escuridão e o medo se transforma em coragem.

— Acha que preciso que as vadias dessa escola conversem comigo? Acha que preciso falar com elas? — pergunta, com um sorriso sarcástico e a voz meio sufocada. Está quase histérico. — Não quero falar com ninguém. Não quero conversar com você. Posso conseguir o que quero sem falar.

Com a mão esquerda, Eric empurra Erin ainda mais contra o armário e, com a direita, agarra a virilha dela. Através do tecido grosso da calça jeans, Erin sente os dedos musculoso agarrando, puxando, tentando agarrá-la. Não é sensual. Não tem nada de sensual nisso. Ele quer machucá-la. Quer reduzi-la a nada.

Ela volta para Seattle. O olhar distante de Casper Pennington a perfura. Erin desaparece sob o peso do corpo dele. Ela para de lutar. Pode ser que o "não" nunca tenha saído da boca dela, mas o corpo disse de todas as formas. Foi Casper quem escolheu não a ouvir.

Erin não consegue se mexer, embora seja o que ela queira. Não consegue fazê-lo parar. Não consegue gritar. Não consegue pedir ajuda. É essa a sensação de quem é capturada, uma sensação de impotência e paralisação, de ser reduzida a nada. É quando seu corpo e sua voz se tornam seus inimigos, quando ambos não a ouvem porque são dele agora, porque ele o roubou, porque é ele quem controla seu corpo, apesar do medo que você sente.

Primeiro, você é um objeto. Depois, é usada. Em seguida, destruída e descartada feito lixo.

Então, ela ouve um barulho no corredor, o ruído de um *walkie-talkie* de um segurança. Eric solta Erin, mas apenas parte dela se sente livre.

Erin não olha para Eric, não olha em direção ao barulho que ouviu para saber de onde veio, não olha para lugar nenhum. Apenas sai correndo. Ela corre tão rápido que não consegue pensar, não consegue sentir. Erin atravessa o portão e sai para a rua, mesmo sem conseguir respirar, mesmo que tenha se esquecido de como respirar e mesmo sentindo como se todos os seus ossos estivessem quebrados, como se suas veias tivessem se transformado em facas, e tudo no mundo parece querer machucá-la, tudo em seu corpo a ameaça, as engrenagens da mente se transformam em lâminas, em vidro, e mesmo que a própria existência tenha se transformado numa zona de guerra, ela corre, corre, corre até chegar à porta de casa, até cair de joelhos, cheia de hematomas e machucados, até encontrar o canto onde pelo menos há uma coisa no mundo que é resistente, e ela se aninham ali, e Spot chega, ergue as duas orelhas bem a tempo de escutar o gemido que escapa dos pulmões de Erin, o som de uma vida inteira se esvaziando, uma vida inteira implodindo sob a extrema pressão da gravidade, o extremo peso, os ossos de elefante no corpo de um passarinho, se quebrando, quebrando, quebrando...

É isso que acontece quando os sentimentos falam mais alto, quando tudo o que estava escondido irrompe das sombras. É o que acontece quando o sentimento ganha e Erin perde.

Ela balança o corpo para frente e para trás na velocidade da pulsação de um coração palpitante, o corpo se transforma num metrônomo, a parte de trás da cabeça bate contra a parede enquanto registra o tempo, um, dois, um, dois, um, dois, e Spot vai resgatá-la, cutuca Erin com o focinho, tenta se enfiar entre o corpo dela e a parede para criar uma espécie de amortecedor. Erin, contudo, precisa de impacto, tem que sentir o tato, algo batendo, marcando a violência de sua existência física neste mundo.

Com seu corpo, Spot suaviza o impacto. Ele é uma almofada viva e que respira. No entanto, Erin ainda não sentiu o suficiente, ainda não se flagelou o suficiente. Ela se estapeia. Uma, duas, três vezes. Machuca-se porque precisa fazer isso, porque tudo já está doendo tanto, porque é a única maneira de fazer a dor passar, de mandá-la para outro lugar a fim de que não engula Erin por inteiro. Ela precisa lutar, precisa lutar contra alguma coisa, e só ela mesmo existe para isso agora.

Spot continua agindo, com seus dentes afiados e gentis, mordisca de leve as mãos de Erin e as afasta, feito uma mãe que protege o filhote, até que a ternura, por fim, vence, não porque Erin para de se flagelar, mas porque Spot coloca seus mais de trinta e seis quilos no colo de Erin, sobre os braços dela, assim ela não pode se machucar mais, ela não tem escolha a não ser segurá-lo, sentir o conforto de seu peso em cima dela, ser silenciada e imobilizada por uma criatura que está programada para não fazer nada além de amá-la.

E é nesse momento que a mãe de Erin entra pela porta da frente carregando muitas sacolas do supermercado. Nesse instante, Erin não consegue acessar o mundo fora de si mesma, não ouve as sacolas caírem no chão, o barulho das cascas de ovos quebrando em contato com o piso, não ouve o grito desesperado da mãe, perguntando: "O que aconteceu?! O que aconteceu?". Nesse momento, Erin tem apenas uma vaga consciência da presença da mãe e não reconhece nada fora de si, o mesmo lugar encarcerado de onde a mãe também grita – desamparada, impotente, torturada pelo próprio sentimento de amor enquanto se ajoelha ao lado da filha inacessível, pois sabe que não há nada que possa fazer para ajudar. Ela sabe que não pode tocá-la, não pode abraçá-la nem a embalar em seus braços como seus instintos exigem. E Erin não pode sequer considerar esse consolo neste momento, não enxerga além da dor profunda que o corpo sente, não compreende que há alguém no mundo disposto a ajudá-la, que há alguém que pode fazer isso.

Spot choraminga. Ele não consegue escapar do abraço apertado de Erin. Ela não vai soltá-lo. Os braços viraram duas barras soldadas que a mãe tem de tentar abrir com cuidado.

# ROSINA

— Sai daqui agora — rosna Mami, assim que Rosina entra na cozinha do restaurante.

— Mas não estou atrasada! — rebate Rosina, que, na verdade, chegou até antes do horário.

Rosina nem reclamou quando a mãe ordenou que ela chegasse uma hora mais cedo para ajudar a limpar a geladeira.

— A diretora da escola ligou me ligou — avisa Mami.

— E o que ela queria? — pergunta Rosina, num tom natural, apesar da sensação de pavor no peito.

— Ainda não sei — responde Mami, semicerrando os olhos, desconfiada. — Ela deixou uma mensagem dizendo que quer falar comigo sobre um assunto importante. Disse que posso ligar no celular dela a qualquer hora.

— E por que não ligou?

— Estava esperando você chegar, queria que estivesse aqui.

— Muito gentil de sua parte — comenta Rosina, tentando agir como se o chão não estivesse ruindo sob seus pés, como se ainda houvesse chão para se manter em pé. Enquanto Mami tira o celular do bolso para retornar a ligação da diretora, Rosina tenta demonstrar calma e tranquilidade e se senta num caixote no canto da cozinha, ainda que quase não consiga sentir as pernas.

— Alô? Sra. Slatterly? Aqui é Maria Suarez, mãe de Rosina Suarez.

Enquanto observa a mãe escutando sabe-se lá o que a diretora está dizendo do outro lado da linha, passa pela cabeça de Rosina que talvez ela conheça, mesmo que de leve, como deve ser a crucificação – tortura, incapacidade de se movimentar e o fato de ser vítima dos caprichos de alguém em posição de poder. A cada "aham" e "sim" de Mami, os olhos dela ficam mais vermelhos, quase chegam a cuspir fogo tamanha a raiva e a repulsa, e Rosina se contrai, endurece e se transforma num bloco de gelo.

— Ela quer falar com você — avisa Mami, as palavras atravessando a mandíbula cerrada enquanto ela empurra o celular na cara da filha. Rosina se levanta, apoia o aparelho no ouvido, vira, fixa o olhar num na parede em que a tinta está desgastada e pensa: *Como eu queria ser absorvida pela tinta como as manchas de gordura nessa parede em todos esses anos.*

— Alô? — diz Rosina.

— Olá, srta. Suarez — cumprimenta a diretora Slatterly, com amabilidade fingida. — Como está sua tarde?

— Boa — responde Rosina, com o fogo do olhar de Mami perfurando suas costas.

— Que bom. Vou ser bem direta, querida. Estou preocupada com você. E eu não estaria cumprindo meu papel se não compartilhasse tais apreensões com os pais dos alunos.

— O que disse para minha mãe?

— Tenho certeza de que ela vai contar quando terminarmos nossa conversa. Mas queria conversar diretamente com você sobre algumas coisas que preferi não comentar com sua mãe.

Rosina hesita. O silêncio do outro lado a sufoca. Ela sabe que Slatterly está prolongando a tortura, que ela sente algum tipo de prazer nisso.

— Sabe, srta. Suarez, não tenho nada contra sua pessoa — afirma a diretora. — Pelo contrário, aprecio seu espírito independente e, para falar a verdade, até o admiro. Mas acontece que estou sofrendo muita pressão para pôr um fim em você e no clube de suas amigas. — Ela faz uma pausa. — Não faz ideia de que tipo de pressão estou falando — acrescenta, com a voz tensa e aguda. — Não faz ideia.

Por um momento, Rosina teme que a diretora chore. Pela voz dela, parece que está quase.

— Tenho de admitir que, na verdade, sinto certo orgulho de ver aonde chegaram com tudo isso. Mas já se divertiram o bastante, então chegou a hora de colocar um ponto-final nisso. Certas coisas, a gente deve deixar para lá. Entende o que quero dizer?

— Não, não sei do que a senhora está falando.

Slatterly solta um suspiro profundo e perfurante do outro lado do telefone.

— Srta. Suarez, eu não queria que as coisas chegassem a esse ponto, mas não resta alternativa.

A diretora para de falar, fica muda e Rosina queria poder olhar na cara dela agora para saber o que é falso e o que é real, se esse tom de remorso é mesmo verdadeiro.

— Chegou a meu conhecimento que o status de imigração de sua avó não é... como poderíamos dizer... legal?

Tudo no corpo de Rosina se congela. O coração, os pulmões, o sangue que deveria correr pelas veias. Cada célula dela se entrega.

— Sei que não gostaria de ver sua família metida em problemas. Talvez a vigilância sanitária apareça no restaurante de seu tio um dia desses, sabe? Basta uma ligação de qualquer morador preocupado com o bem-estar e a saúde da cidade. — Slatterly parece um robô falando, um ser desalmado. Não é mais um humano que está do outro lado da linha.

Sem pensar, Rosina vira e olha para a mãe, que continua no mesmo lugar, encarando a filha com um olhar furioso. Duas mulheres preparadas para machucá-la mais que qualquer homem no mundo poderia conseguir. Rosina vira de novo e volta a encarar a parede. Está num beco sem saída.

— E aí, o que me diz srta. Suarez? — pergunta Slatterly, rompendo o silêncio por fim. — Quer se meter em ainda mais encrenca?

— Não — sussurra Rosina.

— Sabe, com uma pequena ajudinha sua, podemos esquecer tudo isso. Basta me dizer o que sabe sobre esse tal grupo das Anônimas. Talvez possa me informar onde e quando será a próxima reunião, quem é a líder e quais são os planos. Esse tipo de informação seria muito útil para mim.

— Mas eu não sei de nada. E já disse isso para a senhora — comenta Rosina.

— Claro que disse — concorda Slatterly.

Novamente, o silêncio agonizante.

— Bom, tenho certeza de que sua mãe está ansiosa para falar com você — afirma Slatterly, de um jeito alegre e breve, como se encerrasse a conversa o mais rápido possível, tentando se convencer de que a coisa não é tão ruim assim quanto parece.

— A boa notícia é que, se ficar longe de encrenca, não vai precisar se preocupar mais. Mas a senhorita está em observação. Um passo em falso e... Estamos entendidas?

— Sim.

— E, claro, se por acaso se lembrar de algo sobre esse clubinho, sou toda ouvidos. Se a informação me for útil, não terei mais motivo para importuná-la. Certo? Maravilha. Estou contente com essa nossa conversa. Por favor, mande meus cumprimentos a sua mãe e tenha um ótimo fim de semana.

E, com isso, a diretora desliga.

— Drogas?! — esbraveja a mãe assim que Rosina vira e olha para ela.

— O quê?!

— A diretora me contou que você está usando drogas — explica, puxando o celular da mão de Rosina. — Então, é esse o motivo de seu sumiço? É por isso que não pode mais cuidar de seus primos? Está ocupada se entupindo de droga? Prefere as drogas à família? Eu sabia que você estava metida em alguma coisa, mas nunca imaginei que fosse isso. Nunca pensei que você estivesse tão no fundo do poço assim.

— Nunca usei droga nenhuma! Nunca! — rebate Rosina. — A diretora mentiu.

— Ela disse que você tem cabulado aula. E que está andando com más companhias na escola.

— Mami, a senhora conheceu minhas amigas — afirma Rosina. — Você viu que não são más companhias.

— A única coisa que sei é que adolescentes mentem — retruca Mami, dando um passo à frente, forçando Rosina a encostar na parede. — A única coisa que sei é que você mente. Tem mentindo para mim desde quando aprendeu a falar.

— Mami! Estou dizendo a verdade. Não estou fazendo nada de errado. Juro por Deus! — grita Rosina.

Mami agarra a gola da camiseta de Rosina e a ergue, deixando a filha sem ar.

— Lave essa boca suja para falar de Deus. Nem se atreva a usar o nome Dele.

Rosina perde a voz. E o ar.

— Mais uma ligação da diretora e vai ser o fim da linha para você — ameaça Mami, com a voz quase calma, o que é muito pior que quando fala com raiva. — Já chega. Sua família não aguenta mais. Estou cansada de ser sua mãe.

Quando Mami solta a camiseta, Rosina bate num caixote e cai no chão. Agora que a corda que parecia a ponto de enforcá-la afrouxou, tudo vem à tona, todas as lágrimas que ela segura há tanto tempo, todo o pranto, o desespero, e ela fica na sarjeta, esticando o braço para alcançar os pés da mãe, chorando, gritando "me desculpa, me desculpa!", mas o que Mami faz é olhar para filha como se ela fosse um cachorro de rua, largado e sujo demais para ser digno de amor.

— Vá se arrumar e comece a trabalhar — ordena a mãe.

Com o rosto vermelho e encharcado de lágrimas, Rosina ergue a cabeça e olha para a mãe.

— Mami — chama Rosina, se esforçando ao máximo para olhar nos olhos da mãe. — Por favor. Me desculpe. Eu te amo.

Por uma fração de segundo, Rosina tem a impressão de que a mãe amoleceu, mas logo passa.

— Você me dá nojo — esbraveja a mãe, saindo.

E Rosina pensa que a recíproca nunca foi tão verdadeira.

# ERIN

O cobertor por cima do corpo de Erin é pesado, parecido com aqueles que os dentistas colocam nos pacientes para fazer radiografias. É especial para portadores da síndrome de Asperger, como um abraço para pessoas que não gostam de ser abraçadas. Ela passou a maior parte do fim de semana debaixo desse cobertor, fosse lendo na cama, fosse aninhada assistindo a episódios aleatórios de *Jornada nas estrelas*, pulando de propósito aqueles em que Wesley Crusher aparece.

Erin ficou dois dias sem pronunciar palavra. A mãe tentou conversar com ela o fim de semana inteiro, perguntando sem parar o que aconteceu na escola. Ela ligou para a diretora, mas Slatterly nunca retornou. Ligou para o médico de Erin, para o terapeuta e para outros especialistas que a atendem – e até para o antigo terapeuta ocupacional, em Seattle. Todos pediram para a mãe de Erin esperar, para deixar que a filha fale espontaneamente. Mas paciência não é seu forte. Para ela, dar um tempo para a filha não é o melhor jeito de resolver o problema.

Hoje Erin senta-se à mesa para jantar e fica ouvindo as tentativas desesperadas da mãe, que, em meio às lágrimas, tenta preencher o silêncio.

— Foram aqueles que ficam tirando sarro de você, querida? Eles fizeram alguma coisa? Achei que tinham parado de mexer com você neste ano. Faz muito tempo que você não fica assim. Você estava indo tão bem... Teve uma recaída?

Erin não responde em voz alta, mas isso não quer dizer que ela não tenha respostas. Na cabeça, ela mantém um diálogo preciso com a mãe. *Não é uma recaída. Não sou linear. Só estou machucada. Só quero que o mundo fique em silêncio.*

Erin acha que vai voltar a falar amanhã. Segunda-feira sempre é um bom dia para recomeços. Mas nesta noite ela quer ficar no quarto dela. Quieta. Em silêncio. Quer colar os caquinhos até se sentir inteira de novo.

Nos últimos trinta minutos, o telefone não parou de vibrar com ligações e mensagens de Otis, então ela desliga o aparelho sem ouvir nem ler nenhuma das mensagens dele. Erin está lançando mão da melhor e mais tradicional estratégia: não dar a mínima. As baleias e as ondas do rádio cantam para ela. Erin está submersa, numa profundidade tão intensa que qualquer pessoa normal não suportaria, mas, aqui, ela está segura, anestesiada.

No entanto, bem na hora em que vai pegar no sono, escuta alguma coisa, um barulho novo e próximo. Alguma coisa real, não uma gravação, tampouco um ruído eletrônico. Uma série de batidas na janela do quarto. Será granizo? Pássaros camicases?

Ela abre a janela, olha lá fora e escuta um sussurro. A sombra de Otis Goldberg, com o braço meio erguido.

— Nossa! — exclama Erin, esfregando a testa, que começou a arder de repente. — O que foi isso? — Essas são as primeiras palavras que ela pronuncia desde sexta-feira. Desde Eric.

— Ai, droga — reclama. — Desculpa, joguei uma pedra.

— Por quê?

— Preciso conversar com você.

— Por quê? Como sabe onde fica meu quarto?

— Foi uma tentativa. E acertei. Posso entrar?

— Não — nega Erin. — Está tarde.

— Por favor.

— Tchau.

— Erin, pare de ser tão difícil.

— É você quem está jogando pedra em mim.

— Caramba, Erin! — grita Otis. — Acabei de levar uma surra. — Com dificuldade, Otis pega o celular, acende a lanterna a aponta para o próprio rosto.

Está sangrando. O lábio está cortado. O olho direito, inchado e meio fechado.

Erin se esquece de tudo o que pensou, sentiu ou decidiu sobre Otis desde sexta-feira à tarde. E se esquece de Amber. E do silêncio. E até de Eric. Não pensa nos pais, se ainda estão acordados, se vão ouvir. A única coisa que passa na cabeça dela é como chegar o mais rápido possível lá embaixo, abrir a porta para Otis e lavá-lo para o quarto, o que fazer para interromper a dor dele.

Erin desce as escadas, Spot segue logo atrás e fica ao lado dela enquanto abre a porta. Otis está encostado na parede da varanda da frente, com a mão apoiada na lateral do corpo. Erin fica parada, imóvel, olhando para ele.

— O que posso fazer? — pergunta.

— Me ajuda.

Erin dá um passo hesitante à frente. E mais um. Com o focinho, Spot cutuca a panturrilha dela. Ela estende a mão, e Otis aceita. Erin sente o calor e o peso do corpo de Otis quando ele apoia o braço em torno da cintura dela e se encosta nela. A cada passo, Otis se retrai de dor enquanto Erin o conduz pela casa; os dois sobem as escadas. Ela se pergunta por que é tão assustador carregar o peso do corpo dele e o do cobertor, não.

— Não suje nada de sangue — pede Erin ao fechar a porta do quarto depois que os dois entram.

A risada de Otis logo se transforma numa careta.

— Ai! — reclama. Ele abre a jaqueta e puxa a lateral da camiseta para olhar o hematoma do tamanho da palma da mão que começou a se formar nas costelas. — Puts, vai ficar feio. — Otis desaba na cadeira de Erin.

— Não se mexe — pede Erin e, em seguida, sai correndo do quarto.

Ela volta com uma pilha de panos molhados e instrumentos de primeiros socorros em quantidade suficiente para abastecer um hospital pequeno. Sem dizer nada, Erin se senta na cama, de frente para Otis. Devagar e com todo o cuidado possível, limpa o sangue do rosto dele. Spot imita o movimento e começa a lamber a mão de Otis, apoiada no joelho.

— Spot é um cachorro muito empático — comenta Erin.

— Dá para perceber — comenta Otis.

— Para de rir — pede Erin. — Está fazendo o lábio sangrar mais.

— Seus pais vão surtar se pegarem a gente aqui? Porque não vou aguentar duas surras na mesma noite.

— O quarto deles fica no andar debaixo, do outro lado da casa. Então, estamos fora de perigo, a menos que você grite.

— Então, pega leve, por favor.

Erin percebe que está estranhamente confortável com Otis no quarto dela. E que a sensação de ficar bem perto do rosto dele é boa. Ela acha bom passar os chumaços de algodão com água oxigenada na pele dele, aliviar a dor com uma pomada e colar o curativo na pele machucada. Ela gosta do silêncio e da quietude do toque e do modo como os dois parecem conversar, embora ninguém, exceto as baleias e as ondas do ruído branco, emita sons.

— Essa música é uma viagem, hein? — comenta ele.

— Isso me ajuda a relaxar.

— Você é muito boa nisso. Já pensou em ser médica?

— Médicos têm que conversar com as pessoas.

Erin inclina o corpo para trás e admira o próprio trabalho. Tudo bem limpo, e o rosto de Otis começa a voltar à forma original – ou quase, por causa do inchaço.

— Vai me dizer o que aconteceu? — pergunta Erin.

— Eu estava aqui pensando quando você ia perguntar isso.

— Estava ocupada cuidando de você.

— Isso significa que se preocupa comigo? — pergunta Otis, com um sorriso tão grande que faz os dois se retraírem.

— Para de rir — pede Erin.

— Sei que está morrendo de curiosidade, então vou contar.

Erin, contudo, não tem certeza se quer saber. Ela está gostando muito da situação. Desse silêncio entre os dois. Essa bolha de quietude prestes a explodir e revelar más notícias.

— Passei no Quick Stop — conta Otis. — Não foi intencional. Era tipo umas dez da noite, eu tinha acabado de escrever aquela redação gigante que a srta. Eldridge pediu e bateu uma vontade enorme de comer Honey Nut Cheerios, que é o que eu mais gosto de comer antes de dormir. Você gosta?

— Não sei — responde Erin. Ela não se lembra quando foi a última vez que comeu esse cereal. — E o que Honey Nut Cheerios tem a ver com sua cara quebrada?

— Então, procurei em casa, e tinha acabado, aí decidi ir ao Quick Stop comprar uma caixa — explica.

— Às dez da noite?

— Sim. Sério, bateu uma vontade incontrolável. Você não tem ideia do quanto sou obcecado por Honey Nut Cheerios.

— Que estranho.

— Então, entrei na loja, mas acho que a campainha estava quebrada, porque nenhum vendedor lá percebeu que eu tinha entrado, ninguém foi me atender. A loja estava vazia, só tinha Spencer Klimpt atrás do balcão. E adivinha quem mais? Eric Jordan. E os dois estavam conversando sério, então meu instinto de detetive apitou e resolvi escutar a conversa.

— Você tem instinto de detetive? — pergunta Erin.

— Quero ser jornalista. Gosto de fazer perguntas e de deixar as pessoas desconfortáveis.

— Ah.

— Os dois estavam falando de uma garota chamada Cheyenne, que vive em Fir, e sei lá, pareceu... — Otis faz uma pausa. Ele olha fundo nos olhos de Erin. Ela não desvia o olhar. — Pareceu que os dois fizeram com ela exatamente o mesmo que fizeram com Lucy. — Otis desvia o olhar antes de Erin. — Não sei se posso falar isso em voz alta.

— Precisa — afirma Erin.

Otis respira fundo e ergue a cabeça. Spot lambe o pulso dele.

— Lembro-me de todas as palavras do Spencer. Ele disse que ela deveria se sentir sortuda por ele querer transar com ela. E aí Eric disse que ela ficou lá, deitada, sem fazer nada. — Otis faz cara de quem está prestes a vomitar. — Eric disse que ele gosta mais quando elas brigam um pouco e tentam impedir.

Erin percebe que está segurando a mão de Otis.

— Eric começou a reclamar que Spencer sempre quer ir primeiro, que ele quer ser o primeiro da próxima vez, o que significa que eles estão planejando outra. Nisso Eric começou a falar do Ennis e perguntou a Spencer se ele achava que Ennis ia dar com a língua nos dentes, que ele nunca deveria ter participado da coisa porque ele é um cuzão e que não dá para confiar nele. Bem nessa hora, como estava agachado, escondido num corredor, eu me desequilibrei, bati com tudo numa prateleira de cereal e derrubei um monte de caixa.

— Puts — lamenta Erin.

— Pois é.

— E aí, o que aconteceu?

— Spencer perguntou alguma coisa, tipo "o que você quer?" e Eric falou "caralho, acha que ele ouviu a gente?". E eu meio que saí correndo.

— Como assim "meio"?

— Saí correndo.

— Mas eles pegaram você.

— Eric. Eu corri, mas não tenho o condicionamento físico de um atleta, né? E Eric é jogador de futebol. Escutei os passos atrás de mim e, de repente, só senti me puxarem pela jaqueta. Depois, percebi que estava no chão, com Eric me socando. Ele me deu um chute no estômago. Nem tentei reagir.

Com uma bola de algodão, Erin limpa as lágrimas de Otis.

— Implorei para ele parar, ele ficou rindo da minha cara. Naquele momento, acho que me senti um pouco na pele de Lucy. E na de Cheyenne.

*E na minha*, pensa Erin, que começa a chorar também. Spot fica agitado, mexendo a cabeça de um lado para o outro enquanto tenta lamber os dois.

— Depois disso, Eric levantou na maior calma do mundo, como se não tivesse acontecido nada — acrescenta Otis, enxugando o nariz com a manga da blusa. — E disse que a coisa ficaria ainda pior para o meu lado se eu contasse a alguém o que ouvi. Depois, cuspiu em mim e foi embora.

— Você precisa ir à delegacia contar o que aconteceu.

— Ah, sim, claro. E eles vão acreditar em mim... — ironiza Otis. — Erin, a gente sabe que eles não vão fazer nada. O pai do Eric joga pôquer com o delegado. E os dois não participaram juntos da operação Tempestade no Deserto ou alguma coisa assim?

— Por que veio até aqui?

— Sei lá. Me sinto seguro aqui. Com você.

— Ah, que bizarro.

— Tudo bem. Não ligo.

— Por que está me olhando desse jeito? — pergunta Erin. — Meu nariz está escorrendo? Não fico muito bem chorando.

— Nada. Eu gosto de olhar para você.

— Você é ridículo.

— Eu sei.

— Não consigo respirar — diz Erin. — Acho que estou tendo um ataque cardíaco.

— É jovem demais para ter um ataque cardíaco.

— Mas está doendo... Bem aqui — explica Erin, colocando a mão na altura do coração.

Otis posiciona a mão em cima da dela.

— Essa surra que você levou é culpa minha — afirma Erin, entre lágrimas. — Foi por causa das Anônimas. Eu faço parte do grupo de meninas que começou tudo isso. Se a gente não tivesse tido essa ideia, você não estaria desse jeito agora.

Otis sorri.

— E achei que não tinha como gostar *ainda* mais de você.

— Quê?!

— Pois é... Estou gostando ainda mais agora.

De repente, as lágrimas comedidas de Erin se transformam em verdadeiros soluços. Ela cobre o rosto com as mãos.

— Mas você é tão feio! — exclama. — Desculpa, não foi isso que eu quis dizer. Você não é feio. Seu rosto que é. Não, espera...

— Eu acho você linda — afirma Otis.

Erin se levanta e começa a andar de um lado para o outro; Spot vai logo atrás, acompanhando seu movimento. Erin precisa de um refúgio, alguma coisa familiar e reconfortante que seja capaz de combater essa sensação de estranheza.

— Você já pensou que as viagens para o espaço de *Jornada nas estrelas* são tão profundas quanto um mergulho no fundo do oceano? — pergunta Erin. — É tipo ir um lugar em que ninguém esteve antes, encontrar novas formas de vida e expandir nosso conhecimento. Você sabia que menos de cinco por cento das profundezas do oceano já foram explorados? Sabia que conhecemos mais sobre a superfície da Lua que sobre o fundo do mar? E que existem ecossistemas inteiros lá embaixo que não dependem do sol, e que toda a energia vem de substâncias químicas que chegam através de fontes hidrotermais, e que há vermes tubulares de quase dois metros de comprimento que vivem ao redor delas, onde a água atinge oitenta graus Celsius e onde há copépodes que comem bactérias quimiossintéticas, e enguias e caranguejos que comem os copépodes, e que tudo isso significa que pode haver vida em outros planetas, talvez até vidas inteligentes que não sejam baseadas na fotossíntese. — Erin para de andar de um lado para o outro. Otis e a sensação de estranheza persistem. — Espera. O que vai dizer a seus pais?

— Que cai da bicicleta.

— E eles vão acreditar?

— Claro.

— Seus pais devem ser meio bobinhos.

— Erin?

— O quê?

— Escutou o que eu disse? Que você é linda?

Ela começa a andar de um lado para o outro de novo.

— Você só está enxergando de um olho agora — responde.

No reflexo da luz, o olho de Otis parece uma pedra roxa pontilhada com partículas brilhantes.

— O que acha disso? — pergunta Otis.

Erin esfrega as mãos descontroladamente.

— Eu sou desse jeito. Acha que isso é ser linda?

— Você não acha?

Erin interrompe o passo. E olha fundo nos olhos de Otis.

— Você está delirando.

— Isso é bem provável mesmo. — Otis se levanta e a encara.

— Por que se levantou? Está todo machucado, precisa ficar sentando.

Otis não diz nada. Apenas olha Erin daquele jeito de sempre, aberto, sincero, sem medo do que quer que Erin julgue tão aterrorizante.

— Não sou um projeto. Você nunca vai conseguir me alterar — retruca ela. — Nunca vou ser uma pessoa normal. Sou autista. E quero continuar sendo.

— Não quero mudar você.

— Então, o que quer? — esbraveja Erin.

Spot esfrega o corpo nas pernas dela.

Erin não entende. Por que Otis está olhando para ela desse jeito? Por que está sendo tão legal com ela? Por que os dois estão assim, frente a frente, tão perto um do outro? Ela não sabe o que deve dizer, o que fazer com o próprio corpo, se deve olhar nos olhos dele e, se sim, por quanto tempo? E, o mais importante, ela não entende por que Otis gosta dela, por que ela gosta dele, e o porquê disso tudo, se ela prometeu a si mesma que jamais permitiria que algo assim acontecesse.

— Quer que eu vá embora? — pergunta Otis, gentilmente.

— Não. Sim. Não sei — responde Erin. Ela respira fundo e volta a sentar-se na cama. — Preciso de espaço. Às vezes, só preciso ficar um pouco sozinha.

— Como você preferir.

— Pedir para você ir embora não significa que não goste de você.

— Tudo bem.

— Porque eu gosto — afirma Erin. — Eu gosto de você.

— Eu também gosto de você.

— Está bem.

— Está bem.

— Agora, pode ir embora?

Passa da meia-noite quando Otis sai da casa, se esgueirando para não ser percebido. Erin sabe que não vai conseguir dormir. Ela não tem nem ideia do que Data faria em uma situação como aquela.

Ela manda uma mensagem de texto para Rosina e Grace: "EMERGÊNCIA! CANCELEM TODOS OS COMPROMISSOS DEPOIS DA ESCOLA. VAMOS PRECISAR DO CARRO DOS PAIS DA GRACE".

Erin desliga o canto das baleias e liga o computador. Ela tem trabalho pela frente. Não é hora de ficar debaixo d'água. Não é hora de continuar a briga com a melhor amiga. Algumas coisas são grandes demais para nos deixarmos amedrontar.

# ROSINA

É segunda-feira, e Margot, Elise e Trista estão de volta à escola depois da suspensão; todos tratam as duas como verdadeiras heroínas de guerra, mesmo que não tenha acontecido quase nada com elas além de umas "miniférias" da escola. Margot anda de cabeça erguida pelos corredores, sentindo-se ainda mais a rainha do colégio, Elise não para de sorrir e de cumprimentar com um toque de mão quem aparece pela frente, e até Trista, que deixou de lado o cabelo roxo e está de volta ao castanho natural, parece andar com outra postura e a cabeça mais erguida.

  Rosina sabe que deveria estar feliz por elas. Que deveria estar feliz por todas as Anônimas, inclusive por si mesma. Slatterly tentou mandar um recado com a suspensão das meninas, mas o tiro saiu pela culatra. As três viraram mártires, prova da justiça da causa. As Anônimas, agora, são mais populares que nunca. É como se ninguém tivesse mais medo da diretora Slatterly.

  Ninguém, exceto Rosina. A destemida e rebelde Rosina. Que ironia do destino, não? Ela sente vontade de se estapear.

  Rosina não tem mais chances. Tirando a escola e o trabalho no restaurante, está em prisão domiciliar. Caso se meta em alguma encrenca na escola, será expulsa. Se ela se meter em outra confusão na escola, será o fim da linha; não será mais filha de Mami: *No serás mi hija.* Rosina lutou tanto contra o mundo que acabou excluída da própria família.

  Ontem à noite, ela pegou no sono na cama da Abuelita, sem saber se a avó tinha escutado a última briga dela com a mãe, se ela fazia alguma ideia do que se passou, se ela sabe do que Rosina tem sido acusada e se conseguiu dormir em meio à confusão toda. A única coisa de que Rosina tem certeza é que os braços magros de Abuelita a envolveram e a seguraram forte enquanto ela chorava e que o corpo frágil da avó nunca esteve tão quente, tão acolhedor. Abuelita acalmou Rosina, pedindo para ela parar de chorar, chamando-a de Alicia, o nome da filha morta.

Sob hipótese nenhuma Rosina vai permitir que a vejam chorando na escola. De jeito nenhum. Com o punho cerrado, ela mete um soco num armário do corredor. As lágrimas secam enquanto as juntas dos dedos queimam.

— O que foi que o armário fez para você? — Rosina escuta a voz de Erin bem atrás dela.

Rosina engole a dor e olha para trás. No mesmo instante, Erin enfia uma pilha de papel grampeado na cara dela.

— Preciso que leia isso aí até o fim do dia — diz Erin.

— Pensei que não estivesse falando comigo.

— Digamos que seja um cessar-fogo temporário.

— Espera aí. Primeiro tem que me explicar o que está pegando. O que quis dizer com aquela mensagem ontem à noite? — questiona Rosina.

— Não tenho tempo. Explico no carro, enquanto a gente vai para lá — responde Erin.

— Lá onde?

— Fir.

— E por quê?

— Leia esses papéis.

— Preciso chegar no trabalho às cinco — avisa Rosina. — E não posso mais me meter em encrenca.

— Isso aí é mais importante que o trabalho — explica Erin. — A gente precisa ajudar Cheyenne.

— E quem é ela?

— A menina que Eric Jordan e Spencer Klimpt estupraram anteontem.

— Puta que o pariu — reclama Rosina. — Não, não é verdade. Isso não pode estar acontecendo.

Mas Rosina sabe que Erin nunca mente.

— Otis escutou os dois conversando no Quick Stop. Aí Eric Jordan espancou Otis. E Otis me contou o que aconteceu. Aí mandei a mensagem para você e para Grace. Passei a noite toda fazendo a pesquisa que você tem em mãos.

Erin continua falando enquanto Rosina tenta digerir o que acabou de escutar. Está entorpecida. É terrível demais.

— Cheyenne Lockett. Aluna do segundo ano da Fir City High School, que fica em Fir, no condado de Fir, em Oregon. O endereço é Eleven Temple Street. Aqui estão o mapa e o caminho para chegar lá. — Erin vira a página. — E, aqui, o resumo de um artigo sobre como abordar uma vítima de agressão sexual. — Erin vira outra página. — E aqui tem uma lista com as informações de que a gente precisa para configurar um caso de estupro de maneira tão incontestável que nem mesmo o policial mais indiferente e corrupto vai ignorar.

— Não posso — afirma Rosina. — Não posso ir depois da escola.

Erin fita Rosina. E pisca.

— Essa não é a Rosina que conheço — comenta. — Rosina jamais diria isso. Se encontrar a Rosina de verdade por aí, peça a ela para me encontrar, junto com Grace, no estacionamento assim que tocar o sinal da última aula. — Com isso, Erin vai embora.

*Erin tem razão*, pensa Rosina. Essa não é a verdadeira Rosina. É alguém cuja necessidade de ter um lar é maior que a vontade de ajudar outras pessoas. Não é uma pessoa corajosa. Não é uma heroína.

Ela está assustada. E morta de medo.

# AMBER

O namorado da mãe passou a noite em casa mais uma vez. Amber acorda com o barulho dele mijando na privada que fica a uns trinta centímetros de distância da cabeça dela, separada por apenas uma fina parede que divide o quarto dela e o banheiro. Pela força do jato e o tempo da demora, Amber imagina que a mãe e o namorado devem ter tomado pelo menos umas oito doses. Isso ela já sabe de cor e salteado.

Amber não vai tomar banho porque não quer correr o risco de dar de cara com ele só de toalha no corredor de novo. Até agora, ele não fez nada além de olhar, mas ela sabe bem aonde isso leva. Ele não é diferente dos outros. Um olhar aqui, outro ali, depois um comentário ou outro enquanto a mãe não está por perto e, com sorte, os dois terminam antes que o pior aconteça. Quando a coisa dura mais tempo, os comentários viram passadas de mão, puxões, amassos. E é aí que Amber começa a procurar outros lugares para dormir. E é difícil saber se esses outros lugares são melhores. Mas pelo menos a escolha é dela.

As meninas que foram suspensas voltaram, e a escola praticamente as recebeu com um evento. A verdade, no entanto, é que ninguém que faz parte desse grupo esquisito fez algo além de ficar sentado falando sobre o quanto estão mudando o mundo, mesmo que nada tenha mudado para valer. As garotas trocam tapinhas nas costas por nada. O único motivo para achar que as coisas estão diferentes é o fato de elas não saírem mais com os caras. As Anônimas vão ficar muito decepcionadas quando essa greve de sexo ridícula terminar e elas descobrirem que os caras continuam sendo idiotas.

Com exceção de um. Mas ele não apareceu na escola hoje. A cadeira ao lado de Amber na aula de Artes Gráficas está vazia.

Ela deveria fazer o trabalho que vale nota, mas, em vez disso, está na internet pesquisando aulas de web design na Prescott Community College. Amber sempre achou que, ao terminar a escola, começaria a trabalhar como garçonete na Buster's em tempo integral, tal como a mãe; no entanto, talvez haja outras opções. Talvez ela possa trabalhar meio período e conseguir uma bolsa na faculdade. Ou quem saiba dividir um aluguel barato com alguma colega. Talvez haja possibilidades que ela nem sequer cogitou.

Otis Goldberg disse que ela é boa com computador. E que é até melhor que ele, que é um dos garotos mais inteligentes da escola. Ninguém nunca disse a Amber que ela é boa em nada, exceto em coisas de que ela não sente propriamente orgulho de ter feito.

Amber começou a pensar em outras coisas também. Que talvez Chad tenha sido o último cara com quem ela dormiu logo no primeiro encontro. E que ela poderia decidir se gosta de um cara *antes* de fazer sexo com ele, não depois.

Às vezes, ela passa em frente à casa de Otis na esperança de encontrá-lo por acaso no jardim e de conversar com ele fora da escola, sem que todo mundo a encare daquele jeito de sempre. Amber quer saber qual seria a sensação de ter apenas Otis olhando para ela, como se o olhar dele pudesse mudá-la, pudesse dizer quem ela realmente é. Deve haver alguma coisa parecida com o sapatinho de cristal da Cinderela para Amber, alguma coisa a transformá-la e varrê-la desta vida que ela herdou num golpe cruel do destino, algo que se encaixe perfeitamente ao tamanho dela. O desejo de Otis poderia salvá-la. Poderia transformá-la em princesa. Amber só precisa despertar o desejo do príncipe.

Os outros acham que Amber é burra, mas ela sabe coisas sobre as pessoas. Por exemplo, como elas se acostumam com o jeito com que são olhadas, como alguém começa a olhar para outra pessoa de certo modo e, de repente, todo mundo começa a copiar e aí, sem perceber, todo mundo encara você do mesmo jeito, inclusive você mesma, e ninguém se lembra como isso começou, e ninguém está nem aí, e não há nada a fazer a respeito.

De repente, alguém começa a olhar você de um jeito um pouco diferente. E pode ser que você ache possível ser uma pessoa diferente daquela que sempre foi, quando você tinha dez anos e tio Seth começou a olhar para você daquele jeito, quando os olhos dele percorreram seu corpo inteiro e mostraram quem você é – não mais uma princesa, não mais uma pessoa que tem o direito de sonhar –, e quando ele começou a fazer algo além de olhar, e aí é isso que todo mundo sempre fez, e tudo o que eles sempre quiseram fazer, e você fica marcada como se seu corpo estivesse cheio de luzes vermelhas piscantes que sinalizam a única coisa em que você é boa, e os olhos de todo mundo dizem quem você é e qual é a sua história.

Um belo dia, porém, você pensa: *O que eu quero? Quem sabe eu seja capaz de escrever a minha própria história.*

Otis Goldberg quase nunca falta na escola, só quando está doente. É esse tipo de aluno. Então, Amber toca a companhia da casa dele. Ela deveria estar na terceira aula, mas que diferença faz? Amber não é do tipo cuja vida pode ser modificada por seu desempenho em matemática.

Otis nunca vai saber a dimensão do que fez por ela, mas isso não significa que ela não pode agradecê-lo. Se ele está doente, Amber pode ajudá-lo a se sentir melhor. Ela sabe que não pode fazer muita coisa, mas pelo menos isso ela pode fazer, sim.

A porta se abre, e Amber quase solta um grito.

— Ah — diz Otis, por entre os lábios cortados e roxos. — Oi, Amber.

Um dos olhos está completamente fechado. E Otis está segurando uma bolsa de gelo na lateral do corpo.

— Caí da bicicleta — explica. — Coordenação motora nunca foi meu forte.

— Pensei que estivesse doente — diz Amber, tentando organizar as palavras para isso. — Vim ver como você está.

Não dá para dizer ao certo se Otis sorriu ao ouvir isso, porque os lábios dele não se mexem muito. No entanto, pelo movimento do olho que não está machucado, Amber acha que consegue "ler" um sorriso na expressão dele.

— Quer entrar? Estou assistindo a um documentário sobre lulas.

A casa de Otis é legal. Parece de novela. É evidente que aqui mora uma família de verdade. Amber se senta ao lado dele no sofá, e Otis nem percebe que ela escolheu ficar no meio, bem perto dele.

— Onde estão seus pais? — pergunta ela.

— Trabalhando. Os dois. Que bom que você veio me ver.

— Fiquei preocupada com você. — Amber se aproxima um pouco mais para encostar a perna na de Otis e olha para ele, esperando que os olhares se cruzem para que ela possa mostrar a ele *por que* veio, mas Otis não desgruda os olhos da televisão.

— Nunca imaginei que o fundo do mar fosse tão legal — diz. — Sempre gostei de estudar história e atualidades e de descobrir por que as pessoas fazem o que fazem, mas estou achando que a ciência também pode ser um mundo fascinante.

— Sério?! — pergunta Amber. Ela sabe que os caras adoram demonstrações de interesse no que eles estão dizendo.

— Sério, tipo, essa lula-de-humboldt deve ser tão esperta quanto um cachorro. E nem espinha ela tem!

Otis é um cara diferente, sim, é verdade. Mas continua sendo um cara e, até onde Amber sabe, gosta de mulheres. E fala a língua dos homens. É a língua que Amber conhece. E o que ela sabe fazer de melhor. As pessoas acham que isso deve ser motivo de vergonha. Mas, quando você vai direto ao assunto, todo mundo fala a mesma língua.

Amber inclina o corpo à frente, puxa o controle remoto da mão de Otis e o apoia na mesa lateral. Ela encosta os peitos no tórax dele, de leve, apenas o suficiente para deixá-lo meio ofegante. Ela desliga a televisão. E, com cuidado, leva a mão à bochecha machucada dele.

— Dói? — sussurra.

Otis abre a boca, mas não diz palavra. Ele arregala os olhos. Ainda não descobriu o que Amber está fazendo. Ela, por sua vez, imagina que ele não esteja acostumado com garotas como ela, que falam a mesma língua que o corpo dele, garotas que sabem o que querem.

Amber, então, se aproxima mais. E sente e respiração dele no peito dela. Ela roça os lábios no ouvido dele, coloca a mão no joelho, depois nas coxas e na virilha dele. Ela sabe bem do que os caras gostam. O que eles querem. Foram eles que a ensinaram.

— Para — pede Otis, levantando-se tão rápido que Amber cai para trás no sofá. — O que você está fazendo?

— Eu gosto de você, Otis. Você não gosta de mim? — pergunta ela, estendendo a mão para alcançá-lo.

Otis se desvencilha.

— Como amiga — responde. — Gosto de você como amiga. Só.

— Posso ser mais que isso.

— Mas não estou interessado em você desse jeito, Amber.

— Tudo bem, Otis. Não precisa se preocupar em me chamar de namorada, nada disso. A gente pode se divertir junto, só isso. Curtir o momento, entende?

Otis tenta recuar, mas as pernas dele batem contra a mesa de centro. Está encurralado.

— Estou apaixonado por outra pessoa — explica. — Não quero ficar com você.

Amber vê algo sombrio nos olhos dele. Otis a olha de um jeito como ela jamais imaginou que ele poderia. É um olhar de pena.

— E quem é a sortuda? — pergunta. Ela sente seu corpo enrijecer. E se transformar. Está se tornando a outra Amber, a vadia, a que todo mundo detesta.

— Erin DeLillo — responde Oris, bem sério.

— O quê? Só pode estar de zoeira — comenta, com uma risada.

— Estou falando sério. Muito sério.

— E qual é a sua, então? Uns gostam de peitudas, outros de negras. Acho que você é chegado numa retardada.

— Não se atreva a chamá-la assim — rebate. — Ela é mais inteligente que você e eu juntos.

— Não, não, tudo bem. Legal, já entendi. Não faço seu tipo. Você só consegue ficar de pau duro com uma retardada, saquei.

— Qual é seu problema?!

O jeito com que Otis olha para Amber a faz lembrar de quem sela sempre foi e de quem sempre vai ser. Amber estava errada em relação a Otis. Ele não tem nada de especial. É igualzinho a todos os outros.

— Vai embora — pede ele. — Saia da minha casa agora.

Ao se retirar, Amber se sente estranhamente satisfeita, como se extraísse prazer da dor, a estranha sensação do inevitável ocupando o lugar de sempre. O Universo entrando em ordem. Amber derrubou Otis do pedestal. Ele não é diferente de todos os outros, dos incontáveis caras que ela já conheceu. É só mais um que pergunta: "Qual é seu problema?", olha para ela com desgosto e a manda embora.

Amber nem se preocupa em fechar a porta ao sair. E continua andando, embora não saiba para aonde ir.

Como ela pode ser tão idiota? Que ingênuo pensar que as coisas poderiam mudar, que alguém como Otis poderia gostar dela, que poderia fazer amizade com aquelas garotas, que havia lugar para ela naquele clube secreto ridículo. Foda-se Erin, que pescou o único cara legal da escola, e fodam-se as amiguinhas ridículas dela. Foda-se aquela sapatona mexicana e aquela gorda filha da puta, Grace, que se acha tão esperta. Foi ela que convenceu Amber a participar da reunião. Para começo de conversa, fodam-se todas aquelas imbecis por terem começado essa palhaçada toda.

Se as coisas continuassem como antes, Amber nunca teria se iludido com Otis. Nem sequer teria imaginado algo com ele. Apenas teria feito o que sempre fez. Pode ser que não fosse o certo, pode ser que não fosse lá a vida dos sonhos, mas pelo menos ela não tinha que pensar a respeito, pelo menos ninguém teria mentido e dito que ela merecia algo melhor. Amber nunca teria sido idiota de acreditar em alguma coisa assim.

E o pior: foi enganada, criou falsas esperança.

É tudo culpa daquelas garotas. Amber quer ferrar com elas. Quer que elas sintam essa mesma negatividade que ela está sentindo agora. E ela sabe o que fazer para conseguir isso.

# GRACE

Grace mal consegue conversar com Erin durante o almoço, porque logo o segurança se aproxima e pede para as duas se separarem. Ela só entende alguma coisa sobre Otis ter escutado uma conversa entre Spencer e Eric no Quick Stop. E sobre uma garota que mora na cidade de Fir e que precisa da ajuda delas.

Antes mesmo de obter essas informações, quando tudo o que sabia foi o que Erin escreveu na mensagem que enviou de madrugada, Grace disse à mãe que precisaria do carro depois da escola para ajudar uma amiga. Teria sido fácil contar à mãe a verdade, contar tudo, mas isso a tornaria cúmplice delas. E poderia acabar com a carreira dela. Então, Grace olhou fundo nos olhos da mãe e disse que não podia contar por que precisaria do carro. Ela simplesmente pediu: "Preciso que confie em mim".

A mãe a encarou por alguns segundos e depois assentiu. Sem fazer nenhuma pergunta. Sabe-se lá o que deve ter passado na cabeça dela, no que imaginou que a filha estaria metida. Grace ajudaria alguém a fugir? Ofereceria carona até uma clínica que realiza abortos? O que mais poderia ser tão sério assim para ela manter segredo, mas contar com a permissão da mãe?

*Senhor*, pede Grace. *Por favor, não permita que eu abuse da confiança da minha mãe. Por favor, faça tudo valer a pena.*

Na metade da última aula, Grace não consegue ficar quieta. Ela anda de um lado para o outro pelos corredores, carregando a autorização do professor de espanhol para não assistir à aula – uma galinha de borracha com uns sessenta centímetros onde está escrito "El Pase de Passillo de Señor Barry!", com um marcador azul.

Ao dobrar a esquina para o corredor principal, ela dá de cara com dois policiais no portão da frente e munidos com tudo a que têm direito: colete à prova de balas, *walkie-talkies*, cassetetes, arma de choque e armas de fogo. Grace observa e fica imóvel. Quando os dois entram no escritório central, Grace caminha o mais rápido possível para alcançá-los, mas sem permitir que a vejam. Escondida, ela gruda as costas na mesma parede da porta que está aberta para espiar a recepção, mesmo sem conseguir ver muita coisa.

— Que surpresa! — diz a sra. Poole. — Como posso ajudá-los, senhores?

— Estamos procurando três alunas, senhora — diz um dos policiais. — Rosina Suarez, Erin DeLillo e Grace Salter. Poderia chamá-las e pedir que venham aqui o mais breve possível?

Grace sente uma náusea e acha que vai vomitar ali mesmo.

— Claro — responde a sra. Poole. — Só preciso chamar a diretora Slatterly. Já imagino do que se trata.

— Com certeza.

Grace nunca correu tão rápido na vida. De repente, é como se ela tivesse uns vinte quilos a menos, é tão rápida quanto a luz enquanto corre até a sala da aula de química, onde Rosina está. Ela para alguns segundos para se recompor e recuperar o fôlego, para fazer aquela cara de garota invisível, depois coloca o frango de borracha de lado, bate e abre a porta.

— Com licença, senhor? — pede Grace, com aquele tom de interrogação que Erin odeia. — Hummm... A diretora pediu para chamar a Rosina na sala dela...?

— Nossa, por que será que isso não me surpreende? — provoca o professor. — Srta. Suarez, ouviu? Vá para a diretoria.

Rosina levanta com aquele jeito confiante de sempre, mas, para Grace, faz cara de quem não está entendendo nada.

— Melhor pegar sua mochila, não? — sugere Grace.

— O que foi? — pergunta Rosina, assim que sai da sala e fecha a porta.

— A gente precisa encontrar Erin o mais rápido possível. Sabe onde fica a sala dela? — pergunta Grace.

— Sei. Mas pode me explicar por quê? — questiona Rosina.

— Agora não dá — afirma Grace enquanto as duas saem depressa pelo corredor.

— Espera aí. Está cabulando aula? Não posso mais cabular. Falta uma hora de aula. Não dá para esperar um pouco?

— Não. A gente precisa cair fora. Confie em mim.

Rosina para de andar atrás dela.

— Não posso mais me meter em confusão.

Grace vira.

— Rosina, tem dois policiais aqui na escola. E eles vieram atrás da gente. Cabular aula é o de menos agora.

Rosina arregala os olhos.

— Caralho! — exclama.

E as duas correm.

Rosina vai até a sala em que Erin está enquanto Grace corre de volta para a aula de espanhol.

— Preciso ir, *señor* — explica enquanto arruma a mochila. — É uma emergência.

— *En español!* — exclama.

— *Adiós!* — diz Grace ao sair correndo pela porta. No meio do caminho, ela escuta o professor gritar:

— *¿Dónde está mi pase de pasillo?* — E a porta fecha.

— Morri — reclama Rosina quando Grace encontra ela e Erin no estacionamento. — É o fim da linha. Agora, sim, serei jogada para fora de casa.

— Você leu os papéis? — pergunta Erin enquanto as três entram no carro da mãe de Grace.

— Espera. Primeiro você precisa me explicar direito o que está acontecendo — diz Grace.

Enquanto saem de Prescott, Erin conta tudo para as duas, com os mínimos detalhes. Ela conta sobre a visita de Otis, sobre o que ele disse ter ouvido e o que Eric fez com ele. Quando ela termina de falar, Rosina e Grace ficam em silêncio. Elas começam a entender o que estão prestes a fazer: tentar ajudar uma garota que Spencer e Eric estupraram, uma garota que está a poucos quilômetros, machucada, ferida, perto, bem perto delas. Diferentemente de Lucy. Uma garota que ainda está aqui, não alguém que já se foi. Alguém longe de ser uma hipótese. Uma pessoa que elas vão ver, pela qual elas vão assumir responsabilidade. Se não tomarem cuidado, podem machucá-la também.

— Isso está além da conta — diz Rosina por fim. — Não posso fazer isso.

— Como assim? — questiona Grace. — É nossa chance de finalmente pegar esses monstros. Finalmente conseguimos uma prova.

— Essa garota não é uma *prova* — pondera Rosina. — Ela é uma pessoa. Uma pessoa que acabou de ser estuprada. E se ela não quiser conversar com a gente? Não podemos forçá-la a fazer um boletim de ocorrência. A gente nem a conhece. E se ela não quiser nossa ajuda?

— Mas e se quiser? — pontua Erin, com delicadeza, no banco de trás. — Talvez ela se sinta muito sozinha agora. Talvez tenha medo e pense que ninguém pode ajudá-la. Pode ser que esteja esperando por nós.

Silêncio. Depois de alguns segundos, Rosina vira para olhar nos olhos de Erin. Grace não consegue ver o está pegando entre as duas, mas pode sentir.

Por fim, Erin rompe o silêncio:

— Pelo menos vamos mostrar a ela que estamos aqui. É preciso que ela saiba que alguém está a seu lado. A partir daí, pode fazer o que quiser.

# ERIN

O percurso da Prescott High School a Fir, cidade em que Cheyenne mora e que tem metade do tamanho de Prescott, leva exatamente quarenta e dois minutos.

— Interior, aqui estamos — diz Rosina, com um sotaque caipira dissimulado que Erin odeia.

O céu está cinzento e com muitas nuvens. Erin se lembra de algo que leu sobre o vale do Willamette, que é um dos piores lugares do mundo para pessoas com enxaqueca crônica, alguma coisa a ver com a pressão atmosférica. Ela gostaria de entender mais sobre o assunto. *Se eu tivesse crescido aqui, não na praia, teria me interessado por meteorologia em vez de biologia marinha?*

Rosina alerta para o fato de que estão entrando em uma terra de supremacia branca.

— É aqui que todos os sobrevivencialistas malucos moram. E eles têm metralhadora.

— Não sei se todo mundo aqui é assim — pondera Grace. — É o mesmo que dizer que todo mundo do sul é racista.

No caminho, Erin faz uma série de perguntas para Rosina e Grace com base nas instruções que preparou sobre como abordar uma vítima de estupro e se sente razoavelmente satisfeita ao ver que as amigas entenderam os pontos mais importantes: não forçar a vítima a compartilhar algo com que ela não se sinta confortável, não criticar, julgar, evitar mostrar demasiada sensibilidade, não tocar a vítima, não dizer coisas do tipo "você deveria ter feito isso ou aquilo", não falar de si nem de suas experiências, não dizer a ela o que fazer, não a pressionar para fazer a denúncia caso ela não queira.

— E se a gente esquecer alguma coisa? — pergunta Rosina. — Isso vai ferrar a vida dela para sempre? O fato de a gente não ter a menor ideia do que está fazendo pode deixar a menina ainda mais traumatizada? E se a gente piorar as coisas? — indaga Rosina, fazendo que não. — Gente, é sério, não sei se dou conta.

— Claro que dá — comenta Grace.

— Não é você quem deve fazer o papel de corajosa aqui? — questiona Erin. Rosina é sempre a mais corajosa. É sempre aquela que sabe exatamente o que deve ser feito.

— Não — rebate Rosina. — Era tudo encenação. Sempre foi. Sempre fingi.

Erin se pergunta o que deu em Rosina, por que está agindo assim, como se fosse uma antítese de seu próprio eu. Essa história das Anônimas deixou tudo de cabeça para baixo, virou cada uma delas do avesso: Rosina agora é medrosa; Grace, corajosa; e Erin está cabulando aula por vontade própria e para se meter em algo provavelmente perigoso e nem está tão ansiosa quanto imaginou. Passou o dia inteiro sem precisar contar de cem a zero, de trás para frente.

— Mas ter coragem significa justamente isso — pontua Grace. — Fazer uma coisa mesmo quando se tem medo.

— Do jeito que você fala, parece fácil — comenta Rosina. — Oi?! Você sabe que as pessoas por aqui só estão esperando aparecer alguém como eu para meter uma bala na cabeça, não sabe? Esqueceu que sou parda e *ainda por cima* lésbica?

— Estamos chegando. — Grace vira numa ruazinha sem saída, repleta de casas de campo. — Deve ser aquela à esquerda — diz ela. — Ali. A branca! — Ela para em frente à casa e desliga o carro. Ninguém se mexe.

— E aí, o que a gente faz agora? — pergunta Rosina.

— Ela nem deve ter voltado da escola ainda — comenta Grace. — Será que a gente espera que ela apareça?

— Acho meio sinistro. Vai parecer que estamos stalkeando a menina, sei lá — pondera Rosina.

— Quem está na chuva é para se molhar mesmo — afirma Erin.

Rosina vira e olha para Erin, que está no banco de trás.

— O que deu em você para estar tão calma assim?

Erin encolhe os ombros.

— A gente tem que descer e bater lá agora — afirma. — Pode ser que Cheyenne já esteja em casa.

— E o que a gente vai dizer? — pergunta Rosina.

— Meu antigo terapeuta ocupacional disse que você deve começar com "oi" — diz Erin.

— Seria uma piada, Erin? Porque agora definitivamente não é hora para isso.

— Acho que Grace deve falar primeiro — sugere Erin. — Ela é a mais bonita das três e a que tem aparência mais normal.

— Tudo bem — concorda Grace e, em seguida, abre a porta do carro. — Vamos.

— O quê? Agora?! — questiona Rosina. — Não combinamos nada. Grace, o que você vai falar?

— A gente se preparou do jeito que deu — pondera Grace. — Agora, precisamos confiar que as palavras certas vão surgir.

— Isso faz parte do discurso da igreja? — pergunta Rosina. — Porque eu realmente acho que não vou conseguir lidar com mais essa.

Sem dizer nada, Grace sai do carro e fecha a porta. Num gesto definitivo. Decisivo. Erin chega à conclusão de que gosta mais dessa nova Grace que da antiga.

E, assim, as três garotas se unem na porta da varanda, sem dizer uma palavra, olhando uma para a outra.

— Sabiam que o triângulo é a forma geométrica mais rígida da natureza? — pergunta Erin.

As três se entreolham. E respiram fundo. E engolem em seco. Viram-se para a porta. Grace toca a campainha. Elas prendem a respiração e aguardam.

Ouvem passos se aproximando. E a fechadura destrava. Uma pequena fresta se abre, apenas o suficiente para revelar o rosto de uma garota.

— Pois não? — diz, com a voz trêmula. Ela já está com medo.

— Cheyenne? — pergunta Grace, com gentileza.

— Sim?

— Oi. Sou a Grace. Estas são minhas amigas Erin e Rosina. Somos da Prescott High.

A porta se abre um pouco mais, e Cheyenne põe a cabeça para fora. Ela tem a pele pálida e sardenta, o cabelo louro-alaranjado e cacheado. Os olhos, apesar de azuis, estão vermelhos. Parece assustada. Cheyenne olha bem as três garotas, uma a uma.

— Não sei como explicar... — diz Grace. — Viemos aqui por causa... Bom...

— Achamos que você poderia precisar de ajuda... — explica Rosina, dando um passo à frente.

Algo no olhar de Cheyenne demonstra que ela se identificou com as três, embora esteja surpresa. Ela abre um pouco mais a porta.

— Um amigo nosso escutou sem querer a conversa de uns caras... — conta Grace. — E a gente já sabe que esses caras fizeram muito mal para algumas meninas... Bom, na conversa, eles citaram seu nome. Estavam falando sobre algo que tinham feito. Uma coisa terrível.

Erin está tentando se esconder atrás de Rosina. A sensação de calma se foi. De repente, ela sente uma vontade quase incontrolável de correr de volta para o carro, se aninhar no banco de trás – onde, há poucos minutos, se sentia segura –, trancar a porta e esperar até que tudo acabe.

Cheyenne olha para Rosina, depois para Grace, depois para Erin, numa sequência ininterrupta. Erin conhece aquele olhar. Aquele sentimento de pânico.

— Sentimos muito pelo que aconteceu. E queremos ajudá-la. Queremos oferecer todo o apoio de que precisar.

— Alguém em Prescott sabe? — pergunta a garota. Ela parece irritada. — Quantas pessoas sabem?

— Só a gente. E os caras não sabem que a gente sabe.

Cheyenne respira fundo.

— Que doideira — comenta. Ela fecha os olhos por um momento. — Puts... Bom, acho que devo convidá-las para entrar.

— Apenas se quiser — diz Grace.

Cheyenne olha fundo nos olhos dela.

— Quero — confirma a garota, com a voz suave, tão baixa que quase não dá para ouvir. Ela se vira e as três a acompanham pela casa.

Erin acha que a sala de estar parece o tipo de lugar no qual coisas boas acontecem. Não coisas desse tipo.

— É... Sentem-se — convida Cheyenne, enquanto se aninha em uma poltrona que está com um cobertor por cima.

Na mesa ao lado, há uma xícara e um prato com migalhas. Grace e Rosina sentam-se no sofá e Erin escolhe a poltrona com braço bem alto só para poder manter as mãos escondidas da vista de Cheyenne.

— Bom, como vocês acham que podem me ajudar? — pergunta Cheyenne.

— Isso é você quem vai nos dizer — responde Grace. — No mínimo, podemos ouvir-la. Não precisa guardar para você o que aconteceu.

Cheyenne volta a olhar para as três, uma por uma, naquela sequência ininterrupta. E Erin percebe que, aos poucos, a garota vai amolecendo. Até o momento em que Cheyenne decide confiar nelas.

— Foi num sábado à noite — conta. — Cheguei em casa no domingo de manhã, antes de os meus pais acordarem. Eles nem perceberam que cheguei depois do horário permitido. Ontem, dormi praticamente o dia inteiro e, quando acordei, falei para minha a mãe que estava com febre. Ela me deixou faltar na escola hoje.

— Seus pais não sabem o que aconteceu? — questiona Rosina.

Cheyenne faz que não.

— Eu ia contar para alguém — explica. — Para minha mãe, para o orientador da escola, algo assim. Mas não tenho ideia de como fazer isso. Estava meio que esperando me sentir preparada. E esse momento ainda não aconteceu.

— E quer falar sobre isso agora? Com a gente? — pergunta Grace.

— Ah, sim. Deve querer conversar sobre algo superíntimo e terrível que aconteceu com você com essas três garotas esquisitas que nunca viu na vida e que acabarem de aparecer na porta de sua casa? — ironiza Rosina.

— Sendo bem sincera, acho que fica até mais fácil — admite Cheyenne. — Porque não conheço vocês, não preciso me preocupar com a reação que terão. Nem com quanto isso vai afetá-las. — A região ao redor dos olhos se franze quando ela sorri. — Além do mais, vocês são as Anônimas, certo? Então, sei que posso confiar.

— Como sabe? — pergunta Grace.

— Ouviu falar da gente? — questiona Rosina.

— Claro que ouvi. Todo mundo já ouviu falar de vocês. São meio que super-heroínas.

— Uau! — exclama Grace, e Erin percebe que ela está se segurando para não rir.

— Eu nem sei quem são os garotos — acrescenta Cheyenne.

— Mas a gente sabe — afirma Rosina.

— Eu não quero saber — diz Cheyenne, rapidamente. — Por favor, não precisam mencionar nomes.

Erin se pergunta: *Será que Rosina não tinha razão?* Talvez fosse melhor que as duas não tivessem ido. Que não pressionassem Cheyenne a falar. Talvez nem sempre seja uma boa ideia falar sobre o assunto. Todo mundo sempre diz "fala, desabafa", mas e se isso machucar ainda mais? E se isso faz mais mal que bem? E se falar sobre o assunto só faz a pessoa reviver a cena uma, duas, sei lá quantas vezes? E se gerar ainda mais dor, mais tortura para a vítima?

Seja como for, é o que todos dizem. E há comprovações disso? As lembranças têm meia-vida, como o carbono? Será que, com o tempo, elas encolhem, ficam minúsculas, microscópicas? É possível compartilhar uma experiência repetidamente até ela sumir?

Erin não sabe a resposta para nenhuma dessas perguntas. E detesta não saber. Ela detesta olhar para essa garota que está sofrendo e não saber como amenizar a dor; além disso, detesta constatar que não sabe fugir nem deixar de se importar. Erin está de mãos atadas. E detesta se sentir assim.

Detesta sentir que o mundo está a esmagando. E o fato de que as metáforas são o único modo para descrever isso.

Cheyenne respira fundo.

— Eu estava em uma festa. Uma colega da aula de matemática que me convidou. Acabei de mudar para cá, então não conheço muito bem as pessoas. Fui porque achei que seria uma boa para conhecer gente, fazer amizade. — Ela faz uma careta. — Que irônico, né?

— Tinha ponche, mal dava para sentir o álcool, então nem me dei conta do quanto estava bebendo. Só fiquei lá, em um canto, sem falar com ninguém, segurando um copo de plástico bizarro e bebendo. Eu estava desconfortável, meio deslocada. Aí, apareceram esses três caras lindos que começaram a conversar comigo e eu fiquei superfeliz, sabe?

— Você se lembra do que aconteceu? — pergunta Rosina.

— Claro. De tudo. Eu não estava *tão* chapada assim. Infelizmente. Porque, se estivesse, teria desculpa.

— Uma desculpa para quê? — pergunta Grace.

— Para não ter feito nada — explica Cheyenne. Ela aperta com força os braços da poltrona e cerra os olhos ao dobrar as pernas cobertas pelo cobertor na altura do peito. — Talvez eu devesse ter lutado. Gritado. Mas fiquei congelada, paralisada. Fiquei deitada lá feito uma boneca. Não conseguia me mexer. Eu vi tudo. E senti *tudo*.

Cheyenne está trêmula. Erin desvia o olhar e tenta se concentrar no ritmo do próprio corpo, que não para de se balançar. Talvez ela também esteja tremendo. Erin não sabe distinguir quais desses sentimentos são dela e quais são de Cheyenne.

Ela pensa em Spot. No que ele faz quando está tremendo, quando se sente como Cheyenne agora. E também pensa em como é sentir a respiração dele nos dedos. Ela se levanta da poltrona e caminha até o outro lado da sala. Erin se ajoelha no chão e segura a mão de Cheyenne. Ela pensa no que gostaria de escutar em uma situação como aquela.

— Respira — aconselha Erin.

Cheyenne aceita a sugestão. E Erin respira junto com ela. Depois, elas entrelaçam os dedos. E mantêm as mãos unidas. Erin sabe que está quebrando a regra de não tocar na vítima. As duas inspiram e expiram juntas. *Como é possível que eu esteja sentindo as lágrimas de Cheyenne em minhas bochechas?*, pensa. Então, percebe que as lágrimas são dela, não de Cheyenne.

— Não é culpa sua — pondera Erin. — Você não fez nada errado.

— Mas talvez eu pudesse ter feito alguma coisa — comenta Cheyenne. — Talvez houvesse um modo de ter impedido. Reagido. Eu nem tentei.

— Você não tem que se culpar — comenta Rosina. — Em uma situação como essa, a gente nunca pode achar que devia ter reagido diferente.

— Que merda — lamenta Cheyenne, cobrindo o rosto com as mãos. — Ainda sinto os três em cima de mim. O peso deles. Um peso insuportável. Ainda sinto o cheiro deles. O fedor. O bafo de cerveja — diz, por entre os dedos. — Meu pescoço ficou molhado com a respiração deles. — Ela põe a mão no pescoço como se tentasse encobrir a lembrança ruim.

Erin se apoia na perna de Cheyenne. A lateral direita do corpo dela está tocando outro ser humano, e Erin não está nem um pouco incomodada. Não está pensando mais em si mesma.

Cheyenne tira as mãos do rosto e as apoia nas coxas. Com os lábios comprimidos, endireita a postura.

— Sei que deveria ter ido para a delegacia imediatamente. Sei que é isso que sempre aconselham naqueles programas de detetive. Mas eu estava tão cansada... Só queria tomar um banho. Precisava tomar um banho. Não tem como descrever essa sensação. Eu não me preocupei em entregá-los para a polícia, em fazer justiça, nada parecido. Simplesmente não estava preocupada com *eles*. Só queria dormir. Só queria que aquilo acabasse. Só queria me livrar daquilo o mais breve possível. Já bastou a eternidade de tudo aquilo, que parecia nunca acabar... Eu não queria lembrar, pensar no que tinha acontecido. — Ela ergue a cabeça. — Me desculpem. Eu deveria ter contato para alguém. Não deveria ter esperado tanto tempo.

— Você não precisa se desculpar — afirma Grace. — Não fez nada de errado.

— E eles pareciam tão legais quando me abordaram na festa — acrescenta Cheyenne, fazendo que não com a cabeça. — Fizeram várias perguntas sobre mim, interessados de verdade em saber quem eu era. E aí me dei conta de que estava bêbada e falei para eles isso. E comecei a rir, então eles se olharam, como se estivessem trocando um código, como esperassem exatamente por aquele momento. Eu deveria ter sacado. Não deveria ter saído com eles. Meu Deus, como fui burra. Eles disseram que me levariam até o carro e que me deixariam em casa, porque eu não estava em condições de dirigir. Achei que estavam sendo gentis. Que estavam tentando me *ajudar*. Quando percebi que tinha alguma coisa errada, já era tarde demais. Já estávamos fora da festa. Entreguei a chave do meu carro para um deles. Ele abriu a porta de trás e me pediu para entrar. Era o mais velho dos três. O líder. Nisso, seu tom de voz mudou, deixou a gentileza de lado. E começou a falar para os outros o que fazer.

— Cheyenne, não precisa contar todos os detalhes, se não quiser. Sinta-se desobrigada, sim? — sugere Grace.

A forma como Cheyenne faz que não com a cabeça lembra Grace do modo como a mãe sacode o tapete da cozinha. Como se tentasse tirar toda a poeira do tecido.

— Só dois deles me estupraram — continua Cheyenne. — O terceiro fugiu. Ele tinha um cavanhaque. E deu para ouvir que vomitou no mato enquanto os outros dois estavam em cima de mim.

— Deus do céu — exclama Rosina.

— Não encostei mais no meu carro desde o momento em que voltei para casa, de manhã. Não quero entrar ali nunca mais. Meu Deus... No assoalho ainda deve ter as camisinhas. Quem faz esse tipo de monstruosidade? Quem estupra uma mulher e larga a camisinha assim, sem se preocupar? Ou são muito burros ou vivem em outro planeta, por achar que nunca seriam pegos.

De repente, Cheyenne para de falar e fica com o rosto pálido, cinzento. Ela tapa a boca com a mão, joga o corpo de lado com tudo e se levanta.

— Desculpa — murmura e sai correndo, entra em um cômodo no corredor e fecha a porta.

Erin volta a sentar-se na poltrona. E tenta não escutar o ruído enquanto Cheyenne vomita no banheiro.

Os nervos de Erin estão à flor da pele. É tudo tão doído que ela quase não consegue suportar. Esses sentimentos, essas memórias... Esse envolvimento todo, o fato de permitir que o mundo volte a afetá-la assim, sendo que lutou tão duramente contra isso.

— Gente — sussurra Rosina. — O que estamos fazendo aqui? O que vamos fazer por essa menina?

— Como assim? Estamos ajudando — responde Grace.

— Ela ficou tão abalada que precisou vomitar. É isso que vocês chamam de ajuda?

— Ela quis conversar com a gente, Rosina. Não a obrigamos a nada — pondera Grace.

— Não temos como saber. Talvez ela tenha ficado com receio de dizer "não" para gente. Ou talvez esteja em um estado de choque tão grande que não consiga raciocinar direito. Estamos tão obcecadas em foder esses caras que não pensamos no que seria melhor para Cheyenne. Talvez a gente esteja se aproveitando da situação.

— Não estão se aproveitando de nada — afirma Cheyenne, do corredor. — Eu quero falar. — Ela volta a sentar-se na poltrona. — Quero botar esses caras na cadeia tanto quanto vocês.

— Tudo bem — diz Rosina.

— Meu carro está cheio de provas — comenta Cheyenne. Alguma coisa nela mudou. De repente, é como se liderasse uma reunião, não mais falasse sobre o estupro que sofreu. — Digitais. As camisinhas. Todo tipo de DNA. — Ela faz uma pausa e engole em seco. — Os hematomas em meu corpo.

Ninguém diz nada. Erin sabe o motivo: os sentimentos são muitos e as palavras, insuficientes. Desgosto. Terror. E talvez uma centelha de esperança de que Cheyenne as ajude a pegar esses caras.

— Acha que reconheceria os garotos? — pergunta Grace. — Numa delegacia ou, sei lá, qualquer outro lugar?

— Sim — confirma Cheyenne. — Com certeza.

Erin abre o zíper da mochila e puxa o anuário que a mãe insistiu para que comprassem, embora Erin soubesse que jamais pediria a ninguém para assiná-lo. Ela abre o livro mais ou menos no meio, onde há metade de uma página só para Spencer, Eric e Ennis, os reis da Prescott High, os três com os braços cruzados e sorrindo como se fossem donos do mundo. Com cautela, Erin caminha em direção à Cheyenne e mostra a ela o livro aberto, como se fosse um presente.

Cheyenne faz uma careta e desvia o olhar.

— Pode fechar já.

— São eles? — pergunta Grace.

Cheyenne faz que sim, abaixa a cabeça e olha o próprio colo. Ela cutuca um pelo do cobertor.

Até que, de repente, ergue a cabeça e arregala os olhos.

— Puta merda! São os mesmos caras que estupraram aquela menina ano passado?

— Sim — confirma Grace.

— Sem sombra de dúvida — afirma Cheyenne. — Cara, não consigo acreditar que isso não tinha passado pela minha cabeça até agora. Como pode?! — Ela solta uma risada, mas que ao mesmo tempo soa como algo totalmente contrário. — Jamais imaginei que poderia ter sido os mesmos caras. Tipo, achei que qualquer um poderia cometer uma atrocidade dessas. Como se fosse comum.

— E é — argumenta Rosina. — Infelizmente, é muito comum.

— Precisamos pôr um fim nisso — comenta Cheyenne. — Temos que impedir esses caras. Vamos à delegacia. — Ela se levanta e arruma o cabelo atrás da orelha.

— Tem certeza? Sua vida vai mudar completamente — comenta Rosina. — As pessoas vão saber quem é você. Quem são seus pais, onde você estuda. Provavelmente você vai aparecer nos jornais, nos noticiários.

— Mas se não for isso, o que mais posso fazer? — questiona Cheyenne. — Ficar aqui sentada, tentando esquecer o que aconteceu? Guardar isso para mim pelo resto da vida e não tomar nenhuma atitude para que a justiça seja feita? Se eu não fizer nada, eles simplesmente vão continuar estuprando outras garotas por aí. E vou ter que conviver com *essa* culpa para sempre. Esses caras precisam ir para a cadeira.

— Mas pode ser que eles não sejam presos — lembra Rosina. — Há a possibilidade de conseguirem escapar impunes, exatamente como aconteceu da outra vez.

— Eu sei — diz Cheyenne. — Mas preciso ao menos tentar. Preciso brigar por isso. Quero contar para a polícia o que aconteceu. Agora.

— A gente leva você — oferece Erin, sentindo a voz soar tão estranha na sala que mal consegue se escutar. — A gente vai ficar com você durante o tempo que precisar.

— Obrigada — agradece Cheyenne, olhando fundo nos olhos de Erin. — Obrigada.

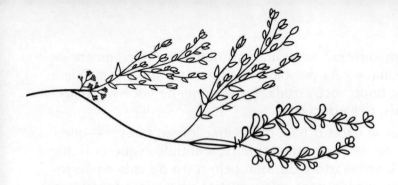

# ROSINA

A caminho da delegacia, ninguém diz nada. Grace pergunta a Cheyenne se ela quer telefonar e avisar os pais, mas ela diz que não quer envolvê-los até que possa contar a sua própria versão da história. Grace acha que isso é loucura, mas Rosina compreende. Cheyenne não quer que o medo dos pais interfira na coragem dela.

Erin vai no banco da frente, ao lado de Grace. Rosina fica olhando para Cheyenne, de canto de olho. Não quer que ela perceba que está sendo observada. Cheyenne está tão quieta, tão inexpressiva. Elas passam por plantações e por planícies até chegarem ao sopé da montanha, que fica a vários quilômetros de distância. O céu está mais limpo e o sol do entardecer reflete um brilho alaranjado que aquece a pele de Cheyenne. Rosina se pergunta: *Se conhecesse Cheyenne antes, teria notado algo de diferente nela depois do ocorrido? Será que é possível identificar uma vítima de estupro só de olhar no rosto dela?*

— Alguém quer ouvir música? — pergunta Grace.

— Nenhuma das que você tem aí — responde Rosina. — Sério, não me leve a mal. Grace tem o pior gosto musical do mundo. Ela tem quase dezessete anos e ainda escuta *boy bands*.

— Por acaso Fir tem delegacia? — pergunta Erin.

— Não — responde Cheyenne, com desânimo. — Precisamos ir ao posto em que o delegado do condado atende. Fica a alguns quilômetros.

As três continuam em silêncio. Grace posiciona as mãos no volante exatamente como aprendeu na autoescola. Erin está recostada, com a cabeça apoiada no banco, e olhando para a janela, provavelmente pensando em como era essa paisagem quando ainda estava submersa e em como há concha e fóssil de peixe espalhados e dispersos pela grama e no meio do esterco.

— Eu não vou me entregar, entendem? — diz Cheyenne, de repente. — Não vai acontecer comigo o mesmo que aconteceu com aquela garota. Ouvi dizer que ela enlouqueceu, que saiu da escola e tudo o mais, que ficou desnorteada. Comigo não vai ser assim. Não vou deixar aqueles monstros arruinarem a minha vida.

— Lucy não *deixou* eles arruinarem a vida dela — afirma Rosina. — Não foi questão de escolha. Eles simplesmente *acabaram* com a vida dela. — O comentário acaba soando mais ríspido do que ela imaginava.

— Eu sei — diz Cheyenne. — Mas vou ser forte. Não vou derramar mais nenhuma lágrima por causa disso. Esses canalhas não merecem absolutamente nenhum resquício da minha dor.

Cheyenne olha para a janela. Ela cerra a mandíbula com tanta força que Rosina vê os músculos tensionados do pescoço.

— Realmente agradeço por terem vindo me ajudar. Mas, não me levem a mal, acho que vocês não podem me dizer como eu deveria me sentir agora... Alguma de vocês já foi estuprada?

Erin tira a cabeça do apoio de repente.

— De acordo com a pesquisa que fiz sobre qual é a melhor maneira de conversar com uma vítima de estupro, quem se dispõe a ajudar não deve compartilhar as próprias experiências porque tira o foco da vítima e subestima o que ela passou.

— Que bobagem — reclama Cheyenne. — Eu, como vítima, gostaria de saber. Por favor, respondam.

— Não, nunca fui estuprada — responde Grace, baixinho e segurando o volante com tanta força que as juntas de seus dedos chegam a ficar esbranquiçadas.

— Nem eu — afirma Rosina.

Erin fica em silêncio. Rosina sente como se ela tivesse sido ejetada do carro, como se estivesse em queda livre, como se o ar fosse sugado dos pulmões de Erin e ela estivesse presa no vácuo sem conseguir respirar.

— Erin — chama Cheyenne. — Você já foi estuprada?

Erin cruza os braços.

— Também nunca derramei uma lágrima — responde. — Passei os últimos três anos sem derramar uma lágrima sequer por causa disso. Pensando melhor, não sei se isso foi a melhor coisa a fazer.

— Ah, Erin... — diz Grace. Rosina pode sentir as lágrimas sufocadas na voz de Grace.

— Às vezes, não chorar machuca mais que o próprio choro — conta Erin.

— O que aconteceu? — pergunta Grace. Embora esteja no banco de trás e não consiga ver direito, Rosina sabe que o rosto de Grace já está encharcado. Grace chora o suficiente por todas elas.

— A vítima não pode ser pressionada a fornecer detalhes — diz Erin. — E lembre-se de não demonstrar sensibilidade excessiva.

— Mas não consigo! Não dá! — exclama Grace, totalmente em prantos. Por dentro, Rosina agradece pelas lágrimas e pela comoção de Grace, porque isso tira a atenção dela e ninguém percebe a sua cara de choro, e os lábios comprimidos para segurar as lágrimas.

— Grace, você está bem? — pergunta Cheyenne. — Quer parar o carro?

— Ah, meu Deus — lamenta Grace, entre fungadas. — Está perguntando se *eu* estou bem? Estou, sim. E *você*?

— Não quero falar sobre isso agora — diz Cheyenne. — Vou ter que fazer isso por um bom tempo daqui a pouco.

— Também não quero falar sobre mim — afirma Erin.

— Me desculpe — pede Grace. — Me desculpe, de verdade.

Na medida do possível, Grace se recompõe e segue o restante do percurso.

— Estamos chegando — avisa, ao avistar uns prédios um pouco à frente. — Está preparada, Cheyenne?

— Nunca me senti tão preparada.

O posto em que o delegado do condado atende fica em uma cidade ainda menor que Fir. Na rua principal, há apenas alguns edifícios. Grace para o carro no estacionamento mais vazio que já viu na vida. Ela desliga o motor. Ninguém se mexe.

— Não acredito que é para valer — comenta Cheyenne. — Sério mesmo que vou fazer isso? Estou com medo.

— É normal sentir medo — afirma Erin, virando-se para Cheyenne. — Vai ser muito difícil mesmo.

— Hum... Erin? — intervém Grace.

— Você não me deixou terminar — acrescenta Erin. — O que eu ia dizer é que vai ser muito difícil mesmo, mas nada nunca vai ser tão terrível quanto o que você passou naquela noite. Você sobreviveu. Pode sobreviver a qualquer coisa agora.

Alguém para além de Rosina, alguma entidade talvez, sente o coração explodir de amor pela amiga, sente vontade de envolvê-la num abraço e não soltar nunca mais. Rosina, porém, não faz esse tipo de coisa. Ela olha para a janela e esfrega o nariz que está meio molhado (mas é óbvio que não é pelas lágrimas).

— É verdade — diz Cheyenne. — Vamos lá.

O posto policial é muito parecido com a delegacia de Prescott: as mesmas paredes bege, o mesmo amontoado de cadeiras quase vazia atrás de um balcão enorme na recepção.

— Olá, senhoritas — cumprimenta o subdelegado atrás do balcão. — Como posso ajudá-las?

— Hummm... Tem alguma policial mulher com quem eu possa falar?

A expressão do homem amolece.

— Me desculpe — diz, soando muito sincero. — Infelizmente não há nenhuma policial no momento. — Ele hesita, depois abre um sorriso empático. — Que tal conversar com o delegado? Ele se encontra. E é um cara legal, juro. Tem duas filhas gêmeas que aparentam ter a sua idade. Uns doze anos. Ele ama as duas mais que tudo no mundo.

Erin olha para Cheyenne. Mesmo sem dizer nada, as duas trocam algum tipo de mensagem. Erin assente. Cheyenne respira fundo.

— Está bem — concorda Cheyenne. — Vou falar com o delegado.

— E nós vamos ficar aqui até terminar — afirma Grace.

— Não precisam fazer isso.

— Mas vamos fazer, sim — confirma Rosina.

Então, Erin, Grace e Rosina aguardam sentadas pelo que parece horas e horas, ainda que apenas quarenta e cinco minutos tenham se passado. Nesse meio-tempo, Erin termina a lição de casa, Rosina recusa várias chamadas da mãe e Grace passa a maior parte do tempo no banheiro para, suspeita Rosina, poupar as amigas de seu colapso nervoso.

— Sabe de uma coisa? — comenta Rosina. — Pode parecer meio ruim, mas não posso deixar de pensar que foi uma coisa boa o fato de a Cheyenne ter se mudado para cá. Ela não estava aqui para ver o que aconteceu com Lucy depois que ela denunciou o estupro. Cheyenne não tem motivo para achar que não vão acreditar nela.

— Tomara que ela esteja certa. Desde que a gente chegou aqui, não parei de orar e pedir a Deus que seja assim — diz Grace.

Ah, então era isso que Grace estava fazendo no banheiro. Pelo menos dessa vez, Rosina não duvida da sanidade da amiga. Talvez ela tenha se acostumado com as esquisitices de Grace. Ou talvez Grace esteja, nesse tempo todo, secretamente, tentando convertê-la – e driblar a resistência de Rosina seria só mais uma parte do plano.

Ou, ainda, pode ser que, bem lá no fundo, Rosina quisesse acreditar em alguma coisa. Talvez ela desejasse contar com um deus com quem pudesse conversar agora, como Grace.

— E se a gente estiver preparando Cheyenne para ser mais uma Lucy? — questiona Rosina. — Quando a notícia se espalhar, será que ela vai ficar arrasada como Lucy ficou? Será que a gente não vai ferrar a vida dela ainda mais que aqueles monstros?

— Estamos fazendo a coisa certa — responde Grace. — Cheyenne está fazendo a coisa certa.

— E desde quando isso faz alguma diferença? — questiona Rosina.

— Desde que a gente passou a se importar com isso — intervém Erin, tirando os olhos do livro.

*Meu Deus, por favor. Por favor, ajude Cheyenne*, pensa Rosina.

Pensar é o mesmo que rezar?

*Por favor, ajude a gente.*

A porta da sala do delegado se abre. Rosina, Grace e Erin se levantam ao ver Cheyenne sair. Pela cara dela, não dá para saber como foi. Ela parece cansada, mas não arrasada. Enquanto um homem alto e de ombros largos a acompanha, Cheyenne sorri discretamente. O homem parece um pai. Um bom pai.

— Quando sua mãe chegar — diz ele, com gentileza —, vamos nos sentar e conversar sobre os próximos passos, mas acho que você precisa respirar um pouco de ar fresco. Eu também estou precisando. — O homem sorri com gentileza para Cheyenne, do mesmo jeito que Rosina, quando criança, imaginava que seria o sorriso do pai se ele ainda fosse vivo. Alguma coisa se agita dentro dela.

— Foram essas amigas que ofereceram ajuda? — pergunta o delegado, olhando as três. Rosina começa a ficar meio preocupada. Será que ele vai falar com o delegado Delaney? Contar à polícia de Prescott que elas são as líderes das Anônimas?

— Sim — confirma Cheyenne. — Eu não teria conseguido se não fosse por elas.

— Isso que são amigas de verdade — pontua o homem.

Rosina, porém, continua desconfiada, sem saber se deve acreditar nele, mesmo depois de Cheyenne ter afirmado de diferentes modos que queria fazer a denúncia. Porque cada passo que elas dão as distancia dos tempos em que nada disso tinha acontecido.

Rosina percebe que Erin está olhando para ela de um jeito estranho.

— Que foi? — pergunta Rosina.

— Não precisa se preocupar — responde Erin. — Dá para ver que está preocupada.

Rosina ri.

— *Você* me dizendo para *eu* não me preocupar? Hilário.

A porta da recepção se abre. Uma versão um pouco mais velha de Cheyenne aparece, vestindo uniforme de enfermeira. Ao ver a filha atrás do balcão da recepção, a mulher se joga nos braços dela, e Cheyenne depressa retribui o abraço. Rosina fica sem graça, se sente uma intrusa. É um momento tão íntimo, tão primitivo quanto uma mãe embalando uma criança.

O celular de Rosina vibra de novo. Mais uma ligação da mãe.

Rosina se pergunta: *E se em vez de Cheyenne fosse eu? E se em vez da mãe de Cheyenne fosse a minha mãe? Será que ela me abraçaria do mesmo jeito? Qual seria a primeira reação de Mami ao saber que a filha foi violentada? Será que ela me abraçaria assim, com todo esse amor antes de me fazer qualquer pergunta, antes de saber os detalhes do que aconteceu, antes de saber a história toda? Será que Rosina poderia contar com o amor da própria mãe?*

Agora, contudo, isso não importa. Ainda nos braços da mãe, Cheyenne olha para Rosina, Grace e Erin e balbucia:

— Obrigada.

E, por um momento, Rosina tem uma sensação estranha, algo que não é bem uma ideia nem um sentimento, mas um instante de clareza, de certeza: tudo vai ficar bem. Será que é assim que Grace se sente? E será que ela sente isso o tempo todo? É por isso que ela sabe que Deus existe?

A mãe de Cheyenne solta a filha e acompanha o delegado à sala dele sem nem se dar conta da presença das três garotas na sala de espera.

Antes de seguir sua mãe e o delegado, Cheyenne vai falar com Grace, Rosina e Erin.

— Podem ir para casa. Daqui para frente, a gente se vira.

As três garotas não se movem.

— É sério, gente — insiste Cheyenne. — Eu vou ficar bem.

— Você tem nosso número. Para qualquer coisa que precisar, pode ligar — diz Grace.

— Claro. E vocês também. Podem me ligar.

— Não vou ligar — avisa Erin. — Não gosto de falar ao telefone. Mas mando mensagem.

— Combinado. — Cheyenne ri.

— Cheyenne — chama a mãe, de dentro da sala do delegado. — Está pronta, querida?

Cheyenne dá um tchauzinho para as garotas, entra e fecha a porta.

Rosina consegue ouvir Grace respirar fundo.

— Grace. Para de respirar assim — reclama ela.

— Desculpa.

— Estou com fome — diz Erin.

— Acho que está na hora de voltar para casa — sugere Grace.

Ela e Erin caminham em direção à porta, mas Rosina não se mexe. Não consegue parar de encarar a porta da sala do delegado. A sensação que ela teve há poucos minutos desapareceu assim que Cheyenne fechou a porta, assim que Rosina se deu conta de que havia chegado a hora de voltar para a própria vida.

— Ela vai ficar bem — pondera Erin, puxando a camisa de Rosina. — Vamos.

Mas não é com Cheyenne que Rosina está preocupada.

# Nós

Durante a quase uma hora de percurso de volta a Prescott, nenhuma das três disse nada. Grace, Erin e Rosina olham para a janela, cada uma observando uma vista diferente. Em breve a luz do pôr do sol vai mergulhar no mar uns cento e sessenta quilômetros a oeste. Aos poucos e discretamente, a luz vai desaparecendo do céu, como em qualquer outra noite.

Já começou a escurecer quando elas estacionam em frente à casa de Erin. Ninguém se surpreende ao ver um carro de polícia parado na calçada.

— O que a gente vai dizer? — pergunta Rosina. — A gente tem que combinar para todo mundo contar a mesma coisa.

— A verdade — responde Erin. — E o que mais a gente pode dizer?

Spot cumprimenta Erin assim que ela entra em casa, circula e cheira os calcanhares, lambe os dedos dos pés e utiliza todos seus meios de investigação. A mãe de Erin está no sofá, atordoada e com os olhos vermelhos, de frente para um policial visivelmente nervoso e que parece um pouco mais velho que Erin. Assim que vê a filha, a mãe dá um pulo do sofá e se contém a poucos centímetros de Erin, a tempo suficiente de retrair o abraço. Ela sabe que não pode abraçá-la e segurá-la, então começa a chorar. E assim fica, imóvel, a poucos centímetros de distância, chorando tanto que chega a soluçar e os braços chacoalham.

— O que aconteceu? — pergunta a mãe, aos prantos. — Não consigo entender como isso aconteceu. Achei que as coisas estavam melhorando. Pensei que você estivesse melhor. — Spot se afasta de Erin e começa a se esfregar nos calcanhares de sua mãe. — Fiz tudo o que pude para cuidar de você. Tudo que estava a meu alcance. E deixei isso acontecer... Se eu tivesse...

Erin estica o braço e toca o ombro da mãe.

— Não tenha medo, mãe — pede. — Eu não estou com medo.

Assim que Erin abaixa a mão, a mãe toca o próprio ombro, no ponto exato em que a mão da filha estava havia poucos segundos. A mãe funga algumas vezes e parece surpresa ao perceber que as lágrimas desapareceram de repente.

— Querem que você vá à delegacia imediatamente — anuncia, enxugando o resquício de lágrimas.

— Então, vamos — afirma Erin.

— Não é melhor esperar seu pai chegar?

— Não — responde Erin, calmamente. — Estamos bem sem ele. *Sempre* estivemos.

— Mas...

— Mãe, a gente não precisa dele.

Erin não olha nos olhos da mãe, mas nem precisa. Perplexa, a mãe observa a inexpressão da filha, que contrasta com a dela própria, um misto de choque, confusão e amor, e se sente incapaz de reconhecer a moça que está ali, bem à frente dela; é como se a visse e a ouvisse pela primeira vez.

— Nós não precisamos dele — repete Erin.

Ela ergue a cabeça e observa a mãe em estado de choque, mas pouco a pouco percebe a expressão amolecer, como se tivesse entendido o que Erin disse, como se tivesse absorvido um minúsculo indício de algo que poderá se transformar em liberdade.

Enquanto isso, na frente da casa de Rosina as luzes do carro de polícia refletem por todo o quarteirão, colorindo as paredes, os postes e as casas de um modo quase festivo. Vários vizinhos e curiosos se amontoam à espera do que vai acontecer.

— Senhor! — exclama Rosina. — Eu deveria cobrar ingresso.

— Você vai ficar bem? — pergunta Grace.

— Não sei. — A única coisa que Rosina sabe é que não pode passar o resto da vida ignorando as ligações da mãe. Não pode fugir do inevitável. Não pode parar o tempo. Há a possibilidade de o que quer que aconteça não ser justo. E seja justo ou não, seja certo ou não, seja o modo como as coisas deveriam acontecer ou não, é a realidade. A realidade de Rosina. E assim continuará, até que ela descubra um modo de mudá-la. Em meio a tudo isso, de uma coisa Rosina tem certeza: fugir não é mudar. Ela desce do carro e se prepara para o que quer esteja por vir.

Ao chegar em casa, Grace encontra uma policial sentada no sofá, ao lado dos pais dela, segurando uma xícara de café na mão.

— Gracie! — exclama a mãe, assim que vê a filha, mas ninguém diz mais nada enquanto ela deixa a mochila cair no chão, ainda na porta, entra e se senta ao lado deles.

— Oi — diz, cumprimentando a policial.

— Grace, sabe por que estou aqui?

— Sim.

— Gostaria que me acompanhasse até a delegacia para um interrogatório. Está sendo acusada de cometer crimes graves.

— Ah, Senhor! — exclama a mãe. O marido abraça a esposa. Grace não consegue olhar para nenhum dos dois, não quer correr o risco de ver a decepção nos olhos deles.

— Posso perguntar quem me denunciou? E do que está me acusando? — pergunta Grace.

A delegada olha para as anotações em uma prancheta e lê sem tirar os olhos do papel.

— Regina Slatterly abriu uma queixa contra a senhorita em nome da Prescott High School. Aqui diz acusação de roubo, furto de informações confidenciais, crime virtual, acesso ilegal, importunação, conspiração e corrupção de menor. Puxa, a lista é grande!

Que sensação estranha é essa que Grace sente? Por que ela está tão calma? Por que está sorrindo?

— Grace precisa ir com você no carro de polícia? — pergunta o pai.

— Não, senhor — responde a policial. — Ela não está sendo acusada de nada por enquanto. Apenas investigada. Ela pode ir com o senhor.

— Se não está sendo acusada de nada, tecnicamente ela não precisa comparecer à delegacia, certo? — questiona o pai. — Ela pode ficar aqui. Acho que talvez seja melhor eu chamar um advogado. Não sei se vou me sentir confortável de acompanhar a minha filha e...

— Pai — chama Grace. — Está tudo bem. Estou preparada para falar com eles. — Por fim, Grace consegue erguer a cabeça e olhar nos olhos dos pais. — Não fiz nada de errado. Não tenho do que me envergonhar.

— Querida — diz a mãe, assim que todos entram no carro e Grace se senta no banco de trás. — O que está acontecendo?

Grace consegue sentir o medo na fala dela.

— Só pode ser um engano — sugere o pai. — Você jamais cometeria qualquer tipo de crime. Não entendo.

— Posso explicar — diz Grace. Ela fica em silêncio por alguns instantes, fecha os olhos e procura dentro de si sua parte firme, de onde sua voz verdadeira emerge. — Sou uma das idealizadoras das Anônimas. Quem começou tudo fomos eu e minhas amigas Rosina e Erin. Começou porque a gente queria ajudar Lucy, a menina que foi estuprada no ano passado. Queríamos ajudar as outras garotas. O grupo foi crescendo e ganhou vida própria.

A mãe olha para a filha. Em meio à escuridão, Grace não enxerga seus olhos, mas sente o amor que eles irradiam.

— Talvez a gente tenha quebrado algumas regras, mas não fizemos mal a ninguém — prossegue Grace. — Nós ajudamos pessoas. Muitas pessoas — diz, vacilante. — Mãe, essa é a melhor coisa que já fiz na vida.

Grace escuta a mãe suspirar e vê os pais se entreolharem, como sempre fazem quando estão lendo o pensamento um do outro. A caminho da delegacia, ninguém diz mais nada, mas algo já foi decidido. Mesmo em silêncio, certo tipo de paz foi declarado. Os pais confiam em Grace. Sempre confiaram.

No carro da mãe de Rosina, também paira o silêncio, mas é um silêncio diferente, perturbador, assustador, como se uma bomba fosse explodir a qualquer momento. Rosina acha que deve ter perdido o estágio da raiva de Mami, porque, desde que chegou em casa, o que ela vê é algo muito pior, algo para além da raiva: Mami está apavorada. Ela não disse praticamente nada, nem uma palavra sequer para humilhar Rosina na frente do policial nem para intimidá-la na sala de estar. Apenas permaneceu sentada e comportada enquanto o homem explicava que gostaria que ela levasse a filha à delegacia. "Sim, senhor", foi tudo o que ela disse. E agora cá está Mami, apertando o volante com tanta força enquanto dirige que as juntas chegam a ficar esbranquiçadas, e as lágrimas nas bochechas refletem a luz fraca dos postes das ruas.

Rosina não vê a hora de sair do carro, mas, quando chegam à delegacia, nem ela nem a mãe se mexem. Alguém precisa quebrar o silêncio. E está claro que as duas poderiam esperar uma eternidade para isso.

Rosina olha para a janela e vê Erin entrar na delegacia, a mãe dela logo atrás, apertando a bolsa contra o peito. Apesar do clima pesado e sufocante no carro, Rosina deixa escapar um sorriso ao ver a amiga – um gesto tão sutil e tão breve, capaz de expressar por meio dos lábios o orgulho e o amor que pulsam dentro do peito.

— Você me assusta, *hija* — diz a mãe, rompendo o silêncio, por fim.

Rosina vira para o lado e se surpreende ao dar de cara com uma mulher de meia-idade, com rímel borrado e cabelo grisalho. Ela nunca reparou que a mãe poderia ser tão bonita – e definitivamente jamais imaginou que pudesse aparentar ser tão velha também.

— Você está sempre brigando — diz a mãe, com um olhar suplicante, olhando nos olhos da filha. — Você quer lutar contra tudo.

— Isso não é verdade — refuta Rosina, mas com a voz hesitante, sem muita convicção do que acaba de dizer.

— Um dia você vai perder — acrescenta Mami. — E se machucar.

— Talvez. E, quando isso acontecer, de que lado você vai estar? Vai ser você quem vai me machucar?

Algo acontece no silêncio que sucede a pergunta de Rosina. O peso em ambos os lados do carro parece igualar-se. O medo e a raiva se dissipam, e tudo o que resta são duas mulheres sob a luz fraca da rua.

— Tudo o que fiz foi para protegê-la — sussurra Mami.

— Eu sei — afirma Rosina, que, de repente, tem certeza disso.

Depois de alguns segundos, Rosina diz:

— A gente precisa entrar.

— Está com medo? — pergunta Mami. Sem acusação, sem julgamento. Apenas perguntando. Apenas querendo saber como a filha se sente.

— Apavorada — responde Rosina.

Mami assente discretamente. Para qualquer outra pessoa, o gesto poderia ser imperceptível, mas, para Rosina, é como uma avalanche. Uma pequena centelha de gratidão irrompe nas veias dela, na mesma velocidade de um único batimento cardíaco, e é mais que suficiente. Essa é a escala do amor entre as duas.

Erin está calma e serena de um jeito que Rosina jamais a viu. Está esfregando as mãos como sempre faz quando fica nervosa, mas é mais por entusiasmo que propriamente por nervosismo; é quase que uma demonstração de alegria. A mãe está sentada em um banco ao lado de Erin, mais perto do que ela em geral permitiria e parece mais confusa que brava ou amedrontada, como se tudo aquilo não passasse de um erro terrível, como se não conseguisse sequer imaginar a filha fazendo algo que pudesse acabar em uma visita à delegacia. A mãe de Erin não faz a menor ideia do que a filha é capaz.

Rosina fica ao lado de Erin enquanto Mami caminha pisando duro até a recepção à procura de respostas.

— Estão esperando Grace chegar — conta Erin a Rosina. — Querem falar com nós três juntas.

— Minha filha vai ser presa? — questiona Mami, novamente cuspindo fogo.

Rosina jamais imaginou que poderia um dia sentir pena de um policial, mas sempre tem uma primeira vez para tudo na vida. Ela sorri ao ver a mãe com sua estatura minúscula intimidando o policial e, por um momento, é como se visse uma réplica de si mesma, de sua própria coragem, o que afasta um pouco o medo.

A porta de entrada se abre. Grace e a família entram, todos juntos e de uma vez só, conectados, unidos. A mãe de Rosina vira, e as duas mães trocam um olhar, tão breve e sutil que quase não se percebe. Por um momento, Mami não se mostra cruel nem brava, tampouco assustada; por um momento, tudo o que Rosina vê nos olhos dela é amor.

O policial na recepção faz uma ligação. O delegado Delaney aparece na porta de sua sala e caminha até eles, limpando migalhas da boca com o dorso da mão.

— Olá, senhoritas — diz. — Sejamos rápidos. Estão preparadas para conversar comigo?

Ninguém responde.

Delaney suspira.

— Como são menores de idade, preciso avisá-las que podem pedir para os pais acompanhá-las, se quiserem.

Sem hesitar, as três respondem que não.

Grace, Rosina e Erin se sentem nervosas ao entrar na sala do delegado, mas não com medo. O mundo é muito maior que aquela salinha, e a justiça é muito mais complexa que os caprichos desse cara. O conhecimento das três sobre o sistema judicial é limitado, mas agora elas têm certeza de que algo vai acontecer. Sabem que o delegado Delaney não vai interferir. E conhecem o delegado da outra cidade. Têm provas. E conhecem a verdade dos fatos. E finalmente há adultos dispostos a ouvi--las. As garotas sabem, de algum modo, que já venceram.

O que elas não sabem é que, ao mesmo tempo que os pais as acompanham na delegacia, os policiais de Fir estão chegando à casa de Spencer Klimpt, Eric Jordan e Ennis Calhoun. As sirenes alertaram o bairro inteiro. Os vizinhos fazem fila nas ruas para ver os garotos algemados e enfiados no camburão.

Depois que a porta da sala do delegado se fecha, as garotas não têm a menor ideia do que está acontecendo no resto da delegacia. Não sabem que, enquanto tentam contar seu lado da história para o delegado entediado e que só está disposto a ouvir o que quer, o delegado da outra cidade acaba de chegar. Elas não sabem que ele está tentando entrar em contato com o delegado Delaney desde o início da noite, desde que conversou com Cheyenne. Elas não sabem que Delaney costuma evitar as ligações do delegado e que o considera uma verdadeira pedra no sapato por dificultar o trabalho dele e insistir na comunicação jurisdicional. O que as meninas certamente não sabem é que o delegado de Fir não gosta de Delaney, quase tanto quanto elas.

Será que elas percebem que os garotos entraram na delegacia? Ou será que, de algum modo, elas sentem a presença deles?

Enquanto aguardam os pais chegarem, os três são levados a salas diferentes. Se forem espertos, não vão abrir a boca antes de conseguirem um advogado. Vão cooperar. Mas talvez o medo – ou até outra coisa, quem sabe – tenha prejudicado a capacidade de raciocínio. Pode ser que um dos três a essa altura já tenha dado com a língua nos dentes. E, quem sabe, esteja desesperado para se livrar da punição.

Em duas salas diferentes, a verdade está sendo dita. Em outras duas salas, os garotos fazem greve de silêncio para preservar a própria vida.

Nem eles nem as garotas sabem que a sala de espera da delegacia está ficando abarrotada de colegas de sala. Como de costume em cidades pequenas, as notícias se espalham depressa.

Uma atrás da outra, as garotas começam a chegar: Melissa Sanderson, ex-líder de torcida e namorada de Rosina; Elise

Powell, garota fitness; Sam Robeson, membro do clube do teatro; Margot Dillard, presidente do corpo estudantil; Lisa Sutter, capitã da torcida; Serina Barlow, ex-viciada em drogas; Connie Lancaster e Allison Norman, fofoqueiras de plantão; Jenny e Lily, antigas amigas de Lucy; Krista e Trista, calouras de cabelo multicolorido. Nenhuma dessas meninas provavelmente se misturaria às outras. E elas não param de chegar.

As Anônimas estão aqui. E em todos os lugares.

Quando Rosina, Grace e Erin saem da sala do delegado Delaney, meio receosas, a delegacia explode em sons. As três tentam descobrir de onde vem o barulho. Por que todo aquele burburinho? Vozes femininas atravessam e chacoalham as paredes, do teto ao chão, ganhando cada vez mais força, velocidade, colidindo entre si.

Em meio ao caos, Rosina bate o olho em um minúsculo reduto de silêncio. Num canto da sala de espera, apartadas da agitação da multidão, estão Mami e a sra. Salter, de frente uma para a outra, de olhos fechados e mãos dadas. Rezando. Procurando a paz, cada uma à própria maneira.

Uma voz cheia de entusiasmo irrompe:

— Caraca! Tem um monte de van lotada lá fora.

Então, as portas das salas se abrem, e os garotos, um por um, começam a sair: Spencer, Eric, Ennis. Na delegacia, paira um silêncio ainda mais profundo que a gritaria e a agitação de poucos segundos antes. É a mesma quietude da beira de um penhasco – tantos olhos observando, tantas respirações contidas. E o momento da queda livre.

Ao deixar uma das salas, Spencer vê Ennis sair de outra, bem à frente.

— O que você contou para eles?! — questiona, praticamente rosnando, rompendo o silêncio.

Ennis mantém a cabeça baixa. Diante da pergunta, ele não olha para cima, não reage, não reconhece nada do que está acontecendo. Está imóvel, esvaziado. Naquela sala, disse coisas que jamais poderão ser apagadas.

— Que merda você falou? — esbraveja Spencer.

Todos ao redor se encolhem ao vê-lo se aproximando de Ennis.

No entanto, um policial agarra Spencer, sem dar tempo de ele fazer qualquer coisa e, sem o menor esforço, puxa os braços do garoto para trás e o algema.

— Ai! — reclama Spencer, com um grito agudo, mas fraquinho. — Está me machucando.

Quem poderia imaginar que o pegador era tão sensível assim?

— Vai, anda — ordena o policial, dando um chute no calcanhar de Spencer como se ele fosse um objeto ou algo do tipo. Spencer se desequilibra, tropeça e cai de cara no chão, sem poder contar com as próprias mãos para ampará-lo. Ninguém se mexe para ajudá-lo. Risadinhas sarcásticas se espalham pela sala enquanto ele se contorce, tentando se levantar. Impotente, ele se remexe, e as risadinhas se transformam em gargalhadas, depois em algo totalmente diferente, um som indescritível, algo que irrompe depois de tantas, tantas semanas, tantos meses, anos, vidas de sufoco, que agora finalmente é expelido, e tantas vozes são reestabelecidas, se alimentam mutuamente, ganhando força, até que a delegacia inteira explode em gritos, risadas, vibrações, e não há um espaço sequer em que o silêncio possa se esconder.

Com o olhar inexpressivo, ilegível, distante, Eric Jordan olha para a sala de espera e vê uma parede de garotas, colegas de classe, as mesmas de quem ele se aproveitou, com quem mexeu, que ofendeu e humilhou por anos. Ele as vê como nunca antes: um grupo sólido, temível e muito maior que ele. Algo além de corpos, de pele; Eric não vê mais os brinquedos nem as criaturas domesticáveis com as quais estava acostumado. Ele não as deseja nem as odeia. Não sabe o que sentir. Eric teve o privilégio de crescer sem sentir medo.

Neste mesmo instante, algo se acende dentro dele, como se de repente o mundo estivesse de cabeça para baixo: a percepção de que a vida dele está nas mãos de todas elas, tal como a vida delas já esteve nas mãos dele.

Há tantas delas na sala que o grupo se aperta e mal há espaço para respirar. Mais e mais, elas não param de chegar. As risadinhas viram gritos, choros, berros, formam um ruído ensurdecedor, primitivo. Como se todos os sentimentos viessem à tona de uma só vez. São várias vozes, mas é como se fossem uma só, gritando o mais alto possível.

As vozes queimam e ardem em meio à escuridão. Marcam a noite com ferro quente.

# CHEYENNE

A mãe disse à filha que ela pode faltar à aula hoje se não estiver preparada para retornar à escola, mas Cheyenne está cansada de ficar em casa. Mesmo que mal tenha conseguido pregar o olho à noite, mesmo sentindo tudo tão frágil quanto cristal – a pele, os olhos, a boca, os pulmões. É como se cada pedaço dela tivesse sido levado à exaustão, como se cada molécula estivesse torcida, tivesse sido amassada por horas e mais horas, dia após dia.

No entanto, Cheyenne está cansada de esperar. De se esconder. E as horas sem dormir dispararam a quantidade certa de adrenalina de que o organismo dela precisa para tomar coragem e ir para a escola.

Ela não tem como saber o que vai acontecer ao chegar lá. Cheyenne sabe como funcionam as coisas em cidades pequenas. Sabe como as pessoas conversam, como as notícias se espalham, sejam verdadeiras ou não. Basta uma noite para uma história se transformar em algo completamente diferente. E a personagem dessa história pode se transformar em algo totalmente diferente de um ser humano vivo.

Faz apenas um mês e meio que Cheyenne começou a estudar neste colégio, e ela ainda não fez amizades de verdade. Ela presume que vai passar o dia inteiro exatamente como antes, sem falar com ninguém. Talvez as pessoas a encarem um pouco. E pode ser que fiquem cochichando. Para Cheyenne, não há nada perder.

A mãe leva a filha de carro até a escola e tenta não chorar ao vê-la desaparecendo depois de atravessar as portas, entrando num mundo em que a própria mãe não pode protegê-la.

Nos corredores, o mesmo barulho de sempre. Cheyenne caminha cabisbaixa. Tudo o que ela quer é chegar à sala sem mirar os olhos de ninguém, sem ter de lidar com o olhares de pena, de curiosidade, de desprezo. Mas o burburinho no corredor quando ela passa é perceptível. Cheyenne sente os olhares penetrando seu corpo. Sente o movimento, ainda que tente não se concentrar nele. *Continue andando*, pensa. *Ignore.*

O que ela não percebe é que o movimento tem um ritmo único, estável. Um objetivo. Um destino. Uma por uma, cada uma das garotas no corredor caminha em direção a Cheyenne. Feito um cardume, elas se comunicam em silêncio. E se movem juntas, formando uma multidão ao redor dela, acompanhando seus passos.

Até que ela decide erguer a cabeça. E vê o punhado de garotas ao redor. Cheyenne olha nos olhos de cada uma delas e não vê pena nem julgamento, muito menos desprezo. O que ela vê é fogo. Olhos em chamas.

Cheyenne sente alguma coisa na ponta dos dedos da mão direita e percebe que é uma das garotas segurando sua mão. Ela sente o calor do corpo de cada uma delas, protegendo-a do que quer que possa lhe fazer mal, abraçando-a, seguindo em frente junto com ela. E assim continuam, fazendo o caminho completo até a sala em que Cheyenne tem aula. O grupo de meninas ocupa o corredor todo. O mar de alunos se separa para as garotas passarem.

Porque elas são imbatíveis. Ninguém pode pará-las. Juntas, elas são uma só.

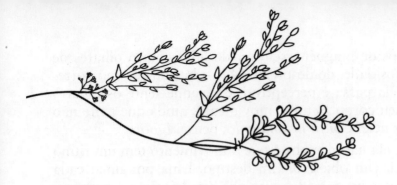

# LUCY

Em uma cidade em algum lugar do mundo, uma garota chamada Lucy Moynihan sabe que seus pais estão conversando com o advogado de novo. Ela sabe que os caras que a estupraram foram presos e que finalmente o caso será julgado. E que todos os seus fantasmas se transformaram em notícias.

    É claro que o assunto vai esfriar assim que alguma outra história aparecer. Todo mundo vai esquecer as Anônimas, Prescott, Oregon e os crimes hediondos dos quais esses três caras quase escaparam. Por causa da idade, a identidade de Lucy tem sido preservada na mídia. Mesmo assim, ela sabe que as pessoas falam dela. Falam de uma garota que ninguém conhece.

    E quem pode prever o que realmente vai acontecer? E qual é a cara da justiça? Que punição pode fazer jus ao crime que esses homens cometeram? Quanto tempo na cadeia equivale ao que eles fizeram? A justiça existe mesmo? Nada pode trazer de volta a garota que Lucy foi um dia. Nada desfaz o que aconteceu com ela.

    Lucy tenta não alimentar esperanças. Apesar de todas as notícias, ainda tem aquele caso que aconteceu há alguns meses, sobre um cara que foi pego estuprando uma menina desmaiada na lavanderia da república em que ele morava. Mesmo com o depoimento de testemunhas, mesmo com um vídeo como prova, ele só pegou três meses de cadeia. Porque ele é rico. E branco. Porque o juiz e os jurados, quando olharam para ele, não acharam que tinha cara de quem deveria ficar atrás das grades. Lucy se lembra de ter lido em algum lugar que, dos estupradores que são pegos, apenas três por cento passam um dia na prisão. Péssimo sinal.

    Talvez, porém, as coisas estejam mudando. Pouco a pouco, dia após dia, quem sabe, depois de um tempo, tudo esteja bem diferente. O mundo já é um lugar diferente do que foi na primavera passada, quando as Anônimas nem sequer sonhavam em existir. Agora, cá estão elas, no mesmo lugar impossível que ela deixou para trás, fazendo coisas impossíveis.

Lucy se senta no quarto que é dela há apenas alguns meses. E pensa nas palavras de desespero que rabiscou nas paredes do outro quarto, na outra casa em que morava, quando queria gritar, mas não podia, quando o choro não bastava. Será que alguém, um dia, vai ler aquilo?

# REFERÊNCIAS

**National Sexual Assault Hotline**
800.656.HOPE e www.online.rainn.org
Em espanhol: www.rainn.org/es

**RAINN:** www.rainn.org
*Rainn* (do inglês Rape, Abuse & Incest National Network) é a maior organização dos Estados Unidos contra a violência sexual. A Rainn criou e opera a The National Sexual Assault Online Hotline em parceria com mais de mil prestadores que atuam contra a violência sexual e estão espalhados por todo o país. A instituição também realiza programas de prevenção à violência sexual, ajudando as vítimas a garantir que os criminosos sejam punidos.

**Planned Parenthood:** www.plannedparenthood.org
Instituição de assistência à saúde reprodutiva mais confiável dos Estados Unidos e líder respeitada e reconhecida por atuar na educação dos americanos sobre saúde sexual e reprodutiva.

**Our Bodies Ourselves:** www.ourbodiesourselves.org
A Obos é uma organização feminista global que dissemina e divulga informações sobre saúde presentes nas melhores pesquisas científicas. Além disso, compartilha experiências de mulheres para que diferentes comunidades tomem decisões com base em informações confiáveis sobre saúde, reprodução e sexualidade.

**Advocates for Youth:** www.advocatesforyouth.org
A Advocates for Youth conta com líderes jovens, parceiros adultos e organizações que atendem jovens para defender políticas e promover programas que reconheçam os direitos dos jovens ao acesso à informações confiáveis sobre saúde sexual, serviços de saúde sexual acessíveis e confidenciais e a recursos e oportunidades necessários para gerar a equidade da saúde sexual para todos os jovens.

**Stop Sexual Assault in Schools:** www.ssais.org

A SSAIS encabeça o movimento de conscientização sobre assédio e agressão sexual nas escolas de ensino fundamental e médio, a fim de prevenir esse tipo de crime, apoiar as vítimas e conscientizar alunos e alunas sobre seus direitos, além de capacitá-los a proteger seus colegas.

# REFERÊNCIAS NACIONAIS

No Brasil, existem algumas plataformas que foram criadas para ajudar vítimas a denunciar casos de assédio sexual e violência. Separamos uma lista. Procure ajuda e não se sinta sozinha! #grlpwr

**Aplicativo HelpMe**
Disponível para Android e iOS, o aplicativo HelpMe foi criado para que qualquer pessoa possa denunciar abusos ou situações incômodas no transporte público de São Paulo.

**Chega de Fiu Fiu:** http://chegadefiufiu.com.br/
Site criado para mapear os lugares mais incômodos ou perigosos para mulheres no Brasil. Caso alguém já tenha sofrido assédio ou algum tipo de violência, pode compartilhar seu depoimento ou até mesmo dividir histórias que já testemunhou.

**Mapa do Acolhimento:** https://www.mapadoacolhimento.org/
Plataforma criada para compartilhar e conectar mulheres que sofreram algum tipo de violência, dando suporte voluntário com uma rede de terapeutas e advogadas especializadas no assunto.

**Mete a Colher:** https://meteacolher.org/
Startup para ajudar no combate à violência contra as mulheres, nasceu em 2006 para desmistificar o ditado "em briga de marido e mulher ninguém mete a colher". É uma rede de apoio para ajudar mulheres saírem de relacionamentos abusivos, conquistando uma realidade cada vez mais segura e igualitária.

**180 - Central de Atendimento à Mulher**
Serviço oferecido pela Ouvidoria Nacional dos Direitos Humanos do Ministério dos Direitos Humanos (MDH) para relatar casos de violência, fazer reclamações sobre o serviço da rede de atendimento à mulher e orientar mulheres sobre os seus direitos perante a legislação. Funciona 24 horas por dia, todos os dias da semana, inclusive fins de semana e feriados, e pode ser acionada de qualquer lugar do Brasil e de mais dezesseis países (Argen-

tina, Bélgica, Espanha, Estados Unidos (São Francisco), França, Guiana Francesa, Holanda, Inglaterra, Itália, Luxemburgo, Noruega, Paraguai, Portugal, Suíça, Uruguai e Venezuela). Para mais informações, acesse: https://www.mdh.gov.br/navegue-por--temas/politicas-para-mulheres/ligue-180.

Aproveitando que você está aqui, quero deixar um recado importante: a Única quer muito saber a sua opinião sobre os livros. Então curta a página no facebook.com/UnicaEditora, siga a @UnicaEditora no Twitter e no Instagram @unica_editora e visite o site www.unicaeditora.com.br.

Este livro foi impresso pela Gráfica Assahi em papel lux cream 60g em junho de 2019.